Desde la
oscuridad

FAYE KELLERMAN

Desde la
oscuridad

HarperCollins *Español*

A Jonathan: mi eterna inspiración

CAPÍTULO 1

Ah, la fantasía: la sal de la vida.

Mientras se vestía para ir a trabajar, se miró al espejo, y vio a un hombre guapo, de un metro noventa y cinco de altura…

No. Eso era demasiado alto.

En el espejo vio a un hombre de un metro ochenta y seis de altura, increíblemente guapo, con el rostro anguloso, rubio y de ojos azules, un azul tan intenso que, cuando las mujeres lo miraban, tenían que apartar la vista de azoramiento.

Bueno, lo de los ojos, probablemente, era cierto.

¿Qué tal esto otro?

En el espejo, devolviéndole la mirada, había una cara angulosa con el cabello oscuro y rizado, y una sonrisa que hacía que las mujeres suspiraran, una cara juvenil y encantadora, pero muy masculina, al mismo tiempo.

Sonrió, y se pasó los dedos entre los rizos. Después, se ajustó el nudo de la corbata y se la colocó por debajo del cuello de la camisa, y acarició la tela: seda gruesa, de lujo, pintada a mano con una selección de colores que podían conjuntar con casi cualquiera de las cosas que tenía en el armario.

Al meterse la camisa por la cintura del pantalón, pasó las manos por los músculos del estómago, marcados gracias a los abdominales y las pesas, y a un estricto régimen de alimentación. Como les ocurría a la mayoría de los culturistas, sus músculos tenían ansia de proteínas, lo cual estaba bien, siempre y cuando redujera las grasas. Por eso, cuando se miraba al espejo, le gustaba lo que veía.

O, más bien, lo que imaginaba que veía.

Decker estaba verdaderamente perplejo.

—No entiendo cómo has pasado el proceso de selección.

—Tal vez el juez me creyera cuando le dije que sí podía ser objetiva —contestó Rina.

Decker gruñó mientras añadía edulcorante al café con leche. Siempre lo había tomado sin azúcar, pero últimamente se estaba volviendo goloso, sobre todo después de haber comido carne. Aunque sus cenas no siempre eran tan fuertes; filetes sin grasa y ensaladas. A él le gustaba la comida sencilla, cuando estaban los dos solos.

—Aunque el juez te haya hecho sentirte culpable para conseguir que formes parte del jurado, el abogado de oficio debería haberte sacado de la lista de una patada en tu atractivo trasero.

—Puede que pensara que yo podía ser objetiva.

—Llevas dieciocho años oyéndome despotricar sobre el lamentable estado de nuestro sistema jurídico. ¿Cómo es posible que seas objetiva?

Rina sonrió detrás de su taza de café.

—Estás dando por hecho que me creo todo lo que dices.

—Muchas gracias.

—Ser la mujer de un detective teniente no me ha privado de toda la sensatez. Puedo pensar por mí misma y ser tan racional como cualquiera.

—A mí me parece que lo que quieres es cumplir con tu deber cívico. Tú verás, querida. Aunque, de todos modos, eso es lo que necesita nuestro sistema, gente inteligente que cumpla con sus obligaciones para con la sociedad —dijo Decker, y tomó un poco de café, fuerte y dulce. Después, añadió, con una sonrisa de astucia—: O puede que al abogado le guste mirarte.

—Es una abogada, y puede que sí le guste mirarme.

Decker se echó a reír. A cualquiera le gustaría mirar a Rina. Con el paso del tiempo, le habían salido algunas arrugas de reírse, pero seguía siendo una belleza: tenía un cutis de alabastro, las mejillas rosadas, el pelo negro y sedoso y los ojos azul oscuro.

—Yo hubiera preferido librarme —explicó Rina—, pero, cuando llegas a cierto punto, para librarte tienes que empezar a mentir. Tienes que decir cosas como «No, nunca soy capaz de ser objetiva». Y, entonces, quedas como una idiota.

—¿Y de qué caso se trata?

—Sabes que no puedo hablar de eso.

—¡Vamos! —exclamó Decker, y mordió una de las galletas que había hecho su hija de dieciséis años. Algunas migas se le quedaron en el bigote—. ¿A quién se lo voy a decir yo?

—¿A toda la brigada, tal vez? —replicó Rina—. ¿Tienes alguna comparecencia ante el tribunal en Los Ángeles estos días?

—No, que yo sepa. ¿Por qué?

—He pensado que podríamos quedar para comer juntos.

—Sí, vuélvete loca y gástate esos quince dólares al día que te paga el juzgado.

—Además de la gasolina, pero solo la del trayecto de ida. Verdaderamente, formar parte de un jurado no es la mejor forma de hacerse rico. Se gana más, incluso, vendiendo sangre. Pero voy a cumplir con mi deber cívico, y tú deberías estar agradecido.

Decker le dio un beso en la frente.

—Estoy muy orgulloso de ti. Estás haciendo lo correcto. Y no voy a preguntarte más por el caso. Solo dime, por favor, que no es un asesinato.

—No puedo decirte ni sí ni no, pero, como has visto lo peor del ser humano y tienes una imaginación muy activa, te diré que no te preocupes.

—Gracias —dijo Decker, y miró la hora. Eran más de las nueve de la noche—. ¿No dijo Hannah que volvería antes de las nueve?

—Sí, pero ya conoces a tu hija. El tiempo es un concepto relativo para ella. ¿Quieres que la llame?

11

—¿Va a responder al teléfono?

—Probablemente no, y menos si va conduciendo… Espera. Creo que ese es su coche. Ya ha llegado.

Un momento después, su hija entró por la puerta con una mochila de dos toneladas a la espalda y dos bolsas del supermercado en los brazos. Decker le quitó la mochila y Rina tomó las bolsas.

—¿Para qué es todo esto? —preguntó Rina.

—He invitado a unas cuantas amigas para el *sabbat*. Aparte de lo que cocine, ya no tenemos nada rico en esta casa. ¿Quieres que guarde la compra?

—No, ya lo hago yo —dijo Rina—. Dile «hola» a tu padre. Estaba preocupado por ti.

Hannah miró el reloj.

—Pero si son las nueve y diez.

—Sé que soy exageradamente protector, pero no me importa. Nunca voy a cambiar. Y no tenemos comida rica en casa porque, si la tenemos, me la como.

—Ya lo sé, *abba*. Y, como tú eres el que paga las facturas, respeto tus deseos. Pero yo solo tengo dieciséis años y, probablemente, este es uno de los pocos momentos de mi vida en que podré comer comida insana sin engordar. Te veo a ti, y veo a Cindy, y sé que no siempre voy a estar tan delgada.

—¿Qué le pasa a Cindy? Es completamente normal.

—Es una chica lista, como yo, y vigila su peso como un halcón. Yo todavía no estoy en esa fase, pero llegará un momento en que mi metabolismo me alcance.

Decker se dio unas palmaditas en la barriga.

—Bueno, ¿y yo qué tengo de malo?

—No, nada, *abba*. Tú estás estupendo para tu… —Hannah se interrumpió. «Para tu edad», era lo que iba a decir. Le dio un beso en la mejilla, y continuó—: Espero que mi marido sea tan guapo como tú.

Decker sonrió sin poder contenerse.

—Gracias, pero estoy seguro de que tu marido va a ser mucho más guapo.

—Eso sería imposible. Nadie es tan guapo como tú y, con la excepción de los atletas profesionales, nadie es tan alto como tú. A veces, las cosas son difíciles para una chica alta. Tenemos que llevar siempre zapatos planos, o se nos ve por encima de todo el mundo.

—Tú no eres tan alta.

—Eso es porque, para ti, todo el mundo es bajo. Yo ya soy más alta que Cindy, y ella mide un metro setenta y cinco.

—Si eres más alta, no le sacarás mucho. Y hay muchos chicos que miden más que eso.

—Los chicos judíos, no.

—Yo soy un chico judío.

—Los chicos judíos que todavía están en el instituto, no.

A Decker le gustó oír aquello. Significaba que su hija tendría que esperar hasta la universidad para echarse novio. Hannah se fijó en aquella sutil sonrisa.

—No estás siendo muy comprensivo.

—Siento haberte transmitido el gen de la altura.

—No importa —dijo Hannah—. Tiene sus ventajas, aunque también sus desventajas. Cuando eres alta y delgada, y te vistes bien, la gente piensa que quieres ser modelo y que no tienes cerebro.

—Seguro que tus amigas sí son muy comprensivas contigo.

—Yo no les cuento eso a mis amigas, te lo estoy contando a ti —respondió ella, y miró hacia la mesa del comedor—. ¿Te han gustado las galletas?

—Demasiado. Por eso no tenemos comida con exceso de calorías en casa.

—Disfruta de las galletas, *abba* —replicó Hannah—. La vida es muy corta, aunque tú seas tan largo.

Comenzó como si fuera un pequeño tintineo en lo más profundo de su sueño, hasta que Rina se dio cuenta de que era el teléfono. Al otro lado de la línea estaba Marge Dunn, y su voz tenía un sonido monótono.

—Necesito hablar con el jefe.

Rina miró a su marido, que no había cambiado de postura desde que se había quedado dormido, hacía cuatro horas. El reloj de la mesilla marcaba las tres de la mañana. Como Peter era teniente, no recibía demasiadas llamadas nocturnas. West Valley no tenía una alta tasa de criminalidad, y su brigada de élite de detectives de homicidios sorteaba, normalmente, lo que ocurriera durante la madrugada. Los asesinatos eran escasos, pero, cuando ocurrían, eran horribles. Sin embargo, eso no significaba que fuera necesario despertar al jefe a las tres de la mañana.

Así pues, debía de tratarse de algo grave…

Rina se frotó los brazos y, después, suavemente, lo despertó.

—Es Marge.

Decker se dio la vuelta en la cama y tomó el auricular. Tenía la voz tomada por el sueño.

—¿Qué ha ocurrido?

—Homicidio múltiple.

—Oh, Dios…

—Según los últimos datos, ha habido cuatro víctimas y un intento de homicidio. El superviviente, el hijo de una pareja asesinada, va de camino del hospital de St. Joe's. Ha recibido un disparo, pero, seguramente, se salvará.

Decker se puso de pie y tomó su camisa. Fue abotonándosela mientras hablaba.

—¿Quiénes son las víctimas?

—Para empezar, ¿qué te parecen Guy y Gilliam Kaffey, de Kaffey Industries?

A Decker se le escapó un jadeo de asombro. Guy y su hermano pequeño, Mace, eran los responsables de la mayoría de los centros comerciales que había en el sur de California.

—¿Dónde?

—En Coyote Ranch.

—¿Alguien ha entrado en el rancho? —preguntó Decker, mientras sujetaba el teléfono con la barbilla y se ponía el pantalón—. Creía que ese lugar era una fortaleza.

—Eso no lo sé, pero es gigante: veintiocho hectáreas al pie de las colinas. Por no mencionar la mansión. Es como una ciudad.

Decker recordó un artículo que alguien había escrito sobre el rancho, hacía tiempo. Se trataba de una serie de pequeños edificios, aunque la casa principal era tan grande que podía albergar una convención. Además de los edificios, el rancho tenía piscina, jacuzzi y pista de tenis. También tenía perrera, una pista tan grande como para celebrar pruebas de equitación olímpica, un establo de diez boxes para los caballos de exhibición de la esposa y una pista de aterrizaje. La finca contaba con una salida privada a la autopista.

Un año antes, Guy Kaffey había hecho una oferta para comprar el L.A. Galaxy después de que el equipo hubiera fichado a David Beckham, pero no habían llegado a un acuerdo.

Que él recordara, el matrimonio tenía dos hijos, y se preguntó cuál de los dos había resultado herido de bala.

—¿Qué pasa con los guardias de seguridad?

—Había dos en la garita de la parte delantera, y los dos están muertos —respondió Marge—. Todavía estamos buscando. Hay unos diez edificios distintos en la finca, así que puede haber más cadáveres. ¿Cuándo llegarás?

—Dentro de unos diez minutos. ¿Quién más está ahí?

—Hay media docena de coches patrulla. Oliver llamó a Strapp. Solo es cuestión de tiempo que se entere la prensa.

—Cerrad el paso a la propiedad. No quiero que los periodistas invadan la escena del crimen.

—De acuerdo. Hasta ahora.

Decker colgó y pensó en todo lo que iba a necesitar: cuaderno, bolígrafo, guantes, bolsas para las pruebas, máscaras, una lupa, detector de metales, vaselina y Advil; aquello último no tenía uso forense, sino que era para paliar el dolor de cabeza que le había causado aquel despertar.

—¿Qué pasa? —preguntó Rina.

—Homicidio múltiple en Coyote Ranch.

Ella se incorporó en la cama.

—¿En casa de los Kaffey?

—Sí, señora. Sin duda, cuando llegue ya se habrá montado un circo.

—¡Es horrible!

—Va a ser una pesadilla en cuanto a la logística. La finca tiene unas veintiocho hectáreas, así que no hay manera de acordonar toda la zona.

—Lo sé. Es enorme. Hace un año, abrieron el rancho al público para recaudar fondos en beneficio de una organización de caridad. Me contaron que los jardines estaban absolutamente magníficos. Yo quería ir, pero me surgió algo que hacer y no pude…

—Pues parece que no vas a tener una segunda oportunidad —respondió Decker. Abrió el armario de seguridad de las armas, sacó su Beretta y la metió en el arnés que acababa de colocarse en el pecho—. Sé que es terrible decir eso, pero no me voy a disculpar. El hecho de tener que enfrentarme a los medios de comunicación en un caso importante saca lo peor de mí.

—¿Han llamado a los periódicos a las tres y cuarto de la mañana?

—No se puede detener a la muerte ni a los impuestos. Y no se puede detener a los medios de comunicación —dijo él, y le dio un beso en la cabeza—. Te quiero.

—Yo también te quiero —respondió Rina, con un suspiro—. Es una pena. Tanto dinero es como un imán para las sanguijuelas, los estafadores y la gente mala en general —añadió, cabeceando—. No sé si será cierto lo de que nunca se es demasiado delgado, pero está claro que no se puede ser demasiado rico.

Lo único bueno de que a uno lo llamaran de madrugada era poder atravesar la ciudad sin tráfico. Decker recorrió calles vacías, oscuras y neblinosas, iluminadas ocasionalmente por el resplandor de alguna farola. La autopista era una carretera negra, interminable, sobrenatural, que se desdibujaba entre la niebla. En 1994, el sur de

16

California había sufrido el terremoto de Northridge, que había durado noventa segundos aterradores y que había derrumbado edificios y desmoronado puentes sobre las carreteras. Si el temblor se hubiera producido unas horas más tarde, durante la hora punta del tráfico, las víctimas habrían sido decenas de miles, y no algo menos de un centenar.

Había dos coches patrulla bloqueando la salida de la autopista hacia Coyote Road. Decker les mostró la placa a los policías, y esperó un momento a que retiraran los coches para dejarle pasar. Uno de los agentes le dio indicaciones para llegar al rancho. Era un camino de tierra compactada, recto, sin salidas, que discurría durante un kilómetro y medio hasta que la casa principal aparecía a lo lejos. Entonces, la mansión iba creciendo ante la vista como un monstruo que emergiera del mar en busca de aire. Todas las luces exteriores estaban encendidas a máxima potencia, e iluminaban hasta las grietas y los recovecos; aquel sitio parecía un parque temático.

La mansión era de estilo español y, aunque fuera tan enorme, casi resultaba armoniosa con el entorno. Tenía tres plantas y estaba enfoscada con estuco del color del adobe. Los balcones tenían barandillas de madera y las ventanas estaban acristaladas con vidrieras de colores. El tejado era de teja española. El edificio estaba construido sobre una mota artificial y, más allá de la elevación, solo se vislumbraban hectáreas de terreno baldío y la sombra oscura de las colinas.

A unos doscientos metros, Decker vio un aparcamiento en el que se habían reunido seis coches patrulla, la furgoneta del forense, otras seis furgonetas de televisión con satélites y antenas, varias furgonetas de la policía científica y ocho vehículos sin distintivo. Pese a todo, aún quedaba espacio en la zona. Los medios habían instalado tanta iluminación que habría sido posible llevar a cabo una operación de microcirugía. Cada una de las cadenas tenía sus propios focos, sus propios cámaras y técnicos de sonido, sus propios productores y su propio reportero. Todos hubieran deseado estar más cerca de la noticia, pero había una barrera de cinta amarilla, conos y agentes de policía que los mantenían acorralados.

Después de mostrarles la placa, Decker se agachó para pasar por debajo de la cinta y recorrió a pie la distancia que había hasta la casa, caminando entre setos de boj meticulosamente podados. Dentro de los parterres había rosas, iris, narcisos, anémonas, dalias, zinnias, cosmos y muchas otras especies que él no reconocía. En algún lugar cercano debía de haber gardenias y jazmín, que impregnaban el aire con su fragancia dulzona. El camino de piedra pasaba, también, entre varias filas de cítricos en flor. A Decker le pareció que eran limoneros.

Había dos policías custodiando la puerta principal. Al reconocerlo, le hicieron señas para que entrara. Las luces del interior estaban encendidas, y el vestíbulo bien podría haber sido la sala de baile de un castillo español. El suelo era de grandes tablas de madera, y el techo era muy alto y estaba sustentado por enormes vigas adornadas con petroglifos grabados, símbolos como los que podían encontrarse en el suroeste. En las paredes forradas con paneles de madera dorada había tapices que, por su tamaño, podrían estar en un museo. Decker habría seguido mirándolo todo con la boca abierta, fascinado por el tamaño de aquella sala, de no ser porque vio que uno de los policías uniformados le hacía una señal para que se acercara.

Bajó media docena de escalones y entró a un salón con el techo a doble altura y más vigas grabadas. La misma tarima de madera, solo que, en aquella sala, el suelo estaba cubierto de alfombras típicas de los indios navajo, que parecían auténticas. Más pan de oro en las paredes, más tapices con escenas de batallas sangrientas. La habitación estaba amueblada con enormes sofás, butacas y mesillas. Decker era un hombre grande: medía un metro noventa y tres centímetros y pesaba alrededor de cien kilos. Sin embargo, la escala de aquella sala hacía que se sintiera diminuto.

Alguien le estaba hablando.

—Este sitio es más grande que mi universidad.

Decker miró a Scott Oliver, uno de sus detectives. Tenía casi sesenta años, pero no aparentaba su edad, gracias a una buena piel y al tinte del pelo. Todavía no eran las cuatro de la mañana, pero Oliver se había vestido como si fuera el CEO de una empresa y estuviera en una reunión de la junta de accionistas. Llevaba un traje negro de rayas, una corbata roja y una camisa blanca impecablemente planchada.

—El campus era enorme —añadió.

—¿Sabes cuántos metros cuadrados tiene?

—Nueve mil trescientos metros, más o menos.

—Vaya, eso es… —Decker se quedó callado, porque se había quedado sin palabras. Aunque había un oficial uniformado en cada puerta, no vio ningún marcador de pruebas en el suelo, ni en los muebles. Tampoco había nadie de la policía científica espolvoreando superficies para obtener huellas dactilares—. ¿Dónde está la escena del crimen?

—En la biblioteca.

—¿Y dónde está la biblioteca?

—Espera —respondió Oliver—. Voy a sacar el plano que tengo…

CAPÍTULO 2

En aquel laberinto de pasillos, cualquier ladrón común y corriente se habría perdido al intentar escapar. Incluso Oliver, que tenía indicaciones escritas para llegar, tomó un par de veces el camino equivocado.

—Marge me ha dicho que hay cuatro cadáveres —dijo Decker.

—Ahora hay cinco. Los Kaffey, una criada y dos guardias.

—¡Dios Santo! ¿Alguna señal de robo? ¿Algo revuelto?

—No, nada tan obvio —respondió Oliver, mientras seguían recorriendo pasillos interminables—. Lo que sí es seguro es que no fue uno solo. El que haya hecho esto tenía un plan y una banda de gente organizada para llevarlo a cabo. Ha tenido que ser alguien de dentro.

—¿Quién denunció el crimen? ¿El hijo que está herido?

—No lo sé. Cuando llegamos estaba inconsciente, lo estaban metiendo en la ambulancia.

—¿Y tenéis alguna idea de cuándo se produjo el tiroteo?

—No, nada definitivo, pero ya ha aparecido el rigor mortis.

—Entonces, entre cuatro y veinticuatro horas —dijo Decker—. Tal vez el contenido de los estómagos sirva para establecer el límite temporal. ¿Quién ha venido de la morgue?

—Dos forenses y un ayudante. A la derecha. La biblioteca debería estar ahí, detrás de esa puerta doble.

Cuando entraron, Decker tuvo una sensación de vértigo, no solo por la inmensidad de la habitación, sino también por la falta de rincones. La biblioteca era una sala enorme de planta circular, con el techo abovedado de cristal y acero. Las paredes curvas, de paneles de madera de nogal negro, estaban cubiertas de estanterías y de enormes tapices con seres mitológicos que correteaban por los bosques. Había también una chimenea lo suficientemente grande como para contener un infierno, alfombras antiguas, sofás, butacas, mesas y sillas, dos pianos de cola e innumerables lámparas.

La escena del crimen era una historia en dos partes: había acción cerca de la chimenea, y acción frente a un tapiz en el que aparecía la Gorgona devorando a un joven señor.

Oliver señaló un lugar:

—Gilliam Kaffey estaba sentada cerca de la chimenea, leyendo un libro y tomando una copa de vino; el padre y el hijo estaban conversando en aquellas butacas de allí —dijo, refiriéndose a un par de asientos de cuero que había enfrente de la Gorgona, donde estaba trabajando Marge Dunn.

La detective hablaba animadamente con uno de los investigadores forenses, que llevaba el uniforme de la morgue: una chaqueta negra con las letras identificativas en color amarillo. Dunn vio a Decker y a Oliver y, con la mano enguantada, les hizo un gesto para que se acercaran.

Marge se había dejado crecer un poco el pelo durante los últimos meses, seguramente, por petición de su último novio, Will Barnes. Llevaba unos pantalones de color beis, una camisa blanca y un jersey de punto marrón oscuro, y calzaba unas zapatillas de goma. Decker y Oliver se dirigieron hacia la escena del crimen.

Guy Kaffey estaba tendido boca arriba en un charco de sangre, con un agujero enorme en el pecho. Los tejidos y los huesos habían explotado sobre la cara y los miembros del hombre, y lo que no se había derramado por el suelo había salpicado el tapiz. Las manchas le habían proporcionado un gran realismo al desdichado joven de la escena mitológica.

—Dejad que os oriente —dijo Marge. Se sacó un plano del bolsillo y lo desplegó—. Esta es la casa y estamos justo... aquí.

Decker sacó su libreta y miró alrededor por la habitación, que no tenía ventanas. Cuando hizo un comentario al respecto, Marge respondió:

—La sirvienta que ha sobrevivido me ha dicho que las obras de arte que hay aquí son muy antiguas, y que son sensibles a la luz del sol.

—Entonces, ¿ella también sobrevivió al atentado, además del hijo?

—No, ella llegó más tarde, y descubrió los cadáveres —respondió Marge—. Se llama Ana Méndez. La tengo en una habitación, custodiada por uno de nuestros hombres.

—También tenemos que interrogar al jardinero y al encargado de la cuadra. A ellos también los están custodiando las fuerzas de la ley y el orden de Los Ángeles —añadió Oliver.

Marge dijo:

—Y todos están en habitaciones separadas.

—El jardinero se llama Paco Albáñez. Tendrá unos cincuenta y cinco años, y lleva tres años trabajando aquí —dijo Oliver, mientras repasaba sus anotaciones—. El mozo de la cuadra se llama Riley Karns. Tiene unos treinta años. No sé cuánto tiempo lleva aquí.

—¿Y sabes quién llamó para denunciar los asesinatos? —preguntó Decker.

—Eso lo estamos investigando —contestó Marge—. La criada dice que alguien llamó a un guardaespaldas que tenía el turno libre y que él llamó a la policía, tal vez.

—Fue la criada la que encontró al hijo herido, tirado en el suelo —dijo Oliver—. Pensó que estaba muerto.

—¿Y quién es el guardaespaldas que tenía el día libre y a quien ella llamó, supuestamente? —preguntó Decker.

—Piet Kotsky —dijo Marge—. He hablado con él por teléfono. Va a venir desde Palm Springs. Creo que las cosas funcionan así: los guardias se quedan en la finca solo cuando están trabajando. Hacen turnos de veinticuatro horas, rotando entre ocho personas. Siempre hay dos guardias en la casa principal, y dos hombres en la garita de la entrada de la finca. Esos dos tipos han muerto. Heridas de bala en la cabeza y en el pecho. Todas las cámaras de seguridad están destrozadas, hechas trizas.

—¿Nombres? —preguntó Decker.

—Kotsky ha dicho que no sabía quién estaba de servicio hoy, pero que, en cuanto los vea, podrá identificarlos.

—¿Y los dos guardias que había en la casa?

—Parece que han desaparecido —dijo Marge.

—Así que, dos guardias desaparecidos y otros dos asesinados.

Marge y Oliver asintieron.

—Creo que Oliver ha mencionado que también han matado a una criada.

—Está en la habitación del servicio, en el piso de abajo.

—¿Y cómo se las arregló Ana Méndez para esquivar las balas?

—También tenía la noche libre —dijo Oliver—. Ha declarado que volvió al rancho a la una de la madrugada, más o menos.

—¿Y cómo volvió? El transporte público no llega hasta aquí.

—Tiene coche.

—¿Y no se dio cuenta de que no había guardias en la garita?

—Entró por la puerta trasera, por la entrada de servicio —respondió Marge—. Allí no hay guardias. Ana tiene una tarjeta para abrir la puerta de acceso. Entra, aparca y va a su habitación. Encuentra el cadáver y empieza a gritar pidiendo ayuda. En este momento, su historia se vuelve un poco turbia. Parece que subió las escaleras y encontró los otros cuerpos.

—¿Subió sin saber si todavía había gente en la casa? —preguntó Decker.

—Ya te he dicho que la historia es un poco confusa. Cuando vio los cadáveres, llamó a Kotsky y denunció los asesinatos… creo.

—Hablaré con ella. ¿Es hispanohablante?

—Sí, pero tiene un inglés bastante bueno.

Decker dijo:

—Y, con respecto a los guardias, ¿sabéis quién organiza sus horarios?

—Kotsky notifica los turnos, pero no los organiza. Eso lo hace un hombre llamado Neptune Brady, que es el jefe de seguridad de los Kaffey. Brady tiene su propia vivienda en la finca, pero estos últimos días estaba visitando a su padre, que está enfermo, en Oakland.

—¿Se ha puesto alguien en contacto con él?

—Kotsky lo ha llamado y nos ha dicho que Brady ha tomado un avión, y que llegará pronto —dijo Marge—. Hemos echado un breve vistazo por la casa que tiene asignada en la finca para asegurarnos de que no había más víctimas. No la hemos registrado, claro; para eso necesitaremos una orden.

—Vamos a solicitar una, por si acaso Brady no quiere cooperar —dijo Decker, mientras miraba a su alrededor—. ¿Alguna idea de cómo sucedió?

Oliver respondió:

—Gilliam estaba sentada frente a la chimenea, tomando una copa de vino y leyendo. Marge y yo pensamos que ella fue la primera en caer. Todavía está en el sofá; el libro está a unos cuantos metros, lleno de sangre. Míralo tú mismo.

Decker se acercó al sofá. Sobre el asiento yacían los restos de una bella mujer. Tenía los ojos muy azules, abiertos, con la mirada perdida, y su pelo rubio estaba cubierto de sangre seca. El torso de la mujer estaba casi abierto en dos a causa de varios disparos de escopeta que le habían impactado en la cintura. Era escalofriante, y Decker apartó la mirada sin poder evitarlo. Había algunas cosas a las que nunca iba a acostumbrarse.

—Esto es una carnicería —dijo—. Vamos a necesitar muchas fotografías, porque nuestra memoria no podrá procesar toda esta información.

Marge continuó:

—La irrupción debió de llamar la atención del padre y del hijo. Pensamos que fueron los siguientes.

—Hay dos hijos. El que ha sido tiroteado es el mayor, Gil.

—¿Tiene familia directa a la que haya que avisar? —preguntó Decker.

—Estamos en ello —respondió Oliver—. No ha llamado nadie a ninguna comisaría preguntando por él.

—¿Y el hermano pequeño? —preguntó Decker.

Marge respondió:

—Piet Kotsky me ha dicho que el hijo menor se llama Grant y que vive en Nueva York. Y el hermano pequeño de Guy, Mace Kaffey, también vive allí.

—Y también está en el negocio familiar —señaló Oliver—. Los dos han recibido aviso.

—¿Quién los ha avisado? ¿Kotsky? ¿Brady?

Marge y Oliver se encogieron de hombros.

—Volviendo a la escena del crimen —dijo Decker—. ¿Alguna idea de lo que estaban haciendo Guy y Gil?

Oliver dijo:

—Tal vez estuvieran hablando de negocios, pero no hemos encontrado ningún documento.

—Seguramente, Guy Kaffey se levantó y vio lo que le estaba pasando a su mujer. Entonces, él también recibió un disparo que lo lanzó hacia atrás. El hijo fue un poco más rápido y ya había echado a correr cuando las balas lo alcanzaron. Él cayó a pocos metros de una de las puertas, fuera de aquí.

—¿Y los pistoleros no se molestaron en comprobar si estaba muerto?

Marge se encogió de hombros.

—Puede que algo los distrajera y los hiciera huir.

Decker dijo:

—Tenemos una, dos, tres... seis puertas en la habitación. Así que puede haber sido una banda de pistoleros; cada uno de ellos entró por una puerta distinta y arrollaron a la pareja. ¿Se os ocurre alguna idea de por qué salieron los asesinos del rancho sin rematar al hijo?

Oliver se encogió de hombros.

—Puede que saltara alguna alarma, aunque todavía no hemos descodificado el sistema. O tal vez oyeran entrar a la criada en la casa. Pero ella no vio a nadie marchándose.

Decker lo pensó un momento.

—Si todo el mundo estaba relajándose, seguramente no era muy tarde. Después de cenar, pero lo bastante temprano como para tomar una copa antes de irse a la cama. Debían de ser las diez, o las once…

—Más o menos —dijo Marge.

—El mozo de la cuadra y el jardinero —dijo Decker—, ¿estaban en la casa cuando llegasteis?

—Sí.

—¿Habéis dicho que viven aquí?

Oliver dijo:

—En las casitas que hay en la finca.

—Entonces, ¿cómo se enteraron de lo de los asesinatos? ¿Los avisó alguien, o les había despertado el ruido, o…?

Los dos detectives se encogieron de hombros.

—Vamos a estar aquí acampados una temporada —dijo Decker y, de nuevo, se masajeó la cabeza para intentar mitigar el dolor—. Vamos a dejar que los de la policía científica, los fotógrafos y los forenses hagan lo que tengan que hacer en la biblioteca. Nosotros todavía tenemos un par de escenas más, y hemos de interrogar a los testigos. ¿Dónde están los otros cadáveres?

Marge le mostró la zona en el plano. Decker dijo:

—Me vendría bien tener uno de estos.

Oliver le dio el suyo a su jefe.

—Yo conseguiré otro.

—Gracias —dijo Decker—. Vosotros, encargaos de las otras escenas, y yo voy a hablar con los testigos, sobre todo con los hispanohablantes. Vamos a ver si podemos establecer la sucesión de los hechos.

—Me parece bien —dijo Marge—. Ana está en esta habitación —añadió, y se la mostró en el plano—. Albáñez está aquí, y Karns, aquí.

Decker marcó las habitaciones en el plano. Después, escribió cada uno de los nombres en la parte superior de una hoja de su libreta. Había un montón de jugadores. Lo mejor sería empezar a anotar la puntuación cuanto antes.

Ana Méndez estaba tan acurrucada en la butaca, que casi había desaparecido. Tenía unos treinta y cinco o cuarenta años, y era de estatura muy baja, un metro cincuenta centímetros, aproximadamente. Tenía la piel oscura, la frente ancha y los pómulos pronunciados, una boca grande, y los ojos, redondos y negros. Llevaba el pelo cortado al estilo paje, y su cara parecía la de alguien que estaba mirando por una ventana, con dos cortinas negras, cada una a un lado, y los rizos cortos del flequillo haciendo las veces de volante superior.

La criada estaba dormida, pero se despertó cuando Decker entró en la habitación. Se frotó los párpados y los entrecerró al encenderse la luz artificial. Los ojos se le habían hinchado de llorar. Decker se fijó en que su uniforme blanco tenía manchas marrones, y tomó nota de que debían entregarle aquella ropa a la policía científica. Después, le pidió que le contara su historia desde el principio. Y esta era su historia:

El día libre de Ana empezaba el lunes por la noche y se prolongaba hasta el martes por la noche. Normalmente, volvía al rancho más temprano, pero aquella noche había una misa especial en su iglesia, con un servicio de oración breve que empezaba a las doce. Ella había salido de la iglesia a las doce y media, y había vuelto en coche al rancho, donde había llegado una hora después. La mansión estaba rodeada por una verja de hierro forjado rematada con pinchos, así que la mayoría de las puertas carecía de vigilancia. Ella tenía una tarjeta para abrir la puerta más cercana a la cocina. Después de entrar en el recinto, se dirigió hacia el aparcamiento del servicio, detrás de la cocina, y dejó allí su coche. Subió hasta las dependencias del servicio por un corto tramo de escaleras y, con su llave, entró en el edificio. Cuando Decker le preguntó si había alarma, ella le respondió que aquellas dependencias sí tenían alarma, pero que no estaba conectada con la de la casa principal. De ese modo, los criados podían entrar y salir sin que sus movimientos afectaran al sistema de seguridad de los Kaffey.

Se le llenaron los ojos de lágrimas cuando describió lo que había visto en el dormitorio. Al encender la luz, se había encontrado con sangre por todas partes: en las paredes, en la alfombra y en las dos camas. Sin embargo, lo peor era Alicia: estaba tumbada boca arriba, inmóvil. Le habían pegado un tiro en la cara. Era horrible. Aterrador. Ella había empezado a gritar.

La siguiente parte de su historia estuvo entremezclada con grandes sollozos. Había subido corriendo las escaleras interiores que llevaban hasta la cocina de la mansión. Normalmente, la puerta de la cocina se cerraba con llave a medianoche, para evitar que alguien pudiera entrar en la casa principal desde las dependencias de servicio. Sin embargo, aquella noche, no. Ana recordaba perfectamente que había entrado en la cocina llamando a gritos a la señora.

Nadie le había respondido.

Cuando Decker le preguntó si la alarma de la mansión se había activado cuando ella entró en la cocina, Ana no pudo acordarse. En aquel momento estaba histérica. Se disculpó por sus recuerdos confusos.

A Decker le pareció que lo estaba haciendo bastante bien.

Descubrió a los Kaffey en la biblioteca, primero a los señores y, después, a la señora. Ninguno se movía, así que pensó que todos estaban muertos, incluido Gil. Ella había visto suficiente la televisión como para saber que no debía tocar nada.

Salió corriendo, sin dejar de gritar. Estaba sola, y todo estaba oscuro. Daba miedo. Sabía dónde estaba la casa de Paco Albáñez porque tenía amistad con él. Sin embargo, para llegar hasta la casa de Paco, tenía que rodear la piscina, pasar por las pistas de tenis y atravesar un bosquecillo de frutales. Riley Karns vivía más cerca de la mansión. Aunque no lo conocía bien, lo despertó. Él le dijo que se quedara en su casa mientras echaba un vistazo. Unos quince minutos más tarde, Riley volvió con Paco Albáñez y, entre los tres, intentaron decidir qué debían hacer. Sabían que tenían que llamar a la policía y, como Riley hablaba inglés, se ofreció voluntario. Les dijo a Paco y a ella que esperaran en su casa mientras él hacía la llamada. Después, se marchó. Volvió unos treinta minutos más tarde, con dos policías. Los policías los llevaron a la casa principal y los separaron. Le dijeron que otra gente iba a hablar con ella. Primero, fue la mujer policía y, en aquel momento, él.

La historia era una narración sincera, sin dobleces. No parecía que la mujer estuviera aturullada, ni tampoco que hubiera ensayado sus palabras. Cuando terminó, miró a Decker con tristeza y le preguntó cuándo podía marcharse. Él le dijo que tenía que quedarse un poco más y, entonces, ella se echó a llorar.

Decker le dio unas palmaditas en la mano y se marchó a interrogar a Riley Karns.

El mozo de las cuadras era un hombre de baja estatura, menudo, pero le apretó la mano con fuerza. Hablaba con un acento inglés muy marcado. Tenía el rostro curtido y sus rasgos faciales eran muy finos, como los de un duende. Estaba muy pálido debido al horror y a la falta de sueño.

Llevaba años trabajando con los caballos, como jinete profesional y adiestrador. Su trabajo en la finca no consistía solamente en ocuparse de los caballos y los perros, sino, también, enseñar a Gilliam Kaffey la equitación básica. Llevaba un jersey oscuro que parecía manchado. Cuando Decker le preguntó si se había cambiado de ropa aquella noche, él respondió que no. La declaración de Karns encajaba con la de Ana. Él llenó los minutos vacíos de Ana, la media hora que ella había pasado a solas con Paco Albáñez en la casa de Karns.

Karns admitió que la primera llamada debería haber sido al 911, pero no tenía la cabeza en su sitio. Así pues, había llamado a Neptune Brady, el jefe de seguridad de los Kaffey. Karns sabía que Brady estaba en Oakland, visitando a su padre enfermo, pero lo había llamado de todos modos. Neptune le dijo que llamara rápidamente al 911 y que, después, llamara a Piet Kotsky y le dijera que fuera al rancho para averiguar qué era lo que había salido mal. Brady le dijo que intentaría alquilar un jet privado para ir rápidamente a Los Ángeles, y que llamaría a Kotsky cuando hubiera concretado sus planes para el viaje. Brady también le dijo a Karns que él avisaría a la familia.

Karns hizo lo que le habían dicho. Primero, llamó al 911; seguidamente, llamó a Piet Kotsky, que le dijo que iba a ponerse en camino de inmediato, pero que tardaría tres horas en llegar al rancho. Cinco minutos después, llegó la ambulancia y, un poco más tarde, la policía. Él llevó a un par de agentes a su casa, donde estaban Ana y Paco. La policía los llevó a la mansión y los separó.

Paco Albáñez tenía unos cincuenta y cinco años. Era un hombre de piel oscura con los ojos dorados, el pelo gris y un bigote blanco. Tenía poca estatura, pero era fornido y con los brazos fuertes. Como Ana, llevaba unos tres años trabajando para los Kaffey. No tenía mucho que añadir a las declaraciones anteriores; Karns lo había despertado de repente, le había dicho que se vistiera y que a la familia le había ocurrido una horrible tragedia. Él estaba medio dormido, pero, en cuanto vio lo disgustada que estaba Ana, se despertó. Se quedó con ella hasta que llegó la policía. Su declaración también parecía sincera.

Decker terminó los interrogatorios con muchas preguntas sin respuesta. Entre ellas, las siguientes:

¿Por qué no estaba cerrada con llave la puerta de la cocina?

¿Entraron los asesinos por las dependencias de servicio, asesinaron a la criada que estaba durmiendo y accedieron a la casa por la cocina? Y, de ser así, ¿quién los dejó entrar?

¿Saltó la alarma cuando Ana entró en la cocina? Y, si no saltó, ¿quién la había desactivado?

¿Quién tiene llaves de la casa principal, aparte de la familia?

¿Quién sabe cuál es el código de la alarma, aparte de la familia?

¿Quién fue el primero en darse cuenta de que Gil Kaffey no estaba muerto?

Y, finalmente, ¿por qué no se aseguraron los asesinos de que Gil Kaffey no estaba muerto?

Estaban los criados, los guardias de la garita, los guardias en la casa, el jardinero, el mozo de la cuadra, Piet Kotsky y Neptune Brady. Y solo eran los empleados domésticos de Guy Kaffey. Decker se imaginaba lo difíciles que iban a ser las cosas cuando llegara a su empresa, que tenía miles de empleados. El personal que iba a tener que destinar para un caso importante como aquel sería pasmoso. El expediente iba a necesitar tanto papel que sería necesario talar un bosque entero. Recientemente, su comisaría había empezado a utilizar papel reciclado.

Había que hacerse de los verdes.

Mejor que rojo: el color predominante de aquella noche.

CAPÍTULO 3

Las dos voces eran graves, y tenían un tono de exigencia. Desde el fondo, Decker vio primero al hombre calvo, que llevaba unos pantalones de tela de algodón holgados, y una cazadora *bomber*. Tenía el cuello fuerte y los hombros anchos, y parecía que estaba hecho de ciento veinticinco kilos de puro músculo. Su acompañante tenía el pelo negro y espeso, y llevaba pantalones de traje grises y una chaqueta azul. Era más alto y más delgado, pero también tenía un cuerpo muy fuerte. Si hubieran sido jugadores de fútbol americano, uno habría sido un *tackle*, y el otro, un *quarterback*.

Por los retazos de conversación, parecía que estaban furiosos con la policía. Primero, los habían detenido como si fueran delincuentes en el desvío de entrada a la finca y, después, los habían interrogado como si hubieran cometido un delito. Y, en aquel momento, Marge estaba denegándoles el permiso para visitar la escena del crimen. Aunque su sargento favorita no necesitaba ayuda, Decker se acercó al grupo.

Marge hizo las presentaciones rápidamente: Piet Kotsky y Neptune Brady. Kotsky estaba muy rojo, y le sudaba la frente. Tenía los ojos grandes y hundidos, y la piel tirante sobre unos pómulos muy marcados, de un color amarillento parecido al de una piel momificada.

Brady era más joven. Debía de estar entre los treinta y los treinta y cinco años. Tenía la cara delgada y bronceada, como si hubiera pasado muchas horas en una cabina de rayos. Tenía los ojos azul claro, los labios carnosos y el pelo oscuro, muy rizado. Estaba cruzado de brazos, y tenía unas manos grandes y adornadas con varios anillos de oro.

—¿Usted está a cargo de la investigación? ¿Qué ha ocurrido? —preguntó.

Decker respondió:

—Todavía estamos recopilando información...

—¿Sabe que he tardado veinte minutos en convencer a los idiotas que están en el desvío de que yo tengo motivos para entrar al rancho? ¿Es que no se comunican entre ustedes?

Decker retrocedió un paso para dejar espacio entre los dos.

—¿Qué puedo hacer por usted, señor Brady?

—Para empezar, ¿qué le parece darme respuestas?

—En cuanto tenga respuestas, se las transmitiré. Me gustaría hacerles algunas preguntas —dijo Decker, y se giró hacia Marge—. ¿Por qué no lleva al señor Kotsky a uno de los estudios y lo entrevista allí, sargento?

—¿Qué es esto? —preguntó Brady, con los orificios de la nariz dilatados—. ¿Divide y vencerás?

—No somos el enemigo, señor Brady. Necesito información —dijo Decker—. Necesitamos una lista de todo el que trabaje en la casa, tanto a tiempo completo como a tiempo parcial. ¿Cuánta gente hay en la casa por las noches, simultáneamente? ¿Quién se suponía que tenía que estar trabajando anoche? ¿Quién vive en la finca? ¿Quién vive fuera? ¿Cuánto tiempo lleva cada uno de los empleados trabajando para los Kaffey? ¿Quién tiene llave de acceso? ¿Cuáles son los códigos de las alarmas? ¿Quién contrata a los empleados? ¿Quién los despide? Información general, como esa.

Brady arrastró los pies por el suelo.

—Puedo ayudarle. Primero, me gustaría ver lo que ha ocurrido.

Marge dijo:

—Señor Kotsky, ¿por qué no viene conmigo y dejamos que el teniente Decker y el señor Brady hablen con tranquilidad?

Kotsky miró a Brady, que asintió.

—Está bien. Id al estudio oeste.

—¿Dónde está, en el plano? —preguntó Marge.

—Piet se lo mostrará.

Después de que se hubieran marchado, Brady dijo:

—Necesito ver lo que ha pasado.

—Nadie ve a las víctimas a menos que los investigadores forenses hayan terminado. Nosotros estamos a cargo del escenario del crimen, pero ellos están a cargo de los cuerpos.

—¡Burocracia! —exclamó con desprecio Brady—. No me extraña que la policía nunca haga nada.

Decker lo miró fijamente.

—Nosotros hacemos las cosas, pero, como queremos hacerlas bien, somos cuidadosos. ¿Cree que el señor Kaffey habría dejado entrar a cualquiera en la sala de juntas de su empresa solo porque se lo pidieran?

—La diferencia es que yo soy un contribuyente, y pago su sueldo —replicó Brady.

Decker consiguió mantener la calma.

—Señor Brady, no va a poder ir a ninguna parte próximamente, porque tiene que esperar a la familia. Así que, en vez de girar los pulgares y continuar enfadado, sería mejor que colaborara. Si lo hiciera, a mí me resultaría mucho menos sospechoso.

—¿Sospecha de mí? —preguntó. Al ver que Decker no respondía, dijo—: Yo estaba a cientos de kilómetros de distancia. ¡Llevo años trabajando para el señor Kaffey, y no tengo por qué soportar esta idiotez!

—Señor Brady, en estos momentos, cualquiera que haya tenido algo que ver con los Kaffey es un sospechoso para mí. Y así es como debe ser: si no fuera desconfiado, sería un detective muy malo.

Brady apretó los puños. Después, lentamente, relajó los dedos.

—Todavía estoy conmocionado.

—Es lógico.

—No tiene idea de… —dijo. En voz baja, terminó su explicación—: Estaba con mi padre, que acaba de sufrir un infarto. Y, ahora,

34

tengo que tratar con los restantes miembros de la familia. ¿Sabe lo espantoso que fue tener que llamar a Grant Kaffey para darle la noticia de que sus padres y su hermano están muertos?

Decker miró al hombre.

—Gil Kaffey está en el hospital, señor Brady. No ha muerto.

—¿Cómo? —preguntó Brady, con los ojos muy abiertos—: Riley Karns me dijo que había muerto. Gracias a Dios… —Se le escapó una risotada cínica, y añadió—: ¡Ahora, la familia va a pensar que soy un completo idiota!

—¿Por qué no me deja a mí que atienda a la familia?

—La seguridad de la familia era asunto mío, y no he sabido cumplir con mi cometido —dijo y, de repente, se le llenaron los ojos de lágrimas—. Yo no he tenido nada que ver con esto, pero tiene razón en sospechar de todo el mundo. ¿Qué quiere saber?

—Para empezar, ¿cómo funciona su sistema de seguridad?

—Es obvio que no funciona —dijo Brady, y se mordió el labio con fuerza—. Va a ser largo.

—¿Qué le parece que vayamos a alguna de las habitaciones para que pueda explicármelo todo?

—Sí, vamos a alguna habitación —le dijo Brady—. Hay más que de sobra.

La cuchara no hacía más que dar vueltas por el cuenco de cereales. Hannah no tenía interés en desayunar, ni tampoco en ir al colegio. Sin embargo, aunque el desayuno fuera algo optativo, la educación era obligatoria.

—¿No quieres que te prepare un *bagel*, y te lo vas comiendo en el coche? —le preguntó Rina.

La adolescente se apartó los rizos rojizos de los ojos azules.

—No tengo hambre.

—No tienes por qué comértelo. Llévatelo.

—¿Por qué?

—Mira, hazme caso, ¿de acuerdo? —le dijo Rina. Retiró el cuenco

de cereales de la mesa y puso un *bagel* de cebolla en la tostadora—.
Recoge tus cosas. Hay que salir ya.

—¿Por qué tienes prisa?

—Tengo que ir al juzgado, y tardo por lo menos una hora en llegar.

—Pobre Rina. No solo tiene que sufrir las vicisitudes de su propia hija, sino que tiene que pasarse el día con otros once desafortunados en el contaminado centro de Los Ángeles.

La tostadora saltó. Rina untó queso en el *bagel* y envolvió el bocadillo en papel de aluminio.

—No me estoy quejando. Vamos.

Hannah tomó la mochila de dos toneladas de peso.

—¿En qué caso estás trabajando?

—No puedo hablar de eso.

—Vamos… ¿A quién se lo voy a decir? ¿A Aviva Braverman?

—No se lo vas a decir a nadie porque yo no te lo voy a decir a ti —respondió Rina, mientras rebuscaba por su bolso. Era un bolso grande, y en él había metido un libro sobre Abigail Adams y *Los Angeles Times*. Ya había titulares sobre los asesinatos. Sacó las llaves del bolso, puso la alarma y cerró la puerta con llave.

—Es absurdo que te seleccionaran para el jurado —le dijo Hannah, mientras se ponía el cinturón de seguridad—. *Abba* no es solo policía, sino que es teniente.

Rina arrancó el motor.

—Yo tengo mis propias opiniones.

—Pero, de todos modos, él te influye. Es tu marido —dijo Hannah. Desenvolvió el *bagel* y comenzó a mordisquearlo—. Umm… Qué rico —murmuró. Movió el dial de la radio hasta que llegó a una emisora de rock duro, y preguntó—: ¿Qué hay de cena?

Rina sonrió para sí. Hannah ya había cambiado de tema. Como todos los adolescentes, tenía la capacidad de atención de un mosquito.

—Pollo, probablemente.

—¿Probablemente?

—Pollo o pasta.

—¿Por qué no pasta con pollo?

—Puedo hacer pasta con pollo, sí —respondió Rina—. Tú también sabes hacer pasta con pollo.

—Pero a ti te sale mejor.

—Eso es una tontería. Tú eres una buenísima cocinera. Lo que pasa es que quieres encasquetármelo a mí.

—Sí, es cierto. Dentro de pocos años, me habré marchado a la universidad, y no tendrás a nadie para quien cocinar. Vas a echar de menos estos días.

—Tengo a tu padre.

—Él nunca está en casa, y la mitad de las cenas que preparas terminan en el calientaplatos. ¿Por qué te molestas?

—Vaya, alguien parece resentida.

—No estoy resentida, solo estoy diciendo algo objetivo. Quiero a papá, pero él no pasa mucho tiempo en casa —dijo Hannah, y se mordisqueó el pulgar—. ¿Va a poder ir a la actuación de mi coro esta noche?

—¿Actuáis esta noche? Creía que era mañana.

—Ah, sí, pero es que la señora Kent la cambió. Se me olvidó decírtelo.

—Si tu actuación es esta noche, Hannah, ¿vas a estar en casa para la cena?

—No, supongo que no —respondió Hannah—. ¿Crees que papá podrá llegar?

—Llegó a las dos últimas actuaciones. Estoy segura de que irá… —dijo Rina, aunque estaba pensando en la noticias de aquella mañana—. A menos que suceda algo muy grave.

—¿Algo grave como un asesinato?

—El asesinato es muy grave, sí.

—No, en realidad, no. ¿En qué van a cambiar las cosas? La persona ya está muerta.

Claramente, Hannah vivía en su propio mundo de narcisismo. No tenía sentido intentar razonar con ella. Rina se limitó a cambiar la emisora por otra de viejos éxitos. Los Beatles estaban cantando algo sobre «ocho días a la semana».

—¡Me encanta esta canción! —exclamó Hannah; subió el volumen y se apoyó plácidamente en el asiento, tomándose su *bagel*, canturreando y moviendo el pie al ritmo de la música.

Parecía que todo el resentimiento contra su padre se había esfumado.

Algunas veces, tener la capacidad de atención de un mosquito era algo muy bueno.

Al entrar en el juzgado, se alegró de haberse asegurado de que llevaba el nudo de la corbata perfectamente hecho, y de que su camisa tuviera la cantidad óptima de almidón. Con los hombros erguidos y el paso desenvuelto, se sentía el dueño del mundo.

Como si fuera un compositor con el don del oído absoluto, tenía lo que él llamaba «el sonido absoluto». No solo podía traducir las palabras y descifrar el discurso, los requisitos básicos para su trabajo, sino que podía hacer algo igualmente importante: captar los matices y saberlo todo sobre el pasado de alguien solo con oír unas cuantas frases. Podía distinguir dónde se había criado una persona, dónde habían crecido los padres de esa persona, y dónde vivía actualmente esa persona.

Por supuesto, también podía discernir cosas más sencillas, como la raza y la etnia, pero ¿quién era capaz de dar exactamente con la clase social y el nivel de educación de otro, en un instante? ¿Cuántos seres humanos podían detectar si otra persona estaba triste, feliz, o enfadada, fastidiada, celosa, molesta, nostálgica, o si era sentimental, considerada, empática, trabajadora o perezosa? Y no por lo que decían, sino por cómo lo decían. Podía distinguir entre acentos prácticamente idénticos de distintas regiones norteamericanas y también tenía un oído mágico para los acentos internacionales.

En su mundo, la vista no era necesaria. La vista era un sentido engañoso. A él se le había concedido un don sobrenatural, algo que no debía malgastarse en cosas triviales como un juego, por ejemplo.

«Vamos, di qué acento es ese».

La gente era tan imbécil…

Su PDA vibró. Se la sacó del bolsillo y presionó un botón. La máquina leyó el mensaje con una voz electrónica: «Ver A para almuerzo». Apagó aquel aparato tan práctico y volvió a guardárselo en el bolsillo. La hora era las doce y media, el lugar era un bar de sushi en Little Tokyo, y su acompañante era Dana.

El día se presentaba bien. Ocupó su sitio en el banco, se ajustó las gafas y giró la cabeza en dirección al jurado. Les dedicó una sonrisa deslumbrante a los buenos ciudadanos de Los Ángeles, mostrándoles una dentadura blanca y perfecta.

¡Había llegado la hora del espectáculo!

Después de que el juez les ordenara que no hablaran del caso, los miembros del jurado abandonaron la sala.

La mujer que iba delante se llamaba Kate, y eso era todo lo que Rina sabía de ella. Debía de estar en la treintena; tenía la cara demacrada, era rubia y de pelo corto. Llevaba unos pendientes de aro. Se volvió hacia Rina y dijo:

—Ally, Ryan, Joy y yo vamos a ir al centro comercial. ¿Quieres venir a comer con nosotros?

—He traído la comida de casa, pero me encantaría sentarme con vosotros. Cualquier cosa, con tal de salir de este edificio.

—Sí, es como si los que estuviéramos en la cárcel fuéramos nosotros —comentó Kate con una sonrisa—. Yo voy al servicio, y Ryan y Ally tienen que hacer un par de llamadas de teléfono. Hemos quedado todos fuera dentro de diez minutos.

—Me parece bien —dijo Rina.

Al abrir la puerta de cristal del juzgado, sintió un golpe de aire caliente en la cara, y oyó el ruido del tráfico. Parecía que el asfalto se estaba derritiendo, y la única sombra de la calle era la que proyectaban los edificios y una fila de árboles que parecían resistentes a la contaminación.

Marcó el número de Peter, con la idea de dejarle un mensaje. Se llevó una agradable sorpresa al oír que contestaba.

—¿Qué tal? —le preguntó.

—Sigo vivo.

—Eso está bien. ¿Dónde estás?

—Estoy con la sargento Dunn, y vamos al hospital St. Joseph. Gil Kaffey acaba de salir del quirófano, y está en la UCI.

—Me alegro mucho de oírlo. He leído la noticia de los Kaffey esta mañana, en el periódico, pero seguro que ya se ha quedado obsoleta. Vas a estar muy ocupado.

—Como siempre.

—Te quiero.

—Yo también te quiero.

—¿Voy a poder verte pronto?

—Bueno, al final, tendré que dormir.

—¿Crees que podrás llegar a la actuación del coro de Hannah?

Una pausa.

—¿Cuándo era? ¿Mañana a las ocho?

—No, es hoy a las ocho. La directora del coro cambió la fecha, y a Hannah se le olvidó decírmelo.

—Oh, vaya —dijo él. Hubo otra pausa—. Sí, iré. Pero no respondo de mi aspecto ni de mi higiene personal.

Rina se sintió aliviada.

—Seguro que lo único que quiere Hannah es ver tu cara.

—Eso sí va a pasar. Pero hazme un favor: dame un codazo en las costillas si ves que me quedo dormido. ¿Qué tal va todo en el precioso centro de Los Ángeles?

—El verano ya ha llegado —dijo ella, y se enjugó el sudor de la frente con el dorso de la mano—. Hoy no debería haberme puesto la *sheytl*. Hace demasiado calor para llevar peluca.

—Quítatela. Yo no se lo voy a decir a nadie.

Rina sonrió.

—Bueno, entonces, ¿nos vemos en el colegio?

—Sí, eso es lo más lógico.

—¿Te llevo algo de cena?

—Eso también estaría bien. Bueno, tengo que colgar. Me esperan los pasillos esterilizados del St. Joseph, llenos de olor a antiséptico, pero no me envidies por lo bien que lo voy a pasar. Estoy seguro de que tú también vas a tener una fiesta estupenda en el juzgado.

—En realidad, hay algo de camaradería. Varios de los miembros del jurado vamos a ir a comer al centro comercial de enfrente.

—Vaya, qué suerte.

—Estamos cumpliendo con nuestro deber de ciudadanos por quince dólares el día. Incluso el Departamento de Policía de Los Ángeles paga más que eso.

—¿Quieres que nos cambiemos de sitio?

—No, ni lo sueñes. Prefiero los vivos a los muertos.

CAPÍTULO 4

Marge y Decker tardaron unos cuarenta y cinco minutos en llegar al hospital, y eso, con tráfico fluido. Si Gil Kaffey había estado consciente durante el trayecto en ambulancia, seguramente había tenido muchas cosas en las que pensar. ¿Qué recordaría? Algunas veces, en los incidentes traumáticos, se producía la amnesia retrógrada, como si fuera una vacuna natural, para evitar un mayor sufrimiento.

El complejo hospitalario St. Joe estaba formado por un hospital de tamaño medio, con cuatro alas, y otros cuatro edificios de despachos profesionales. Marge y él tuvieron que dar unas cuantas vueltas para encontrar un sitio, y el que encontraron era muy pequeño. Sin embargo, Marge maniobró con habilidad el Crown Vic y, a los pocos minutos, estaban enseñando las placas en el mostrador de enfermeras de la UCI. Antes de que les permitieran el paso, las enfermeras tenían que llamar a uno de los médicos de Gil Kaffey para que lo autorizara. Tardaron unos veinte minutos en dar con uno de los cirujanos que lo habían operado.

El médico, llamado Brandon Rain, era un hombre fornido, de unos treinta años, con los hombros anchos y los brazos musculosos. Él les puso al tanto de todo.

—Kaffey está sedado. Su cuerpo ha pasado por una espantosa experiencia, así que no pueden estar en la habitación más que unos minutos.

—¿Está muy grave? —preguntó Decker.

42

—La bala le fracturó un par de costillas flotantes y le provocó una hemorragia. Tardaron en traerlo hasta aquí, y esa es una zona muy vascularizada. Faltó poco para que la bala le atravesara el bazo; entonces, se habría desangrado —explicó el médico. En aquel momento, sonó su busca, y él miró la pantalla—. Tengo que irme. Solo unos minutos.

—Muy bien —dijo Decker.

—¿Ha habido noticias de la familia? —preguntó Marge.

—Todavía no, pero estoy seguro de que pronto las tendremos —respondió el doctor Rain—. ¿No se han fijado en el edificio Kaffey al entrar?

—Yo sí —respondió Decker—. Supongo que la familia es influyente.

—A ver cómo lo digo… Son gente caritativa —explicó Rain—. Y son gente adinerada. En nuestra sociedad, esa es una combinación ganadora.

Gil Kaffey tenía tubos conectados a la nariz, a los brazos y al estómago. Tenía la cara contusionada e hinchada, los ojos enrojecidos y los labios resecos y agrietados. Marge había guardado una fotografía suya en el ordenador portátil, y aquel Gil Kaffey de la cama del hospital no se parecía en nada al hombre guapo y seguro de sí mismo que aparecía en la pantalla. Su ritmo cardíaco era constante, y le habían colocado el brazalete hinchable de un esfigmomanómetro en el brazo para tomarle la tensión arterial cada diez minutos. Gil estaba consciente, pero muy adormilado. Decker no quería que la entrevista durara demasiado; solo quería un nombre. Fue la primera pregunta que hizo: «¿Sabe quién le disparó?».

A nadie le sorprendió que Kaffey dijera que no con un gesto de la cabeza. Su ritmo cardíaco aumentó cuando intentó hablar.

—Ex…

La enfermera de la UCI miró significativamente a los detectives.

—Solo unos minutos.

—Entendido —respondió Decker—. ¿Ha dicho «ex», señor Kaffey? —preguntó.

Entonces, Kaffey asintió y trató de hablar nuevamente. Ellos esperaron. Kaffey no pudo decir nada más, y cerró los ojos. Al cabo de un instante, murmuró:

—Extranj...

—¿Extranjeros? ¿Hablaban otro idioma?

A Kaffey se le aceleró el corazón, y abrió los ojos lentamente. Asintió.

—La gente que los atacó no hablaba inglés.

Otro asentimiento.

—¿Reconoció usted el idioma? —preguntó Marge.

—No... Oscuro...

—¿Oscuro? —repitió Marge—. ¿La habitación estaba a oscuras?

Gil negó con la cabeza.

Marge lo intentó de nuevo.

—¿Los hombres que atacaron a su familia eran de tez oscura?

Gil asintió.

—¿Eran negros?

—No... Oscuros...

—De piel oscura —dijo Decker—. ¿Eran hispanos, o del Medio Oriente, o mediterráneos?

Otro asentimiento.

—Pero ¿no pudo distinguir en qué idioma hablaban?

No hubo respuesta.

Marge le preguntó:

—¿A cuántos hombres recuerda?

—Tal vez... tres... cuatro... —dijo Gil Kaffey, y volvió a cerrar los ojos—. Cansado.

La enfermera intervino.

—Tenemos que administrarle analgésicos. Voy a llamar al doctor —dijo, y tocó una campanilla—. Deberían irse ya.

—Usted es la jefa —respondió Decker, y le entregó varias tarjetas a la enfermera—. Cuando esté un poco más despierto, por favor, llámenos. Sé que lo más importante es su salud, pero, cuanta más información tengamos, mayores serán las probabilidades de que resolvamos el crimen.

—Creo que… —dijo Gil.

Marge y Decker se volvieron hacia él.

—¿Qué? —dijo Marge.

—Creo que… oí «sí».

Decker se acarició el bigote, su versión de acariciarse la barba. Lo hacía cuando estaba pensando con mucha concentración.

—¿Se refiere a «sí» en español?

—Uno de ellos… —respondió Gil, respirando con dificultad—. Uno de ellos dijo «sí».

Rina sacó su bocadillo de carne asada de un envoltorio de plástico. Tenía lechuga, tomate y pepinillos.

Joy lo miró con envidia.

—Qué buena pinta.

—¿Quieres un poco? —le preguntó Rina.

—No, yo tengo mi comida basura. ¿Cómo iba a pasar mi organismo sin todo ese exceso de sal?

Aquel centro comercial era una sucesión de locales de comida rápida, especialmente diseñados para atraer a las masas que trabajaban en el centro de la ciudad. Aunque olía a grasa y a carne, tenía aire acondicionado, y en días como aquel, en que el termómetro marcaba más de treinta y siete grados, cualquiera podía aguantar un poco de olor a grasa.

Ellos formaban un grupo heterogéneo. Joy trabajaba de secretaria en una empresa de reciclaje de metal. Tenía unos sesenta años. Era una mujer gruesa, y llevaba colorete en las mejillas. Ally acababa de graduarse en la escuela universitaria. Se había especializado en Comunicación, y estaba entusiasmada porque iba a celebrar su veintiún cumpleaños con una fiesta. Invitó a todos los miembros del jurado. Ally tenía el pelo oscuro, pero se había teñido el mechón central de rubio, y recordaba al pelaje de una mofeta. Ryan tenía casi cuarenta años, estaba casado y era padre de tres niños. Era contratista, y estaba muy contento de poder librarse de las obras durante dos días. Estaba trabajando en una casa muy grande, y los clientes lo estaban volviendo loco. Kate era la única mujer en una casa llena de hombres que habían pertenecido a las fuerzas aéreas. Sus dos hijos ya habían cumplido los treinta, y tenían trabajo de piloto en FedEx. Su marido había pasado treinta años en United Airlines.

—Hicimos viajes estupendos —dijo Kate.

—Claro —dijo Rina—. Nosotros hicimos un crucero por Alaska el año pasado. Fue maravilloso.

—Alaska es precioso —dijo Ryan—. Yo intento ir a pescar allí todos los veranos.

—¿Salmón?

—Sí, exacto.

—¿Y no os dan miedo los osos pardos? —preguntó Joy.

—Cuando vas a pescar, es temporada alta y hay muchos peces. Entonces, los osos también están muy ocupados pescando, y no te molestan.

—¿No has visto ese documental tan horrible en el que un oso pardo atacó y se comió a un chico y a su novia? —preguntó Joy.

—¡Ay! —dijo Ally—. ¿Cuándo ocurrió eso?

—Hace varios años —respondió Rina.

Ryan dijo:

—Son animales salvajes. Hay que ser respetuoso con la naturaleza.

—¡Ay! —repitió Ally.

—Seguramente, esa noticia no es tan horrible como los titulares de hoy —comentó Joy—. ¿Os habéis enterado de lo que ha pasado en esa mansión de Valley?

—Coyote Ranch —dijo Ryan—. Los Kaffey. Eran unos grandes promotores inmobiliarios.

—Me he quedado muy impresionada al leerlo. ¡Es horrible! ¡Tres personas muertas!

Joy era una fuente de noticias desagradables, y las difundía con regocijo. Rina no se molestó en corregir el número de víctimas. Lo mejor era tener la boca cerrada.

—Debían de tener una buena alarma —continuó Joy—. Así que yo creo que tiene que haber sido alguien de dentro de la casa.

Kate dijo:

—A mí no me gustaría formar parte del jurado de ese juicio. Querría que colgaran a los asesinos —dijo Kate, y se volvió hacia Rina—. ¿Dónde trabaja tu marido?

—En West Valley.

—Ah… Vaya.

Joy abrió mucho los ojos.

—Entonces, ¿esto ha ocurrido en el distrito de tu marido?

—Sí.

—¿Y él está en la investigación?

—Creo que todo West Valley está en la investigación. Las víctimas eran gente importante. El caso tiene una gran atención por parte de todos.

Joy se inclinó hacia ella.

—¿Y qué sabes tú de lo que ha pasado?

—Lo mismo que tú: lo que he leído en el periódico.

Ally sonrió.

—No nos lo va a contar.

Rina le devolvió la sonrisa, y tomó un bocado de su sándwich. Después, cambió de tema.

—¿Alguien sabe quién es ese hombre que está sentado entre el público?

—¿El que lleva gafas de sol y sonríe como Tom Cruise? —preguntó Kate—. ¿Quién es?

—No lo sé, pero ha estado saliendo y entrando de la sala desde el día de la selección de los jurados.

—Tal vez sea periodista —sugirió Ally.

—No he visto que llevara libreta —dijo Kate.

—Muchos de ellos utilizan grabadoras. Eso era lo que hacía yo cuando tenía que entrevistar a alguien para Periodismo.

Kate se encogió de hombros.

—Puede ser.

—Es un poco raro —dijo Joy—. No hace otra cosa que estar sentado y sonreírnos. ¿Acaso está intentando intimidarnos, o algo así?

—No lo sé —dijo Rina—. Cada vez que lo miro, se está colocando la corbata o quitándose una mota de polvo de la chaqueta del traje. Va bien vestido. Es evidente que le preocupa su aspecto.

Ryan dijo:

—Yo creo que no trabaja con las manos. Las tiene muy finas.

—Puede que sea abogado —dijo Joy—. Al acusado le vendría bien tener a alguien que no fuera el vago que tiene.

—Sí, tiene pinta de ser negligente —dijo Ally.

Kate intervino:

—Seguramente, no deberíamos hablar sobre el caso.

—No estamos hablando del caso —dijo Joy—. Solo del vago del abogado defensor.

—Pero, de todos modos, Kate tiene razón —dijo Rina—. Bueno, entonces, ¿alguien se imagina quién puede ser el señor Sonrisas?

Todos se encogieron de hombros.

—Solo espero que no sea un acosador —dijo Ally, en voz baja.

—Está un poco expuesto como para serlo —respondió Rina.

—Una vez —dijo Joy—, a mí me acosó un tipo. Era de mi trabajo, y no me dejaba tranquila.

—¿Y qué hiciste? —preguntó Ally.

—Le dije muchas veces que me dejara en paz. Él no lo hizo, y terminé por tirarle un café a la cara —respondió Joy. Cuando todos la miraron con asombro, ella explicó—: Estaba tibio. Pero me entendió, porque no volvió a molestarme más.

—Eres dura —dijo Ryan—. Más dura que mis clientes.

Joy le dio unos golpecitos maternales en el dorso de la mano.

—Puede que ya sea abuela, pero eso no significa que nadie pueda tocarme las narices.

Ally preguntó:

—¿Y sacaste a relucir el tema del acosador durante la selección del jurado, cuando preguntaron por nuestras experiencias con respecto al crimen?

—No, no dije nada. En realidad, no fue un delito; solo mal comportamiento. Demonios, si eliminaran a la gente basándose en un mal comportamiento, no quedaría nadie para hacer de jurado en todo el país.

CAPÍTULO 5

Como estaban en Los Ángeles, la escena podría haber sido el comienzo de cualquiera de las series sobre hospitales que se habían emitido por televisión durante aquellos últimos años. Los hombres gritaban órdenes mientras avanzaban apresuradamente por los pasillos, seguidos por ansiosas enfermeras. Salvo que, en aquel caso, los tipos no llevaban batas de médico, sino traje y corbata, e iban rodeados por un cortejo. Las enfermeras les ladraban órdenes a aquellos hombres, pero ellos no hacían caso. Alguien mencionó que debían llamar a seguridad.

El grupo pasó por delante de Marge y Decker, y los detectives se miraron.

—¿La familia Kaffey? —preguntó Marge.

—Tal vez debamos intervenir, antes de que alguien los eche —respondió Decker.

—No creo que eso sea posible, porque estamos en el Edificio de Servicios de Urgencias Kaffey —dijo Marge, observando la confrontación que había frente a la UCI—. Deberíamos poner un guardia en la entrada. No sabemos si la familia está metida en esto. Tal vez hayan venido para ocuparse de un asunto que ha quedado sin terminar.

—Tienes toda la razón —dijo Decker. Respiró profundamente y exhaló—. Vamos.

Se acercaron a los recién llegados, que hablaban en un tono exigente y en voz muy alta. La revuelta iba dirigida por un hombre de unos veinticinco años, y secundada por un hombre de casi sesenta. Decker se metió en medio del alboroto.

—¿Puedo ayudar a alguien?

El joven fulminó a Decker con la mirada. Era de estatura media, y tenía el pelo rubio. A Decker le pareció notar cierto parecido con Gil.

—¿Quién demonios es usted? —inquirió el joven.

—El teniente detective Peter Decker, del Departamento de Policía de Los Ángeles. Les presento a la sargento detective Marge Dunn. Ella pertenece a Homicidios —respondió Decker, tendiéndole la mano—. ¿Es usted Grant Kaffey?

—Muéstreme su identificación.

Decker abrió la cartera, y el joven y el hombre mayor observaron las placas. Cuando quedaron satisfechos, el mayor dijo:

—¿Qué demonios ha ocurrido?

—¿Qué le parece si, antes, se presentan? Nos gustaría saber con quiénes estamos hablando.

—Soy Mace Kaffey, el hermano de Guy —dijo, y se pasó la mano por la cara. Tenía una expresión de dolor y de fatiga—. Y él es Grant Kaffey. Queremos hablar con Gil.

—Gil está sedado en estos momentos. Resultó herido y...

—¿Está grave? —preguntó el joven, con horror—. ¿Le dispararon?

—Sí, le dispararon.

—¡Oh, Dios! —exclamó Mace.

—¿Qué les parece si vamos a una sala tranquila y tomamos un café? La sargento Dunn y yo intentaremos explicárselo todo.

—¿Y cuándo puedo ver a mi hermano? —preguntó Grant.

—Eso no puedo decirlo yo, señor Kaffey, sino el médico —dijo Decker, y se volvió hacia una de las enfermeras—. ¿Podríamos disponer de una habitación vacía aquí?

La enfermera jefe, una mujer robusta, de expresión severa, llamada Jane Edderly, llegó y cargó contra los alborotadores.

—Hay demasiada gente aquí. Están cortando el paso.

51

Grant dijo:

—Harvey, tráenos café. Engles y Martin, quedaos aquí con nosotros. El resto, esperad abajo.

Al oír las órdenes, los subordinados se dispersaron. El joven Kaffey todavía estaba mirando a Decker con furia.

—¡Quiero ver a mi hermano ahora mismo!

Decker se dirigió a la enfermera jefe.

—¿Podría llamar al doctor Rain por megafonía, por favor?

—Está en el quirófano —respondió la enfermera.

—¿Y sabe cuándo terminará?

—¡No tengo ni idea! Todavía están bloqueando el pasillo.

Grant iba a responder, pero Decker alzó una mano.

—Enfermera Edderly, le presento a Grant y Mace Kaffey. Están pasando por un momento muy difícil, el de la pérdida de los padres de Grant y de los queridos hermano y cuñada de Mace. Necesito hablar con ellos. Tiene que haber alguna sala vacía en este edificio en la que podamos hablar.

Jane abrió mucho los ojos. Por fin, lo entendió.

—Dejen que mire a ver si hay algo disponible.

—Gracias, le agradezco mucho su cooperación —dijo Decker, y se volvió de nuevo hacia los hombres—. Les doy mi pésame. No hay palabras para referirse a una tragedia como esta.

Mace Kaffey se pasó una mano por la cara demacrada. Era un hombre corpulento.

—¿Qué ha pasado?

—Todavía no tenemos los detalles. En cuanto encontremos una sala, les contaré lo que sé.

—¡Maldito rancho! —exclamó Grant, y empezó a pasearse de un lado a otro—. Demasiada gente saliendo y entrando. Era imposible controlarlos a todos. Ya se lo dije a mi padre.

—¿Cuánta gente trabajaba personalmente para su padre? —preguntó Marge.

—¿Eh? —murmuró Grant, y se detuvo—. ¿En el rancho?

—Sí, señor.

—¿Y yo qué sé? Demasiada gente, con demasiadas llaves. ¡Es de idiotas!

Decker dijo:

—Tengo entendido que se realizaba una cuidadosa comprobación de los antecedentes de los empleados.

—¡Eso no sirve para nada! ¿Quién se dedica a la seguridad privada, de todos modos? O son perdedores que no pudieron entrar en la policía, o son policías a los que han echado por corruptos. O, en el caso de mi padre, también podían ser delincuentes arrepentidos que le llegaban al corazón.

Marge y Decker se miraron una vez más.

La enfermera Jane Edderly había vuelto.

—Hemos encontrado una sala para ustedes. Por favor, síganme.

—Gracias por su ayuda —dijo Decker.

—Sí, gracias por dejarme una habitación en el edificio de mi familia, después de un vuelo de seis horas para llegar a ocuparme de mis padres asesinados. ¡Muchísimas gracias, enfermera Edderly!

La enfermera lo miró, pero permaneció en silencio.

Mace le puso una mano en el hombro a Grant, pero él se la sacudió. La sala no era grande, pero había espacio suficiente como para que ellos cuatro pudieran sentarse. Los dos lacayos de Grant tuvieron que quedarse de pie. A los pocos minutos, todo el mundo estaba tomando café del malo. Mace estaba derrotado, pero Grant todavía tenía toda la energía de la juventud.

—¿Cuándo voy a poder ver a mi hermano?

—Señor Kaffey… —dijo Decker y, después de una pausa, añadió—: ¿Les importaría que me dirigiera a ustedes por su nombre, ya que los dos tienen el mismo apellido?

—Llámeme Mace —respondió el hombre mayor.

—A mí me importa una mierda cómo me llame. Dígame lo que ha pasado. Y con quién tengo que hablar para poder ver a mi hermano.

—Nosotros hemos visto a su hermano hace unos veinte minutos —dijo Marge—. Tenía muchos dolores, así que el médico aumentó la dosis de analgésico. Está sedado. Que usted pueda verlo es una decisión médica, no de la policía.

—Entonces, ¡que venga el médico!

—He intentado que lo avisaran por megafonía —respondió Decker—. Está en el quirófano.

—Grant, vamos a escuchar lo que tenga que decirnos la policía —le dijo Mace.

Marge se dirigió a Grant.

—Tiene usted razón con respecto a la seguridad en el rancho. Es evidente que hay algo que no funcionó. Dos de los guardias fueron asesinados, pero hay otros dos que estaban de servicio, y que han desaparecido. Estamos trabajando con un hombre llamado Neptune Brady. ¿Lo conoce?

Fue Mace quien respondió.

—Neptune lleva trabajando para Guy desde hace mucho tiempo. Primero, en la empresa y, después, como jefe de su seguridad personal.

—¿Por qué? —inquirió Grant—. ¿Es que sospechan de él?

—Solo estamos recabando información —repitió Decker—. ¿Qué hacía Brady en la empresa, concretamente?

—No estoy seguro —dijo Mace—. Yo vivo en la costa este.

Grant dijo:

—Es un detective privado con licencia. Hizo algunos trabajos como *free lance*. Hubo unas cuentas que no salían en el departamento de contabilidad. Un desfalco. Mi padre puso a Neptune en el caso, y él hizo un buen trabajo. Así que, tal y como es mi padre, le ofreció un trabajo fijo en Coyote Ranch, de jefe de seguridad, con un sueldo exorbitante.

—¿Su padre era un hombre generoso? —preguntó Marge.

—Generoso un instante y, al minuto siguiente, tacaño. Nunca se sabía cómo iba a reaccionar con respecto al dinero. Mi padre le pagaba una fortuna a Neptune, pero estaba empeñado en que esa era la manera de mantener su lealtad.

—¿Tiene usted buena relación con el señor Brady?

—Neutral. No tenemos mucho que ver.

—¿Y usted? —le preguntó Marge a Mace.

—Yo apenas lo conozco. ¿Piensan que lo hizo él?

—Solo estamos recabando información —respondió Marge, y se dirigió a Grant—. ¿Ha dicho algo sobre que su padre contrataba a delincuentes?

—¿De qué está hablando?

—Ha mencionado que su padre contrataba a guardias de seguridad que eran exdelincuentes.

—Sí, Gil me contó algo de eso. ¿No va a ir nadie a ver qué pasa con mi hermano? —preguntó Grant, y se volvió hacia sus dos subordinados—. Joe, ve a averiguar cómo está el señor Kaffey.

Cuando el ayudante se marchó, Decker dijo:

—¿Podría darme algunos detalles de la empresa? Para empezar, ¿cuánta gente trabaja en Kaffey Industries?

—En el momento álgido del *boom* inmobiliario, puede que mil —respondió Grant—. Ahora, tendremos unos ochocientos. Seiscientos cincuenta en la costa oeste, y Mace y yo tenemos a unos ciento cincuenta trabajando para nosotros.

—¿Son ustedes promotores inmobiliarios? —preguntó Marge.

—Es nuestra principal actividad, sí —dijo Grant.

—¿Centros comerciales?

—Sí, sobre todo.

—¿Y ustedes dos siempre han trabajado en la costa este? —preguntó Decker.

—Mi padre decidió expandirse hace unos diez años. Al principio, viajábamos de una costa a la otra. Después, decidimos establecernos allí.

—Mi esposa es de Nueva York —dijo Mace—. Ella aprovechó la oportunidad para poder volver al este. Guy venía todos los meses. No era necesario que lo hiciera, pero a mi hermano le costaba mucho delegar. Grant puede confirmárselo.

—Mi padre es un adicto al trabajo —dijo Grant—. No solo trabaja muchas horas, sino que espera que todo el mundo trabaje muchas horas.

—¿Y eso es un problema? —preguntó Marge.

—Para nosotros, no, porque estamos a cinco mil kilómetros de distancia —dijo Grant—. Mi hermano es el que se lleva la peor parte. Papá nos acusa de ser unos blandos porque tenemos una vida aparte de la empresa. Pero así es mi padre —dijo Grant, y se le llenaron los ojos de lágrimas—. Mi padre tiene un origen humilde.

—Los dos lo tenemos —dijo Mace—. Nuestro padre vino de Europa con las manos vacías. Abrió una pequeña tienda de reparación de aparatos eléctricos cuando la gente todavía arreglaba las cosas. Era un hombre austero, y se dedicó a ahorrar. Al final, pudo comprar un par de edificios de apartamentos. Guy y yo convertimos el patrimonio de mi padre en un imperio.

Grant miró a su tío con dureza y, después, dirigió su ira contra Decker.

—¿Y qué tiene que ver todo eso con su asesinato?

—Solo estamos intentando conocer un poco a su familia, señor Kaffey. Nos ayudará tener ciertas bases. Siento mucho que las preguntas le resulten molestas.

Marge intervino en aquel momento.

—¿Tenía problemas su padre con alguna cosa? ¿Tal vez, con ese contable que realizó el desfalco?

—En realidad, fue un ejecutivo del departamento —dijo Mace—. Milfred Connors. Creo que se habló de una demanda, pero Guy prefirió darle su indemnización y echarlo.

—Hijo de puta —dijo Grant—. Primero, roba; después, amenaza con demandarnos.

Marge anotó el nombre.

—¿Entonces, por qué le pagaron?

—Porque es más fácil que mantener una larga batalla judicial —dijo Mace.

—Ya tenemos suficientes pleitos —dijo Grant. Al instante, se explicó—: Nada fuera de lo corriente, y algunos los iniciamos nosotros.

—¿Y Cyclone Inc, Grant? —preguntó Mace—. Se cabrearon mucho cuando conseguimos las licencias del proyecto de Greenridge

—dijo, y miró a Decker—. Llevaban años intentando impedir que se llevara a cabo. Por fin, conseguimos los permisos, y se han quedado sin armas contra nosotros.

—¿Y por qué están cabreados los de Cyclone Inc con ustedes? —preguntó Decker.

—Son los dueños de Percivil Galleria y Bennington Mall. Son centros comerciales que tienen unos veinte o treinta años. Bennington Mall ha decaído mucho por culpa de Woodbury Commons, que es uno de los centros comerciales más concurridos del país. Pero a Percivil le iba bien, porque está al otro lado del Hudson, y allí no hay competencia —explicó Grant.

—Entonces, nosotros entramos en escena —prosiguió Mace—. Kaffey está construyendo un centro comercial muy moderno, que va a dejar fuera de juego la Percivil Galleria.

—Tendrá tiendas de casi todas las cadenas de lujo, y también vamos a construir un hotel con dos cursos de golf diseñados por Tumi Addams —dijo Grant.

—Uno cubierto, y el otro, al aire libre —dijo Mace.

—Golf todo el año. Además, hemos contratado a algunos de los mejores chefs del país para que abran restaurantes.

—Vaya —dijo Marge—. Eso se llevaría por delante a cualquier centro comercial.

—¡Exacto! —exclamó Mace.

—¿Y dónde está situado? —preguntó Decker.

—Al norte de Nueva York, en Clarence County, rodeado del paisaje más bello que pueda existir —respondió Mace—. La zona está llena de ecologistas radicales, pero nosotros hemos cumplido con nuestro deber. Hemos cumplido con todos los requisitos medioambientales. Todo el proyecto va a ser ecológico.

—Cyclone ha armado mucho lío, acusándonos de cometer chanchullos y de corrupción —dijo Grant—. Acusaciones totalmente infundadas. ¡Cabrones! Nos han echado encima a los inspectores fiscales del condado, y hemos salido limpios. ¡No tenemos nada que ocultar!

—¿Quién es el consejero delegado de Cyclone? —preguntó Decker.

—Paul Pritchard —dijo Grant, e hizo una pausa—. Es un gilipollas, pero, ¿asesinato?

Mace dijo:

—Nuestro proyecto va a acabar con el último centro comercial que les daba beneficios, Grant. Pritchard es un desgraciado, y yo no pondría la mano en el fuego por él —dijo, y se dirigió a Decker—. Que lo investiguen.

—Lo haremos —dijo Marge—. Y, volviendo a lo más inmediato, ¿vivía Gil cerca de su padre?

—Gil vive en Los Ángeles. Papá vive en el rancho y en la península de Palos Verdes. La sede central de la empresa está en Irvine.

Decker arqueó una ceja.

—Eso no está lejos de Palos Verdes, pero sí está lejos de Coyote Ranch.

—Esa era la idea —dijo Grant—. Cuando mi padre quería evadirse, quería evadirse. Al principio, compró la finca para mamá y sus caballos, pero, al final, papá se enamoró de la zona. Recibían a sus invitados en Palos Verdes, sobre todo, pero algunas veces también celebraban fiestas en el rancho —explicó. Su mirada se perdió en la nada—. Un invierno —dijo, con una carcajada—, papá compró cañones de nieve para que la gente pudiera esquiar en pistas improvisadas. La fiesta duró todo el fin de semana. Fue genial.

—¿El equipo de seguridad tenía refuerzos para el fin de semana? —preguntó Marge.

—Seguramente. Eso era terreno de Neptune Brady. Él conocía las idas y venidas de la gente del rancho mejor que mis padres. ¡Dios! ¿Cómo ha podido ocurrir esto? ¡Deberían estar interrogándolo a él, y no a mí!

Decker respondió:

—Lo tenemos controlado. Hasta el momento, ha cooperado.

Grant se agitó.

—¿Y dónde demonios está el médico? ¡Quiero ver a mi hermano!

—Voy a preguntar —dijo Marge.

—Buena idea —respondió Decker, y se volvió de nuevo hacia los dos hombres—. Muchas gracias a ambos por haber sido tan francos en un momento tan difícil.

—¡Es una pesadilla! —exclamó Grant, e intentó caminar por la sala, pero no había demasiado espacio. Parecía que hablar de negocios lo calmaba, le daba algo en lo que pensar. Sin embargo, en cuanto volvía a la tragedia, parecía que iba a explotar. ¿Y quién podía culparlo por ello?

Decker dijo:

—¿Cree que el proyecto de Greenridge se hará realidad después de lo ocurrido?

—Por supuesto —respondió Mace—. Una cosa no tiene nada que ver con la otra.

—Es solo que Guy era el consejero delegado, y se trata de un proyecto colosal. Parece que es el centro comercial más grande que ha promovido Kaffey Industries.

—Será difícil —dijo Grant—, pero podemos terminar Greenridge sin papá, siempre y cuando Gil se ocupe del resto de la empresa —añadió, y cabeceó—. Dios, es una carga enorme.

—Será difícil llevar las cosas sin Guy, pero podremos hacerlo si trabajamos juntos —dijo Mace—. No solo somos socios, somos familia.

Decker miró al hermano pequeño de Guy. Aquellas afirmaciones parecían forzadas. Tal vez estuviera intentando convencerse a sí mismo de que estaba a la altura de la situación. Marge volvió a la sala.

—El doctor Rain acaba de salir del quirófano. Los recibirá a los dos en su consulta en cuanto se haya lavado. La enfermera Edderly los acompañará gustosamente hasta allí.

Grant se dio un puñetazo en la palma de la mano.

—¡No quiero ni ver a esa zorra!

—Yo los acompañaré —dijo Marge.

—Gracias —respondió Mace—. ¿Van a quedarse con nosotros?

—Tenemos que volver al rancho —respondió Decker. «A la escena del crimen», pensó—. Y también quiero investigar a esos

59

dos hombres a quienes han mencionado, Paul Pritchard y Milfred Connors.

—Connors no era más que un timador de poca monta —dijo Grant—. Un don nadie.

—Algunas veces, son ellos quienes se enfadan —le dijo Mace.

—Exacto —dijo Decker—. Aquí tienen mi tarjeta, caballeros. Llámenme a cualquier hora.

—Y aquí tiene la mía —respondió Grant—. Es un número de trabajo. Puede llamarme a cualquier hora. Y, si es importante, puede dejar su número y me avisarán.

—Gracias —dijo Decker—. Eh… una última pregunta: ¿Alguno de ustedes habla español?

—¿Cómo? —preguntó Mace.

—¿Por qué lo pregunta? —inquirió Grant.

—Muchos de los trabajadores del rancho son hispanos. En California, muchos hispanos trabajan en la construcción. Solo me preguntaba si ustedes, y su padre, su hermano, pueden comunicarse directamente con ellos.

—Por supuesto, nosotros visitamos las obras, pero no hablamos directamente con los hombres —dijo Mace.

—¿Por qué íbamos a hacerlo? —preguntó Grant—. Para eso contratamos a los capataces.

CAPÍTULO 6

Una vez en el coche, Marge se acomodó detrás del volante y ajustó los espejos retrovisores mientras hablaba:

—Me encantaría ver la contabilidad de la empresa con respecto a Greenridge, sobre todo, en la situación actual. Parece algo que nació al calor del *boom* inmobiliario, y que se ha quedado moribundo al estallar la burbuja.

—Puede que ya tuvieran la financiación del proyecto.

—¿Algo tan grande, hotel incluido? Eso pueden ser billones, ¿no?

—Cuando se habla de cifras con tantos ceros, me confundo —dijo Decker. Abrió una botella de agua, y se bebió la mitad—. Y, aunque tuviera los libros de contabilidad, no sabría interpretar algo tan complicado.

Marge arrancó el motor y salió del aparcamiento subterráneo.

—¿Crees que el proyecto puede tener algo que ver con las muertes?

—Merece la pena investigarlo, pero no espero nada —respondió Decker, mientras le ponía el tapón a la botella de agua—. Vamos a concentrarnos en lo que tenemos por ahora.

—Tenemos guardias asesinados y guardias desaparecidos. Parece que alguien de dentro está implicado.

—Me vienen dos cosas a la cabeza —dijo Decker—: O un robo perpetrado por gente de dentro, que salió mal, o que alguien pagara a los guardias para que mataran a los dueños.

—En cualquiera de los dos casos, tenemos que investigar más a la familia.

—¿Qué te ha parecido Grant?

—Intenso. Él fue quien habló casi todo el rato.

—¿Y qué te ha parecido Mace?

—No tan intenso. No conocimos a Guy Kaffey, pero, por retazos de la conversación de hoy, yo diría que el hermano pequeño, Mace, creció a la sombra de Guy.

—Grant también es el hermano pequeño, y tú acabas de decir que es intenso.

—Sí, es agresivo. Pero tal vez Gil sea incluso más agresivo. Lo único que digo es que, si Guy y Mace tuvieron algún enfrentamiento, ya sabemos quién salió airoso. Me pregunto si Guy Kaffey estaba tan entusiasmado con el proyecto de Greenridge como Grant y Mace.

—¿Guy estaba a punto de paralizarlo y los dos neoyorquinos no estaban muy contentos con la decisión?

—Efectivamente —dijo Marge—. Pero, aunque se tratara de eso, ¿habría podido provocarle a Grant tanta ira y tanta hostilidad como para matar a sus padres?

—En realidad, no sabemos lo que sentía Grant por sus padres. Puede que haya hecho mucho teatro durante la conversación.

—Sí, eso es cierto. Es interesante que no hayas preguntado si le provocó tanta ira y tanta hostilidad a Mace como para matar a su hermano.

—Caín y Abel —dijo Decker—. El primer capítulo. Hay solo cuatro seres humanos en el universo recién creado y, ¡bum! Un hermano se carga al otro a causa de los celos. ¿Qué dice eso de la raza humana?

—No dice mucho de nosotros, ni del que manda en el cielo —respondió Marge—. A cualquier jefe de policía que llevara una ciudad con una tasa de homicidios del veinticinco por ciento le patearían el culo en un abrir y cerrar de ojos.

* * *

El hombre que subió al estrado como testigo era hispano.

Eso no era ninguna sorpresa.

Durante toda la tarde habían estado desfilando hispanos por parte del demandante, un tipo forzudo con tatuajes, o del demandado, otro tipo forzudo con tatuajes. Rina podría resumir aquella colección de supuestas agresiones y golpes en una sola palabra: alcohol.

Todos los participantes estaban borrachos en el momento de la pelea, tanto los hombres como las mujeres. Normalmente, aquel incidente se habría olvidado al día siguiente, pero dio la casualidad de que la policía estaba patrullando por allí cuando la pelea estaba en su apogeo. Los policías habían podido detener a todos los que no huyeron con suficiente rapidez, y los detenidos empezaron a culparse los unos a los otros de haber iniciado la reyerta. De repente, los testigos no recordaban nada, seguramente, debido al temor.

Y el presente testigo no fue una excepción.

Por lo menos, el jurado averiguó finalmente quién era aquel Tom Cruise tan sonriente.

Cuando la primera testigo fue llamada a comparecer, una mujer hispana de unos cincuenta años que llevaba una minifalda roja y las cejas tatuadas, y que tenía una larga melena negra, Tom Sonrisas, que había estado sentado entre el público, sacó un aparato. Caminó lentamente hacia su destino, con una PDA en la mano, escuchando atentamente algo con un auricular. Cuando llegó hasta el estrado de los testigos, apagó la radio y se guardó el auricular en el bolsillo.

El grupo intercambió miradas. Varios jurados se encogieron de hombros.

Él se sentó directamente detrás de la testigo e inclinó la cabeza sobre el hombro de la mujer. Pareció que a la testigo le agradaba su presencia, puesto que se giró hacia él y sonrió. Por una vez, fue Tom el que no sonrió.

El juicio continuó, y quedó claro cuál era la labor de Tom.

Era el intérprete.

Llamarlo «intérprete» era quedarse corto.

Lo que hizo Tom fue representar el testimonio. Fue un espectáculo de un solo hombre. Alzaba y bajaba la voz y le infundía a cada frase la cantidad necesaria de emoción. Si hubiera un Premio Oscar para intérpretes jurados, Tom lo habría ganado por abrumadora mayoría de votos.

A medida que pasaban las horas, los recuerdos de los testigos se hicieron más vagos. Y con Arturo Gutiérrez, a quien el fiscal estaba interrogando implacablemente, ocurrió lo mismo. Aunque sí recordaba que se habían dado golpes y puñetazos, no sabía quién los había dado. Tal vez el denunciante golpeara al denunciado, pero tal vez fuera al revés. Los testigos se mostraban inseguros en el estrado, y parecía que el único que lo estaba pasando bien era Tom.

Cuando la acusación descansó, y llegó el turno de la defensa, era hora de marcharse a casa. Después de recibir nuevamente la orden de no hablar del caso con nadie, el jurado salió lentamente de la sala, mientras el funcionario que custodiaba la puerta los miraba a todos de arriba abajo. Rina se acordó de la metáfora de Rosh Hashana, la celebración judía del Año Nuevo: Dios juzgaba a sus fieles a medida que pasaban, uno a uno, por debajo de él, como si estuviera contando las ovejas de su rebaño.

Una vez en el pasillo, el grupo se dirigió al ascensor.

Joy se volvió hacia Rina.

—Vamos a tomar algo. ¿Quieres venir?

—Voy a la actuación del coro de mi hija.

—¿A qué hora es? —preguntó Kate.

—A las siete y media, más o menos.

—Solo vamos a estar una hora.

—Puede que mañana —dijo Rina—. Voy a tardar un poco en llegar a casa, y quiero prepararle la cena a mi marido y envolvérsela. He quedado con él en el concierto.

—Vaya, ¡sí que eres buena esposa! —comentó Joy.

—Algunas veces, cuando trabaja en un caso importante y lleva levantado más de veinte horas, se olvida de comer.

Nadie dijo nada, y las puertas del ascensor se abrieron. El grupo salió al vestíbulo del juzgado.

—¿Qué creéis que estaba haciendo Tom Sonrisas con la PDA? —preguntó Ally.

—Yo me he preguntado lo mismo —dijo Rina—. Tal vez estuviera repasando alguna declaración antes de traducirla. Tenía que ser algo autorizado por el tribunal; no creo que nadie sea tan descarado como para acercarse al estrado de los testigos escuchando música.

—Buena observación —dijo Ryan.

—Pues a mí sí me parece bastante descarado —apuntó Joy.

—Sí, era bastante teatral —dijo Rina, mientras abría las puertas de cristal para salir a la calle—. Bueno, comemos juntos mañana, ¿no?

—Estupendo —dijo Kate—. Hasta mañana. Deséale buena suerte a tu marido.

—Sí, y sácale algún detalle jugoso —dijo Joy.

—Es bastante reservado, pero haré lo que pueda.

Joy se quedó contenta con la respuesta de Rina. Y añadió:

—Y, ya que vas a envolverle algo de comer a él, envuelve un poco también para mí. Lo que has comido esta tarde tenía mucha mejor pinta que la porquería que me he tomado yo.

Aunque Rina llegó con tiempo, Peter ya estaba allí. Mientras que los otros padres se habían colocado todos en las filas delanteras, él había elegido una de las últimas filas, y estaba sentado con la cabeza echada hacia atrás, los ojos cerrados y la boca ligeramente abierta. Ella se acercó y le agitó con suavidad del hombro. Él soltó un resoplido y abrió los ojos.

—¿Qué?

Rina sacó un sándwich de su bolso.

—Toma.

Decker se frotó los ojos y se estiró.

—Hola, cariño —le dijo, y le dio un beso en la mejilla—. ¿Tienes algo de beber? Tengo la boca como el algodón.

—¿Con cafeína, o sin ella?

—No importa. No voy a tener ningún problema para dormir esta noche.

Ella le dio una lata de Coca-Cola Zero.

—Es un bocadillo de pavo y *pastrami*.

—Estoy muerto de hambre —dijo Decker, y dio un mordisco al bocadillo—. Riquísimo. Gracias.

—¿No has comido?

—No —dijo él. Abrió la lata y se bebió el refresco entero. Inmediatamente, Rina le dio una lata de Coca-Cola light sin cafeína—. Creo que estoy deshidratado.

—También tengo agua, si quieres.

—Un poco más tarde, gracias —dijo él, y se bebió la mitad de la lata—. ¿Qué tal tu día con la ley?

—Bien. ¿Y el tuyo?

—Horrible.

—En las noticias han hablado largo y tendido de los asesinatos.

—Eso tengo entendido.

—¿Han matado también a algunos guardias?

Decker asintió y terminó el refresco.

—Tengo que darle las gracias a Hannah por sacarme del despacho. Me he marchado corriendo. Las cosas están muy liadas.

—¿Vas a volver?

—Seguramente. Me gustaría terminar algo de papeleo y pensar en una estrategia.

Rina sabía, por experiencia, que en los asesinatos múltiples había muchos sospechosos.

—¿Estás lo bastante despierto como para conducir, Peter?

—Estoy bien —dijo él, y sonrió para demostrárselo—. De verdad, estoy bien. He debido de dormir unos veinte minutos, y me siento mucho más fresco, de verdad.

—Una de mis compañeras del juzgado quiere saber todos los detalles jugosos del asesinato de los Kaffey.

—Dile que lea el periódico.

—Se lo diré —dijo Rina, y tomó a Peter de la mano—. Me alegro de que hayas podido venir al concierto. Hannah me lo preguntó específicamente.

—Solo Dios sabe por qué. Se esconde todo lo posible en la última fila. Si no fuera tan alta, nadie la vería. Y nunca hace ningún solo. ¿Es que la profesora tiene algo contra ella?

—La señorita Kent es la mayor admiradora de Hannah.

—Entonces, ¿por qué nunca le da un solo?

—Creo que nuestra hija no quiere. Le gusta ver a su padre entre el público. Así siente que te importa.

Decker se encogió de hombros.

—Con las niñas, incluida Cindy, que ya tiene treinta y cinco, nunca puedo dejar de preguntarme cuántas veces más voy a tener que hacer malabarismos para demostrarles que las quiero.

—Oh, no sé… —dijo Rina, y se encogió de hombros—. Seguramente, el resto de nuestra vida.

CAPÍTULO 7

Decker estuvo muerto para el mundo desde las doce de la noche hasta las seis y media de la mañana del día siguiente, cuando sonó el despertador. La cama estaba vacía, pero oyó ruidos en la cocina. Se duchó, se afeitó y bajó a desayunar a las siete. El café ya se estaba haciendo en la máquina.

—Buenos días —le dijo Rina—. ¿Qué tal estás?

—No demasiado mal —respondió. Se sirvió una taza de café y tomó un sorbo—. Vaya, qué bueno. ¿Quieres que vaya a despertar a la princesa?

—Ya la he despertado yo. Está de muy buen humor.

—¿Y cuál es el motivo?

—Tú. Me lo ha dicho. Cito textualmente: «Fue muy agradable que papá viniera al concierto. Sé que debe de estar hasta arriba de trabajo».

—Eso es encantador —dijo él, e hizo una pausa—. ¿Cuánto crees que durará el agradecimiento?

—A corto plazo, no va a durar nada. Pero, en realidad, durará toda una vida —le dijo Rina, y le dio un beso en la mejilla—. Yo la llevo al trabajo de camino al juzgado.

—Ah, estupendo —dijo él, mirando el reloj—. Tengo que irme. Voy a asomarme a la guarida del león para despedirme.

—Esta mañana, vas a encontrar más un corderito que un león.

—Bueno, sea lo que sea, está bien —respondió Decker, y dejó la taza sobre la encimera—. Es una buena chica. Es mi niña, y la quiero mucho. Si soy blanco de su frustración de vez en cuando, qué le vamos a hacer. Con tal de que Dios la mantenga sana y salva, estoy dispuesto a llevarme los golpetazos.

Oliver llamó al quicio de la puerta y, sin esperar a que lo invitaran, entró en el despacho de Decker. Llevaba una taza de café en una mano y una hoja de papel en la otra, y tenía aspecto de estar agotado.

—¿Has dormido algo, Oliver?

—Un par de horas, pero estoy bien —dijo, y le entregó a Decker el folio, en el que había algo que parecía un árbol genealógico—. He hecho un esbozo de la organización de la seguridad de los Kaffey. Si miras al principio de la página, verás que he puesto a Neptune Brady en primera posición, porque es el jefe. Después, he ido ramificando.

—Bien hecho —dijo Decker.

—Sí, no está mal para un zombi —dijo Oliver, y sonrió—. Lo he dividido en dos categorías: guardaespaldas personales, cuyos servicios requerían Guy y Gilliam cuando aparecían en público en restaurantes, eventos benéficos, fiestas, ese tipo de cosas. Por lo menos, siempre había un guardaespaldas con ellos.

—¿Y si salían por separado?

—No sé lo que ocurría con Gilliam, pero Guy siempre iba acompañado por uno. Cuando no había nadie en casa, los guardias de seguridad eran quienes vigilaban la finca. Hasta el momento, tengo catorce nombres, pero aquí se ve que hay solapamientos: Rondo Martin, Joe Pine, Francisco Cortez, Terry Wexford, Martín Cruces, Denny Orlando, Javier Beltrán y Piet Kotsky trabajaban de guardaespaldas personales y de guardias de seguridad.

Decker miró el papel.

—Has tachado a Alfonso Lanz y a Evan Teasdale. Esos son los guardias asesinados, ¿no?

—Sí.

—Y estos nombres que están en un círculo, Rondo Martin y Denny Orlando, ¿son los que han desaparecido?

—Sí, exacto. Todavía no los hemos localizado, aunque estamos buscando. Cuando fuimos al apartamento de Denny Orlando, nos encontramos allí a toda su familia, que estaba esperándolo. Marge y yo hablamos con su esposa. Lo describió como un buen marido, un buen padre para sus dos hijos, y dijo que no es propio de Denny desaparecer así.

—Eso no significa nada.

—Sí, estoy de acuerdo. Hay que interrogarlo, pero esto sirve para hacerse una idea inicial de una persona. Algunas veces, esa idea es equivocada, pero, a menudo, es acertada. No averiguamos nada que indique que Denny es un asesino a sueldo. Cuando le preguntamos a Brady por él, se quedó asombrado. Brady siempre lo había tenido por un tipo recto. Es diácono de su iglesia.

—Dennis Rader, el estrangulador, también lo era.

—Sí, ya lo sé, pero creo que todos estamos de acuerdo en que esto no es, seguramente, obra de un asesino en serie.

—¿Y el otro? ¿Rondo Martin?

—Brady también se quedó asombrado, pero eso es lógico. Él no puede admitir que contratara a un psicópata.

—¿Tú crees que es un psicópata?

—Es un antiguo ayudante del sheriff de Ponceville. Ponceville es un pueblo pequeño del centro de California. Brady no estaba seguro de cómo se había enterado Rondo de que se ofrecía un puesto de trabajo en casa de los Kaffey, pero Rondo lo llamó y le dijo que estaba interesado en tener un trabajo en la seguridad privada. El sueldo era mejor, y estaba buscando algo distinto. Le hicieron la entrevista, pasó el periodo de prueba y lo contrataron a tiempo completo. Se mudó a Los Ángeles. No tenía ataduras.

—Ummm…

—Exacto. Vive en un apartamento de North Valley. Cuando fuimos a su casa, no había nadie, pero su casero nos dio las llaves. El apartamento estaba casi vacío, y el coche también había desaparecido. Es un Toyota Corolla de color azul metalizado. Hemos emitido una orden de búsqueda y captura.

—¿Y el coche de Orlando?

—Su mujer se lo llevó al trabajo. Se suponía que Martin debía llevar a Orlando a casa.

—Bueno, ¿y tú qué piensas?

Scott se puso a contar con los dedos.

—Orlando y Martin están los dos implicados. Martin está implicado y disparó a Orlando. Orlando está implicado y mató a Martin. Ninguno de los dos está implicado y los dos se han escondido porque están asustados.

—¿Y las huellas? Habéis conseguido muchas.

—Las están analizando.

—¿Tenéis las de Martin y Orlando?

—Las de Orlando no lo sé. Hemos enviado una petición a Ponceville de las de Martin. Si trabajó en la policía, deben de tenerlas en su comisaría.

—¿Y los otros guardias? —preguntó Decker.

—Estamos investigándolos uno por uno. Hemos hablado por teléfono con Terry Wexford, Martín Cruces y Javier Beltrán, así que estamos a punto de eliminarlos de la lista. Deja que te explique cómo funciona el sistema de seguridad.

Decker dio un sorbo a la taza de café que había sobre su escritorio.

—Adelante.

—Siempre hay cuatro guardias trabajando en el rancho cuando Gilliam y Guy están allí. Dos de los guardias, en la garita, y los otros dos, dentro de la casa. Los hombres hacen turnos de veinticuatro horas, y son relevados al día siguiente por el mismo número de guardias. Algunas veces, individuos del grupo siguiente llegan antes de tiempo, así que, teóricamente, puede haber hasta ocho guardias en la finca a la vez.

—De acuerdo —dijo Decker, haciendo cálculos—. Entonces, cada guardia de seguridad trabaja un día de cada tres.

—Más o menos —respondió Oliver—. Los guardias de seguridad no viven en la finca, pero hay un par de casas para uso de los empleados, con camas, por si alguno está demasiado cansado como para irse a su domicilio, o llega con antelación.

—¿Cuántas casas?

—Dos, cada una con cuatro camas y una televisión, y una casa separada para Neptune Brady. Tanto Kotsky como Brady me dijeron que no es raro que un par de hombres estén allí descansando mientras esperan a que empiece su turno.

—¿Y los guardias tienen llaves para entrar a la finca?

—Tienen llaves de la verja de entrada, pero no de la casa. La casa tiene un sistema de apertura y cierre mediante tarjetas que ideó Brady.

—¿Y cómo funciona?

—Cada uno de los guardias que entra a trabajar tiene que recibir y comprobar la tarjeta de un guardia que sale. Hay una hoja en la que deben firmar los que entran, y otra para los que salen, donde tienen que anotar la hora y la fecha. La hoja de la noche de los asesinatos ha desaparecido, pero eso no tiene demasiada importancia. Brady tenía el horario con los nombres de los que se suponía que estaban de servicio. Sabemos quién fue asesinado y quién ha desaparecido.

—Eso no es un sistema de seguridad. Es una hoja para fichar.

—Sí, exacto. No es el mejor sistema de control para el personal de seguridad, precisamente, pero ha funcionado bien durante varios años. Brady me dijo que él era muy diligente en el control de las tarjetas, y que es imposible hacer copias de ellas. No faltaba ninguna de la caja fuerte, salvo dos, por supuesto; seguramente, las de los guardias desaparecidos.

—Vaya forma de vivir —comentó Decker—. Exclusiva, desde luego, pero todo tiene un precio.

—Pues sí —dijo Oliver—. Coyote Ranch es una especie de versión californiana de Versalles. Y todos sabemos lo que le ocurrió a María Antonieta.

El segundo día de declaraciones fue más de lo mismo.

Más gente olvidadiza, y Tom Sonrisas haciendo de intérprete simultáneo sin quitarse las gafas de sol. La fiscal del distrito tenía un aspecto muy profesional; llevaba un traje oscuro a rayas, una blusa blanca y unos zapatos de tacón bajo muy sensatos. Sin embargo, el abogado defensor tenía un aspecto desaliñado. Las mangas de la chaqueta le quedaban cortas, pero el traje en sí le quedaba grande, porque era muy delgado. Tenía los hombros encorvados y el pelo gris y revuelto. Pretendía ganar el caso basándose en que los oficiales que habían practicado las detenciones no habían podido ver quién golpeaba a quién. Por lo tanto, su cliente debía ser absuelto.

La fiscal llamó a declarar a uno de los oficiales, un hombre joven. Aunque el uniforme policial no era la mejor de las armas en una declaración, parecía creíble. El policía declaró que vio al acusado darle un puñetazo al denunciante en plena cara. Tan simple como eso. Rina no creía que el juicio fuera una pérdida de tiempo total para los jurados, pero tampoco pensaba que se hiciera un uso eficiente de ese tiempo. Cuando les dieron permiso para ir a comer, nadie se quejó.

Ryan había quedado con un amigo, así que aquella tarde comerían las chicas. Con la esperanza de mantener la conversación alejada de los asesinatos de la familia Kaffey, Rina había hecho sándwiches para todos, con pan *challah* casero, y pasó la mayor parte del tiempo dándoles la receta a las otras mujeres.

—Pensaba que el *challah* tenía que ser trenzado —dijo Joy.

—Es evidente que no, porque estamos comiendo rebanadas cuadradas —dijo Kate—. Vaya, está buenísimo. Me encantan las aceitunas y los tomates secos. Van muy bien con el salami.

—Gracias —dijo Rina—. En respuesta a tu pregunta, Joy, no, no tiene por qué ser trenzado, aunque la trenza es tradicional los viernes por la noche. En el Año Nuevo judío, y durante las festividades del Sukkoth, se forma un círculo con la trenza de pan. También hay un tipo de *challah* que se parece a un brioche.

—¿Y cómo se hace? —preguntó Kate, que estaba tomando notas.

—Se forman bolas individuales de masa, del tamaño de una lima, y se colocan juntas en un molde de horno.

—¿Es la misma receta?

—Sí, la misma. Cuando se hornea el pan, la masa crece y las bolas se unen entre sí. Sin embargo, todavía se distinguen las raciones individuales. La gente lo usa porque, cuando se bendice el pan, se separan las raciones para los invitados, y la presentación es bonita.

—Alguien me dijo una vez que se quema una parte de la masa, ¿no?

—Sí, es cierto. Se quema una pequeña parte de la masa. En realidad, esa es la parte llamada «*challah*». Lo hacemos para conmemorar el momento en que los judíos tenían el templo y quemaban harina como ofrenda a Dios. Pero solo puedes hacerlo si has utilizado una cantidad de harina específica. No se toma la masa de una sola pieza a menos que sea gigante. Algunas veces, si estoy de humor, hago la cantidad necesaria, y congelo una parte entre el primer y el segundo levado, para poder separar la *challah*, pero eso es para otro día.

—¿También haces pan? —preguntó Ally.

—Me resulta muy relajante.

—Debes de tener mucho tiempo libre, con un marido tan ocupado resolviendo crímenes —dijo Joy.

—Menos de lo que piensas —respondió Rina—. La mayoría del trabajo de Peter es de despacho.

—Pero no siempre, como ahora —dijo Joy. Estuvo a punto de relamerse, y preguntó—: Bueno, ¿qué pasa con las muertes de los Kaffey?

—Sé lo mismo que tú —dijo Rina—. Peter no habla sobre sus casos abiertos. Lo siento, pero no tengo información privilegiada.

—Creo que estás intentando evadirte —replicó Joy, y se apoyó en el respaldo del asiento con los brazos cruzados.

—No, no es cierto. Lo que pasa es que no sé nada más que lo que he leído.

—¿Y cuánto tiempo crees que tardarán en resolverlo? —preguntó Ally.

—No me atrevo a hacer un cálculo —dijo Rina—. Peter ha trabajado en casos que se resolvieron en veinticuatro horas, y en casos que llevan años estancados.

—¿Algo bueno? —preguntó Joy.

—¿Qué clase de pregunta es esa? —intervino Kate—. Seguro que es todo muy trágico.

Rina sonrió.

—¿Sabes, Joy? Cuando Peter y yo nos casamos, intentaba sonsacarle información porque tenía tanta curiosidad como tú. Ahora, para mí, su trabajo no es más que un trabajo. Sirve para pagar facturas y, algunas veces, nos impide hacer lo que queremos hacer. Me refiero a que... tú también estás casada. ¿De qué habla tu marido?

—Mi marido es contable —dijo Joy—. ¿De qué vamos a hablar? ¿De desgravaciones fiscales?

Rina hizo una pausa, pero tenía un brillo en los ojos.

—¿Sabes? Acabo de heredar algunos cuadros que tal vez sean valiosos. ¿Tengo que pagar impuestos por el mero hecho de haberlos heredado, o solo debo pagar impuestos si los vendo?

—Yo soy secretaria. ¿Por qué iba a saberlo?

—Eso es lo que quiere decir Rina, Joy —dijo Kate—. Ella es profesora. ¿Por qué iba a saber algo sobre el asesinato?

—Sí, pero hay una gran diferencia —repuso Joy—. Cuando Albert empieza a hablar de números, me duermo.

Rina dijo:

—Yo tengo el problema contrario. Cuando Peter empieza a hablar de las maldades de la humanidad, yo ya no puedo dormir.

CAPÍTULO 8

Apoyado en la pared, desenvolvió lentamente una barrita energética de cacahuetes, mientras su cerebro absorbía la cacofonía que le rodeaba. Se estaba acercando la hora de reanudar los juicios, y eso significaba que había ruido por todas partes. Enfrente, dos mujeres estaban hablando de recetas de pan. Una era de la zona de Michigan. Era mayor, de unos sesenta años, a juzgar por la parsimonia con la que hablaba. La segunda era una chica joven de Valley, con el acento nasal de un vaquero, cosa que le recordaba que, antiguamente, California había formado parte del Lejano Oeste.

El barullo aumentaba a medida que la gente entraba en el edificio.

A su derecha había una mujer que estaba en el juicio de Fernández. Él había oído su voz cuando salía con el resto del jurado por la puerta de la sala de juicios, aunque hablara susurrando. Al oírla, supo inmediatamente que estaba hablando con su marido, o con un novio. Aunque su lenguaje era limpio e inocuo, su tono estaba lleno de insinuación sexual. Su modo de reírse y de responder. Se la imaginó como un mapa de curvas sensuales. Por su acento, parecía que había nacido y se había criado en Los Ángeles.

Tomó un pedacito de la barra energética y siguió esperando a que el tribunal reanudara el juicio. Los niveles de ruido siguieron aumentando, porque la gente se había congregado en el vestíbulo del juzgado. Aquel era un espacio abierto con suelo de cemento y paredes de madera, sin rastro de alfombras ni muebles con tapicería que pudieran absorber el ruido. Solo había unos bancos de madera muy duros. A él no le apetecía sentarse; ya pasaba demasiado tiempo sentado.

Si prestaba atención, podía oírlo todo muy bien.

A su izquierda había dos hispanos: uno, de México, y el otro, de El Salvador. Hablaban en voz baja, pero él tenía un oído tan agudo que era como si estuvieran hablando por un altavoz. Parloteaban en un español muy rápido sobre las noticias, en especial, sobre los horribles asesinatos de West Valley. Él había oído ya varias versiones diferentes del tiroteo del constructor millonario, de su esposa y de su hijo en el inmenso rancho de la familia.

¿Acaso no era irónico? Todo aquel dinero, y el pobre tipo ni siquiera había sido capaz de contratar unos guardias de seguridad leales. Sin embargo, ese era el problema del dinero: atraía a todo tipo de cretinos y de inadaptados. Aunque, la mayoría de las veces, los delincuentes de tres al cuarto no mataban. Que él supiera, los asesinatos de gente importante los llevaba a cabo otra gente importante, gente supuestamente respetable con problemas graves que no quería perder algo muy valioso.

Siguió escuchando la conversación en español, y se rio para sí. Los dos sujetos llamaban a Guy Kaffey, el millonario asesinado, «señor Café». Mientras seguían hablando, bajaron aún más el volumen de la voz. A él le resultaba extraño que aquellos dos hombres trataran de mantener una conversación privada en un sitio así, pero estaba claro que necesitaban hablar. Él percibía la angustia de su tono de voz. Y, seguramente, estaban obligados a permanecer en aquel santo lugar, como testigos, acusados o demandantes. La gente no estaba en el juzgado por diversión.

Había unas normas muy estrictas con respecto a que los jurados no escucharan las conversaciones que se mantuvieran a su alrededor si tenían algo que ver con los casos que se estaban juzgando. Aquello podía influir en el veredicto. Sin embargo, a él no le pareció que tuviera nada de malo escuchar una conversación trivial.

La mujer que estaba a su derecha colgó el teléfono. Parecía que empezaba a rebuscar por su bolso. El ruido que producía casi ahogaba la conversación en español, que se estaba volviendo tan inaudible, que tuvo que esforzarse por no perder el hilo. En realidad, lo que pudieran decir aquellos dos hombres no era importante para él, pero se había convertido en una cuestión de orgullo.

Seguían hablando sobre el asesinato de los Kaffey, y la intensidad de su conversación le llamó la atención. Giró ligeramente la cabeza en dirección al sonido, para captar un par de decibelios más. El oído se le agudizó al darse cuenta de que estaban hablando del crimen desde un punto de vista personal.

El mexicano hablaba de un hombre llamado José Pino, que había desaparecido, y del patrón, el jefe, que lo estaba buscando en México.

—Porque la chingó con el hijo —le dijo el mexicano al salvadoreño.

—¿Qué pasó? —inquirió el salvadoreño.

El mexicano respondió con desprecio.

—Se le acabaron las balas.

—Ah… ¡qué idiota! —exclamó el salvadoreño—. ¿Y por qué no lo remató otro?

—Porque José es idiota. Dice que se lo pidió a Martín, pero yo no he oído nada de eso. Creo que está intentando cubrirse, pero no le va a servir de nada. Martín está muy cabreado.

El salvadoreño dijo:

—Martín es malo.

—Muy malo —afirmó el mexicano—, pero no tan malo como el patrón.

El salvadoreño mostró su acuerdo.

—José es hombre muerto.

—Sí, llegó su hora —dijo el mexicano—. Puede ponerse a rezar.

Cuando el funcionario de la sala llamó al jurado, los hombres se callaron. La mujer de la voz ronca había cerrado el bolso y se estaba alejando de él. Inmediatamente, él encendió su radio de mano y la siguió hacia el otro lado del vestíbulo. Después de unos instantes, cuando tuvo la sensación de que ya estaban lo suficientemente alejados de los dos hispanos, él dio un paso largo hacia delante y le tocó el hombro.

Rina se dio la vuelta bruscamente y se encontró de cara con Tom Sonrisas.

—¿Sí?

—Discúlpeme —dijo—. Me llamo Brett Harriman, y trabajo para el juzgado, de intérprete. Creo que usted está en el jurado de uno de mis casos —explicó. Al ver que ella no respondía, él dijo—: Quisiera asegurarle que no voy a hablarle de nada que tenga que ver con el caso.

Rina se quedó mirándolo y esperó a que continuara.

—Eh… bueno, esto es un poco embarazoso —prosiguió él—. Sé que va a parecerle raro, pero ¿podría hacerme un favor?

Por fin, ella habló.

—Depende de lo que sea.

Rina observó al hombre. Brett Harriman parecía nervioso. Ella no podía verle los ojos, porque él llevaba puestas las gafas de sol, pero su actitud era tensa.

Él bajó mucho la voz.

—Voy a pedirle que mire hacia un lugar, pero, por favor, por favor, haga lo que haga, no mire fijamente. Y hable muy bajo, ¿de acuerdo?

Rina hizo una pausa.

—¿De qué se trata?

—Mire, a pocos metros del sitio en el que usted estaba hablando por su teléfono móvil hace un momento hay dos hombres hispanos charlando. No los mire fijamente.

—No los…

—Sin mirar fijamente, con naturalidad, ¿podría describírmelos?

Rina miró involuntariamente a los dos hombres y, al instante, apartó los ojos. Cuando volvió a mirar, los dos hombres estaban absortos en su conversación, y no parecía que se hubieran fijado en ella. Los miró unas cuantas veces más, de pasada, y volvió la vista hacia Brett Harriman, que no daba muestras de reaccionar ante su perplejidad.

Cuando Rina se dio cuenta, al fin, de por qué la actitud de Brett era tan estoica, estuvo a punto de darse una palmada en la frente. El hecho de que llevara gafas de sol en el interior de un edificio d habérselo indicado, pero él siempre se había movido a la ꞓ sin que nadie lo ayudara.

Tom Cruise, o Brett Harriman, era ciego.

Ella quiso preguntárselo, pero eso habría sido de mala ec ción. En vez de eso, susurró:

—¿Por qué quiere que le describa a esos hombres?

Él respondió.

—Hágalo, por favor.

Rina volvió a mirarlos con disimulo. Debían de tener unos veinte años, y su estatura era normal. El de la derecha era ligeramente más grande que el de la izquierda. El más grande llevaba un polo negro, y el otro, una camiseta de los Lakers. Los dos llevaban la cabeza afeitada y tenían los brazos tatuados, aunque los tatuajes no estaban hechos por un profesional. La tinta era casera y parecía más una decoloración de su piel que una obra de arte humana. Una serpiente, una cabeza de tigre, B12… Alguien era un fanático de las vitaminas.

Rina dijo, suavemente:

—Me he dado cuenta de que tiene problemas de visión, pero ¿por qué quiere saber cómo son esos dos hombres?

—Preferiría no decírselo.

—Lo siento, pero si quiere que le ayude, tendrá que explicármelo.

—Es algo personal —dijo Harriman. Entonces, oyó que el funcionario llamaba al grupo número veintitrés—. ¡Déjelo! Es mi juicio, tengo que irme. De todos modos, seguro que es una tontería.

Encendió de nuevo su radio, se puso un auricular en un oído y se alejó. Rina se quedó confusa, con mucha curiosidad. Lanzó otra mirada furtiva a los hombres. No tenían los brazos musculosos, pero sí las manos muy grandes. Llevaban pantalones vaqueros y zapatillas con suela de plástico. Seguramente, trabajaban en la construcción.

Cuando anunciaron su grupo, Rina se alineó con sus compañeros en la entrada de la sala, y comenzaron a contar para identificar a los presentes. Faltaba el jurado número siete, que siempre llegaba tarde, y todos gruñeron. Ally, Joy y Kate se acercaron a ella.

Joy le preguntó:

—¿De qué estabas hablando con Tom Sonrisas?

—De nada en concreto, solo estábamos pasando el rato —dijo Rina.

—Creo que le gustas —dijo Ally.

—¿Y a quién no? —dijo Kate—. Mírala.

—Es ciego —les dijo Rina. Las tres mujeres se quedaron mirándola con asombro, y ella prosiguió—: O tiene algún problema en la vista. Usa esa pequeña radio a modo de guía, como si fuera un bastón electrónico.

—Ah… —murmuró Kate—. Eso tiene sentido. Ya me parecía que había algo raro.

—¿Se acercó a ti y te dijo que era ciego? —preguntó Ally.

—No, pero, de cerca, te das cuenta.

—¿Cómo? —preguntó Joy.

—Por cómo mueve la cabeza cuando te habla… y por cómo se balancea hacia delante y hacia atrás —dijo Rina. En realidad, no hacía ninguna de esas dos cosas, pero le pareció que una persona ciega lo haría—. He hablado con él menos de un minuto.

—¿Y por qué has hablado con él? —preguntó Joy.

—Me preguntó la hora. Después de que se la dijera, me preguntó si era la primera vez que trabajaba para la justicia. Le dije que mi marido es policía. Entonces, él me recordó del día de la selección del jurado. Se acordó de que yo era la que tenía un marido detective. Y, cuando llamaron a su jurado, tuvo que irse. Eso fue todo —dijo Rina, y esbozó una sonrisa forzada—. Estaba a punto de darle mi receta de *challah*, pero no tuve ocasión.

Nadie se rio.

El jurado número siete apareció por fin, disculpándose por su retraso. Cuando el funcionario de la sala lo identificó, abrió las puertas, y el grupo empezó a entrar. Rina se dio cuenta de que su nuevo círculo de amigas la miraba con escepticismo.

Tal vez no había mentido tan bien como creía.

Decker le entregó a Neptune Brady una copia de la lista de guardias que había elaborado Oliver. Scott no solo había incluido las obligaciones de cada uno de ellos, sino que había averiguado cuántos tenían antecedentes policiales y penales, y el número era sorprendentemente alto. La mayoría de los delitos que habían cometido eran menores, pero seis de aquellos hombres tenían delitos graves en su historial. La lista contaba con veintidós nombres, ocho más que la lista original.

Decker se fijó en el rostro de Brady. Claramente, el jefe de seguridad de los Kaffey llevaba mucho tiempo sin dormir. Se pasó una mano por el pelo negro. Tenía los rizos grasientos.

—Mírela y dígame si tiene algo que añadir.

Brady pasó los ojos azules por la hoja, de arriba abajo.

—A mí me parece que está bien.

—¿Cómo se las arregló para contratar a tantos hombres con antecedentes?

—Yo no lo hice, teniente —dijo Brady, con un suspiro—. Kaffey tenía debilidad por las personas privadas de derecho al voto.

—Sí, Grant Kaffey dijo algo de que su padre contrataba a delincuentes, pero no puedo creer que usted lo aceptara —dijo Decker, y señaló un nombre—. No se trata de que los hayan pillado pintando grafitis. Este tipo, Ernesto Sánchez, tiene dos delitos por lesiones…

—Mire las fechas. Las condenas son muy antiguas. Dejó la bebida hace años, y consiguió rehacer su vida. No hay nada más santurrón que un alcohólico rehabilitado. Guy estaba metido en todo tipo de programas para los marginados sociales. Eran tonterías, pero cuando Guy se ponía así, yo hacía lo que me decía.

Brady tenía los ojos enrojecidos. Llevaba una camisa azul y unos pantalones vaqueros de diseño, y no dejaba de juguetear con el cuello de la camisa.

—En parte, era por la conciencia social, pero también porque Kaffey era un tacaño, y yo tenía un presupuesto muy ajustado. Esos tipos trabajan por un sueldo más bajo que los demás.

—¿Me está diciendo que un hombre tan rico como Guy Kaffey contrataba a delincuentes porque cobran poco?

—Exacto —dijo Brady, y suspiró de nuevo. Se pasó las manos por la cara, y explicó—: El rancho es inmenso, y en él hay varias servidumbres de paso. Ese tipo de aislamiento tiene un precio. Pese al vallado, el alambre de espino y las alarmas, hay muchas maneras de entrar y salir en la finca. Necesitas un ejército para asegurar todas las salidas y las entradas, y Kaffey no estaba dispuesto a pagarlo. Él me daba los hombres y los números de teléfono, y yo le decía a todo que sí.

—Hay veintidós nombres en la lista. Eso es un grupo muy grande.

—No trabajaban todos a la vez —dijo Brady—. La rotación era alta. Kaffey me dijo que no necesitábamos genios, solo cuerpos. Normalmente, había solo cuatro guardias por turno. A Guy le parecía bien así, casi siempre.

—¿Y cuándo no le parecía bien?

Brady hizo una pausa.

—Algunas veces, se sentía vulnerable. En esas ocasiones, yo ponía a unos doce hombres a patrullar por el rancho.

—¿Y la noche de los asesinatos?

—Había cuatro guardias. Si Kaffey había pedido más, a mí no me llamó para decírmelo.

—Tal vez sabía que usted estaba ocupado con su padre enfermo y no quería molestarlo.

A Brady se le escapó una carcajada de amargura.

—¿Cree que Kaffey tenía ese tipo de consideraciones con sus empleados?

—Bueno, a usted le permitió que se marchara a Oakland para cuidar a su padre.

—En ese momento, mi padre estaba a punto de morir. Kaffey no tuvo otra elección. Yo me iba a marchar aunque me costara el trabajo.

—Pero él le dejó que se quedara en Oakland una semana de más.

—No fue Guy. Fue Gil Kaffey. No es que Gil no sea un tiburón, pero a veces puede ser humano. Guy era ruidoso, brusco y desagradable, y exigente. Y, al minuto siguiente, podía ser el hombre más amable y generoso de la faz de la tierra. Yo nunca sabía con qué Guy iba a encontrarme. Tenía un humor muy cambiante.

—He buscado unos cuantos artículos de prensa sobre Gil, los más recientes. Hasta hace nueve meses, no estaba casado. ¿Sigue así?

—Gil es gay.

—De acuerdo —dijo Decker. Hojeó los artículos, seleccionó uno y pasó la vista por el texto—. Eso no se menciona en ninguna parte.

—¿De dónde ha sacado esos artículos?

—Del *Wall Street Journal... Newsweek... U.S. News & World Report.*

—¿Y por qué iban a mencionar que es homosexual? Es un hombre de negocios muy duro, no el dirigente del movimiento de gais y lesbianas del país. Es muy discreto con su vida privada.

—¿Y tiene pareja?

—No. Tuvo pareja durante cinco años, pero rompieron hace unos seis meses.

—¿Cómo se llama?

—Antoine Resseur. Vivía en West Hollywood. No sé lo que hace ahora.

—¿Y por qué rompieron?

—No lo sé. Eso no era asunto mío.

—Bueno, volvamos a su trabajo. ¿Llevaba usted también la seguridad de Gil?

—No, porque Gil no quería. Tiene una casa antigua de seiscientos cincuenta metros cuadrados en Trousdale, y la equipó con un sistema de seguridad muy moderno. Algunas veces lo he visto con un guardaespaldas, pero normalmente prefiere no llamar la atención.

—¿Eran Guy y Gilliam Kaffey sus únicos clientes?

—Sí. Es un trabajo que exige dedicación exclusiva. Por lo que duermo, es como si fuera médico —dijo Brady, y se frotó la frente.

Después, cabeceó—. Siempre le estaba pidiendo a Guy que aumentara el presupuesto para poder contratar a hombres más fiables. Creo que le dije mil veces que con un poco más de dinero podíamos hacer mucho. Con todos los millones que tenía... ¿Para qué quería el dinero?

—Tal vez sufriera pérdidas en la bolsa.

—El paro ha subido muchísimo. Podía haber elegido guardias de seguridad entre hombres sin antecedentes. ¿Por qué contratar fracasados a propósito?

—Es difícil de entender —dijo Decker.

—Es imposible de entender, pero así era Guy. En determinado momento, parecía que no le daba importancia a su seguridad y, al minuto siguiente, se volvía un paranoico. Yo entendía esa paranoia. Lo que no entendía era la actitud displicente. Si eres objetivo de muchos, ¿por qué vas a descuidar tu propia seguridad?

A Decker se le pasó algo por la cabeza.

—¿Estaba tomando alguna medicación?

Brady respondió:

—Hable con su médico.

—¿Era maniaco-depresivo?

—Se llama trastorno bipolar —dijo Brady—. Podrían despedirme por esto —añadió, y se echó a reír—. Bueno, como si no estuviera ya metido en un lío.

Decker esperó.

Brady dijo:

—Cuando Guy tenía uno de sus momentos expansivos, hablaba de su problema con cualquiera. Contaba que su mujer quería que se tomara el litio, y que él no quería tomarlo.

—¿Por qué no?

—Guy decía que la medicación lo estabilizaba. Lo sacaba de la depresión. El problema era que también limitaba sus momentos de euforia. Él decía que no podía permitirse el lujo de renunciar a esas subidas de ánimo repentinas, porque eran las que le empujaban a correr riesgos. Esas subidas de ánimo eran lo que le habían convertido en millonario.

CAPÍTULO 9

La rueda de prensa había ido bien, aunque Strapp no perdió el tiempo disfrutando de sus primeros planos. Entró en el despacho de Decker sin llamar y cerró la puerta con más fuerza de la necesaria. Decker alzó la vista desde su escritorio, mientras Strapp movía una silla de un puntapié y se sentaba en ella.

—Los de arriba han decidido que esto es demasiado grande para una sola unidad de Homicidios.

—Estoy de acuerdo.

Strapp entornó los ojos.

—¿Que estás de acuerdo?

—Necesitamos un equipo operativo —dijo Decker. Observó a Strapp; llevaba un traje azul marino, una camisa azul claro y una corbata roja. Su cara era angulosa, y su lenguaje corporal denotaba tensión. Era como el corcho de una botella a punto de salir despedido—. ¿Qué problema hay? ¿Es que quieren llevarse esto al centro de la ciudad y que uno de los suyos dirija la investigación?

—Esa era la idea. Yo luché por ti. Pensé que querrías que lo hiciera.

Eso significaba que Strapp quería hacerlo. Unos meses atrás, una millonaria había prometido un importante incentivo económico al Departamento de Policía de Los Ángeles si se reabría el antiguo caso. Finalmente, Decker y sus detectives lo habían resuelto, y la comisaría había recibido mucha atención. Strapp estaba olfateando dinero una

86

vez más, de los Kaffey, si su unidad de Homicidios resolvía también su caso.

—Se lo agradezco, capitán, y estaré encantado de poder dirigir a un equipo que trabaje a tiempo completo.

—¿Cuál es el mínimo con el que puedes hacer el trabajo y mantener funcionando el departamento?

—Para una investigación de este calibre, yo diría que ocho personas. Un grupo lo suficientemente grande como para trabajar desde todos los ángulos, pero no demasiado grande como para no poder controlarlo.

—Empieza con seis. Si necesitas más, dímelo —dijo Strapp, mientras tamborileaba en el escritorio de Decker—. He conseguido la autorización del comandante para que el caso se lleve en West Valley, pero tú tienes que darme un informe diario para que yo pueda informarle a él. ¿Cuántos detectives tenemos en Homicidios?

—Siete detectives de Homicidios a jornada completa, incluyendo a Marge Dunn y a Scott Oliver, que ya están en el caso. Si pudiera tener a Marge, a Oliver y a Lee Wang a tiempo completo, sería un buen comienzo.

—¿Lee para hacer el trabajo informático?

—Para eso, y para las finanzas. Es el único que tiene la paciencia necesaria para analizar páginas llenas de cifras. Eso dejaría cuatro detectives de Homicidios para el trabajo general de la comunidad —dijo Decker, y comenzó a revisar su lista de detectives—. De la unidad de Crímenes Contra Personas, me gustarían Brubeck, Messing… y Pratt. Todos han trabajado en Homicidios más veces. Esos son mis seis elegidos.

—Son siete, contándote a ti.

—Además, si quieres que dedique a esto todo mi tiempo, alguien tiene que ayudarme con el papeleo y con los asuntos de la programación.

—Eso podemos pedírselo a una secretaria.

—No es solo el papeleo, es psicología. Necesito a alguien que esté familiarizada con los chicos. ¿Qué te parece Wanda Bontemps?

Ya ha trabajado conmigo, entiende de ordenadores y sabe levantar acta de las reuniones.

—Eso son ocho.

—Son los que he dicho que necesitaba —respondió Decker, con una sonrisa.

Strapp se puso en pie.

—Ocho por ahora, Decker. Ya veremos en el futuro. Quiero una lista de todos ellos, y de sus cometidos. También quiero un informe por triplicado de todas tus decisiones: una copia para mí, otra para ti y otra para el comandante. Puedes eludir tus tareas burocráticas, pero necesito algo por escrito para los del centro.

—Lo entiendo, señor —dijo Decker, con una sonrisa—. Solo vales lo que vale tu último informe.

Reunir el equipo fue más lento de lo esperado, porque Brubeck estaba trabajando en la calle y Pratt había tenido que irse al dentista por una urgencia. Cuando, por fin, Decker consiguió reunirlos a todos, tenía siete detectives con muchas ganas de trabajar. Marge había preparado un resumen del caso para poner a todo el mundo al día. Mientras ella hablaba, los detectives que acababan de ser asignados al caso escribían frenéticamente en sus libretas, salvo Lee Wang y Wanda Bontemps, que tomaban las notas en sus portátiles.

Daba la sensación de que Wynona Pratt escribía hasta la última palabra. Era una veterana y llevaba ya una década en la policía. Tenía cuarenta años, medía un metro setenta y siete centímetros, y era delgada y fibrosa. Tenía la cara alargada y el pelo rubio, y lo llevaba más corto que Decker. Había trabajado para Homicidios en la División del Pacífico, y había tenido muy buenos informes. La habían trasladado a West Valley hacía un par de años, y había terminado en Crímenes Contra Personas, a la espera de que hubiera algún puesto en Homicidios. Hasta que eso ocurriera, realizaba eficazmente su trabajo.

Willy Brubeck tenía algo más de sesenta años, y llevaba una década hablando de jubilarse. Sin embargo, cuando llegaba el momento de entregar la placa, posponía el retiro un año más. Decker se alegraba de tenerlo en su equipo. Era un veterano con treinta y cinco años de servicio, y llevaba veinte años trabajando en Homicidios, en Central South. Cuando el último de sus hijos se había marchado de casa, Willy y su mujer, Daisy, habían comprado una casa más pequeña en una zona más tranquila, sin tanto tráfico, en el valle de San Fernando.

Brubeck tenía la cara redondeada, los ojos de mirada muy aguda y la piel de color café y, a menudo, se le notaba la barba blanca a las cinco de la tarde. Era de risa fácil, y una de sus aficiones favoritas era comer: medía un metro ochenta centímetros y pesaba más de cien kilos. Tenía la tensión muy alta. Sin embargo, Brubeck era muy filosófico. La vida era para vivirla, no para morirse de hambre.

Andrew Messing había empezado a trabajar en el Departamento de Policía de Los Ángeles cinco años antes. Anteriormente, había trabajado en Homicidios en Misisipi, durante cinco años. Drew tenía una cara juvenil y una sonrisa llena de picardía. Se había divorciado ya dos veces, y Decker pensaba que sería una buena adquisición porque no tenía obligaciones personales. A Oliver le caía bien. Últimamente, les había dado por salir de bares, y Scott usaba a Andrew como cebo para ligar. Les venía bien que Andrew tuviera el pelo rizado, una sonrisa amplia y un dulce acento sureño.

Lee Wang tenía una infinita paciencia para rebuscar lo que necesitaban entre ingentes cantidades de información y cifras. Era una tercera generación de policías y de una tercera generación de estadounidenses. No hablaba ni una palabra de chino, aunque hablaba español con fluidez. Por ese motivo, podía ser muy útil con la creciente comunidad hispana de West Valley.

Decker conocía a Wanda Bontemps desde sus días de oficial uniformado. Sospechaba que ella preferiría estar investigando que levantando actas, pero le complacía que él la hubiera elegido para sustituirlo y la hubiera situado en una posición de autoridad. Él sabía que ella no iba a abusar de esa autoridad. Tenía unos cincuenta años, y era una mujer negra, robusta, de pelo rubio y mirada penetrante. Al igual que Wang, era una experta informática y, entre sus muchas virtudes, estaba la de saber resolver los problemas de los sistemas operativos.

Después del resumen que hizo Marge, hubo muchas preguntas, y la reunión se prolongó durante más de las dos horas previstas. Decker les dio un descanso de diez minutos para tomar un café y, cuando el equipo volvió a reunirse, él estaba delante de la pizarra, en la que había escrito una lista de todo lo que había que hacer.

Dejó su café en la mesa, y dijo:

—Punto número uno, hay que interrogar a todos los guardias que han trabajado para Guy Kaffey, en el presente y en el pasado. Averiguad lo que estaban haciendo la noche de los asesinatos y revisad sus antecedentes —dijo Decker, y repartió hojas para todos los presentes—. En esta lista no figuran los dos guardias desaparecidos que estaban de servicio la noche de autos. Si encontráis algún nombre más durante vuestra investigación, hacédnoslo saber a los demás, ¿entendido?

Todos asintieron.

—Scott Oliver ya investigó a estos tipos, y podéis ver que tenemos algunos delincuentes. Según Neptune Brady y Grant Kaffey, Guy Kaffey tenía tendencia a contratar a miembros de bandas rehabilitados.

Hubo murmullos de incredulidad, como «Vamos», o «Vaya gilipollez».

—Por eso hay que interrogar a todo el mundo, y es necesario que sus coartadas sean sólidas. Algunos de estos tipos son buenos candidatos a asesino a sueldo. Necesito a un par de personas en esto.

Brubeck fue el primero en levantar la mano, seguido por Messing.

—De acuerdo, Drew y Willy, ocupaos vosotros.

Decker pasó más papeles, sujetos con un clip.

—Este taco de folios contiene todo lo que la policía científica ha recogido de la escena hasta el momento. Creo que el forense ya casi ha terminado de hacer las autopsias. Hay una lista parcial de las pruebas, en la que se incluyen huellas, cabellos, saliva, fluidos y células de la piel. Drew y Willy, llevaos el equipo necesario para tomar huellas durante los interrogatorios, y tomad nota de quién las da voluntariamente. Tomad también muestras de ADN. Son más caras de procesar, pero también es más fácil conseguirlas.

Messing alzó la mano.

—Tengo una pregunta.

—¿Sí?

—Por lo que sé, las víctimas fueron tiroteadas. Entonces, ¿por qué son de interés la saliva y los fluidos?

—Porque encontramos algunas colillas y un palillo. Estamos trabajando para sacar el ADN de esas pruebas.

—Los vasos de papel usados son muy buenos para recopilar ADN de sospechosos cuando la gente se niega a dar muestras voluntariamente —dijo Messing—. ¿Tenemos presupuesto para café?

—Siempre y cuando no pidáis nada con espuma o chocolate… —Decker se giró hacia Wanda—. No pongas esta última parte de la conversación en el acta.

Wanda sonrió.

—Ya me lo había imaginado.

—Bueno, continuemos —dijo Decker, hojeando los papeles—. Parece que encontramos dos tipos de armas de fuego: una Smith and Wesson Night Guard .38, probablemente el modelo 315, y una Beretta 9 mm. Quiero saber qué armas usaba cada uno de los guardias de manera habitual. ¿Alguna pregunta?

—Por mi parte, no —dijo Brubeck.

—Lo mismo digo —dijo Messing.

Decker añadió:

—Esto es todo lo que tenemos, por ahora. Dunn y Oliver todavía están recopilando pruebas de otros edificios de la finca, así que podría haber más. Y esto nos lleva al punto número dos.

Lo marcó con el rotulador en la pizarra y prosiguió:

—Todavía no hemos rastreado la finca. Son más de veintiocho hectáreas. Necesitamos que alguien organice y dirija un reconocimiento del terreno muy meticuloso. Esto debe organizarse y llevarse a cabo dentro de las siguientes veinticuatro o cuarenta y ocho horas. ¿Quién está interesado?

—Yo lo haré —dijo Wynona.

—Entonces, es tuyo —respondió Decker—. Te daré ocho uniformados para el día del rastreo. Pongámoslo pasado mañana a las seis de la mañana. Necesitarás toda la luz que sea posible. Yo también voy a ir, pero tendré que marcharme a las cinco de la tarde, porque es viernes. Seguramente, no podréis terminar en un día. ¿Tienes algún problema para trabajar el fin de semana?

—No, yo no, pero no puedo hablar por la gente que va a trabajar conmigo.

—Coordínate con el teniente Hammer y dile que vas a necesitar ocho hombres que puedan trabajar el fin de semana.

—Lo llamaré en cuanto terminemos.

—Primero, haced una batida del terreno en cuadrícula. Después, necesito que hagáis un plano con todas las cancelas, puertas y vallados perfectamente marcados. La finca está cercada, pero con un terreno tan grande, debe de haber puntos débiles.

Wynona estaba escribiendo todo lo rápidamente que podía.

—Entendido.

—El domingo por la mañana, a las seis, nos veremos en la entrada principal, y puedes enseñarme lo que habéis encontrado. Así, cuando este equipo vuelva a reunirse el lunes, tendré los resultados de tu trabajo para todo el mundo.

Decker se volvió hacia Marge y Oliver.

—Bueno, entiendo que habéis conseguido el permiso para registrar la casa y las dependencias de servicio, ¿no?

—Tenemos permiso de Grant y de Gil para registrar la casa principal…

—¿Habéis vuelto a hablar con Gil desde ayer?

—He hablado con su abogado —respondió Oliver—. Aunque no sabemos nada en concreto, él se ha dejado guiar por la creencia de que sus hijos van a heredar el rancho.

—Interesante. ¿Y qué más has averiguado sobre la herencia?

—Estamos trabajando en eso —respondió Marge.

—¿Cuándo crees que podréis hablar con Gil directamente?

—Su médico ha dicho que puede ir a verle alguien mañana, y estar con él unos minutos.

—¿A qué hora?

—Cuando esté despierto —respondió Marge.

Oliver intervino:

—Hemos registrado la casa principal, y ahora estamos con la vivienda de Neptune Brady. Paco Albáñez, el jardinero, y Riley Karns, el encargado de las cuadras, nos han dado permiso para registrar también sus viviendas, y quedan más edificios en la finca. Lo más seguro es que terminemos todo este fin de semana y podamos presentar nuestros descubrimientos el lunes a todo el mundo.

Pratt preguntó:

—¿Cuántos edificios hay en el rancho?

Marge se volvió hacia Oliver.

—¿Cuántos? ¿Ocho?

—Nueve.

—¿Más preguntas? —inquirió Decker. Nadie respondió, así que él dijo—: El siguiente punto de la lista es para ti, Lee. Necesito que averigües todo lo que puedas sobre la familia, tanto en lo personal como en lo referido a los negocios. Estudia a cada miembro de la familia, sus cónyuges, sus hijos, sus socios. Y también, averigua todo lo que puedas sobre Kaffey Industries y sobre el proyecto Greenridge, al norte de Nueva York, junto al río Hudson. Y quiero que investigues a la empresa Cyclone Inc y a su consejero delegado, Paul Pritchard.

Decker escribió los hombres en la pizarra y explicó en qué consistía el proyecto de mil millones de dólares que estaban desarrollando actualmente Mace y Grant Kaffey.

—Quiero que lo mires todo, por muy trivial que parezca: cualquier artículo, cualquier análisis, cualquier carta al director, cualquier publicación de la propia empresa…

—Cualquier cosa que ayude a que nos hagamos una idea de cómo era la familia y su negocio —dijo Wang.

—Exacto —respondió Decker.

—Ya he lanzado una búsqueda en Google. Más de dos millones de resultados. Me vendría bien un poco de ayuda.

—¿Algún voluntario? —preguntó Decker.

Wanda alzó la mano.

—No es que sea una experta en informática, pero sí sé mirar artículos.

—Yo también —dijo Messing.

—Muy bien —dijo Decker, y continuó—. También tengo la pista de un empleado que tal vez esté resentido con la empresa: un ejecutivo llamado Milfred Connors. Connors trabajaba de contable en Kaffey Industries, y Neptune Brady descubrió que robaba. Eso es todo lo que sé del incidente. Hablaré con Brady. ¿Quién quiere a Connors?

—Yo lo hago —dijo Brubeck.

—Todo tuyo, Willy —respondió Decker—. Marge y yo hablamos con Grant y Mace Kaffey. Seguiremos investigándolos a ellos, ya que nadie ha sido descartado por el momento.

—Bien —dijo Oliver—. A los ricos solo les gusta tratar con los jefes.

—En ese caso, seguramente intentarán pasar por encima de mi cabeza —dijo Decker—. Pero no importa. Me las arreglaré con ellos. Algunas veces, incluso he conseguido ser diplomático.

Todos se echaron a reír.

—Eh, eh, eh —gritó Decker—. No tiene tanta gracia.

Wanda preguntó:

—¿Omito eso del acta también?

—Por favor —respondió Decker, con una sonrisa—. También me pondré en contacto con el exnovio de Gil, un hombre llamado Antoine Resseur. Lee, si puedes averiguar algo de él antes de que vaya a interrogarlo, me sería de gran ayuda.

—Por supuesto. ¿Podría escribir el nombre en la pizarra, por favor?

Decker lo hizo.

—Bien. Hay otra cosa más interesante sobre la familia. Puede que Guy Kaffey padeciera trastorno bipolar. No sé si es importante, pero, en los episodios maníacos, tal vez amenazara a alguien. Lee, cuando revises los artículos, ten presente esto. Yo voy a consultárselo a su médico. En fin, ¿alguna pregunta más?

Nadie levantó la mano, y Decker se volvió hacia Marge y Oliver.

—Cuando hayáis terminado de recoger las pruebas en los edificios, quiero que volváis a interrogar a Brady, a Kotsky, a Riley Karns, a Paco Albáñez y a la criada que sobrevivió, Ana Méndez. Anotad bien sus respuestas, y si os parece que están mintiendo, venid a informarme. ¿Se sabe algo de los guardias desaparecidos?

Marge dijo:

—Estamos constantemente en contacto con la familia de Denny Orlando, pero no sabemos nada de la de Rondo Martin. Hemos hecho un par de llamadas a la oficina del sheriff de Ponceville. Creo que tal vez tengamos que ir hasta allí...

Entonces, Brubeck intervino:

—Disculpa, pero ¿acabas de mencionar Ponceville?

—Sí, ¿por qué?

—La familia de mi mujer tiene una granja a unos diez kilómetros al este de Ponceville —dijo Willy, y sonrió—. No pongáis esa cara de sorpresa. Los negros llevamos siendo agricultores desde hace siglos. La única diferencia es que ahora nos pagan, y podemos ganarnos la vida con ello.

Wanda dijo:

—Sí, sí, ya lo sé. Omito eso en el acta.

—¿Qué sabes sobre Ponceville, Willy? —preguntó Decker.

—Es una de las comunidades de granjeros más grandes de California que no ha sido adquirida por una gran empresa agropecuaria. Gente trabajadora... La mayoría es blanca, pero hay algunos negros y muchos inmigrantes mexicanos. Yo nunca he oído hablar de Rondo Martin, pero si ha trabajado en Ponceville en algún momento durante los últimos veinte años, puedo averiguar algo sobre él con solo hacer un par de llamadas.

—Pues hazlas.

—Claro que un viajecito sería mucho mejor.

—Seguramente, puedo conseguir dinero para que vayáis hasta allí, pero empieza con las llamadas —dijo Decker. Después, señaló el siguiente punto de la pizarra, y continuó—: Alguien tiene que investigar a la criada que murió, Alicia Montoya. Parece que el objetivo eran los Kaffey, y que ella fue un daño colateral, pero no podemos sacar conclusiones precipitadas. Gil dijo que alguien habló español durante los asesinatos. Cabe la posibilidad de que un novio celoso pensara que su novia estaba teniendo una aventura con otro y los Kaffey fueran el daño colateral.

La gente se encogió de hombros. Nadie pensaba eso.

—Yo ya me he llevado unas cuantas sorpresas —dijo—. Lee, tú hablas español, ¿no? Habla con la familia de Alicia.

—Me vendría bien llevar un compañero para asegurarme de que mi español está a la altura.

Pratt levantó la mano.

—No puedo leer a Cervantes, pero hablo un español decente.

—De acuerdo —dijo Decker—. Os dejo a Alicia Montoya. Y, ahora, vamos con el último punto de la lista: las llamadas para ofrecer pistas e información. Hasta el momento, he recibido unas veinte, pero estoy seguro de que ese número va a aumentar mucho, sobre todo si la familia ofrece una recompensa.

Oliver soltó un gruñido.

—Entonces, será una locura.

—¿Van a ofrecer una recompensa? —preguntó Marge.

—No lo sé, pero sospecho que sí, porque da buena impresión, no por otra cosa. Por muchas llamadas que tengamos, va a ser necesario comprobar la veracidad de todas ellas.

—¿Y los que vienen en persona? —preguntó Oliver—. Suelen venir un par de ellos.

—Yo me ocuparé de esos —respondió Decker—. Dejad que os recuerde que sois servidores públicos. Debemos tratar a todo el mundo con dignidad y respeto. Cuando la gente hable, no les sigáis la corriente. Escuchad, y escuchad con atención, porque nunca sabemos quién, ni qué, va a ayudarnos a resolver el caso. ¿Alguna pregunta más?

Nadie dijo nada.

—La reunión ha terminado. Tenéis vuestras listas, vuestros papeles y vuestros bolígrafos. Y, lo que es más importante, tenéis ojos, oídos y piernas. Ahora, salid a resolver estos asesinatos.

CAPÍTULO 10

Los dos guardias que había delante de la puerta de la habitación de la UCI de Gil Kaffey confundieron a Decker, porque él había aprobado la presencia de un solo policía. Al acercarse, se dio cuenta de que el segundo centinela era, en realidad, un guardia privado. Al verlo aproximarse, los dos hombres interrumpieron la conversación, se irguieron y se mantuvieron inmóviles, con las piernas separadas y las manos detrás de la espalda, y lo miraron desconfiadamente. Decker le mostró la placa al policía, un hombre de unos cincuenta años, con el pelo cano, llamado Ray Aldofar, que tenía la barriga un poco abultada. La identificación del guardia de seguridad decía que se apellidaba Pepper. Era joven, de baja estatura, y estaba en forma. Tenía una mirada combativa.

—Caballeros —dijo.

—Teniente —respondió Aldofar. Le presentó a Pepper, y le dijo que se llamaba Jack.

Entonces, fue Decker quien mostró su cautela.

—¿Quién lo ha contratado para que vigile esta habitación, señor Pepper?

—El señor Kaffey insistió en que quería tener a alguien de su propio equipo de seguridad privada —dijo el guardia.

—¿Qué señor Kaffey?

—Los tres, en realidad: Grant, Mace y Gil.

Decker miró a través de las ventanas de la UCI. Gil estaba dormido, y todavía estaba intubado y conectado a varios aparatos.

98

—¿Gil Kaffey tenía la suficiente coherencia como para pedir su propia seguridad?

Aldofar intervino:

—Yo estaba aquí cuando trajeron a Jack, teniente.

—¿Quiénes lo trajeron?

—Grant Kaffey y ese tipo tan grande llamado Neptune Brady. És el jefe de seguridad de los Kaffey.

—Sé quién es Neptune Brady.

Aldofar no dijo nada.

—El señor Kaffey y el señor Brady me han contratado para hacer un trabajo. La seguridad del hospital ha dado el visto bueno.

—Pero yo, no —replicó Decker. Al ver que Pepper se irritaba, continuó—: Estoy seguro de que hace muy bien su trabajo, pero estoy investigando un asesinato múltiple. Necesito saber quién tiene acceso a Gil Kaffey y, como usted no tiene que rendirme cuentas a mí, puede que se le escape algo que yo necesito.

Pepper siguió a la defensiva.

—Los Kaffey tienen derecho a contratarme.

—Salvo si interfiere en una investigación de asesinato.

«¿Cómo sé yo si Mace o Grant Kaffey están implicados en el crimen?». Eso era lo que, en realidad, quería decir Decker.

—Necesito ver la lista de visitas —le dijo a Aldofar.

El policía sacó su libreta y pasó varias páginas.

—Aquí está… Todo el que ha entrado y salido de la habitación, como usted ordenó.

Decker tomó la lista. La mayoría de los visitantes eran personal sanitario: el doctor Rain, los médicos auxiliares y las enfermeras. La familia, que incluía a Grant y a Mace. Ellos habían ido cuatro veces juntos. Grant había ido otras cuatro veces él solo. En dos ocasiones, Grant había llevado a Neptune Brady, y Brady había ido otras dos veces solo. Antoine Resseur, el exnovio de Gil, había ido dos veces. Como únicamente se le permitía el acceso a cierta gente autorizada, no había más visitantes. Habían enviado una docena de ramos de flores a la habitación del hospital; los ramos habían sido reenviados a la casa de la familia, en Newport.

Decker le devolvió la libreta a Aldofar.

—Tenga los ojos bien abiertos. Anóteme en la lista. Voy a entrar —le dijo. Después, miró a Pepper—: Sé que tiene que hacer su trabajo, pero yo también. Vamos a intentar no pisarnos. Es por su bien, señor, puesto que yo tengo los pies más grandes.

Mientras Gil abría lentamente los ojos, se le escapó un gemido de dolor. Al segundo, una enfermera joven llamada Didi estaba a su lado, inyectando algo en su vía intravenosa.

—Demerol —le dijo a Decker.

—¿Eso puede dormirlo de nuevo?

—Puede que sí.

Decker esperó. Gil cerró los ojos, y los abrió varias veces. Después de diez minutos, consiguió mirarlo con los párpados medio cerrados.

—¿Lo conozco?

—Soy el teniente Peter Decker, del Departamento de Policía de Los Ángeles, señor Kaffey. Estoy investigando lo que ocurrió en el rancho. ¿Cómo se encuentra?

—De pena.

—Lo siento.

Cuando sacó una silla para sentarse, la enfermera, Didi, le preguntó:

—¿Ha hablado sobre esto con el doctor Rain?

Gil dijo:

—Déjelo… déjelo.

—Solo unos minutos —le dijo Didi a Decker—. El hecho de que pueda hablar no significa que deba hacerlo.

—No voy a cansarlo —respondió Decker.

—¿Es usted… el jefe?

—Yo dirijo la investigación, sí. Tenemos a mucha gente trabajando en esto, y cualquier cosa que pueda decirme nos ayudaría.

—Me siento muy mal… mal…

—Un disparo causa mucho dolor...

Gil abrió los ojos y permaneció así.

—¿Alguna vez le han...?

—Sí, me han disparado. Y duele.

—Quema mucho.

—Sí.

Gil cabeceó ligeramente.

—Dijeron «sí, sí», en español. Lo oí.

Decker sacó su libreta.

—¿Los hombres que atacaron a su familia hablaban en español?

—Sí.

—¿Habla usted español?

—No. Solo sé decir «sí, sí».

—¿Reconoció alguna otra palabra?

—Todo fue muy rápido...

—Seguro que estaba usted conmocionado. ¿Cuánta gente los atacó?

Silencio.

—Algunas veces, ayuda cerrar los ojos y verlo como si fuera una película o una fotografía en su mente.

Gil cerró los ojos.

—Veo uno... dos... —murmuró, contándolos con dificultad—. Tres... —de repente, su cara, que ya estaba muy pálida, se volvió blanca—. Un destello cegador de luz y, después... ¡Pam, pam, pam!

El monitor comenzó a pitar. A Gil Kaffey se le había acelerado mucho el corazón.

—¡Era ensordecedor! ¡Me destrozó la cabeza!

Didi, la enfermera, dijo:

—Le está poniendo muy nervioso. ¡Va a tener que marcharse!

Gil seguía hablando, moviendo los ojos rápidamente bajo los párpados cerrados.

—Ocurrió como... —murmuró, e intentó chasquear los dedos. Abrió los ojos de golpe, y dijo—: El corazón... me latía con mucha fuerza. Estoy corriendo... noto un fuego, y me caigo.

Didi estaba a punto de inyectarle más Demerol, cuando él exclamó:

—¡Alto!

Tanto Decker como ella se quedaron asombrados. Gil escupió:

—¡Atrape a esos… malnacidos!

—Tenemos el mismo objetivo, señor Kaffey —dijo Decker—. ¿Y su cara? ¿Puede describirme a alguno de ellos?

—Había uno… dos… tres…

—Recuerda que lo atacaron tres personas.

—Tres…

—¿Puede describirlos? —preguntó Decker.

A Gil se le llenaron los ojos de lágrimas.

—Hijos de puta… el que llevaba el arma… Le vi el brazo. Lo tenía tatuado.

—¿Qué tipo de tatuajes llevaba?

—Beeequisel… —murmuró Gil. Se le cerraron los ojos, y comenzaron a derramársele las lágrimas por la cara.

—¿Cómo dice?

—Las letras… B… X… L… L.

Decker lo pensó un momento.

—¿Puede ser B, X, I, I, con i mayúscula?

—Tal vez.

La banda Bodega 12th Street estaba formada por hombres muy peligrosos. La mayoría de ellos eran originarios de El Salvador y de México. Se había creado en la comunidad de Rampart, pero se había extendido como un cáncer a todos los estados. Eran unos cincuenta mil criminales organizados de forma flexible. Había dirigentes, pero la mayoría de ellos eran camellos de poca monta y criminales empedernidos. Era una de las bandas más violentas del país.

Gil había sido afortunado.

—Tenía B-X-I-I tatuadas en el brazo —dijo Decker—. ¿Podría decirme en qué brazo?

—Era diestro. En el brazo derecho.

—Entonces, ¿llevaba el brazo derecho a la vista?

Gil no respondió.

—¿Llevaba manga corta?

—Una camiseta negra.

—Bien. ¿Algún otro tatuaje?

—Un gato negro… con palabras en español. Una palabra que no conozco, y «negro».

—Negro. ¿Podría cerrar los ojos y ver de nuevo ese brazo… y decirme la otra palabra?

Gil cerró los ojos.

—G… A… —agitó la cabeza.

—¿Podría ser G-A-T-O? Esas letras forman la palabra «gato». Así que sería «gato negro».

No hubo respuesta. Gil tenía los ojos cerrados.

—¿Ve la cara de ese hombre, señor Kaffey?

—Veo… más tatuajes —dijo, y se tocó el cuello—. Una serpiente. B… 1, o algo así.

—¿B12?

Gil abrió los ojos.

—¿Conoce esos tatuajes?

—Conozco unos cuantos tatuajes de bandas. B12 y BXII son dos de ellos.

—Bandas… ¿por qué?

La respuesta más probable era que alguien había contratado a asesinos a sueldo de la banda Bodega 12th Street. Pero no podía permitirse suposiciones de ningún tipo. Aún no.

—Eso es lo que tenemos que averiguar. ¿Tenían muchos objetos de valor sus padres en casa?

—Había… guardias.

—Algunos de los guardias han desaparecido.

—¿Quiénes?

—Rondo Martin y Denny Orlando. Y puede que otros más, también.

—Denny no —dijo Gil. Hubo una larga pausa y, después, añadió—: A mi padre le caía bien Rondo.

—¿Conocía usted a los hombres?

—Denny es bueno… Rondo es frío. Tiene unos ojos fríos.

—Me alegro de saber eso —dijo Decker, e intentó que Gil no perdiera el hilo de la conversación—: Los tatuajes son de gran ayuda. Le vio el cuello… ¿no podría mirar un poco más arriba, para recordar su rostro?

Gil cerró los ojos y se quedó callado durante tanto tiempo, que Decker pensó que se había dormido. Cuando volvió hablar, su voz era muy suave.

—Tenía los ojos oscuros, y llevaba un pañuelo en la cabeza… Tenía barba de mosca, y… —Hizo una larga pausa, mientras las lágrimas caían por sus mejillas—. Entonces, hubo un fogonazo, y mi padre… —Más lágrimas—. Yo empecé a correr. Estoy muy cansado.

Decker le dio unos suaves golpecitos en el brazo.

—Hablaremos de nuevo cuando se encuentre mejor.

Gil cerró los ojos. Decker esperó a que se hubiera dormido. Solo Dios sabía qué sueños le esperaban.

Cuando se abrieron las puertas del ascensor, el doctor Rain salió al pasillo.

—Teniente.

—Doctor Rain —dijo Decker, y dejó que el ascensor se marchara—. Acabo de terminar una breve conversación con Gil Kaffey. Estaba mucho más coherente que la primera vez que lo vi.

—Espero que no lo haya fatigado mucho. Gil necesita sus energías para curarse —dijo el médico, y miró el reloj—. Intente que sus futuras conversaciones con él sean cortas.

—¿Lo ha llamado la enfermera Didi?

—Sí, y ha hecho bien.

—Tendré más cuidado —dijo Decker—. ¿Sabe quién era el médico de cabecera de Guy Kaffey?

—Para conseguir información médica, debe dirigirse a la familia. Yo no tengo libertad para hablar de eso.

—He averiguado que estaba tomando medicación para un trastorno bipolar.

—No lo sé. Guy Kaffey nunca fue paciente mío, así que no puedo darle esa información —dijo el médico. En aquel momento, oyeron que llamaban al doctor por megafonía—. Tengo que marcharme, pero, de veras, teniente, ¿qué importancia puede tener ese detalle para resolver un homicidio?

—Es de ayuda saber todo lo posible sobre una víctima —respondió Decker, mientras presionaba el botón para llamar al ascensor—. Dicen que los muertos no hablan, pero, si uno escucha atentamente, claro que los oye hablar.

La carpeta contenía información resumida sobre cada miembro del clan Kaffey. Wang dijo:

—He pensado que tener una visión general nos serviría hasta que pueda leerme todos los resultados de la búsqueda. Si hubiera imprimido todos los artículos, habríamos deforestado un país sudamericano de norte a sur.

—No podemos hacer eso. No es ecológico, y no es políticamente correcto —dijo Decker, y miró el primer titular: Guy Allen Kaffey. Wang había incluido en la carpeta una breve biografía de Guy, Gil, Grant, Gilliam y Mace.

—Estos son los nombres más importantes en Kaffey Industries —dijo Wang, y le entregó una carpeta separada—. Mace tiene un hijo llamado Sean, que trabaja en un bufete de abogados muy importante y gana mucho dinero. No sé por qué no está en el negocio familiar. Puede que sea un tipo independiente. Pero, como es el raro, me ha llamado la atención.

—Los raros siempre se merecen un segundo vistazo —dijo Decker, y asintió—. Gracias. Esto es un comienzo. Envíale dos copias a Strapps. ¿Qué vas a hacer ahora?

—Volver a mi Mac —respondió Wang, e hizo un estiramiento—. Por muy ergonómico que sea el asiento, siempre me duele la espalda por la mala postura, me arden las muñecas de teclear y se me cansan los ojos de mirar a la pantalla. El hombre no fue hecho para trabajar en un escritorio, delante de un ordenador.

—Dímelo a mí. La mayor parte de mis últimos seis años como teniente me los he pasado con el culo pegado a la silla. Pero no me quejo.

—Yo tampoco. Es que hace mucho tiempo que no estoy en la línea de fuego. Algunas veces tengo la sensación de que lo echo de menos, pero estoy seguro de que no es verdad.

—Cuando yo consigo hacer alguna labor de policía, me siento muy bien. Después, me pegan un tiro, o tengo que pegarlo yo, y se me quitan las ganas durante una buena temporada —dijo Decker.

—Sí, el último estuvo cerca. ¿Qué le ocurrió al chiflado?

—Está en Patton State Hospital.

—Se cargó al tipo que iba detrás de ti, ¿no?

—Pues sí. Estaba empeñado en cargarse al tipo que estaba detrás de mí. El hombre estaba verdaderamente loco, pero, por suerte para mí, tenía buena puntería.

Con una taza de café en la mano, Decker se sentó en su escritorio y tomó los resúmenes de Lee Wang para leerlos. Hizo anotaciones en los márgenes, con su escritura ilegible.

Guy Allen Kaffey tenía sesenta años. Había nacido en St. Louis, Missouri. Sus padres eran unos inmigrantes que habían muerto hacía ya muchos años. Guy había sido muy mal estudiante, y dejó el instituto a los dieciséis años, sin ninguna capacidad en especial. Sin embargo, tal y como había dicho en una entrevista para la revista *Business Acumen Monthly*, «Yo tenía mucha labia, más que nadie. Eso significaba que podía ser *disc-jockey* o vendedor».

Y eligió el negocio inmobiliario. Sin un centavo, comenzó a vender casas poco después de dejar el instituto y, al año, había ganado lo suficiente como para montar su propia inmobiliaria. Tal y como le dijo a la revista: «Mi primer empleado fue mi hermano Mace, que tenía dieciséis años y que, como yo, había dejado los estudios. Sin embargo, él tuvo trabajo en cuanto salió del colegio. Mis padres no podían entender qué habían hecho mal. Y, en realidad, lo habían hecho bien».

Cinco años después, Guy Kaffey despegó del medio oeste y trasladó su negocio a California, la tierra de las oportunidades, y cambió las propiedades residenciales por los inmuebles comerciales. A los veintidós años, Guy tenía su primer millón en el banco. Tres años más tarde, era millonario. La revista *Forbes* lo incluyó en su lista de multimillonarios cuando cumplió los treinta años.

A los treinta y uno, conoció a la que sería su mujer, Jill Sultie, en Las Vegas, después de pedirle a la bella mujer que soplara en su dado para darle suerte. Aquella noche, Guy ganó cien mil dólares, y le preguntó a Jill si quería celebrarlo con él acompañándolo a cenar. Aquella noche surgió la chispa. La aventura fue intensa y, cuatro meses después, se habían casado.

«Fue el destino», declaró Kaffey a la revista electrónica *Corporations USA.com*. «Ella acababa de divorciarse, y yo aparecí en el momento adecuado».

Por petición de Guy, Jill se cambió el nombre a Gilliam, para que pudieran ser G y G o, como solía decir Guy cuando se presentaba: «Somos dos grandes».

Tuvieron dos hijos: a Gil, siete meses después de casarse, y a Grant, dos años después. Parecía que la familia estaba unida, aunque Gil y Grant habían descrito a Guy como una persona estricta y exigente.

El camino hacia la riqueza no siempre había sido fácil. Se habían topado con hondonadas, zanjas y hoyos. El consejero delegado Guy Kaffey había estado a punto de perder su negocio hacía quince años, debido a un grave empeoramiento en la situación del mercado inmobiliario y a una mala gestión. Y, también, al hecho de que su hermano Mace, presidente de la compañía y segundo al mando, hubiera sido acusado de desfalco.

Decker se irguió en el asiento. Mientras subrayaba aquella frase, pensó de inmediato en Milfred Connors, el ejecutivo de contabilidad a quien Neptune Brady había descubierto cometiendo un desfalco. ¿Había relación entre Connors y Mace Kaffey?

Parecía que los hermanos habían estado pleiteando durante varios años, pero ni a Mace ni a Grant les había parecido tan importante como para mencionarlo. Tal vez porque, al final, las cosas se habían resuelto. Mace había seguido en la empresa, aunque ya no había vuelto a formar parte de la junta directiva. Le habían dado un puesto nuevo, el de vicepresidente ejecutivo de operaciones de la costa este, el sector que dirigía el hijo pequeño de Guy, Grant. El resto del informe hablaba del proyecto Greenridge. Algunos analistas daban a entender que era la última oportunidad de Mace para reparar su error en la empresa.

Si eso era cierto, Mace estaba en una situación difícil. Greenridge había tenido problemas desde el principio. La ubicación del centro comercial había hecho necesarios varios informes de impacto ambiental y estos, a su vez, habían provocado muchos cambios en el proyecto original. Finalmente, el proyecto fue aprobado, pero los retrasos y los costes adicionales, unidos a la crisis económica y a la falta de financiación, habían multiplicado por cinco el presupuesto inicial. Había una cita de la *Journal of News and Business* sobre el Proyecto Greenridge:

¿No es hora de que Guy Kaffey haga ya lo que debería haber hecho años antes? Tiene que librarse del peso muerto de su hermano Mace. La lealtad filial es algo admirable, pero una empresa, aunque sea una empresa privada, no puede dirigirse con los sentimientos.

Si Mace se hundía con el proyecto Greenridge, ¿qué ocurriría con Grant? ¿No era también parte de ese proyecto? Si había problemas, ¿por qué iba a ser Mace el chivo expiatorio, y no Grant?

El último párrafo del compendio era «An Inside's Look at Guy Kaffey», de la revista *PropertiesInc.com*, que hablaba de Guy desde el punto de vista personal, no como hombre de negocios. Sus amigos hablaban de la euforia de Guy; sus enemigos lo tenían por un exaltado.

Eran bien conocidos sus cambios de humor y sus estallidos. Se le describía como atrevido y desafiante, pero también como detallista y meticuloso.

Decker se preguntó hasta qué punto aquellos estallidos tendrían algo que ver con su trastorno bipolar. ¿Había demandado a su hermano en uno de sus momentos álgidos, o tenía de verdad motivos para hacerlo? Parecía que, si Guy había accedido a mantener a Mace en la empresa, la acusación era injustificada.

Decker dejó el informe sobre Guy y pasó al de Mace. No había nada demasiado esclarecedor. Mace había dejado el instituto antes de graduarse, y había empezado a trabajar para su hermano. Se había mudado a California con su mujer, Carol, para trabajar con Guy en Kaffey Industries. Tenía un hijo llamado Sean. Todo marchaba a las mil maravillas con él hasta que lo habían acusado de desfalco.

En aquella ocasión, Lee Wang aportaba los detalles: Mace Kaffey había sido acusado de robar cinco millones de dólares. A Decker se le escapó un silbido de asombro. No se especificaba cómo lo había llevado a cabo; solo se mencionaba que Guy se enteró debido a un descuadre en un control de inventario, y una cosa llevó a la otra, hasta que se vio obligado a enfrentarse con su hermano. Mace negó la acusación con vehemencia, e incluso se ofreció a contratar a un detective privado para que descubriera al verdadero culpable. Sin embargo, Guy tenía sus propios medios.

La batalla entre los dos hermanos duró varios años y, durante ese tiempo, el valor de las acciones de la empresa cayó en picado. Parecía que las acusaciones de uno y de otro estaban a la par, hasta que Guy consiguió imponerse. Un mes más tarde, el caso quedó resuelto. Guy se quedó con el cargo de consejero delegado, Gil pasó a ser el presidente, Grant fue nombrado responsable de operaciones para la costa este, y Mace fue enviado a la zona norte del estado de Nueva York, con una vicepresidencia.

Decker se quedó confundido. Si, realmente, Mace había cometido un desfalco tan evidente, ¿por qué Guy no se había deshecho de él? ¿Acaso Milfred Connors le había tendido una trampa a Mace para culpabilizarlo de su robo? O, lo que era igualmente probable, ¿había tenido que cargar Connors con el delito de Mace? Tal vez los dos tramaran juntos el desfalco. Y ¿qué había sido del dinero? ¿Lo habían recuperado, al menos en parte?

Decker escribió notas en el margen de la hoja, y pasó a la siguiente generación. Gil, treinta y dos años. Grant, treinta. Sean, veintiocho. Grant estaba casado con una mujer llamada Brynn, y tenía un hijo pequeño. Gil era gay. Sean estaba soltero. Los tres chicos se habían graduado en Wharton, en la Universidad de Pennsylvania. Gil y Grant habían empezado a trabajar inmediatamente en Kaffey Industries, pero Sean había seguido su camino: se había licenciado en Derecho por Harvard, y se había especializado en Derecho Empresarial en una pequeña universidad del noreste. Trabajaba para un importante bufete de abogados.

Claramente, era el más listo, pensó Decker.

La última biografía era la de Gilliam Kaffey. Su nombre de soltera era Jill Sultie. Se había criado en una caravana, y había pasado de ser una adolescente huesuda a una bella mujer. Había conseguido trabajo como corista en Las Vegas a los dieciocho años. Un año después, llevaba un enorme brillante en el dedo anular por cortesía de su primer marido, Renault Anderson, y le había comprado una casa de verdad a Erlene, su madre, con cimientos en vez de ruedas.

Durante un tiempo, parecía que Jill había encontrado la gallina de los huevos de oro, y estaba dándose la gran vida. Entonces, todo empezó a irse a pique, principalmente porque Renault era un mujeriego. Se decía que el divorcio había sido amistoso. Ella había conocido a Guy en un mal momento de su vida. Habían congeniado desde el principio y, como se decía en las películas, el resto era historia.

Decker se frotó los ojos. Miró el reloj de la pared y se dio cuenta de que llevaba más de una hora leyendo. Se levantó y se estiró, y miró a través de la cristalera de su despacho. Vio que Wang estaba tecleando en su escritorio, y abrió la puerta.

—¿Lee? —dijo, y Wang alzó la cabeza—. ¿Tienes un momento?

—Claro.

Decker le dijo que pasara al despacho y que se sentara.

—He terminado tus compendios. La historia de esta familia parece el guion de una telenovela.

—Sí, pero ¿serías capaz de inventarte un hombre como Renault Anderson?

—Es increíble, desde luego. Tengo un par de preguntas sobre Mace Kaffey. Se le acusa de desfalco y, de repente, todo se resuelve extrajudicialmente.

—Raro, ¿eh?

—Más que raro. Tiene que haber algún secreto. Me pregunto si la acusación tiene algo que ver con la acusación de desfalco contra Milfred Connors.

—Sí, yo también lo he pensado. Puede que por eso llegaran a un acuerdo. Puede que Connors le tendiera una trampa a Mace y, cuando se descubrió, Guy retirara la demanda.

—Pero, si era inocente, ¿por qué lo destituyeron? Y, si no era inocente, ¿por qué iba a mantener Guy a su hermano en su empresa?

—Tal vez eso fuera parte del acuerdo.

—Pero, por lo que dijeron Grant y Mace, Mace está muy involucrado en el proyecto de Greenridge, y es un proyecto de muchos millones de dólares. ¿Por qué iba a meterlo en algo así, si pensaba que había cometido un desfalco?

—Puede que fuera Grant el que estaba robando, y Mace tuvo que aparecer como culpable, y Guy mandara a Mace a Nueva York a vigilar a Grant.

Decker frunció el ceño.

—Esa teoría es bastante enrevesada, pero estoy abierto a cualquier cosa. El Proyecto Greenridge parece un enorme despilfarro. Tú mismo has retratado a Guy como a un hombre de negocios muy duro. Si hubiera algo que les estuviera haciendo perder dinero, no creo que Guy titubeara a la hora de terminar con ello.

—Con respecto a Mace, seguro, pero tal vez no con respecto a Grant. Puede que el viejo tuviera debilidad por sus hijos. He

111

encontrado una entrevista que le hicieron hace cuatro años al hijo de Mace, Sean, sobre Kaffey Industries. Sean decía muchas cosas, pero hay una que me llamó la atención. Cito textualmente: «Mi tío tiene algo más que debilidad por sus hijos. Siente una adoración absoluta por ellos».

CAPÍTULO 11

Había veinte personas esperando, una junto a la otra: policías intercalados con voluntarios que habían recibido preparación para llevar a cabo aquel tedioso procedimiento. Todos llevaban un silbato colgado del cuello, y tenían un mapa. Estaban esperando a que Wynona Pratt diera la señal: un pitido largo para comenzar, y dos pitidos cortos para detenerse. La detective había llegado al rancho varias horas antes para hacerse una idea de sus dimensiones. El inmenso terreno que había más allá de los edificios y del corral estaba cubierto de hierba, enebros, matorrales plateados, salvia, margaritas silvestres, eneldo y chaparral, y se extendía hasta los pies de las montañas. Allí, los animales vivían entre pinos, eucaliptos y robles de California, que sombreaban las laderas y los caminos.

Wynona se caló el sombrero y miró el mapa. Lo había dividido en cinco sectores y, con un poco de suerte, terminarían de explorarlos aquel mismo día. Se había puesto ropa cómoda: unos pantalones con bolsillos, para poder llevar los objetos que necesitaba, una camiseta de algodón y unas zapatillas de deporte. Tenía la piel muy clara, y se había aplicado una buena capa de crema protectora; esperaba que los daños producidos por el sol se limitaran a unas cuantas pecas.

Tomó el silbato y sopló una sola vez, produciendo un sonido estridente y largo. La línea comenzó a avanzar como una sola persona, con los ojos fijos en el suelo. La lista de lo que tenían que buscar era larga y variada: huellas de pisadas y de neumáticos, marcas de arrastramiento, jirones de tela o de ropa, botones, manchas de sangre, comida o envoltorios de comida… Cualquier prueba que señalara un contacto humano con la naturaleza.

La mañana era fresca, pero empezaba a subir la temperatura. El sol lucía en medio de un cielo despejado y sus rayos se reflejaban en la piedra roja. El aire estaba lleno de insectos que habían nacido con el calor de la primavera: mosquitos, moscas, abejas y avispas. Los cuervos graznaban perezosamente, y un halcón volaba en círculo sobre ellos, buscando el desayuno.

La búsqueda en el primer sector duró un poco más de dos horas, pero no dio resultados, aparte, de varias fibras y metales. También encontraron huellas de caballo y estiércol reseco. Un voluntario encontró la huella de un zapato de la que merecía la pena sacar un molde de alginato. El resto era trivial. Se trasladaron al segundo sector; cuando terminaron de examinar el terreno, estaban agotados y acalorados, y necesitaban comer algo. Durante el descanso, que duraba veinte minutos, Wynona llamó a Marge.

—¿Cómo van las cosas por ahí?

—Demasiada información —respondió Marge—. Allá por donde vamos, hay sangre, o tejido, o una huella, o un pelo, o un casquillo de bala.

—Si vosotros tenéis demasiada información, nosotros no tenemos nada.

—¿Hasta dónde habéis llegado?

—Vamos a empezar con el tercer sector. Te llamo dentro de un par de horas.

El grupo retomó la búsqueda a las dos de la tarde. A las cuatro y catorce minutos, alguien dio dos pitidos rápidos, y la fila se detuvo de un tirón. Quien había soplado el silbato era Kyle Groger, un joven policía de unos veinte años.

—Eche un vistazo a esa zona, detective —dijo, señalando un punto—. Parece que hay algo extraño.

Wynona se quitó las gafas y miró el suelo. De lejos, la parcela no se distinguía del terreno circundante. Tenía el mismo color, el

114

mismo tipo de follaje, la misma tierra pedregosa. Y, sin embargo, era diferente.

En primer lugar, aquella parcela de casi tres metros por tres estaba ligeramente hundida; su nivel era dos centímetros y medio más bajo que el de la tierra circundante. También tenía dos rocas grandes y planas encima. Por aquella zona había muchas piedras de ese tipo, pero ver dos tan grandes y tan cercanas llamaba la atención. Además, las plantas que había sobre aquella tierra no estaban bien: había una docena de salvias marchitas, hierba amarillenta y algunas margaritas con los pétalos lacios. Podría ser que aquellas plantas se hubieran marchitado con el calor, pero el resto de las plantas que había alrededor estaban bien erguidas e hidratadas.

Wynona se acercó a una de las salvias y tiró de ella. La planta salió de la tierra con facilidad, y las raíces estaban blandas y secas. Se agachó y hundió un dedo en el suelo. La tierra estaba compacta; sin embargo, al mirarla desde cerca, se dio cuenta de que estaba atravesada por cientos de líneas dibujadas en todas las direcciones. Era como si alguien hubiera estado golpeando el suelo, aplanándolo con una pala, una y otra vez.

¿Una tumba improvisada?

Se irguió y buscó con la mirada alguna huella de pisada o de neumático, pero no encontró nada. Llamó a Marge y le preguntó cómo iban las cosas dentro de la mansión.

—Seguimos removiendo la porquería. ¿Qué pasa?

—Creo que hay algo que deberías ver.

Mientras esperaban palas y cubos extra, Marge asignó a uno de los técnicos de la policía científica el papel de fotógrafo oficial.

—Saca todas esas marcas que hay en la tierra —le dijo.

La jornada había sido larga y productiva. Demasiado, en realidad. Dentro de la casa habían encontrado multitud de pruebas: varios tipos de huellas de pisada, un par de huellas ensangrentadas de palmas de manos, casquillos de bala, jirones de tela y cabellos… Y, todo eso, sin contar las manchas de sangre y las salpicaduras de tejidos orgánicos. La identificación de qué cosa pertenecía a cada cual se llevaría a cabo más tarde. Marge se alegraba de poder tomarse un respiro del registro de la mansión, y la llamada de Pratt era una buena excusa para hacerlo.

Por otra parte, Oliver estaba mucho más contento en la casa, porque tenía aire acondicionado. Dijo:

—Ya tenemos el verano encima.

—Puedes volver a entrar. Yo me ocupo de esto.

—No, me quedo por aquí —respondió él, y se secó la frente—. Podemos trabajar dentro toda la noche, siempre y cuando el Departamento de Aguas y Electricidad de Los Ángeles no nos corte la electricidad.

Ambos estaban mirando la parcela de tierra alterada.

—Es terreno removido. Es evidente —dijo Marge.

—Una tumba muy grande para un solo hombre —respondió Oliver.

—Bueno, quizá sea para más de un hombre —dijo Marge—. Creo que estaba hecha de antemano. Algo así no se puede cavar de improviso.

—A menos que sea poco profunda.

—Nos faltan dos guardias. Si están ahí, no puede ser un agujero poco profundo. Además, alguien se tomó la molestia de volver a poner las plantas en la tierra. Era algo planeado, Scotty.

—Pero no estaba planeado con mucha antelación, porque, entonces, alguien habría podido ver un enorme agujero en mitad de la finca.

—Está alejado de la casa.

—No sé… Quizá.

—Bueno, lo vamos a descubrir enseguida —dijo Marge.

Miró a su alrededor. El equipo de Wynona se había dispersado, aunque no se habían alejado demasiado, y oirían el silbato si alguien pitaba. La mayoría se había sentado en los pocos lugares sombríos que había, y estaban bebiendo agua recalentada y abanicándose con la mano o con los sombreros. Marge consultó la hora: eran casi las cinco. El atardecer sería a las siete y media, más o menos.

—¿Crees que vamos a poder cavar esto en dos horas y media? —preguntó Oliver.

—Depende de lo que haya dentro. Si encontramos algo, es la escena de un crimen y, entonces, ¿quién sabe? —dijo Marge, y sacó el teléfono móvil—. Creo que voy a pedir una orden para la iluminación, por si acaso.

Wynona se acercó a ellos. Se había quitado el sombrero, y tenía el pelo húmedo y enredado. Sacó un tubo de crema protectora y se aplicó una pequeña cantidad en las mejillas.

—¿Cuánta gente crees que vas a necesitar para la excavación? —le preguntó a Marge.

—Creo que unos ocho. ¿Por qué? ¿Qué necesitas tú?

—Todavía me queda un sector y medio que peinar. Seguramente, no podré terminarlo todo, pero, si sigo ahora, puedo terminar el sector cuatro antes del atardecer.

—Si yo me quedo con seis de tu equipo, ¿cuántos te quedan a ti?

—Doce. Me las arreglo con esos, pero me gustaría quedarme con unos cuantos de los policías.

—¿Cuántos tienes?

—Ocho.

Marge asintió.

—De acuerdo; yo me quedo con cuatro, y otros cuatro para ti.

—Muy bien —dijo Wynona. Se guardó la crema en uno de los bolsillos del pantalón y añadió—: Voy a empezar. Avisadme si encontráis algo.

Dio un silbido, y los miembros de su grupo se pusieron en pie, sacudiéndose la tierra del trasero.

Justo cuando llegaron las palas y los cubos, sonó el teléfono de Marge. Era el jefe. Decker preguntó qué pasaba y, después de que ella le explicara cuál era la situación, él dijo que iba a ir al rancho.

—Sacad muchas fotografías de la parcela antes de empezar a cavar.

—Ya lo hemos hecho —respondió Marge—. ¿Quieres que esperemos a que llegues para empezar?

—No, empezad ya, mientras todavía tengáis luz natural. Yo tengo que terminar unas cuantas cosas aquí, y voy a tardar un poco. Pero iré después.

Su voz sonaba tensa.

—¿Te está agobiando Steel Strapp?

—Ojalá solo fuera eso.

—¡Vaya, Pete! Pues entonces, tiene que ser malo. ¿Qué pasa?

—Luego te lo cuento. No es malo, pero es complicado.

Marge miró el reloj.

—Ya casi es el sabbat, Pete. Si no encontramos nada, no merece la pena que te pierdas la cena del viernes. Te llamaré si te necesitamos.

—Gracias por el ofrecimiento, pero este caso es demasiado importante como para que me tome tiempo libre. Puede que Dios descansara al séptimo día, pero nosotros, los mortales, no tenemos tanto talento como para permitírnoslo.

Las noticias del rancho no podían haber llegado en peor momento.

Aunque a Decker no le gustaba llegar tarde para la cena del viernes, cuando eso ocurría, normalmente, Rina se empeñaba en esperarlo. Sin embargo, aquella noche Rina había invitado a varias parejas de amigos, así que Decker le dijo que empezaran sin él, sabiendo que la excavación iba a durar hasta bien entrada la noche.

Sin embargo, eso no era lo único que le preocupaba.

Su madre siempre le había dicho que quedarse mirando fijamente a los demás no era de buena educación, pero, en aquel caso, no hacía ningún mal. Así pues, Decker observó con atención al hombre que estaba sentado frente a él, al otro lado de su escritorio, con su impecable aspecto.

Brett Harriman iba muy bien vestido. Llevaba una chaqueta de lino natural, una camisa azul y unos pantalones vaqueros de diseño.

Calzaba unas sandalias que dejaban ver unos pies cuidados. Tenía el pelo oscuro y despeinado, y la cara larga y delgada. Llevaba unas gafas oscuras que le cubrían los ojos y las cejas. Lo único que delataba su ceguera era un ligero balanceo de la cabeza, que le ayudaba a captar todos los sonidos en estéreo.

Decker dio un golpecito con el bolígrafo en el escritorio.

—En primer lugar, señor Harriman, quiero agradecerle que haya venido a compartir conmigo esa información.

—Llámeme Brett, y no es necesario que me dé las gracias. Es mi obligación. Si la gente no cumpliera con su obligación de participar en los jurados, yo no tendría trabajo —dijo. Pasaron unos segundos, y se corrigió—: Bueno, no, eso no es cierto. Cuando hablas tantos idiomas como yo, siempre tienes trabajo.

—¿Y cuántos idiomas habla usted?

—Muchos. Sobre todo, lenguas latinas y anglosajonas.

—¿Y cómo las aprendió?

Harriman se encogió de hombros.

—Algunas, estudiando y, otras, escuchando cintas de audio. El finés y el húngaro, en cursos intensivos. También viajo mucho. El único modo de aprender de verdad un idioma es oírlo y hablarlo —dijo. Después de otra pausa, continuó—. ¿Me hace todas estas preguntas para evaluarme, para entablar una buena comunicación conmigo o porque está interesado por mí como persona?

—Probablemente, las tres cosas —dijo Decker.

—No soy un chiflado. Llevo cinco años trabajando en los tribunales.

—¿Y cómo empezó a trabajar para los tribunales?

—¿Otra pregunta personal? —inquirió Harriman, con una sonrisa, mientras inclinaba la cabeza hacia la derecha—. ¿No estaba intentando resolver un caso de asesinato?

—De asesinatos, en realidad. ¿Cómo empezó a trabajar para los tribunales?

—Un amigo mío que trabaja en el centro me dijo que estaban buscando intérpretes para los testigos. Sobre todo, de español, pero de otras lenguas, también. Me presenté para el trabajo, y eso es todo.

—¿Y no les influyó su ceguera?

Harriman sonrió.

—Llevaba gafas oscuras. No creo que se dieran cuenta hasta después. Además, nunca me despedirían. Los ayudo a cumplir con el cupo de empleados con incapacidad. ¡Y soy muy bueno en mi trabajo!

—¿Dónde trabajaba, antes de empezar en los tribunales?

—Fui intérprete para los pacientes en seis hospitales diferentes. El trabajo estaba empezando a resultarme un poco monótono. ¿Cuántas veces puede uno traducir «Tómese dos de estas píldoras para favorecer el movimiento intestinal?». Y había más: día tras día, tenía que dar malas noticias.

—Eso sí que es triste.

—Muy deprimente. Por suerte, yo nunca tenía que mirar a los ojos del paciente que acababa de recibir la noticia. Pero lo oía todo en las voces: no tardaba mucho en saber si el médico estaba mintiendo, estaba dejando que los familiares del paciente en cuestión se aferraran a la esperanza, cuando yo distinguía perfectamente, por los matices de su tono de voz, que tía Anabel estaba sentenciada.

Decker dijo:

—En Holanda hay un detective ciego. Lo usan para descifrar acentos y voces, como las de los terroristas. Él es capaz de distinguir el origen de un hablante aunque esa persona esté hablando un perfecto holandés sin acento.

—Nadie habla sin acento en ningún idioma —respondió Harriman, y movió la cabeza hacia el otro lado—. Siempre hay detalles que lo delatan, si uno sabe qué es lo que tiene que escuchar.

—¿Usted pudo ver alguna vez?

—Todavía puedo ver. Uno ve con el cerebro, no con los ojos. Pero, sí, hubo unos años en que tuve vista. La perdí a los cinco años, por un rabdomiosarcoma, un tumor bilateral —dijo Brett. Después, dio un golpecito con el pie en el suelo, y preguntó—:

¿Está interesado en lo que le he dicho antes, o todavía piensa que no tiene ningún valor?

—No pienso que no tenga valor, sino que lo miro con una saludable dosis de escepticismo. Me interesa mucho lo que me ha contado, señor Harriman. Si no le importa, vamos a hablar otra vez de ello.

Brett exhaló un suspiro de frustración.

—Me llamo Brett, y ya le he dicho todo lo que sé. La historia no va a cambiar.

—Pero, tal vez, mi percepción sí. Por favor...

Brett esperó un momento. Después, dijo:

—Yo estaba en la zona de espera del juzgado, comiéndome una barrita energética. Había dos hombres hispanos hablando de los asesinatos de Coyote Ranch. Uno de los hombres era mexicano y, el otro, de El Salvador. No dejaban de pronunciar Kaffey como «café». Después, comenzaron a hablar de un tipo llamado José Pino, que había desaparecido, y a quien su jefe estaba buscando en México. ¿Está anotando todo esto otra vez? Oigo su bolígrafo contra el papel.

Decker respondió:

—Solo estoy cuadrando lo que está diciendo ahora con las notas que tomé la primera vez. Entonces dijo que era el mexicano el que más hablaba.

—Exacto. El mexicano dijo que el jefe estaba buscando a José. Él, el jefe, estaba muy enfadado con José, porque la había pifiado. Y la había pifiado porque se había quedado sin balas —dijo, e hizo una pausa—. ¿Eso tiene algún significado para usted?

«Claro que sí que lo tiene. José Pino significa Joe Pine».

—Podría ser —dijo Decker—. Continúe, por favor.

—Así que José se quedó sin balas —dijo Harriman—. El salvadoreño le preguntó al mexicano por qué no lo había rematado otro. Y el mexicano dijo que José era idiota. Entonces, dijo que Martín está muy enfadado. Los dos estaban de acuerdo en que Martín es un hombre muy malo, pero no tan malo como el jefe, sea quien sea. También estaban de acuerdo en que José es hombre muerto. En ese momento, me sentí muy incómodo escuchando. Su forma de hablar parecía auténtica. Cuando llegué a casa esa noche, busqué los asesinatos en el ordenador… Se activa por voz, por si se lo pregunta.

—Me lo imaginaba.

—El hijo, Gil Kaffey… fue tiroteado, pero no murió. Puede que esté sacando demasiadas conclusiones, pero supuse que estaban hablando de Gil Kaffey y que José no se había asegurado de que estuviera muerto —dijo Harriman, y giró de nuevo la cabeza—. Yo solo le estoy dando la información. Tal vez le sirva de algo.

—Le agradezco mucho que haya venido. Ha mencionado que el apellido de José es Pino. ¿Y el de Martín?

—Solo dijeron Martín.

—¿No mencionaron Rondo Martin?

—Solo Martín, que yo recuerde.

—Está bien —dijo Decker—. Si oye a esos hombres hablar de nuevo, ¿cree que podría distinguirlos de otros mexicanos o salvadoreños?

—¿Algo como una rueda de reconocimiento auditiva?

—Sí, algo así.

—¿Han hecho eso alguna vez?

—No. Puede que sea la primera vez para los juzgados. ¿Cree que podría identificar las voces?

—Sí, por supuesto. ¿Por qué? ¿Tiene algún sospechoso?

—En este momento, tenemos a mucha gente de interés.

—Entonces, no han hecho ninguna detención.

—Si tuviéramos algún detenido, su ordenador se lo habría dicho. ¿Hay algo más que quiera añadir?

Harriman pensó durante un momento.

—El salvadoreño parecía fumador. Tal vez eso le sirva para disminuir el número de sospechosos.

—Le agradezco la información.

—¿Sirve de algo?

«Y que lo diga», pensó Decker.

—Tal vez —respondió, y volvió a leer parte de la declaración de

Harriman—. ¿Cómo puedo ponerme en contacto con usted si necesito volver a entrevistarlo?

Harriman sacó la cartera y le entregó una tarjeta a Decker.

—Ahí están mi número de teléfono del trabajo y el personal. ¿Y cómo me pongo en contacto yo con usted, si recuerdo algo más?

Decker le dictó el número mientras Harriman lo grababa en su PDA. Entonces, Decker dijo:

—Muchas gracias de nuevo por haber cumplido con su deber de ciudadano. La gente como usted nos facilita mucho la vida. Lo acompaño a la salida.

—No es necesario —replicó Harriman, y activó su guía electrónica—. He entrado solo y saldré solo.

De camino a Coyote Ranch, Decker se preguntó qué podía hacer con aquella información. Sin las descripciones físicas, los hombres no existían, pero eso no significaba que no tuviera opciones. Su primera llamada fue para Willy Brubeck.

—Eh, detective.

—¿Qué tal, teniente?

—Bien. Voy para Coyote Ranch —dijo Decker, y le explicó lo que estaban haciendo en el rancho. Después, le preguntó—: ¿Qué tenías tú en la agenda para hoy?

—Entrevistas a cinco guardias, y espero hacer otras tantas mañana. Uno de ellos ha tenido que cancelar la cita, pero los otros se han mostrado colaboradores. No hay nada que me haya hecho sospechar; cuatro de ellos estaban espantados por los asesinatos, y uno se enfadó por haberse quedado sin trabajo. Todos me permitieron tomarles una muestra de ADN.

—Buen trabajo. ¿Habéis encontrado Drew o tú a Joe Pine?

—Lo tengo en la lista, pero no he llegado a él todavía.

—Pues ponlo al principio del todo. Y, también, a ese ejecutivo acusado de desfalco, Milfred Connors. ¿Te has puesto en contacto con él?

—No damos el uno con el otro.

—Pues concierta una cita con él lo antes posible, y yo quiero estar presente en la entrevista.

—¿Qué pasa con él?

Decker le habló del supuesto desfalco de Mace Kaffey y de las denuncias de su hermano.

—Solo me pregunto si Connors tuvo que llevarse la culpa en su lugar.

—Una teoría interesante. Voy a llamarlo otra vez.

—Bien. Y, por último, ¿has sabido algo de Rondo Martin por parte de tus fuentes en Ponceville?

—No he tenido noticias.

—Pues investiga en esa línea —dijo Decker, y le contó la conversación que había tenido con Brett Harriman—. Seguramente, acabaré mandándote a Ponceville, pero antes tienes que hacer unas cuantas llamadas preparatorias.

—¿Estamos trabajando con la información que te ha dado un tipo ciego?

—No ve, pero oye estupendamente bien. La lista de guardias que trabajaban para los Kaffey no se ha hecho pública, y este hombre ha mencionado dos de los nombres que tenemos apuntados. Eso me ha puesto sobre aviso. Y, aunque los nombres de los guardias fueran del dominio público, él usó el nombre de José Pino, no Joe Pine. Marge y Oliver están muy ocupados con la excavación en el rancho. Quítales la investigación de Rondo Martin de las manos y dale a Joe Pine a Andrew Messing. Lo primero que necesitamos son las huellas.

—Voy a presionar al sheriff de Ponceville. Se llama Tim England, pero lo llaman T.

—No me importa cómo lo llamen, tú ponte en contacto con él y consigue las huellas. Que Drew hable con Neptune Brady y le pregunte si ellos tienen las de Joe Pine. Cuando tengáis las de los dos tipos, cotejadlas con las de la base de datos del Centro Nacional de Investigación del Crimen.

—De acuerdo.

—Vosotros dos vais a tener que hablar con los guardias, pero, antes, vamos a trabajar con lo que tenemos. Sobre todo, en el caso de Rondo Martin, porque él estaba de guardia y ha desaparecido.

—Buena suerte en el rancho.

—Gracias —dijo Decker, y colgó el teléfono.

Pensó en lo que significaba «tener suerte» en aquella ocasión, en concreto: que consiguieran encontrar algo que tuviera un impacto en el caso, como, a un muerto. Así pues, la palabra «suerte» tal vez no fuera la más apropiada. Tal vez, lo que él esperaba era que la excavación no fuera una completa pérdida de tiempo.

CAPÍTULO 12

Al atardecer, los rayos del sol iban alargándose, y el terreno del rancho se convertía en un gran manto de color cobre brillante. Aunque llevaba gafas de sol, Decker tenía que entrecerrar los ojos. Los hombres estaban cavando en un suelo reseco, recolocando cuidadosamente montones de tierra y piedras. Después de los primeros dos centímetros, según le explicó Marge, la tierra estaba más blanda, y todos sospecharon que había algo debajo. Oliver y ella habían estado examinando los montones de tierra para asegurarse de que no se les pasara nada por alto. Hasta el momento, habían encontrado solo cierres de latas de cerveza y refrescos, envoltorios de comida y colillas.

—Las hemos recogido como prueba —dijo Marge—. Si es necesario, podemos enviar las colillas al laboratorio para que analicen el ADN y nos den una idea de quién ha estado aquí.

Oliver añadió:

—Hemos encontrado las colillas debajo de la tierra, así que no las ha traído el viento. Alguien hizo este hoyo a propósito.

—Apesta —añadió Marge—. Sobre todo, a estiércol de caballo.

Decker estaba de acuerdo, aunque aquel olor le producía un poco de nostalgia, porque le recordaba los días en que era soltero y tenía un rancho. No quería volver a aquel tiempo, pero el recuerdo era dulce.

Percibió también un vago olor a mofeta. Alzó la vista, y vio una bandada de cuervos revoloteando por encima de ellos. Graznaban ruidosamente, como si los molestara la invasión de su espacio. Había otras aves más arriba, volando en círculo. Volaban con las alas inclinadas hacia arriba, lo que sugería que eran carroñeras, no como los halcones, que comían presas recién cazadas.

Los cuervos también comían carroña. ¿Qué sabían aquellos pájaros, que ellos ignoraban?

El sol ya se había puesto por detrás de las colinas, y la luz tenía un matiz dorado y tenue. Marge había pedido media docena de focos, alimentados con los motores de los camiones. Iban a necesitarlos muy pronto.

Decker no tenía nada que hacer, aparte de mirar a los buitres, así que decidió ser útil. Se puso un par de guantes de látex, se agachó y comenzó a rebuscar en uno de los montones de tierra. Aunque necesitaba concentrarse, su mente comenzó a vagar.

Era sabbat, y él debería estar en casa con Rina, disfrutando de una buena comida, de una buena conversación y de una botella de vino. Debería estar en casa con Hannah, a quien solo le faltaba un año para entrar en la universidad. Él sabía que le quedaba muy poco tiempo con ella, porque, una vez que los hijos se marchaban, volvían distintos. El amor seguía existiendo, pero las relaciones cambiaban irremediablemente. Los niños se convertían en jóvenes adultos que tomaban el carril rápido de la vida.

Cindy era económicamente independiente desde hacía años y, desde que se había casado, él se preocupaba menos por ella. Había pasado a ser responsabilidad de Koby, y no suya. Decker suponía que, cuando sus otros hijos se establecieran en la vida, sentiría lo mismo hacia ellos.

Su hijastro mayor, Sammy, ya estaba en la buena senda. Estudiaba medicina, y estaba comprometido con una de sus compañeras de clase, una joven muy agradable llamada Rachel. Jacob, el pequeño, también quería estudiar medicina, y estaba empezando a formarse en neurociencia en el Hospital Johns Hopkins. Todavía estaba con su novia, Ilana, con quien llevaba saliendo dos años.

Hannah Rose era la única hija biológica que habían tenido Rina y él, la menor de todos sus hijos, y, con su marcha, el nido se quedaría vacío. Aunque estaba deseando tener tiempo para sí mismo, sabía que iba a echarla muchísimo de menos, y que se preocuparía cada vez que oyera su voz por teléfono y notara, por su tono, que no todo era perfecto en la vida de su hija.

Justo cuando las estrellas aparecieron en el cielo, llegaron Wynona Pratt y su equipo de batida. Al ver a Decker, ella se acercó y lo puso al día, entregándole un mapa de las zonas que acababan de peinar.

—Mañana a las nueve empezamos de nuevo, para hacer el rastreo del último sector. Revisaré las entradas y salidas de la finca a esa hora —dijo Wynona, y le dio una suave patadita al suelo—. Si te parece bien, he pensado en quedarme para ver qué pasa.

—Toma un par de guantes y ayúdanos a revisar la tierra.

Marge encendió los focos y dirigió la luz blanca hacia la excavación. Siguieron trabajando sin parar durante la siguiente hora. A medida que el agujero se agrandaba, comenzó a percibirse un olor que fue haciéndose más intenso, hasta que todos lo identificaron como olor a podrido. ¿Podría tratarse de un vertedero de basura? En zonas rurales, como aquella, no pasaba el camión de la basura una vez a la semana, precisamente.

Pasaron veinte minutos, hasta que alguien levantó la pala y anunció que había tocado algo duro. Cuando el grupo se arremolinaba a su alrededor, otro proclamó que él también había encontrado algo. Desde aquel momento, el trabajo se hizo aún con más cuidado, utilizando palas más pequeñas para no alterar ni estropear lo que hubiera debajo. La posición física de los trabajadores había cambiado, de tener que inclinarse con la pala a tener que permanecer arrodillado, moviendo tierra sistemáticamente.

El cielo empezó a cubrirse de luces titilantes. Los grillos chirriaban, las ranas croaban, y un búho ululaba a lo lejos. Los árboles retorcidos se convirtieron en siluetas negras. Y los buitres siguieron sobrevolando la zona.

Pasó otra hora antes de que el terreno empezara a entregar su botín. Decker distinguió varios cráneos alargados, costillas muy grandes y muchos fémures.

128

Un osario.

Por lo que parecía, habían excavado una tumba de caballos.

Los animales llevaban bajo tierra el tiempo suficiente como para que se deteriorara la mayor parte de la carne, pero no por completo. Decker podía distinguir algo de musculatura, pelaje, crines y un par de cascos. Sin embargo, el hedor que desprendía aquella tumba era desproporcionadamente intenso, teniendo en cuenta lo que quedaba de tejido. Y, a medida que descubrían más material, el olor se hacía casi insoportable.

Decker permitió que la excavación continuara hasta que el olor se convirtió en algo tóxico. Entonces, ordenó a todos que pararan, que se retiraran y que respiraran aire fresco. Llamó a sus detectives.

—Es evidente que hemos dado con una tumba de caballos. No tiene nada de raro enterrar animales muertos en una finca, cuando hay tanto terreno, pero hay algo que me parece raro. El olor es demasiado fuerte para la cantidad de carne que queda. ¿Alguna idea?

—Hay más de un caballo —dijo Oliver.

—Unos tres, a la vista de los huesos —añadió Wynona.

—Eso es extraño —dijo Oliver—. Enterrar a tres caballos a la vez... ¿Qué hicieron? ¿Congelaron a los dos primeros a la espera de tener suficientes para llenar el agujero?

—¿Sabes lo que es extraño de verdad? —preguntó Marge—. Si entierras a un caballo muerto, cuando lo desentierras, deberías encontrarte el esqueleto del caballo tal y como lo depositaste en la tierra, más o menos en la misma posición. Pero todos estos huesos están mezclados, revueltos.

Decker dijo:

—¿Y si los esqueletos de los caballos fueron alterados por la mano del hombre, concretamente, por alguien que quería poner algo debajo de los huesos de los caballos?

—¿Como los cuerpos de nuestros guardias desaparecidos? —preguntó Marge.

Decker respondió:

—Supón que uno de los asesinos conocía esta tumba de caballos porque vio cómo la cavaban, en un principio. ¿Qué mejor sitio para enterrar los cadáveres de esos guardias?

—Verdaderamente, huele a muerto reciente —dijo Oliver.

—Vamos a pedirle a todo el mundo que se ponga los guantes y las mascarillas —ordenó Decker—. ¿Quién tiene una cámara?

—Yo —dijo Marge.

—Yo también —añadió Wynona.

—Bien. Antes de que saquemos el primer hueso, quiero fotografías del antes y el después. Entonces, empezamos a sacar el material biológico, hueso a hueso. Cada vez que saquemos algo, tomamos una fotografía. Si el olor empeora, cosa que me temo, tendremos que parar y llamar al forense. En ese punto, les dejaremos esto a los exhumadores profesionales.

—El que lo enterrara les hizo un favor —comentó el forense, llamado Lance Yakamoto, de unos treinta años, un metro setenta y cinco de altura, unos sesenta y tres kilos, el rostro alargado y unos ojos castaño dorado. Llevaba una bata azul y una chaqueta negra, con las letras amarillas de la Oficina Forense en la espalda—. Si el cadáver hubiera quedado a la intemperie, se habría descompuesto con mucha mayor rapidez. Y las aves carroñeras no nos habrían dejado mucho con lo que trabajar.

—Cuando encuentre y detenga al culpable, me acordaré de darle las gracias por enterrarlo —dijo Decker.

—Solo estoy señalando algo objetivo —replicó Yakamoto.

—Sí, lo sé. ¿Hay algo que quiera decirme?

—No hay rigor mortis, algo de lividez, mucha actividad de insectos en el cadáver… Cuando saquemos el cuerpo, vamos a meter los insectos en bolsas y a mandárselos al entomólogo. Seguramente, él podrá determinar mucho mejor cuánto tiempo lleva ahí. Por lo que yo he visto, me parece que pueden ser un par de días. Eso coincide con el momento de los asesinatos, ¿no?

—Exacto —dijo Decker.

Miró la fosa, que estaba profusamente iluminada. El condado había mandado a cuatro técnicos con monos de protección. Estaban abajo, en el fondo del hoyo, pensando en la mejor manera de introducir el cuerpo en una bolsa. Como llevaba varios días pudriéndose, la piel había empezado a deshacerse. Todavía estaba un poco hinchado, a causa de los gases internos, pero manejándolo con mucho cuidado, los detectives pudieron distinguir sus rasgos, aunque la cara estuviera ennegrecida, deformada y comida por los insectos. Tanto Marge como Oliver pensaron que se parecía a las fotografías que tenían de Denny Orlando.

—¿Están seguros de que solo hay un cuerpo ahí abajo? —le preguntó Decker a Yakamoto.

—No, no estamos seguros —respondió el técnico—. Todavía no.

Oliver dijo:

—El olor me parece tan intenso como para que haya dos cadáveres.

—Si Rondo Martin está ahí —dijo Decker—, pierdo una posible pista.

Les contó a los tres detectives su conversación con Brett Harriman, intentando acordarse de la historia lo mejor que podía sin sus anotaciones.

—¿Y crees a ese tipo? —preguntó Oliver—. Quiero decir, que… ya es lo suficientemente difícil sacar algo sustancial de los testigos oculares.

—Que sea ciego y no pudiera verlos no significa que no oyera correctamente su conversación —repuso Decker—. Él está entrenado para oír, para usar los oídos, Scott. ¿Y cómo iba a saber que Rondo Martin está implicado?

—Es un guardia de los que ha desaparecido —dijo Marge—. Tal vez su nombre haya aparecido en los periódicos.

Wynona preguntó:

—¿Y cómo lee el periódico, si es ciego?

—Tiene un ordenador activado por voz, que le lee las noticias —respondió Decker—. Está bien, admito que, quizá, oyera hablar sobre Rondo Martin. Pero ¿y Joe Pine? Él lo llamó José Pino. ¿Cómo ha averiguado eso?

Oliver no tenía respuesta. Marge dijo:

—¿Lo has investigado?

—Vino esta tarde, después de que cerraran los juzgados. Empezaré a llamar a la gente el lunes.

—¿Y sabes si es ciego de verdad? —inquirió Oliver.

Decker sonrió.

—¿Me estás preguntando si le lancé algo para ver si se tiraba a atraparlo en el aire? No, Scott, no hice nada de eso.

—Pues entonces, repito: ¿Cómo sabes que es ciego de verdad? Ya sabes que Wanda Bontemps ha tenido que atender a muchos chiflados por teléfono, sobre todo ahora que Grant Kaffey ha ofrecido una recompensa de veinte mil dólares.

—¿Solo veinte mil?

—Parece que Guy no era el único tacaño.

—Puede que Harriman esté de atar —dijo Decker—, pero en este momento, voy a creer lo que me ha dicho. Willy Brubeck ha preguntado a sus fuentes de Ponceville por Rondo Martin. Joe Pine estaba en la lista de guardias que Brubeck tenía que investigar. Ahora, Drew Messing se está encargando de localizarlo. Y, bueno, ya está bien de Martin. ¿Qué pasa dentro de la casa?

—Hay muchas pruebas —dijo Marge.

—¿Huellas dactilares?

—Hay, sobre todo, manchas, pero los de la científica han conseguido tomar algunas que pueden resultar útiles —dijo Oliver—. Todavía tenemos que procesar los edificios auxiliares. Va a llevarnos un tiempo.

—¿Podemos volver a Brett Harriman un momento? —preguntó Marge—. ¿No te dio ningún posible nombre para el patrón?

—No —dijo Decker—. Uno de los hombres dijo que era peor que Martin, que, ya de por sí, era muy malo.

Desde el agujero, unos gritos anunciaron que el cadáver estaba metido en la bolsa. Lo difícil iba a ser sacarlo del fondo. El hoyo tenía un metro y medio de profundidad; era posible bajar y salir de él a pie, pero era mucho más difícil hacerlo sujetando un cadáver.

Decker se agachó al borde del agujero. Desde allí, el hedor era mucho más intenso.

—Si vosotros tres podéis sujetar la bolsa por encima de la cabeza, nuestra gente la agarrará desde fuera y la pondrá en la camilla.

Los técnicos forenses lo consideraron posible. Cuidadosamente, lo alzaron por encima de sus cabezas, y seis hombres sujetaron los bordes de la bolsa desde fuera y la depositaron en la camilla. Yakamoto abrió la cremallera.

—¿Qué les parece?

Marge observó la cara descolorida y desfigurada. Tenía gusanos entrando y saliendo por los orificios de la nariz, los ojos y la boca. Faltaban algunos trozos de carne.

—Es difícil decirlo con seguridad, pero, con un poco de imaginación, podría ser Denny Orlando —dijo, y miró a Oliver.

—Yo creo que es Orlando, pero tal vez sea porque estoy obsesionado con él.

—Ahora tenemos el ADN —dijo Yakamoto, mientras cerraba de nuevo la cremallera—. Muy pronto lo averiguaremos.

El sol acababa de salir por el horizonte cuando se recogieron de la tumba las últimas pruebas. Se había exhumado un cuerpo. Rondo Martin seguía desaparecido. Eran las cinco y veintiséis minutos de la madrugada. Si Decker se marchaba de allí en una hora, llegaría a casa a tiempo para desayunar, ducharse, vestirse e ir a la sinagoga. Seguramente, llegaría el primero.

Aunque también podía ir a casa y caer sobre la cama.

Su cuerpo gritaba de agotamiento, pero, algunas veces, el alimento espiritual precedía al sueño. Aquel día era uno de esos días.

—Hemos terminado —dijo Marge, por fin—. Yo me voy.

—Si tú te vas, yo me voy —dijo Oliver—. Hemos venido juntos, ¿no te acuerdas?

—No me voy a marchar sin ti, Scotty.

—¿Quieres que desayunemos por el camino? Yo no tengo nada en la nevera. Estoy pensando en la Casa Internacional de las Tortitas. Me apetece colesterol.

—Por mí, fenomenal —respondió Marge, y se giró hacia Wynona—. ¿Quieres que quedemos allí?

—Sí, me vendría bien comer algo y tomar un café. Tengo que estar aquí de vuelta a las nueve.

Decker se despidió de ellos. Tardó veinte minutos más en terminar el papeleo. A las seis y cuarto, estaba en su coche, a solas, pensando. Arrancó y, mientras se calentaba el motor, escuchó los mensajes del contestador.

Tenía tres.

El primero era de Rina, a las siete y dos minutos de la noche anterior. Estaba a punto de encender las velas, y quería desearle un buen *sabbat*. Lo quería, y esperaba verlo pronto. Con solo oír su voz, se le dibujó una sonrisa en los labios.

La segunda llamada era de las ocho y veintiséis de la noche.

—Hola, teniente Decker, soy Brett Harriman. No sé por qué no le mencioné esto antes… Tal vez me encontraba demasiado abrumado con todo como para recordarlo correctamente. Bueno, el caso es que yo no podía ver a los hombres que estaban hablando frente a mí, pero le pedí a una mujer que estaba cerca que me los describiera lo más discretamente posible. Ella no dejaba de preguntarme por qué, y yo no quería decírselo. Me sentí un poco tonto, así que le dije que lo olvidara. Así que, tal vez, ella los viera y pueda darle su descripción. El problema es que no sé cómo se llama, pero reconocí su voz de la sesión de selección del jurado, y sé que la seleccionaron para uno de mis casos. No sé si puede conseguir la lista de jurados de ese caso, pero merece la pena intentarlo. Seguro que me recordará, porque no tuvimos una conversación muy normal. Podemos hablar más de esto si quiere. Llámeme. Adiós.

Decker guardó la llamada. Parecía que Harriman estaba buscando atención, porque le daba la información poco a poco. O, tal vez, estuviera detrás de la recompensa. Antes de devolverle la llamada, iba a comprobar sus credenciales, para asegurarse de que aquel hombre no tenía problemas con la verdad.

La última llamada era de las diez y treinta y ocho minutos.

—Soy Brett Harriman de nuevo. La mujer de la que le hablé… Me he acordado de que, en la selección de jurados, le dijo al juez que estaba casada con un detective teniente de policía. Tal vez quisiera librarse de tener que formar parte del jurado, pero, de todos modos, la seleccionaron. No creo que ella mencionara el Departamento de Policía de Los Ángeles, y puede ser de otra ciudad, pero ¿cuántas mujeres de tenientes de policía pueden haber sido seleccionadas para un jurado la semana pasada? Tal vez usted la conozca. Eso es todo. Adiós.

El mensaje terminó.

El tiempo pasó con lentitud.

¿Los vio ella?

¿La vieron ellos?

Pasó un largo rato hasta que Decker metió la marcha para arrancar y, cuando lo hizo, se dio cuenta de que le temblaban las manos.

CAPÍTULO 13

Decker fue maldiciendo a Brett Harriman durante todo el camino.

«¿No podía haberle pedido a otra persona esa descripción? ¿Tenía que ser mi mujer?».

Aquel pensamiento era hipócrita por su parte, porque, si no hubiera sido ella, en aquel momento estaría haciendo llamadas de teléfono para intentar conseguir la lista de jurados.

¿De veras pensaba que Rina estaba en peligro? Tenía que pensar de un modo lógico.

En primer lugar, los hombres no podían estar muy preocupados si estaban hablando abiertamente del caso Kaffey. En segundo lugar, tal vez Rina no hiciera más que mirarlos de pasada. En tercer lugar, aunque ellos se hubieran fijado en ella, seguramente ya la habían olvidado desde entonces.

«Maldita sea, Harriman».

Al tomar la curva, vio a su mujer recogiendo el periódico. Iba en bata y zapatillas, y tenía una taza de café en la mano. Llevaba el pelo suelto por la espalda, y a él se le paró el corazón al verla.

«No le digas nada».

Ella sonrió mientras él metía el coche en la parcela.

«Respira profundamente».

Cuando salió del coche, Decker intentó devolverle la sonrisa. Temía que fuera una sonrisa forzada, como cuando uno sonreía al salir del dentista con la boca anestesiada.

—Bienvenido —dijo Rina, y le tendió la taza de café—. Tiene leche. ¿Quieres que te sirva una taza de café solo?

Decker tomó un sorbo.

—No, está muy bien, gracias —dijo, y le rozó los labios con los suyos—. ¿Qué tal la cena?

—Todo el mundo me dio recuerdos para ti. Te he guardado un poco de cordero.

—Estaba pensando en tomar un poco de queso y fruta, pero no me parece mal el cordero. ¿Tienes encendido el calientaplatos?

—Sí. ¿Quieres que te lo caliente?

Decker rodeó con un brazo a su mujer mientras caminaban hacia la puerta.

—Claro. Voy a tirar la casa por la ventana.

—¿Con, o sin patatas fritas?

—Con.

Entraron en el vestíbulo, y Decker siguió a Rina hacia la cocina.

—¿Sabes? Cuando Randy y yo estábamos en el instituto, mi madre siempre nos hacía huevos revueltos, patatas y salchichas para desayunar. Si tomo zumo de naranja, creo que esto sería una versión de lo que desayunaba de niño.

—Bueno, pues voy a calentarlo.

—Si no te importa, voy a ducharme primero. Huelo como si hubiera estado entre cadáveres.

—¿Cadáveres? ¿Más de uno?

—Solo uno.

—Uno es suficiente —dijo ella. Sacó el cordero de la nevera y lo puso en el calientaplatos—. Uno es demasiado. ¿Se conoce su identidad?

—Creemos que es Denny Orlando, uno de los guardias desaparecidos.

—Oh, vaya. Eso es muy triste —murmuró Rina, mientras buscaba las patatas fritas en el frigorífico, entre las tarteras de las sobras de la cena—. ¿Y el otro?

—Rondo Martin. Todavía está desaparecido. Hemos rastreado hasta el último metro del rancho, y no hemos encontrado ni rastro de él. Bueno, voy a ducharme y a vestirme. Podemos desayunar juntos y, después, nos vamos a la sinagoga.

Rina lo miró con perplejidad.

—¿Quieres ir a sinagoga?

—Necesito algo de devoción en mi vida en este momento.

—Entonces, iré contigo. Voy a despertar a Hannah para ver si quiere venir con nosotros. Pero todavía es pronto, así que dejaré que duerma un poco más.

—Bueno, ella no tiene que venir solo porque vayamos nosotros.

—Seguramente, en otras circunstancias no vendría, pero ha quedado con Aviva para comer. ¿Estás seguro de que no quieres acostarte, Peter?

—Sí, seguro. ¿No hay un rabino invitado esta semana?

—Sí —dijo Rina, enarcando las cejas—. He oído decir que es muy pesado.

—Cuanto más largo el sermón, mejor. En cuanto abra la boca, me quedaré dormido.

La ausencia intensificaba el cariño. O, por lo menos, volvía a su hija mucho más habladora. Durante el trayecto de kilómetro y medio que había desde la casa a la sinagoga, Hannah puso al corriente a su padre de todos los detalles su vida de la última semana. Esta amiga, y aquella otra amiga y, después de un rato, la mente de Decker puso el piloto automático para emitir exclamaciones y asentimientos en los momentos oportunos, cada vez que su hija paraba para respirar. Aunque el contenido de su discurso fuera inane, su voz era música para él. No le importaba de lo que hablara, siempre y cuando hablara con él. Cuando llegaron a la puerta de la sinagoga, le dio a Decker un beso en la mejilla y salió corriendo hacia su amiga antes de que él pudiera decir «adiós». Decker observó a las dos niñas abrazarse como si fueran familiares que se reunían después de una larga separación. Se sintió celoso.

Rina dijo:

—Es increíble.

—¿El qué?

—En ningún momento de su monólogo se ha dado cuenta de que ibas dormido con los ojos abiertos.

—He oído todo lo que ha dicho.

—Lo has oído como si oyeras el canto de los pájaros —dijo Rina, y le dio un beso en la mejilla—. Eres un padre maravilloso. No ronques. Nos vemos luego.

El sermón duró casi una hora, y Decker echó una siesta estupenda. Cuando Barry Gold le dio un codazo en las costillas, al terminar de hablar el rabino, pudo levantarse y concentrarse en la plegaria de Musaf. En honor al rabino invitado, hubo un *kidush*. La mayoría de los fieles estaban refunfuñando por la duración del sermón, pero Decker, no.

—Nunca había dormido mejor durante un sermón —le dijo a Rina, mientras comía una pequeña ración de *chulent*, el tradicional estofado de carne y alubias que se repartía después del servicio.

—Qué suerte —dijo Rina—. Los Miller acaban de invitarnos a comer, pero les he dicho que no a causa de tu agotamiento.

—Pues has dicho la verdad. ¿Nos vamos ya?

—Sí.

En cuanto salieron de la sinagoga, a Decker se le aceleró el corazón por la ansiedad. Volvían a casa de la mano. Él sabía que debía charlar sobre alguna cosa sin importancia, pero estaba pensando en otra cosa.

«¿Cómo lo saco a relucir? ¿Cuándo? ¿Antes, o después de comer? ¿Antes, o después de dormir?».

Cuando llegaron a casa, Decker todavía no había elaborado un plan. Pensó que la mejor manera de abordar el tema era hacerlo con sinceridad.

—¿Puedo ayudarte a preparar la comida?

—¿Tienes hambre, después de comer tanto cordero y el *chulent*?

—No, en realidad, no, pero puede que tú sí.

—Yo todavía estoy a lácteos. Puede que me tome un yogur y una taza de café —dijo ella, y le dio una palmadita en la mano—. ¿Te acompaño a acostarte?

Decker se sentó en el sofá.

—Necesito hablar contigo unos minutos.

—Oh, oh.

—No es por nada malo —dijo él, y le pidió que se sentara a su lado—. Solo unos minutos.

—Claro —dijo ella, y se acurrucó contra su costado—. ¿Qué pasa?

Decker respiró profundamente y exhaló.

—Bueno, se trata de esto: ayer, a las tres de la tarde, tuve una visita en la comisaría. Era un hombre que me dijo que tal vez tuviera información relevante sobre el caso Kaffey. Cada vez que alguien dice que sabe algo, tenemos que tomárnoslo muy en serio, aunque sea la tía Edna que dice que le han transmitido la información desde Marte. Algunas veces, hay sustancia entre la chifladura.

—Lo entiendo. ¿Adónde quieres llegar, cariño?

—El hombre me dijo que había oído una conversación en español entre dos hombres. Me relató la conversación, y mencionó un par de nombres que no puede conocer ninguna persona que no esté en el caso. Así que lo escuché con suma atención.

—De acuerdo.

—Bueno, me estaba contando la conversación entre los dos hispanos, pero hay un problema: el hombre solo puede oír sus voces. No puede describírmelos, porque es ciego.

—Sí, ya veo que hay un problema —dijo Rina.

—Pero sabe que lo que ha oído puede ser importante. Así que le pide a una mujer que está cerca de él que le describa a esos dos hombres. Ella le pregunta por qué, y él no se lo dice. Ella insiste, él se siente un bobo y deja el tema. Sin embargo, después no puede quitarse la conversación de la cabeza, así que va a la comisaría.

—Esto me resulta un poco familiar.

—¿Un poco?

—Más que un poco.

—Eso me temía.

Rina dijo:

—No sé cómo se llama. Es intérprete de los juzgados. Tendrá unos treinta años, el pelo rizado, la cara alargada… Viste muy bien.

—Se llama Brett Harriman.

—¿Y cómo ha sabido mi nombre?

—No lo sabía. Reconoció tu voz de la sesión de elección de los jurados; tú estás en uno de sus casos. Recordaba que le habías dicho al juez que estás casada con un teniente de policía. Yo até cabos, pero esperaba haberme equivocado.

—Pues no.

Decker se apoyó en el respaldo y se pasó las manos por la cara.

—¿Viste a los hombres, Rina?

—Miré a los dos hombres hispanos a quienes pensaba que se refería el intérprete.

—¿Y los viste bien?

—Bueno, bastante bien. Él me dijo que fuera discreta.

—¿Sí?

—Sí, me dijo específicamente que no me quedara mirándolos fijamente, así que no lo hice.

Decker exhaló un suspiro de alivio.

—Gracias, Brett. ¿Y ellos te vieron a ti?

—Seguramente, no. Entonces, ¿esos dos hombres están implicados?

—Parece que sí, por la información que tenían. Entonces, ¿no crees que se fijaran en ti?

—Lo dudo. Fue justo antes de que empezara la sesión de la tarde, y todo estaba lleno de gente —dijo Rina—. ¿Quieres que te describa a esos hombres?

—No importa.

—¿Que no importa?

—Aunque pudieras reconocerlos en los libros de fotos, yo no podría hacer nada. Él oyó la conversación. Tú no, ¿no?

—No.

—Pues … ahí lo tienes. No es necesario que te involucres.

—¿Y por qué me lo has preguntado, entonces?

—Solo quería hacerme una idea de si ese tipo es de fiar.

—Es cierto que trabaja de intérprete en los juzgados.

—¿Hasta qué punto te parece fiable Harriman a ti?

—¿A mí? No sabría decirte. Desde luego, sabe idiomas, y es muy dramático. Al principio, lo llamábamos Tom Sonrisas, por Tom Cruise, porque llevaba gafas oscuras y siempre estaba sonriendo, enseñando una blanquísima dentadura. Después de ver cómo interpretaba, decidimos que debería haber sido actor.

—Entonces, ¿crees que puede estar exagerando?

—Eso no lo sé. Solo sé que utiliza la voz como si fuera un instrumento. De hecho, yo no me había dado cuenta de que era ciego hasta que habló conmigo. Tiene una especie de localizador electrónico para guiarse, y anda como cualquier otra persona.

—De acuerdo. Gracias por tu ayuda.

—¿Eso es todo?

—Solo quería hacerme una idea del tipo.

—Peter, yo estaría encantada de echar un vistazo a las fotografías.

—¿Para qué? Aunque pudieras reconocer a alguien, yo no podría detenerlo. Como he dicho, Harriman fue quien escuchó la conversación, y no tú.

—Podrías pedirles que acudieran voluntariamente a declarar; si no lo hacen, eso te diría algo importante. Y, cuando los hayas atrapado, Harriman puede reconocer sus voces.

—Harriman dijo que es perfectamente capaz de reconocer sus voces, sí. Pero no sé si eso serviría en un juicio.

—Has dicho que Harriman mencionó nombres que solo puede conocer alguien que esté en el caso. ¿Y dices que no tienes interés en hablar con esos tipos? Vamos, Peter, deja que mire las fotografías. Cabe la posibilidad de que no los reconozca, o de que no estén fichados.

Él siguió en silencio.

—El que lo hizo no debería salirse de rositas —insistió Rina—. Si no fuera yo, o Hannah, o Cindy, tú estarías persiguiéndolos.

—Eso es cierto.

—Y lo único que yo haría sería mirar fotografías.

—No me importa que mires los álbumes de fotografías, Rina. Lo que me pone nervioso es el reconocimiento.

Ella posó la mejilla en su brazo.

—No te preocupes. Tengo a un hombre grande y fuerte para protegerme. Tiene un arma, y sabe usarla.

Le despertó el sonido del teléfono. Cuando se abrió la puerta y entró la luz artificial, Decker anunció que estaba despierto y se sentó. Rina le dijo que Willy Brubeck había llamado, y que parecía algo importante.

Decker se puso al teléfono.

—¿Qué pasa, Willy?

—Acabo de colgar con Milfred Connors. Está dispuesto a hablar con nosotros.

—De acuerdo —dijo Decker, mientras encendía la lámpara de la mesilla de noche—. ¿Cuándo?

—Esta noche. Le he dicho que estaríamos allí lo antes posible. Vive en Long Beach, así que será mejor que nos pongamos en camino. ¿Quieres que pase a recogerte?

Decker todavía estaba adormilado. Miró el despertador. Eran las ocho menos cuarto. Había dormido siete horas.

—Eh… claro. Me parece bien.

—Pues me alegro, porque estoy en la puerta de tu casa.

—¿De verdad? —dijo Decker. Se levantó y se estiró—. Necesito unos diez minutos para ducharme y vestirme. Entra a esperarme.

—Me parece bien. Dime una cosa, rabino, ¿tu mujer todavía hace tartas?

Decker se echó a reír.

—Creo que queda tarta de chocolate. Puedes comer toda la que quieras.

—Solo un trozo, si no te importa.

—En absoluto. Le voy a decir que ponga la cafetera. Nosotros, los detectives, vivimos de cafeína y azúcar.

* * *

Al contrario que la mayoría de las zonas costeras, la vivienda no era tan cara en Long Beach como en otras partes de California del Sur, seguramente, porque se trataba de una ciudad industrial, y no turística. Desde la autopista 405 sur, Decker divisó un paisaje de refinerías que expulsaban humo por las chimeneas, y de hectáreas de aparcamientos. Eso no significaba que no hubiera partes bonitas; el centro histórico de la ciudad estaba lleno de hoteles y tenía un famoso acuario, y había sido renovado para atraer al turismo. Sin embargo, la mayoría de las zonas residenciales eran de casas modestas si se comparaban con otros barrios de la costa.

Milfred Connors vivía en una casita de estilo californiano, con el exterior de estuco y un tejado de teja roja, iluminado por una farola de la calle. El jardín estaba descuidado, y el camino de entrada a la casa tenía el cemento agrietado. El porche también estaba muy descuidado.

La luz estaba encendida, y Decker llamó al timbre. El hombre que abrió la puerta estaba encorvado y muy delgado. Tenía el pelo gris, largo, y la cara muy demacrada. Debía de tener unos setenta años. Llevaba una camisa blanca, unos pantalones de algodón y unas zapatillas. Se apartó de la puerta para que los detectives pudieran pasar.

El salón estaba ordenado y no tenía demasiados muebles: un sofá con tapicería floral, una butaca de cuero y una televisión de pantalla plana sobre un mueble de madera. El suelo era de tarima de roble. Estaba muy arañado, y era el original de la casa.

—Siéntense —dijo Connors, ofreciéndoles el sofá—. ¿Les gustaría tomar un té o un café?

—No, muchas gracias —respondió Decker.

—Yo tampoco, gracias —añadió Brubeck.

—Entonces, concédanme un minuto para ir a buscar mi té —dijo Connors—. Fue a la cocina y volvió un instante después, con una taza humeante. Se sentó en la butaca, y preguntó—: ¿Esta visita es por los asesinatos de los Kaffey?

—Sí, en cierto modo —respondió Decker.

—Ha sido algo horrible.

—Sí —dijo Decker—. Usted trabajó para la empresa mucho tiempo.

—Treinta años.

—¿Tuvo alguna ocasión de ver interactuar a Guy con su hermano o sus hijos?

—Todo el tiempo.

—¿Y qué podría decir de la relación que tenían?

—Bueno... —dijo Connors, y le dio un sorbito al té—. Guy podía ser muy desagradable. Pero también podía ser agradable.

—¿Usted se llevaba bien con él?

—Yo no estaba en el mismo nivel que él. Guy Kaffey estaba en lo más alto, y yo, no —dijo el contable.

—Pero, sin embargo, lo veía todo el tiempo.

—Él siempre estaba revisando los libros. No solo los míos, sino los de todo el mundo. Yo era uno de entre veinte —dijo Connors, e hizo una pausa—. Quieren hablar conmigo porque me despidieron por desfalco.

—Queremos hablar con mucha gente, pero usted es uno de los primeros.

—Qué suerte tengo —dijo Connors—. No es lo que piensan. Me despidieron, pero nunca me demandaron.

—Y, sin embargo, usted tampoco los demandó a ellos por despido improcedente.

Al ver que Connors no respondía, Brubeck sacó su libreta y un bolígrafo.

—¿Por qué no nos cuenta lo que ocurrió?

—Es complicado.

—Estoy seguro —dijo Decker, que también sacó su libreta para hacer anotaciones—. ¿Qué le parece si empieza por el principio?

Connors tomó otro sorbo de té.

—Yo trabajé para Kaffey treinta años. Nunca le pedí nada, pero él me pidió muchas cosas a mí. Horas extra impagadas, estar a su disposición las veinticuatro horas del día, los siete días de la semana, sobre todo durante la época de presentación de impuestos. Yo hice todo eso sin quejarme. Pero, entonces, mi mujer enfermó.

Decker asintió.

—Mi mujer y yo estábamos solos. No tuvimos hijos. Lara era profesora de preescolar, así que tenía suficientes niños en el trabajo. Y yo soy una persona de números, no soy muy sociable. Lara tomaba las decisiones sociales.

—Bueno, eso es bastante común en los matrimonios —dijo Brubeck.

—No sé, pero sí era así en nuestro caso —dijo Connors—. Yo iba a trabajar y volvía a casa. A mí me parecía bien lo que hubiera planeado Lara —añadió. En aquel momento, se le llenaron los ojos de lágrimas—. Murió de cáncer hace cinco años. No consigo superarlo.

—Lo siento mucho —dijo Brubeck.

—Debió de ser muy duro —añadió Decker.

—Sí, teniente. Tenía dolores constantes. Aunque tomara analgésicos, tenía dolores. Fue una enfermedad muy larga. Teníamos seguro, pero no lo cubría todo. Cuando la medicación convencional dejó de funcionar, empezamos a probar medicación experimental que el seguro no cubría. Gastábamos todo mi sueldo, y gastamos todos nuestros ahorros. Lo siguiente era vender la casa, pero yo no quería hacerle eso. Tampoco quería que renunciara al tratamiento.

Decker asintió, y le pidió que continuara.

—Me tragué el orgullo y le pedí a Mace Kaffey que me hiciera un préstamo. Conocía mejor a Mace que a Guy, y todo el mundo sabía en la empresa que Mace era más fácil que Guy.

—¿Hace cuánto sucedió esto? —preguntó Decker.

—Unos seis años. Al principio del fin —dijo Connors y suspiró—. Mace me dijo que apuntara el préstamo como un gasto de inventario. Y me dijo que hiciera el cheque por treinta mil dólares, que él se quedaría con un poco extra si yo necesitaba más. La empresa hace negocios con cientos de proveedores, así que no fue difícil esconderlo en alguna parte. Yo sabía que estaba mal, pero lo hice de todos modos. Dos días después, tenía el dinero en el bolsillo. Me engañé a mí mismo, diciéndome que solo había seguido las órdenes del jefe. Tenía intención de devolverlo.

—¿Y cómo pensaba hacerlo? —preguntó Decker.

—Con trabajo por cuenta propia. Le dije a Mace que iba a devolver hasta el último centavo, pero él me dijo que no me preocupara. Que lo más importante era que mi mujer se curara y que, después, ya hablaríamos. Sonaba demasiado bueno como para ser cierto, pero yo no iba a cuestionarlo. Veinte mil dólares era mucho, pero yo sabía que podía reunir esa cantidad. El problema era que…

Dejó la taza sobre la mesa, y siguió hablando:

—No se quedó en veinte mil dólares. Fueron veinte mil, y cuarenta mil, y sesenta mil. Cuando murió mi mujer, yo debía ciento cincuenta mil dólares. Eso era mucho dinero, teniendo en cuenta que había gastado la pensión, los ahorros y la pensión de mi mujer. No me quedaba nada, salvo la casa.

Connors se frotó los ojos.

—Fui a ver a Mace y le dije que iba a vender la casa para pagar el préstamo, y él me dijo que esperara y que no hiciera nada apresurado. Yo no iba a insistir. También me dijo que siguiera tomando dinero prestado de la empresa un poco más. Dijo que había otra gente que estaba en una situación difícil. Yo tenía que seguir haciéndolo un poco más y, para compensarme por el esfuerzo, me condonaría una parte de la deuda.

—Y usted le siguió el juego —dijo Decker.

—Yo tenía una deuda, y él era mi jefe. Si decía que siguiera, yo seguía. Reuní valor suficiente como para preguntarle si a Guy le parecía bien.

—¿Y cuál fue la respuesta? —preguntó Brubeck.

—Dijo que Guy hacía lo mismo todo el tiempo. En total, extendí doscientos mil dólares en cheques falsos.

—¿Y eso le parecía bien? —preguntó Decker.

Connors miró a los detectives.

—Yo había estado dos años viviendo un infierno, y tenía una deuda enorme. Así que, dijera lo que dijera Mace, obedecía sin hacer preguntas. De todos modos, el verdadero problema surgió cuando a la compañía le cayó una inspección de Hacienda. Eso significaba que había que abrir los libros. Se descubrió el desfalco, Hacienda empezó a pedirle dinero a Kaffey Industries y los dos hermanos se metieron en un enorme pleito. Yo pensé que iba a hundirme con el barco, pero Mace, bendito sea, me cubrió.

—¿Cómo? —preguntó Brubeck.

—Le dijo a Guy que el descuadre se debía a un incremento del coste de los materiales, o algo así. Guy no se lo tragó, y por eso el litigio. Sin embargo, por muy mal que fueran las cosas para Mace, no me denunció. Yo le estaba muy agradecido.

Decker dijo:

—Señor Connors, a Mace le acusaron de desfalcar cinco millones de dólares. Su parte no era tan grande como esa.

Connors se encogió de hombros.

—Puede que tuviera el mismo tipo de acuerdo con otros contables. Yo solo era uno de tantos.

—Usted era un ejecutivo de contabilidad —dijo Brubeck.

—Como les he explicado, hay unos veinte ejecutivos de contabilidad en la empresa. Cada uno está a cargo de un proyecto distinto.

—Si Mace estaba robando a la empresa, ¿por qué Guy no echó a su hermano?

—No puedo decirlo con seguridad, pero creo que Mace no mentía al decir que Guy también robaba. Como Guy era el consejero delegado, él corría más peligro de ser condenado a la cárcel que Mace. Seguramente, para Guy era más barato mantenerlo en la empresa que demandarlo.

—Entonces, los dos hermanos llegaron a un acuerdo, y Mace fue trasladado al este.

—En efecto —respondió Connors—. Y eso fue todo.

—Salvo un detalle —dijo Decker—. Usted fue sorprendido robando después de que Mace se marchara a la costa este.

Connors alzó las manos.

—¿Le importaría explicárnoslo? —dijo Decker.

—Nunca me acusaron de nada.

—Le pidió a Mace otro favor.

—Solo le dije que prefería pegarme un tiro a ir a la cárcel.

—Y él volvió a cubrirlo.

Connors se encogió de hombros.

—¿Podría explicarnos qué sucedió?

—Es sencillo: me enganché —dijo Connors, y volvió a encogerse de hombros—. Es muy difícil cambiar ciertos hábitos.

CAPÍTULO 14

Decker puso un capuchino y un cruasán delante de Rina. La había acomodado en su escritorio.

—El cruasán es de Coffee Bean. El café es del bar de la esquina. Descafeinado, con leche entera.

—Perfecto —dijo Rina, y tomó un sorbo—. Lo único que necesito es el periódico del domingo.

—Normalmente, el domingo lees el periódico en la cama, con una bata.

Rina se había puesto una camisa de franela suave y una falda vaquera larga. Llevaba zapatillas de deporte.

—Estoy muy cómoda, y esto es mucho más divertido que leer algún artículo de asesinatos y mutilaciones en el *L.A. Times*.

Decker puso tres álbumes de fotografías de fichas policiales delante de ella.

—Cariño, no hay más asesinatos y mutilaciones en el periódico que aquí.

—Es verdad, pero, en este caso, por lo menos estoy haciendo algo —dijo, y tomó otro sorbito de café—. No te preocupes. Estoy perfectamente bien.

Decker se masajeó las sienes. Llevaba un polo y unos pantalones de algodón. En aquel momento, se sentía limpio, pero eso no iba a durar mucho. El polvo del rancho era terrible.

—Cuando hayas terminado con estos, tengo otra docena en la mesa que hay junto a la puerta de mi despacho. Revisa los que quieras. Cuando te canses, déjalo. El cansancio es tu mayor enemigo.

—Entendido.

—Y no señales a nadie si no estás segura. Prefiero que me digas que no lo sabes a que hagas alguna suposición.

—Lo entiendo. No quiero que nadie siga una pista falsa por mi culpa.

Rina abrió la primera página, y se encontró con seis hombres de cara y de perfil, con una descripción de sus rasgos, su raza y su altura debajo de las fotografías.

—Ummm…

—Los hombres a quienes vi tenían tatuajes. Supongo que eso es muy normal, hoy día.

—Bueno, no todos los hombres tatuados son delincuentes, pero todos los delincuentes llevan tatuajes. Sin embargo, la tinta es casi tan buena como una huella dactilar. No hay dos tatuajes que sean exactamente iguales. ¿Qué tatuajes viste?

—Uno parecía un tigre, o un leopardo. El otro hombre… creo que llevaba una serpiente. También había letras.

—¿Letras? ¿Qué letras?

—Alguna equis. Y alguna ele, puede ser.

—¿Puede que fueran números romanos?

—Pues sí, Peter. Seguramente, lo eran.

—¿Recuerdas haber visto un doce en números romanos? ¿Un XII?

—Quizá. ¿Por qué?

Decker tomó los álbumes.

—Voy a darte otros libros para que empieces. Puede que sea aprovechar mejor el tiempo.

—¿Qué libros?

—Los de miembros de la banda Bodega 12th Street. A menudo llevan tatuado un BXII o un XII.

—He oído hablar de Bodega Doce. Son traficantes de drogas. ¿Tendría algún sentido que ellos supieran algo de los asesinatos de los Kaffey?

—Sí. Puede ser perfectamente que ellos cometieran los asesinatos.

—¿Y por qué iban a matar a los Kaffey?

—Porque Bodega 12th Street está lleno de asesinos. Además, averigüé que Guy Kaffey contrataba a menudo a miembros de bandas rehabilitados para su equipo de seguridad.

—¡Oh, vamos!

—Es cierto. Brady dijo que Guy quería contratarlos por principios, pero, también, porque eran más baratos. Si Grant no me lo hubiera confirmado, habría pensado que Brady estaba mintiendo. Algunas veces, la gente, sobre todo la gente que es muy rica, no es consciente de su propia mortalidad. Espera, ahora mismo vuelvo —dijo Decker, y regresó con otros dos libros de fotografías de fichas policiales—. Empieza con estos. Espero que no encuentres a nadie que te resulte familiar. Y, si reconoces alguna cara, no se lo digas a nadie, salvo a mí.

—Esto es una lista de todas las balas, cartuchos y casquillos que hemos encontrado en la finca —dijo Wynona Pratt. Iba vestida con una camiseta de algodón de manga corta, unos pantalones vaqueros y unas zapatillas de deporte—. Casi toda la munición estaba en el sector noreste, el número cuatro, cerca y dentro de cuatro balas de paja amontonadas.

—Parece una zona de prácticas de tiro.

—Sí, eso me ha parecido. También hemos encontrado un cuchillo oxidado, y otras piezas de metal afiladas, que pueden haber sido cuchillos o navajas, pero parece que tienen mucho tiempo. Las he enviado al laboratorio para que las analicen. Esta tarde voy a revisar todas las pruebas en la comisaría. Allí se está más fresco.

—Bien. Háblame de las entradas y de las salidas.

—El rancho está rodeado de dos filas de alambre de espino y un vallado de malla de simple torsión de dos metros y medio de altura.

No hay nada electrificado, así que se puede cortar el metal con una cizalla y guantes protectores. Hay ocho puertas de entrada y salida en toda la finca —dijo Wynona, y sacó una hoja de papel—. He dibujado un pequeño mapa.

Decker lo miró.

Ella continuó:

—Las puertas son de metal sólido, salvo las dos traseras, que son de malla de simple torsión, y tienen un candado. Con unas tenazas, problema resuelto.

—¿Parecía que los candados estuvieran forzados?

—No.

—¿Y el vallado? ¿Tenía algún agujero?

—Nada que fuera evidente, pero no me he arrodillado para revisar cada centímetro de la malla metálica —dijo Wynona—. Tengo unas rodilleras en casa. Puedo organizarlo para mañana por la mañana, a menos que quieras que se haga ahora.

—No, mañana está bien —dijo Decker, secándose la frente con un pañuelo. Se oía a los caballos y a los perros protestar por el calor—. ¿Quién está cuidando de los animales?

—Supongo que el mozo de cuadra, Riley Karns. Ayer estaba aquí.

—¿Está aquí hoy?

—No lo he visto.

—¿Y quién te ha dejado entrar en la finca?

—Piet Kotsky. Dijo que le has dicho a Neptune Brady que no quieres ver ningún guardia privado hasta que tú le hayas dado el visto bueno.

—Puede que haya dicho eso —respondió Decker—. ¿Significa eso que Riley Karns no está considerado como un guardia? Porque yo no le he dado el visto bueno.

Wynona se encogió de hombros.

—Alguien tiene que encargarse del ganado.

—Voy a echar un vistazo por el establo. A ver si está allí.

—Llévate una mascarilla. Seguro que apesta.

—No me importa oler a estiércol de caballo. Cuando era joven, tenía un racho y establos. Estaba todo el tiempo montando a caballo.

Ella sacó una cadera y se quedó mirándolo fijamente.

—¿De verdad?

—Sí. Estoy en mi salsa con los caballos. Es la gente la que me resulta desconcertante.

El establo tenía ocho boxes. Aunque seis de ellos estaban vacíos, la paja había sido cambiada recientemente. Los dos caballos que quedaban, que parecían de la raza morgan, estaban bien alimentados e hidratados. Decker salió de la cuadra y tomó un camino que conducía a un corral. Allí había tres animales amarrados a un caminador automático, un aparato que parecía un paraguas gigante sin la tela. Mientras los caballos caminaban, la estructura giraba como un carrusel.

Riley estaba cepillando a una yegua de pelaje castaño, haciendo suaves movimientos circulares con el cepillo, sin duda, para desprender toda la suciedad. Alzó la vista cuando oyó que Decker se acercaba, pero continuó trabajando. Karns era un hombre muy bajito, pero tenía un cuerpo fibroso que lo definía como jinete profesional. Tenía el pelo oscuro y los rasgos faciales diminutos, y el aire libre había curtido su rostro. En aquel momento, estaba cubierto de sudor. Llevaba una camiseta negra, unos pantalones vaqueros y unas botas de trabajo.

Decker le dijo:

—Vaya una cuarto de milla más preciosa.

—No es cualquier cuarto de milla. Su padre, Big Ben, ganó dos veces el Campeonato del Mundo de la Asociación Americana del Caballo Cuarto de Milla. Ganó premios por un valor de más de medio millón de dólares —dijo Karns, y frunció los labios—. Yo lo montaba... a Big Ben.

—¿Y compró la señora Kaffey esta yegua por recomendación suya?

—Yo no hago recomendaciones —dijo Karns—. Solo soy un empleado. Pero, cuando oí decir que iba a nacer una potra de Big

Ben, le di el teléfono de contacto a la señora. Ella se enamoró de Zepher. ¿Quién no iba a enamorarse?

—Parece joven.

—Es joven. Espere a que se desarrolle del todo.

—Tiene buenos músculos.

—Magníficos músculos.

Decker preguntó:

—Entonces, ¿los morgan llegaron antes?

—A la señora le encantaban los morgan. Los exhibe constantemente —dijo Karns, y se quedó callado. Después, añadió—: Las exhibiciones aburrían al señor Kaffey. Así que él decidió que iba a intentar probar suerte con las carreras. Por eso compró a Tar Baby… el semental negro. La primera vez que lo monté, supe que no servía. Pero me guardé la opinión.

—Inteligente por su parte.

—Yo solo soy un empleado, señor —dijo Karns, y pasó un dedo por el lomo de Zepher—. Adelante. Haga sus preguntas, jefe.

—Soy el teniente Decker.

—Como usted diga, jefe. ¿Dónde aprendió de caballos?

—Yo tenía caballos. Me gustan los cuarto de milla. Son animales versátiles. De camino hacia acá, me he fijado en que hay galgos afganos en la perrera. ¿Eran también cosa de la señora Kaffey?

—Sí, a la señora le encantaban los galgos afganos, pero al señor Kaffey, no. Él no permitía que los animales entraran en casa. Creo que estaba amargado.

—¿Por qué?

—Porque intentó criar sus propios perros, y fue un desastre.

—Deje que lo adivine: galgos.

—Exacto, jefe —dijo Karns, y cabeceó—. El señor Kaffey pensaba que podía ganar dinero con las carreras de galgos. Y podría haberlo conseguido si no hubiera comprado los animales más baratos. Cualquiera se habría dado cuenta de que esos perros no valían. El hombre no tenía ni idea de animales.

—O no quería poner el dinero para comprar campeones.

—Cierto, jefe.

—¿Quién es el dueño de los animales, ahora que faltan los señores Kaffey?

—Supongo que serán los chicos. Ellos son los que me están pagando por cuidarlos. El pequeño, Grant. Ayer me preguntó cómo podía venderlos. Le dije que, si eso era lo que quería, yo podía ayudarle. Él me dijo que quería esperar a que su hermano se recuperara, pero que, si podía informarme de los precios, estaría bien. También me dijo que vendiera los perros. Eso no será difícil. Algunos son campeones —explicó Karns, y miró a Decker—. No me está preguntando esto para comprar un perro.

—Cierto.

—Entonces, ¿qué quiere, jefe?

—Su casa no está lejos de la perrera.

—A unos cinco minutos.

—¿Oyó ladrar a los perros la noche de los asesinatos?

—Cuando Ana me despertó, oí ladrar a los perros. Seguramente, Ana los despertó a ellos con sus gritos.

—En verano, mi setter dormía a menudo con los caballos. Cada vez que yo llegaba conduciendo al rancho, salía a recibirme, ladrando como loco —dijo Decker. Karns no respondió, y él añadió—: La perrera no está lejos de la mansión. Lo más lógico es que oyeran el ruido que se produjo en la casa y comenzaran a ladrar.

—Tal vez lo hicieran.

—Pero sus ladridos no lo despertaron a usted.

—Ya le he dicho que fue Ana quien me despertó. Cuando fui a la casa con Paco y con ella, los oí ladrar. Supongo que puede que ladraran todo el tiempo, y yo no me enterara. Tengo el sueño profundo —dijo Karns, y paró de cepillar a la yegua un momento—. No tengo problemas para dormir, como los ricos, jefe. Es porque hago un trabajo honrado y tengo limpia la conciencia.

—Permítame que le pregunte esto, Riley: si los perros oyeran a gente caminando junto a la perrera, ¿cree usted que empezarían a ladrar?

—Probablemente.

—¿Y cree que los ladridos lo despertarían?

—Tal vez. Pero aquella noche, no, jefe. Aquella noche, no —respondió Karns, y miró el reloj. Después, ajustó la velocidad del caminador a un ritmo más bajo, y continuó—: Si un intruso entrara por la puerta de los remolques de los caballos, seguramente despertaría a los perros. Pero, si entrara por el otro lado, yo no habría oído nada, y mis perros tampoco. Así que, si fuera usted, yo empezaría a pensar que el intruso no pasó por esta zona.

Decker cambió de tema.

—¿Sabe que hemos encontrado un cadáver enterrado en una tumba de caballos?

—Es difícil no darse cuenta de todo el jaleo que hubo aquí anoche… y la noche anterior. La policía anda por aquí continuamente.

—Alguien tuvo que haber cavado esa tumba con antelación, para poder meter el cuerpo en el agujero a tanta profundidad. ¿Tampoco oyó el ruido?

—La tumba está al otro lado de la finca, jefe.

—¿Sabía usted dónde estaba?

—Por supuesto —respondió Karns—. Yo la cavé. La gente que tiene ranchos grandes hace eso a menudo.

—¿Enterró los tres caballos a la vez?

—No. La primera tumba que hice fue para Netherworld y, la siguiente, para Buttercream. Cavé su tumba junto a la de él. Pero, después, cuando murió Potpie, no me apetecía cavar una tumba entera otra vez. Es mucho trabajo. Así que cavé en la zona que estaba entre Netherworld y Buttercream, hice un buen agujero y la metí allí.

—¿Cuánto hace que murieron los caballos?

—Netherworld y Buttercream murieron hará unos dos años. Potpie murió el año pasado. No olía tan mal. Los dos primeros ya se habían podrido cuando la enterré.

—¿Alguien más sabía de la existencia de esa tumba?

—La señora. Ella siempre decía una pequeña oración cuando moría uno de sus caballos.

—¿Alguien más, aparte de la señora Kaffey?

Karns apartó la mirada por un instante. No dijo nada.

—No es una pregunta con truco —dijo Decker—. ¿Quién más, que siga con vida, sabe lo de la tumba?

Por fin, Karns respondió:

—Paco Albáñez se ocupa de los jardines en el rancho. Tiene una excavadora. Le pedí que me la prestara, pero me dijo que estaba estropeada, y me preguntó para qué la necesitaba. Cuando le dije que tenía que cavar una fosa para un caballo, me dijo que me ayudaría, si quería.

—¿Y alguien más ayudó a cavar la fosa?

—Lo hicimos Paco y yo solos.

—¿Y cómo decidió dónde había que hacer el agujero? —preguntó Decker, y notó que Karns apretaba los dientes. Se le abultó la mandíbula—. ¿Alguien le dijo dónde debía hacerlo?

—No quiero problemas, jefe.

—No son problemas, Riley. Pero necesito que me diga quién le indicó dónde debía cavar la tumba.

—El señor me dijo que hiciera el agujero. Joe Pine estaba de servicio ese día. Él me dijo dónde debía hacerlo.

CAPÍTULO 15

Karns volvió a cepillar a la yegua. Al ver que Decker no desaparecía, dijo:

—Es todo lo que sé.

—Lo que sabe es mucho, Riley.

Karns exhaló un sonoro suspiro.

—Por eso no quería meterme en esto.

—Riley, amigo mío, está metido en ello, le guste o no. Usted fue uno de los primeros en llegar a la escena del crimen, y ahora me está diciendo que cavó la tumba de Denny Orlando...

—¡Y un cuerno! —exclamó Karns, y se volvió hacia él bruscamente, con la cara enrojecida y las manos temblorosas—. Yo no cavé la tumba de Denny. Yo cavé la tumba para caballos en la que encontraron al pobre Denny.

—Bueno, pues alguien cavó ese agujero para Denny —replicó Decker—, y tenía que haber alguien que supiera que esa tumba existía.

Karns escupió en el suelo.

—He sido franco con usted, y ahora está tergiversando lo que he dicho para que parezca que los asesinatos son culpa mía, o algo así. No tengo nada más que decir.

Decker decidió adoptar una actitud cooperativa.

—Si está siendo franco, entonces voy a proponerle un trato: sométase al detector de mentiras.

—Esas cosas no sirven para nada.

—No es cierto —respondió Decker—. Solo funcionará en beneficio suyo. No puedo usarla contra usted si no supera la prueba, pero, si la supera, yo dirigiré mis esfuerzos en otra dirección.

—No confío en usted, jefe. Seguramente, me hará decir cosas que no quiero.

—Yo no le haré la prueba —dijo Decker y, cuando Karns lo miró, sonrió—: Además, las preguntas se responden con sí o no. Es difícil meter la pata con respuestas de una sola palabra.

Karns no respondió inmediatamente. Aunque Decker no terminaba de formarse una opinión hasta que los hechos hubieran verificado la corazonada, el instinto le decía que Riley no estaba siendo evasivo deliberadamente. Más bien, tenía una arraigada desconfianza por cualquier cosa que requiriera electricidad.

—¿Y si preparo la sesión? —preguntó Decker—. Si cambia de opinión, solo tendrá que decírmelo.

—Lo pensaré —respondió Karns—. Y, ahora, si no le importa, me gustaría volver a mi trabajo en paz.

—Solo unas preguntas más. Los cuerpos de los caballos debían de ser muy pesados. Alguien tuvo que ayudarlo a arrastrarlos hasta la fosa.

—Hicimos la fosa primero, jefe. Después, los sacrificamos junto al agujero.

—Ah, eso tiene sentido.

—Lo sabría si de verdad hubiera tenido caballos.

—Tuve caballos, pero nunca los sacrifiqué. Siempre lo hizo el veterinario.

—Sí, ya me imaginaba que usted no iba a ensuciarse las manos.

Decker hizo caso omiso de aquel comentario malicioso.

—¿Y está seguro de que Paco y usted cavaron solos todo el agujero? Si ha sido sincero hasta ahora, no lo estropee todo por una sola pregunta.

Karns bajó la mirada.

—Puede que Pine ayudara también. ¿Por qué no lo llama a él?

—No encontramos a Joe Pine. ¿Sabe usted dónde podría estar?

—No, yo no —dijo Karns, y volvió a mirar a Decker—. Vaya a preguntarle a Brady. Él es el jefe.

Aquel era el siguiente paso de Decker.

El jefe de seguridad de los Kaffey contestó a la llamada al tercer tono, pero la comunicación era muy mala.

—Casi no le oigo, teniente. ¿No puede mandarme un mensaje?

Decker detestaba escribir mensajes de texto. Tenía los pulgares demasiado grandes para las teclas del teléfono. Paró en la cuneta de la carretera justo antes de tomar el desvío hacia el rancho.

—¿Dónde está?

Interferencia.

—No lo oigo.

—¿Y ahora? ¿Me oye mejor?

—Sí, mejor —dijo Decker—. No se mueva. ¿Dónde está?

—En la casa de Newport Beach. Mace y Gr... (interferencia)... me han contratado... vigile la casa y... a ellos.

Decker no estaba seguro de si estaba oyendo bien. ¿Grant continuaba confiando en Neptune Brady incluso después de que Gilliam y Guy hubieran sido asesinados estando la seguridad en sus manos?

—Necesito hablar con usted —dijo.

—No puedo marcharme... (interferencia)... prometido... (interferencia)... protegería.

—Apenas lo entiendo, señor Brady.

—Maldita cobertura.

—Eso sí lo he oído.

—No puedo dejar mi puesto, teniente.

—Entonces, iré yo a Newport.

—Les preguntaré a Mace y a Grant. Si a ellos... (interferencia), a mí también. ¿Cuándo... (interferencia)... estar aquí?

—Tardaré, por lo menos, un par de horas.

—...(interferencia)... jefes no les importa, ¿le parecería bien a las tres?

161

—A las tres estaría muy bien.

Tal vez Brady intentara decir adiós, pero Decker solo oyó más interferencias y, después, silencio.

Después de marcar las fotografías de las fichas policiales con Post-its, Rina volvió a la primera página que había seleccionado.

—Este hombre de aquí, Federico Ortiz... podría ser el más delgado de los dos.

—¿Podría ser, o es? —preguntó Decker.

—Es este, o este otro, tal vez —dijo ella, deteniéndose en otra página—. Este hombre de aquí, Alejandro Brand, el de la cicatriz. Los dos se parecen mucho, por lo menos, en estas fotografías.

Sí se parecían: ambos llevaban la cabeza afeitada, tenían la cara estrecha, la nariz pequeña con orificios grandes, los labios gruesos y los ojos hundidos. Ambos tenían tatuajes de animales. Brand tenía una serpiente en el brazo, y Ortiz tenía un dragón en el pecho. Otras marcas eran el número XII y B12, de Bodega 12th Street.

Rina dijo:

—He pensado que podrían ser hermanos, pero tienen distinto apellido.

—¿No me dijiste que uno de ellos tenía tatuada una serpiente?

—Sí. Tal vez debieras investigar a Brand...

—Puede que lo haga. ¿Y qué me dices del tipo más grande?

—Puede que sea este... —Rina le mostró una fotografía—. O este, o este. Estoy menos segura del segundo que del primero —dijo, y cerró los libros—. A decir verdad, después de un rato, todos empiezan a parecerte iguales. Al principio, me los imaginaba perfectamente, pero, después, las cosas empiezan a desdibujarse. Solo les eché un vistazo en los juzgados —se excusó, y encogió los hombros—. Lo siento.

Decker se sintió aliviado, pero no dijo nada.

—Lo has hecho muy bien. Voy a anotar estos nombres y ver si tengo alguna razón legal para hacerlos venir a la comisaría. Y, aunque no tuviéramos nada contra ellos, estos tipos son unos delincuentes. Si los sigo durante una hora, estoy seguro de que los pillaría haciendo algo ilegal.

—Podría haber sido más exacta si los hubiera mirado un poco más, pero él no dejaba de decirme que no mirara fijamente… El ciego, Harriman.

—Tuvo mucho sentido común.

—No sé si podría identificarlos en una rueda de reconocimiento.

—No va a ser necesario. Si puedo detener a estos tipos por otra cosa, grabaré los interrogatorios y le enviaré las cintas a Harriman, con otras cintas similares. Él me dijo que sería capaz de identificar las voces. Vamos a ver si va en serio —Decker cerró los libros y se levantó—. Tengo que ir a Newport Beach. Es un camino largo. ¿Quieres acompañarme?

—¿Qué hay en New…? Ah, ahí está la casa familiar de los Kaffey. Sí, supongo que puedo ir a darme una vuelta por las galerías de arte. Buscar alguna pintura botánica para nuestra colección.

Decker frunció el ceño.

—Dos terceras partes de nuestra colección está guardada en los armarios. Y no pagamos esos cuadros. ¿Por qué quieres más, y teniendo que pagarlos?

—Yo no pago nada, Peter. Intercambio. Hablo de lo que tengo, y los dueños de las galerías hablan de lo que tienen ellos. Algunas veces salgo ganando y, en otras ocasiones, salgo perdiendo. Es divertido.

—Lo que yo entiendo por divertido es vender la colección y meter el dinero al banco.

—Es una opción.

—Pero no es la tuya. Y por eso, yo soy un ignorante, y tú eres una entendida.

—Tú no tienes un vínculo emocional con esos cuadros, como yo. Cuando veo alguno, me acuerdo de Cecily Eden, y de lo bien que nos lo pasábamos hablando de plantas y de jardines, aunque todavía estoy asombrada de que me dejara a mí sus pinturas, y no a sus herederos.

—Ella sabía que tú ibas a apreciarlos —dijo Decker, y le dio un beso en la cabeza—. Vamos. Si tengo un rato libre, te acompaño a un par de galerías. Me encantaría ver cómo les pones delante de la nariz un cuadro de Martin Heade a los galeristas.

El camino, de ochenta kilómetros, se hizo corto gracias a la buena conversación y al cielo claro que se reflejaba en el agua brillante. Las colinas estaban cubiertas de flores silvestres en el este y, al oeste, la orilla arenosa marcaba el final del continente. Newport debía de ser uno de los mejores paisajes del planeta. Era de una belleza exquisita, y el precio de las viviendas era prohibitivo. Uno de esos casos en los que, si uno tenía que preguntar, era porque no podía permitírselo.

Había mucho tráfico, y la zona estaba abarrotada de turistas. No parecía que la crisis hubiera afectado a aquel puerto deportivo; estaba lleno de veleros, lanchas motoras, catamaranes y yates. Había galerías de arte, tiendas y cafeterías. Decker dejó a Rina frente a una de las galerías, miró su mapa y se dirigió hacia la parte residencial.

Los Kaffey habían bautizado a su mansión con el nombre de Wind Chimes. La casa estaba rodeada por una verja de hierro forjado y un seto de unos cuatro metros de altura, que se extendía en varias manzanas. En la puerta de entrada había una garita llena de guardias. Después de conversar con uno de ellos, Decker obtuvo permiso para entrar, y recorrió el sinuoso camino hasta la casa, que discurría entre un bosque de pinos, abetos, sicomoros, olmos y eucaliptos. Podía haberse parado a mirarlo todo con asombro, pero había demasiados guardias haciéndole señas para que continuara avanzando. Por fin, la enorme mansión apareció ante él.

Parecía que Guy Kaffey había copiado el estilo Regencia francés de Biltmore. Como su modelo, la residencia era de piedra caliza y tenía el tejado de teja de pizarra, con varias aguas y muchas chimeneas. Podría haber captado más detalles, pero un guardia privado le indicó que parara. El hombre era cuadrado y tenía aspecto de bruto.

Después de comprobar la identificación de Decker y de transmitírsela por radio a alguien, decidió que el representante del Departamento de Policía de Los Ángeles podía pasar.

—Deje el coche aquí. Lo llevaremos hasta la casa en un carrito de golf. Y nosotros custodiaremos su arma.

Decker sonrió.

—Dejar el coche aquí me parece bien. Ir hasta la casa en un carrito de golf me parece bien. Nadie toca mi arma.

Más conversación por radio. Finalmente, el guardia le preguntó:

—¿Qué arma lleva?

—Una Beretta de nueve milímetros. ¿Está hablando con el señor Brady?

El guardia lo ignoró, pero debió de recibir la orden de dejarlo pasar. Pocos minutos después, Decker iba hacia la casa por un camino pavimentado, entre macizos de flores, helechos, frutales, una parra y un huerto lleno de tomateras, judías verdes, albahaca y enormes calabacines. El carrito se detuvo en un cenador que tenía un tejado igual que el de la casa, y todo el mundo bajó. El cenador tenía vistas a una piscina desbordante que se fundía con el Pacífico.

Neptune Brady llevaba una chaqueta azul marino con botones dorados, unos pantalones de lino blanco y unos zapatos con suela de goma, y estaba observando el mar a través de un telescopio. Estaba comiendo chicle, y su mandíbula se contraía y se relajaba mientras él movía el tubo para abarcar la extensión de agua que tenía ante sí. La casa estaba situada en un acantilado, a más de quince metros sobre el mar. Había muchos barcos en la zona, y un par de ferris comerciales en el horizonte. Las olas rompían con suavidad en la arena. Desde la altura del acantilado, el sonido de su espuma blanca era como el del susurro del viento.

Brady despidió a sus hombres con un movimiento de la mano y, a los pocos minutos, Decker y él estaban a solas.

—Instalé esto cuando la familia vino aquí —dijo Brady, sin dejar de mirar por la lente—. Kaffey se negó a colocar una valla en el acantilado, porque decía que estropeaba la vista.

—Tenía razón —respondió Decker.

—Sí, pero es más fácil para cualquiera burlar la seguridad —dijo Brady. Se apartó del telescopio, y miró a Decker a la cara—. Aunque tampoco el vallado sirvió de nada en Coyote Ranch.

A plena luz del día, se notaba que Brady había envejecido en aquellos pocos días: más arrugas, y más canas. Tenía las pupilas contraídas, y los ojos casi habían perdido todo el color.

—No sé cuánto tiempo puedo estar con usted. Cabe la posibilidad de que tenga que marcharme de repente.

—¿Dónde están Grant y Mace Kaffey?

—En el hospital, con Gil. Está recuperándose.

—Me alegro de saberlo.

—Gracias a Dios que sobrevivió —dijo Brady, con un suspiro—. Creo que, por fin, estoy asimilando el alcance de todo esto —añadió—. Para mí va a ser el final.

—¿El final de qué?

—De todo. Mi trabajo era proteger a Guy y a Gilliam, y fracasé.

—Pero la familia lo ha conservado en su puesto.

—No les quedaba otro remedio.

—Podrían haberlo despedido inmediatamente —dijo Decker. «Y el hecho de que no lo hicieran me resulta de interés»—. Y prefirieron no hacerlo.

—Creo que están demasiado aturdidos como para hacer cambios. Cuando Gil se haya restablecido, me van a despedir.

—¿Qué es lo que cree que salió mal?

—Podrían ser mil cosas. Parece que, una vez que han encontrado a Denny… bueno… supongo que todo el mundo piensa que fue Rondo Martin. Pero yo no puedo creerlo. Sigo pensando que tuvo que ser gente de fuera, con información que le dio alguien de dentro.

Decker pensó en Joe Pine, y preguntó:

—¿Piensa en alguien en concreto?

Brady se sentó en un banco y miró al mar.

—Había muchas criadas y gente trabajando en la finca. Aquí, en Wind Chimes, también. Por lo menos, diez personas de día, regando, plantando o quitando malas hierbas. ¿Quién sabe cuántas conspiraciones puede haber a mi espalda?

—¿La misma gente trabajaba en ambas residencias?

—Sí, la mayoría sí, pero hay muchos cambios. Guy se enfadaba y despedía a la gente y, entonces, había una nueva plantilla de trabajadores.

—¿Y usted investigaba a todo el mundo que trabajaba para los Kaffey?

—Yo hacía comprobaciones de todo aquel que me indicaba Guy Kaffey. Pero no estaba a cargo de contratar y despedir a la servidumbre.

—¿Quién se encargaba de eso?

—No lo sé. Yo, no.

—¿Y nunca le pidieron su opinión?

Brady empezó a apretar la mandíbula.

—Estoy seguro de que algunos de sus empleados no tenían la tarjeta verde. Como le he dicho, Guy era un tacaño. Si lo que necesitaba era una persona que quitara malas hierbas, pagaba lo menos posible. Tal vez Paco Albáñez sepa más. Él sí está en situación legal, a propósito. Yo hice las comprobaciones sobre él.

—¿Quién contrató a Paco?

—Guy.

—¿Y quién contrató a Riley Karns?

—Gilliam. Lo puso a cargo de todos los animales, los caballos y los perros.

—¿Y dónde encontró a Karns?

—Lo contrató en uno de los clubes equinos donde solía exhibir sus morgans. También investigué su pasado, y no hallé nada raro. Tenía buena reputación con los animales. Antiguamente fue un buen jockey. Montaba caballos cuarto de milla.

—Hablaremos de él en un minuto —dijo Decker—. Entonces, ¿usted piensa que los asesinatos fueron obra de algunos empleados domésticos?

—De alguien de dentro. No de todos… solo de algunas manzanas podridas.

—¿Y Rondo Martin? ¿Es mal tipo?

—Yo lo investigué. Había trabajado durante ocho años para Ponceville. Es una comunidad rural, de granjeros, así que no había muchos delitos, pero cuando Martin trabajó allí de ayudante del sheriff, la criminalidad casi desapareció por completo. No encontré nada que pudiera hacerme desconfiar.

—¿Cuánto tiempo trabajó para usted?

—Dos años.

—¿Y por qué se marchó de Ponceville?

—Me parece recordar que quería vivir en una ciudad más grande, pero puede que esté equivocado. Mírelo en su expediente. Se lo entregué a uno de sus detectives. No recuerdo el nombre, pero iba muy bien vestido.

—Entonces, es Scott Oliver. ¿Hasta qué punto conocía bien a Rondo Martin?

—Siempre era puntual, hacía bien su trabajo, no era conflictivo.

—¿Hablaba español?

Brady tardó un momento en procesar la pregunta.

—Algunos de los guardias eran bilingües, pero no sé si Martin lo era —dijo—. Sé lo que parece, pero usted también sospechaba de Denny Orlando, y ha aparecido muerto.

—¿Cree que Martin está muerto?

—Ni idea.

—¿Y Joe Pine? ¿Hablaba él español?

Brady hizo una pausa.

—Sí, con fluidez. ¿Por qué pregunta por él?

—Ha desaparecido.

La pausa duró más de lo que hubiera debido.

—¿Ha desaparecido?

Decker asintió, y Brady cabeceó.

—Era uno de los pandilleros rehabilitados de Guy. Seguro que tiene antecedentes policiales. Nunca me gustó, pero Guy era el jefe.

Sonó la PDA de Brady.

—Disculpe —dijo. Habló en voz baja, y añadió—: Ahora

mismo —se volvió hacia Decker—: Grant y Mace acaban de llegar del hospital. Les gustaría hablar con usted.

—Me parece bien. Riley Karns me dijo que él fue uno de los hombres que cavó las fosas de los caballos. Dijo que Joe Pine estaba de servicio aquel día, y que le dijo dónde debía cavar.

—Eso puede ser. Espere —dijo Brady, y habló por el teléfono—: Necesito el carrito enseguida —se guardó el teléfono en el bolsillo—. Normalmente, yo no tenía nada que ver con los caballos, pero cuando alguno estaba enfermo… Creo que fue Netherworld… Guy me dijo que no quería gastarse el dinero en una cremación. Me dijo que encontrara un lugar alejado, dentro de la finca, y que me librara de él. Creo que le dije a Pine que buscara un sitio —Una pausa—. Creo que también le dije que, si necesitaba ayuda, que se la pidiera a Riley o a Paco.

—Entonces, ¿usted no eligió el sitio?

—No, pero sé que enterraron a los caballos en algún lugar de la finca —dijo Brady. Estaba sudando. Se secó la cara con un pañuelo—. Me gustaría recordarle que yo estaba a ochocientos kilómetros de distancia cuando se cometieron los asesinatos.

«Eso no significa nada». Decker dijo:

—Necesito una lista de todos los que saben de esa fosa. Hasta el momento, tengo a Karns, a Paco Albáñez, a Joe Pine y a usted. ¿Alguien más?

—No lo sé, por el amor de Dios. Fue hace más de un año.

—Usted está al mando —dijo Decker—. Tiene que saber estas cosas.

Brady respiró profundamente.

—Está bien. Lo averiguaré.

—¿Qué sabe sobre Joe Pine?

—No mucho. Cuando Guy me decía que contratara a alguien, yo lo hacía. Creo que su familia era de México. Él vive en Pacoima —dijo Brady, y vio que se acercaba el carrito de golf—. Hablaremos después. Vamos a ver a los jefes. Tal vez ellos puedan ayudarle.

—Hablando de los jefes, tengo entendido que Greenridge arrastraba muchos problemas.

Brady miró al conductor del carrito, que hizo como si no estuviera prestando atención a la conversación.

—Yo no sé nada de eso. Y, si fuera usted, tendría cuidado con las insinuaciones. Como no sabe con qué se está enfrentando, alguien podría tomárselo a mal.

—Eso parece una amenaza, aunque estoy seguro de que no era su intención.

—Mi intención era recomendarle cautela. Guy y Gilliam estaban protegidos por un montón de gente, y mire lo que pasó. Vamos.

Brady se sentó junto al conductor, y Decker se sentó en la parte trasera. Con un pequeño tirón, el carrito se puso en marcha. Neptune tenía razón con respecto a una cosa: investigar crímenes era una labor peligrosa. Ese era el trabajo de Decker: abrir puertas sin saber lo que había al otro lado. La mayoría de las veces era algo inofensivo. Sin embargo, un solo paso en falso y, sin que uno se diera cuenta, estaba delante del cañón de un arma.

CAPÍTULO 16

El carrito de golf se detuvo en una entrada de servicio de Wind Chimes. Decker siguió a Brady por una serie de pasillos, hasta que abrió una puerta doble. Grant y Mace estaban esperando en un invernadero de cristal, con las puertas abiertas para que entrara la brisa fresca y el sonido relajante de las olas. Allí había varios sofás, butacas y mesitas, en las que descansaban jarrones con orquídeas, bromelias y violetas africanas. Habían bajado los estores para amortiguar el brillo del sol de la tarde.

Los dos hombres estaban bebiendo algo con hielo. Grant llevaba un polo blanco, unos pantalones vaqueros y sandalias. Se le había aclarado el pelo rubio, y estaba un poco más bronceado, por cortesía del sol de California. Mace también tenía la piel oscurecida, y barba de varios días. Llevaba una camisa azul con las mangas recogidas, y unos pantalones de pinzas.

Grant le mostró su vaso a Decker.

—Limonada. ¿Quiere un vaso? ¿O es usted de los que prefieren una cerveza?

Cerveza: falta de refinamiento.

—La limonada me encanta, gracias.

—¿Y tú, Neptune?

—Yo no quiero nada, señor Kaffey, pero gracias.

A Decker, Grant le preguntó:

—¿Le gustaría un poco de vodka en la limonada?

—No cuando estoy de servicio.

—¿Trabaja en domingo? Eso sí que es dedicación —dijo Grant. Llamó a una de las criadas y le pidió otro vaso de limonada—. Esperemos que sea en serio, y no solo de cara a la galería. Sé que está bajo presión.

Decker ignoró aquella pulla.

—Me he enterado de que su hermano está mejor.

—El médico dice que podrá darle el alta dentro de una semana. Es una noticia muy buena. Supongo que usted le dará la lata con miles de preguntas.

—No se puede tener tanta dedicación si uno no da la lata.

—Sea delicado. Todavía está conmocionado. Tal vez no en el sentido físico, pero... ya sabe a qué me refiero.

—Sí. ¿Dónde va a quedarse?

—Va a ir a su casa. Su exnovio va a mudarse con él para cuidarlo.

—¿El exnovio de su hermano es Antoine Resseur?

—Sí. Es un buen hombre —dijo Grant, y miró hacia el océano—. El doctor Rain dice que espera una recuperación completa. Mi hermano solo deberá tener un poco de cuidado mientras se le cura el hígado. Nada de alcohol. Eso es un poco aburrido.

Decker sacó su libreta.

—¿Bebe mucho su hermano?

—Es un bebedor social, como yo. De hecho... —Grant se levantó, fue hacia un armario y le añadió un poco de Bombay Sapphire a su limonada—. Solo se vive una vez.

La criada apareció de nuevo, y le entregó a Decker su limonada. Él le dio las gracias, y le dijo a Grant:

—Según la información de que dispongo, Gil vive en Hollywood Hills.

—Sí, en Oriole Way. No sé la dirección, pero es una casa de los años cincuenta. No creo que eso le diga mucho, porque todas las casas de esa zona se construyeron en los cincuenta.

—Conseguiré la dirección.

A Grant se le empañaron los ojos.

—Me ha llamado el forense. Me ha dicho que todavía faltan unos días para que…

—Estas cosas llevan su tiempo —dijo Decker—. Lo siento.

—La vida continúa —dijo Grant—. Mañana vamos a celebrar un pequeño funeral y, después, Mace volverá al este.

Mace dijo:

—Si necesita ponerse en contacto conmigo, puede hacerlo a través de mi secretaria. Yo voy a viajar por el valle del Hudson, pero con el teléfono encendido. Tengo mucho trabajo que hacer —dijo, enarcando sus cejas negras—. Me da miedo pensar en lo que me voy a encontrar sobre el escritorio.

—¿Problemas? —preguntó Decker.

—No, problemas, nunca —insistió Mace, con una sonrisa—. Solo asuntos de los que hay que ocuparse. Por mucho dolor que sienta, alguien tiene que vigilar nuestras operaciones en la costa este.

Grant dijo:

—Hemos decidido que Mace se haga cargo de Greenridge hasta que mi hermano y yo hayamos enterrado a mis padres y hayamos definido la dirección que va a tomar la empresa. Yo me voy a quedar aquí, al mando, para tranquilizar a todo el mundo.

—Kaffey Industries continuará —afirmó Mace—. La compañía no es un solo hombre.

—Mi padre —dijo Grant— fue lo suficientemente listo como para delegar gran parte de la gestión en sus hijos —miró a Mace, y añadió—: En nosotros tres.

Decker asintió.

—¿Tiene alguna idea del tiempo que va a permanecer en California?

—Necesito que Gil esté completamente restablecido, y eso puede tardar —dijo Grant—. He decidido que lo mejor que puedo hacer es traerme a mi familia aquí. Vamos a quedarnos en Wind Chimes hasta que todo vuelva a la normalidad. Por eso quería hablar con usted, teniente. Me gustaría saber cuándo van a salir del rancho sus policías.

—Ojalá pudiera decírselo. Tenemos mucho material que analizar y, además, ahora que Denny Orlando ha sido hallado muerto en la finca, habrá que registrarlo todo de nuevo.

Al ver que Grant se estremecía, Decker preguntó:

—¿Es un problema para usted que mi gente siga allí un tiempo?

—Puede que pronto sí sea un problema. Por ahora, los abogados de papá están tasando la propiedad. No conozco el testamento, pero supongo que Gil y yo heredaremos la mayoría del patrimonio.

—¿Lo sabe con seguridad? —preguntó Decker.

—Estoy razonablemente seguro —dijo Grant—. No solo vamos a heredar su fortuna, sino el pago de los impuestos, que será muy elevado. Ni Gil ni yo queremos el rancho. Nos gustaría venderlo. El dinero de la venta nos ayudaría a pagar al fisco.

—Haré lo que pueda, pero no queremos que se nos escape nada que pueda resultar crucial para la investigación. Estoy seguro de que lo comprende.

—¿Y cómo sabe si algo es crucial para la investigación, o no?

—Ese es el quid de la cuestión, señor Kaffey. Nunca se sabe. Por eso somos tan meticulosos.

Silencio. Entonces, Grant preguntó:

—¿Y no podría darme un tiempo aproximado? ¿Una semana? ¿Un mes? ¿Un año?

—No, un año no —dijo Decker—. Seguramente, un mes.

Grant dijo:

—En cuanto se repartan los bienes, vamos a poner el rancho en venta. Ya nos hemos puesto en contacto con un agente inmobiliario.

—En realidad, no pueden hacer nada con la finca hasta que nosotros hayamos terminado el registro, pero intentaré que sea lo más oportuno posible. Seguro que podremos organizarlo todo aunque tengamos que seguir allí.

—Siempre y cuando no entorpezcan las cosas, me parece bien. No hay mucha gente que pueda adquirir una finca tan grande, y menos en la situación económica actual. Si conseguimos un comprador, vamos a venderlo. No quiero que nada pueda amedrentar a los interesados.

—Todo el mundo está al tanto de los asesinatos. Cualquier comprador que esté interesado en Coyote Ranch sabrá lo que ocurrió.

—De todos modos, no tiene sentido ponerlo de relieve.

—Intentaré ser lo más oportuno posible —repitió Decker.

Sin embargo, no pareció que Grant lo oyera.

—Por otra parte, los asesinatos podrían atraer a otro tipo de comprador: hay muchos morbosos por ahí. No creería las llamadas de teléfono que han atendido mis secretarias. ¡Los medios de comunicación nos están acosando! Todos quieren saber los detalles del crimen, de la recuperación de Gil, de nuestro negocio, del testamento de papá y mamá… Por el amor de Dios, ¡qué le pasa al mundo!

Decker se encogió de hombros.

—Vivimos en un mundo de inmediatez gracias a la comunicación por vía electrónica. Se ha formado una comunidad de niños caprichosos: si no obtienen gratificación inmediata, se vuelven petulantes y se ponen de mal humor.

—Totalmente de acuerdo —dijo Grant.

No se dio cuenta de que el comentario de Decker lo incluía a él también. Y, probablemente, así era mejor.

Mientras volvían a Los Ángeles, Decker se alegró de que Rina estuviera habladora. Ella le fue contando los cuadros que había visto y le habían gustado, lo que quería intercambiar y cuánto pensaba que podían conseguir por algunos de sus cuadros más cotizados. Incluso Decker arqueó una ceja.

—Con eso, tal vez podamos pagar un año entero de universidad para Hannah.

—Deja de hacerte el pobre, teniente, estamos bien. ¿Cómo te ha ido el día?

—Como me imaginaba. Nada esclarecedor. Pero no había venido con expectativas.

—Entonces, ¿para qué has venido?

—Para hacer un viaje por carretera a solas contigo.

—Eso es muy bonito —dijo ella, y se inclinó para darle un beso en la mejilla—. Yo lo he pasado muy bien. Siento que para ti no fueran tan bien las cosas.

—No es eso —dijo él, y se quedó pensativo un momento—. Uno no habla con esos tipos con la idea de sacarles una confesión. Y, lógicamente, no la he conseguido.

Rina lo observó atentamente.

—Parece que estás molesto.

—Necesito entrevistar a Mace Kaffey a solas, pero se marcha mañana por la noche a casa, al este. Tengo que darme prisa. Debería habérselo dicho ya para fijar una cita, pero no quería hacerlo delante de Grant.

Decker le contó a Rina su conversación con Milfred Connors. También le explicó que habían acusado a Mace de desfalco, que los hermanos habían pleiteado entre sí y que, al final, habían llegado a un acuerdo, pero que, sin embargo, Mace había pasado a ocupar un puesto de categoría inferior en la empresa.

—Es como una película, con Mace haciendo de Robin Hood, robando a los ricos para dárselo a los pobres —dijo Rina.

—Y tomando un poco para sí mismo —comentó Decker.

—¿Y eso es lo que provocó el juicio entre ellos?

—Todavía no lo sé con certeza —respondió Decker—. Ese es el problema. Connors dice que él extendió cheques falsos para Mace por una cantidad de doscientos mil dólares, aproximadamente, y que Mace le devolvió a él ciento veinte mil. Eso supone que ochenta mil dólares fueron a parar al bolsillo de Mace. Es mucha pasta, pero está muy lejos de cinco millones de dólares.

—Pero no son ochenta mil, Peter, son doscientos mil.

—Sí, tienes razón. Pero, aunque Mace hiciera lo mismo con todos los contables de la empresa, sería, como máximo, una cantidad de cuatro millones, no de cinco. Y, sinceramente, dudo que Mace hiciera la misma maniobra con todos los contables.

—Entonces, ¿qué crees?

—Que Mace no mintió al decir que Guy también desfalcaba. Y, cuando Hacienda abrió los libros de contabilidad, Guy quedó en una posición tan vulnerable como la de Mace —dijo Decker, e hizo una pausa—. Me pregunto si el pleito no fue más que una cortina de humo.

—¿Qué quieres decir?

—El negocio es, principalmente, de Guy. ¿Y si él era quien cometía la mayor parte del desfalco y lo cazaron? En ese caso, le debería mucho dinero a Hacienda, además de las multas y de una condena a varios años de cárcel. No me cuesta imaginarme a Guy prometiéndole a Mace algo si Mace aceptaba cargar con el muerto.

—Pero Mace no cargó con el muerto. Acabas de decirme que el caso se resolvió entre los hermanos y también con Hacienda, y que, después, Mace perdió su puesto.

—Eso dejó a Mace como culpable a ojos de todo el mundo.

—Era culpable —dijo Rina.

—Pero, tal vez, no tan culpable como Guy. Piénsalo, Rina. Mace es acusado de cometer desfalco, pero Guy lo conserva en la empresa enviándolo a la costa este y le da el proyecto Greenridge, uno de los proyectos más grandes que nunca haya acometido Kaffey Industries. ¿Te parece realmente un descenso de categoría?

—¿No estaba Grant dirigiendo el proyecto Greenridge?

—Sí, pero, con Guy Kaffey muerto, Grant está aquí, y Mace va a dirigir Greenridge solo.

—¿Estás diciendo que Mace mató a su hermano y a su cuñada, e intentó matar a su sobrino, para poder dirigir Greenridge?

—¿Y si Guy quería darle carpetazo al proyecto? ¿En qué lugar habría quedado Mace?

—Pero, si Mace cargó con el muerto del desfalco de Guy, entonces tenía un arma arrojadiza contra su hermano. ¿Por qué iba Guy a enfadarlo deliberadamente?

—Yo no tengo las respuestas, solo las preguntas —replicó Decker. Rina se echó a reír, y él también. Después, dijo—: Son muchas preguntas, y ninguna pista, salvo lo que oyó Harriman. Voy a investigar a los tipos que señalaste en las fotografías. Pero, aunque alguno de ellos tomara parte en los asesinatos, estoy seguro de que solo serían asesinos a sueldo.

—¿Crees que Mace lo preparó todo?

—No lo sé, Rina. Siempre se mira a la familia y a quién tiene más que ganar. Puede que Mace se llevara Greenridge por ayudar a Guy con los problemas con Hacienda, pero, si morían los padres, serían los hijos quienes heredarían todo. Grant ya está hablando de vender el rancho para pagar los impuestos. Siguen siendo los primeros de mi lista.

—Pero… Gil ha estado a punto de morir por los disparos. ¿Cómo puedes sospechar de él?

—Es cierto; la bala le destrozó parte del hígado, y tiene una lesión grave. Pero no murió, mientras que los demás, sí. Aunque lo que dijo Harriman fuera cierto, que José Pino se quedó sin balas, tenía que haber alguien con alguna bala de sobra para pegarle un tiro en la cabeza a Gil. ¿Y si Gil lo preparó todo para parecer inocente, y el tirador le dañó accidentalmente un órgano vital?

—Eso lo he visto en *Expedientes forenses*. ¿Es muy común?

—No, no es muy común, pero yo lo he visto alguna vez. Entonces, ¿por qué he venido hasta aquí, aparte de para estar contigo? —preguntó él, y pensó un instante—. Por un motivo: no tienes que rendirte nunca. No fastidies a nadie, pero sigue insistiendo. Una llamada de teléfono, una visita sorpresa, un correo electrónico, una pregunta más. Si lo haces durante el tiempo suficiente con alguien que está implicado, empiezas a poner nervioso al culpable. Esa persona hace una o dos llamadas de teléfono. Y empieza a recibir una o dos llamadas de teléfono. La gente actúa impulsivamente, y las cosas salen a la superficie. En los casos grandes, como este, nunca empiezas por el de más arriba, aunque sea el culpable.

—Demasiados niveles de protección.

—Exacto —dijo Decker—. Empiezas con los delincuentes que hicieron los disparos. Es más fácil ponerlos en el punto de mira, porque casi siempre están haciendo algo ilegal. Los detienes por tráfico de drogas, y sacas el asesinato a relucir. Rápidamente, alguien empieza a acusar a otro y, lentamente, tú vas descartando sospechosos, abriéndote paso hacia los que están arriba del todo —explicó—. Si es que están implicados. También puede darse el caso de que sean inocentes.

—No voy a publicar lo que has dicho en el periódico —le dijo Rina—. No es preciso que puntualices tanto.

Decker se echó a reír.

—Es por costumbre —dijo. Estuvieron unos instantes en silencio. Entonces, él añadió—: ¿Sabes? He dicho que los hijos van a heredar, pero eso no está completamente claro. Todavía no han leído el testamento.

—Entonces, los hijos no saben realmente lo que tienen.

—Exacto. Pero Grant estaba seguro de que Gil y él van a heredarlo casi todo. Tal vez Guy tuviera una conversación con sus hijos hace tiempo y les dijera que iban a heredarlo todo. O quizá, Grant lo diera por hecho… Eso es lo que dijo. Que suponía que sus padres se lo habían dejado casi todo a Gil y a él. Y ya sabes lo que se dice de las suposiciones, ¿no?

—Sí. Que no hay que fiarse.

—Exactamente.

—Entonces, ¿qué pasa si Grant está equivocado en cuanto al testamento?

—Creo que se llevaría una gran decepción.

—Y eso podría ser interesante.

—Bien. Cuando un caso se pone interesante, ocurren muchas cosas.

CAPÍTULO 17

Decker aportó dos bandejas de galletas caseras. Oliver, dos docenas de donuts. Messing y Brubeck, dos bolsas llenas de *bagels* de queso, y Wynona Pratt, una fuente llena de fruta. Lee Wang colaboró con zumo de naranja servido en vasos de plástico, y Marge y Wanda fueron las responsables del café. Cuando la mesa estuvo puesta, parecía la del desayuno de una reunión de ejecutivos.

Aquel desayuno había sido idea de Marge, Wynona y Wanda. Ellas habían dividido las tareas y habían hecho las llamadas de teléfono, porque sabían que a ningún hombre se le ocurriría organizar algo así. Su idea de participación sería comer. Sin embargo, las mujeres se habían empeñado.

—Camaradería —le dijo Marge a Oliver, mientras ponían la comida sobre la mesa.

—He tenido que salirme unas diez manzanas de mi camino habitual para encontrar una tienda de donuts.

—Hay una tienda de donuts a tres manzanas de aquí. La próxima vez, mira en Internet.

—Mi ordenador está estropeado. No hace más que quedarse colgado.

—No tengo respuesta para eso. Pregúntale a Lee.

Wang estaba colocando compulsivamente los cubiertos. Cada vez que algo se movía un milímetro de su alineación, volvía al principio.

180

Oliver se le acercó, y le preguntó:

—¿Por qué se queda colgado mi ordenador todo el tiempo?

—Seguramente, porque es muy malo, o porque es viejo, o por ambas cosas a la vez.

Wynona intervino:

—Tu diseño para los cubiertos, Lee, aunque es asombroso que seas tan compulsivo, ocupa demasiado espacio —dijo. Entonces, tomó las cucharas y las puso en un vaso, e hizo lo mismo con los tenedores y los cuchillos.

Wang se molestó.

—¿Hay algo más que no te guste?

—No. Y no te enfades. Así tienes sitio para tus servilletas dobladas al estilo *origami*.

—En primer lugar, eso es japonés, y mi familia es originaria de Hong Kong. En segundo lugar, ser compulsivo es una buena característica en nuestro trabajo.

—Si te he ofendido, perdóname. Solo estaba intentando que todo cupiera en la mesa.

Brubeck puso los *bagels* en una bandeja de plástico.

—Cabría mejor si no hubiéramos comprado tanto. Tenemos suficiente para una brigada entera.

—Esa es la idea —respondió Wynona—. Invitar a todo el mundo.

—No podemos parecer elitistas —dijo Wanda.

Marge se acercó con una cafetera llena, y anunció, para deleite de todo el mundo:

—El desayuno está servido.

Treinta detectives rodearon la mesa, y comenzaron a servirse comida en platos de papel que se doblaban por el peso. A las ocho y media, Decker salió de su despacho, con un café en la mano. Dijo:

—Reunión del grupo del caso Kaffey dentro de diez minutos.

Entonces, miró a Marge y le hizo un gesto para que se acercara.

—¿Qué pasa, rabino? —le preguntó ella.

—Necesito hablar sobre algo personal. ¿Tienes un minuto?

—Sí, claro —respondió Marge y, después de que él cerrara la puerta del despacho, dijo—: ¿Va todo bien?

—Sí, todo va bien —respondió él, sonriendo para demostrárselo—. ¿Te acuerdas de Brett Harriman, el invidente que oyó a dos hombres hablando sobre los asesinatos de los Kaffey?

—Fue hace tres días, Pete. Todavía no estoy senil. ¿Qué pasa?

—Después de que hablara con él, el viernes, me llamó esa noche para decirme que había recordado algo más: recordó que había hablado con la mujer que estaba a su lado y le había pedido que le describiera a esos hombres.

—¿De verdad?

—Sí, y todavía es mejor: la mujer no quiso hacerlo hasta que supiera por qué quería saber cómo eran esos hombres. Entonces, él se sintió como un tonto y le dijo que lo olvidara. Cuando le pregunté a Harriman cómo se llamaba la mujer, me dijo que no lo sabía.

—Entonces, ¿él no tiene ni idea de con quién habló?

—Sí, sí. Reconoció la voz de la mujer de la selección de los jurados de uno de los casos en los que él trabajaba.

—¿Y te dijo qué caso era?

—No tuvo que hacerlo —dijo Decker, y terminó su café—. En la audiencia de designación de los jurados, una de las preguntas que se les hace a los candidatos es si algún miembro de su familia tiene relación con las fuerzas del orden. Harriman recordaba que esa mujer dijo que estaba casada con un teniente de la policía.

Marge abrió unos ojos como platos.

—¿Y Rina no tenía que formar parte de un jurado la semana pasada?

Decker asintió.

Marge miró al techo.

—¿Has hablado con ella?

—Sí. Intenté convencerla de que no tenía nada que ofrecerme, pero se empeñó en venir y mirar los álbumes de fotos de fichas policiales. Como se acordaba de que esos hombres llevaban tatuado un doce en números romanos, le di un libro de la banda Bodega 12th Street.

—Oh, Dios mío. Esto va en serio —dijo Marge, y se humedeció los labios—. Y también concuerda con lo que Gil cree que vio.

—Ya me doy cuenta —dijo Decker—. Rina eligió a un par de individuos. Si tienes un momento libre, tal vez Oliver y tú podáis encontrar a esos tipos y ver si podéis detenerlos por algún otro delito. Entonces, le pediré a Harriman que venga y vea si sus voces coinciden con las que oyó en el juzgado.

Marge se frotó las manos.

—¿Podemos detener a alguien basándonos en una identificación por voz?

—No lo sé, pero sí podemos interrogarles sobre los crímenes. Si detenéis a alguno por algo como… tráfico de drogas, por ejemplo, podríamos utilizar esa acusación como apoyo para averiguar lo que sabe de los asesinatos de los Kaffey.

—¿Y estamos seguros de que Harriman puede identificar al tipo correcto solo con oír de nuevo su voz?

—No, por eso voy a tenderle una trampa con un par de sospechosos falsos. Harriman dijo que uno de los hombres tenía acento mexicano, y el otro, salvadoreño. Si Harriman los elige, sabremos que no es fiable como testigo. Así, si detenéis a alguno de los tipos a los que eligió Rina, tendremos una rueda de identificación ya preparada.

—Voy a hablar con Oliver. Seguro que a él se le ocurrirá algo.

—También tenemos que encontrar a Joe Pine. Vive en Pacoima.

—Ya lo sé. No damos con él.

—Puede que su familia sea de México, así que tal vez él esté allí. Intentadlo con el nombre de José Pino. Trabajad en esto, aunque sea en horas extra. Lo siento, pero este caso es demasiado importante como para cumplir el horario de nueve a cinco.

—No te preocupes. Vega ya no está en casa, y Oliver no es el ligón de antaño. Los dos tenemos tiempo libre. Ya sabes, algunas veces, es mejor una noche de vigilancia que quedarse en casa a solas con la caja tonta.

Después de comer e ingerir cafeína, el grupo estaba bien despierto. Decker empezó a resumir la entrevista que habían mantenido Willy Brubeck y él con Milfred Connors.

—Antes de que empecemos a hablar del juicio entre los hermanos, me gustaría saber cómo está la situación financiera actual de la empresa. Lee, ¿por qué no empiezas?

Wang miró sus notas.

—Kaffey Industries tiene un valor de seiscientos millones de dólares, muy por debajo de su valor máximo, que fue de once mil millones durante el momento álgido del *boom* inmobiliario. Dejó de cotizar en la bolsa de Nueva York hace unos cinco años, cuando la familia tuvo que promover una OPA de exclusión.

—Más o menos, en la misma época del pleito entre los hermanos —dijo Brubeck.

—Tiene sentido —respondió Wang—. Por lo que he leído, me da la sensación de que Guy no quería que nadie revisara su contabilidad. Había hecho algunas declaraciones a los medios, diciendo que estaban haciendo las cosas a su manera y que ya no les importaba un comino la opinión de nadie más.

—¿Qué tiene cada miembro de la familia? —preguntó Marge.

—Guy tiene el ochenta por ciento de las acciones, cada hijo tiene un nueve con cinco por ciento y Mace tiene el uno por ciento.

—Así que Guy lo controlaba todo —dijo Oliver.

—Era su empresa, y siempre tuvo el control.

En aquel momento, intervino Drew Messing. Llevaba un traje ligeramente desgastado, lo justo para que, con su pelo rubio despeinado y su acento sureño, pareciera uno de aquellos detectives de la televisión, pobre, pero guapo.

—Me gustaría decir que, por lo que yo he leído, Guy era un tipo muy beligerante. Sus estallidos de furia eran legendarios. Si tenía la impresión de que alguien estaba intentando ofenderlo, se enfrentaba a él sin pensarlo. Encontré un artículo en Internet en el que explicaba que Guy se había metido en una pelea con un aparcacoches. Hubo una demanda judicial, pero llegaron a un acuerdo.

—¿Tienes una copia de eso? —preguntó Oliver.

—Te haré una fotocopia.

—¿Y hubo peleas en la empresa?

—No he encontrado nada que hable de una pelea a puñetazos, pero sí gritaba mucho —dijo Messing—. Por otro lado, era muy querido por las organizaciones no gubernamentales. Donaba millones a todo tipo de proyectos.

—Incluyendo las organizaciones de ayuda a exmiembros de bandas —dijo Decker—. Ese hombre tenía unos gustos muy raros en lo referente a las limosnas.

Wynona dijo:

—¿Soy solo yo, o a alguien más le parece extraño que Mace siga teniendo un porcentaje de las acciones? Lo lógico sería que no hubiera conservado nada, si Guy pensaba de verdad que había cometido un desfalco en la empresa.

—Yo pienso exactamente lo mismo —dijo Decker—. Estoy seguro de que Mace estaba robándole a la empresa, pero también estoy seguro de que Guy tampoco estaba limpio del todo.

Wang consultó sus anotaciones.

—Cuando la compañía salió a bolsa, Guy tenía el 56% de las acciones. Un 20% estaba repartido equitativamente entre sus hijos y Mace, y el resto de las acciones se vendieron en bolsa a inversores privados. Entonces, comenzó el pleito. Guy acusó a Mace de cometer desfalco; Mace contraatacó diciendo que Guy había realizado malas inversiones y que estaba intentando ocultar sus pifias culpándolo a él del declive económico de la empresa.

Lee hizo una pausa.

—Mace no dijo en ningún momento que Guy cometiera desfalco, pero parece que los dos tenían algo que ocultar, porque llegaron a un acuerdo extrajudicial y siguieron trabajando juntos.

—Pero Mace fue destituido —señaló Brubeck.

—Sí, es cierto —respondió Wang—. Mace dimitió de su cargo en la junta directiva y accedió a entregarle a Guy un 5,33% de sus acciones a cambio de que retirara la demanda contra él. Sin embargo, Mace conservó su remuneración intacta, y recibió el título de vicepresidente ejecutivo. También obtuvo la autorización para estar presente en todas las reuniones de la junta directiva, aunque no formara parte de ella.

Decker dijo:

—Mace fue el que más perdió, pero no lo perdió todo. Tal vez Connors estuviera en lo cierto: tal vez Guy también estuviera desfalcando.

Oliver preguntó:

—¿Está la empresa en una situación delicada?

—No cotizan en bolsa, así que es difícil conseguir la información —dijo Wang—. Tienen muchas propiedades inmobiliarias y, en esta situación económica, eso no es bueno. Y he leído que su flujo de caja es muy limitado a causa del proyecto Greenridge. Mace y Grant tenían la esperanza de conseguir financiación emitiendo bonos municipales, como agencia de reurbanización, o algo por el estilo. El problema es que, para conseguir un crédito en condiciones, los bonos tienen que tener un respaldo tangible. Y, con el brusco descenso que está sufriendo el valor del suelo y de las propiedades inmobiliarias, se ha comentado que sus activos no son suficientes para respaldar la deuda. Así que tienen que subir el interés, o reducir la oferta.

—¿Y eso significa que Greenridge está en peligro? —preguntó Brubeck.

Wang dijo:

—Algunos dicen que es mejor terminar el proyecto, otros dicen que hay que atajar las pérdidas y vender el terreno. Además, han tenido que hacer muchas concesiones para ganarse a los que se oponían al proyecto. Cada vez que sucede eso, es dinero que hay que restar de la caja.

—Entonces, ¿cuál es la conclusión? —preguntó Decker.

—Es difícil llegar a una conclusión, teniente. Kaffey va bien en algunos aspectos, pero Greenridge está reduciendo los beneficios. ¿Quién sabe si, al final, será rentable o será un despilfarro?

—¿Y Cyclone Inc.? —preguntó Marge—. Mace se encargó de decirnos al teniente y a mí que su consejero delegado, Paul Pritchard, iba por él.

—Es una empresa muy pequeña comparada con Kaffey —dijo Wang—. Su centro comercial, Percivil, está anticuado y tiene una menor categoría. Está a unos ocho kilómetros de Greenridge y, aunque es cierto que Greenridge podría afectarle, no sería en la misma clase.

Decker dijo:

—Entonces, la rivalidad podría ser una invención muy conveniente por parte de Mace.

—Tal vez sí, tal vez no —respondió Wang—. He encontrado un artículo en el que citaban a Pritchard, que decía que Greenridge es un proyecto exagerado, y que no le preocupaba. Para mí, eso significa que sí está preocupado. Todavía no he conseguido ponerme en contacto con él, pero seguiré intentándolo.

—Yo todavía estoy con el asunto del pleito entre los hermanos —dijo Brubeck—. ¿Hay algún modo de averiguar qué había en los documentos del juzgado?

—Oficialmente, no, pero a menudo hay fuentes anónimas que filtran la información —dijo Wang—. Si estamos buscando a alguien que le tenía rencor a Guy, supongo que Mace es tan bueno como cualquiera. Pero Mace todavía está en la empresa. Ocurrió algo entre bastidores.

—Los dos estaban robando —dijo Oliver.

—Por lo menos, Mace le devolvía algo a los empleados —añadió Brubeck—, si es que podemos creer lo que dice Connors.

—Claramente, Connors le tenía afecto a Mace —dijo Decker—. Aunque estoy seguro de que a Mace le gusta el dinero, seguro que también disfruta siendo el favorito de sus empleados.

—Sí. ¿No dijo Connors que acudió a Mace porque era más indulgente que Guy?

—O, tal vez, porque Mace estaba esperando su oportunidad —dijo Oliver—. Esperar a la mejor ocasión para vengarse puede ser muy divertido.

—Eso siempre es una posibilidad —dijo Messing.

—¿Y los hijos? —preguntó Wanda Bontemps—. ¿Había alguna rivalidad entre los hijos y el padre?

—Nada que se demostrara abiertamente —respondió Wang.

Marge preguntó:

—Por lo que has leído, ¿tienes la impresión de que Mace sería quien más habría perdido si Guy hubiera cancelado Greenridge?

—Yo no diría eso. Grant está a cargo del proyecto. Si fracasa, será él quien se avergüence.

—¿Y las finanzas personales de Mace? —preguntó Wynona.

Wang respondió:

—Tiene una casa en Connecticut, un piso en Manhattan y un yate de dieciséis metros de eslora. Y tiene dinero en el banco; se calcula que unos treinta millones de dólares, pero eso era antes de la crisis. Le va bien, pero no es multimillonario.

Decker dijo:

—Eso nos conduce a un asunto interesante: nos estamos concentrando en Mace, pero quienes probablemente heredarán todo serán los hijos de Guy. Seiscientos millones de dólares son un móvil muy importante. Mace es un tipo falso, pero no olvidemos quién se beneficia verdaderamente de la muerte de Guy.

—Voy a ver lo que puedo recopilar sobre los hijos —dijo Wang.

—Buena idea —dijo Decker—. ¿Y qué pasa con la lista de guardias?

Brubeck respondió:

—Drew y yo hemos dado con la mitad de ellos. Por orden alfabético: Allen, Armstrong, Beltrán, Cortez, Cruces, Dabby, Green, Howard, Lanz, Littleman, Mendoza y Núñez. Alfonso Lanz, Evan Teasdale y Denny Orlando son los tres guardias que estaban de servicio y que fueron asesinados. Rondo Martin sigue desaparecido.

—¿Y habéis comprobado sus coartadas?

—Las he comprobado una vez, pero volveré a hacerlo —dijo Brubeck—. Rondo Martin es un misterio. Llamé al Departamento del Sheriff de Ponceville para preguntar por él; me han dicho que era un buen ayudante del sheriff. No era muy sociable, pero iba a tomar algo con los chicos y la gente del pueblo de vez en cuando. Podía ser muy duro con los granjeros si le daba por ahí, pero, en general, miraba para otro lado.

—¿Te refieres a que miraba a otro lado con respecto a los ilegales?

—Sí.

—¿Hay alguna indicación de que pegara a los granjeros? —preguntó Decker.

—Nunca se sabe. Mi suegro nunca tuvo problemas con él, pero no puedes decir cosas por teléfono. Le sonsacaría más si hablara con él en persona.

—Te conseguiré los fondos para el viaje, Willy. ¿Cuándo puedes salir?

Brubeck se encogió.

—Se suponía que iba a tomarme unos días libres para estar con mi señora por mi aniversario. Pensé que te lo había dicho cuando me pediste que me uniera al equipo.

—Es verdad —dijo Decker—. Se me olvidó.

—No me importaría cancelarlo, pero es que hice una reserva en un hotel de México hace seis meses. Perdería el dinero de la reserva.

—No lo canceles, Willy —dijo Decker, y miró a Marge—. ¿Podrías ir tú mañana?

—Claro —dijo Marge—. A menos que haya otras cosas que quieras que haga.

Exacto: él le había pedido que espiara a los dos tipos a los que había seleccionado Rina del libro de fotografías de fichas policiales. Estaba investigando en tantas direcciones, que había perdido el hilo por un momento.

—Nada que no pueda esperar uno o dos días —dijo, y miró a Oliver—. Tú puedes ir con ella.

—¿Dónde está Ponceville?

Brubeck dijo:

—Tienes que ir a Sacramento en avión y, desde allí, hay dos horas hasta el pueblo.

—No me digas que tienes que volar con Southwest.

—Todavía dan los cacahuetes gratis —dijo Brubeck—. Llamaré a mi suegro para avisarle de que vais. Tal vez vosotros podáis sonsacarle más cosas que yo. Tiene mucho respeto por la policía, siempre y cuando no se trate de mí —explicó, y miró a Decker—. ¿Estás seguro de que no pasa nada porque me vaya de vacaciones?

—De hecho, Willy, tengo un encargo para que hagas al sur de la frontera. Se rumorea que uno de los guardias, un tal Joe Pine o José Pino, se ha escondido en México —le dijo, y le explicó su conversación con Brett Harriman.

—No hemos investigado a Joe, así que puede que esté implicado —dijo Messing—. Que sepamos, no tiene antecedentes.

—Es un joven de Pacoima. Llamad a la policía de Foothill y preguntad si alguna vez se ha metido en un lío. Nos vendrían bien sus huellas dactilares —dijo Decker, y miró a Marge y a Oliver—: Rondo Martin fue ayudante del sheriff. Seguramente, podremos conseguir sus huellas.

—He llamado a T, el sheriff de Ponceville —dijo Brubeck—. No encuentra la ficha con las huellas de Martin.

—No puede ser —dijo Decker.

—Allí las cosas van muy despacio. Estoy empezando a dudar que T le tomara las huellas en su día.

Decker alzó las manos con resignación.

—Vuelve a preguntárselo, Willy. Y, mientras estás en México, intenta ponerte en contacto con la policía local. Pregúntales si saben algo sobre José Pino.

—Siempre y cuando alguien me cubra las espaldas desde aquí. Las cárceles mexicanas me ponen nervioso.

—Mantente en contacto con nosotros, y te tendremos vigilado —respondió Decker, y volvió a dirigirse a Marge y a Oliver—: Mientras estáis en el norte, pasad por Oakland e investigad un poco el pasado de Neptune Brady. Él estaba en Oakland, con su padre, cuando ocurrieron los asesinatos, pero eso no significa que no esté implicado.

—¿Y qué iba a ganar matando a su jefe? —inquirió Wanda.

—No lo sé. Pero me parece raro que Mace y, sobre todo, Grant, conserven a Brady como guardaespaldas. Si mis padres hubieran sido asesinados bajo la vigilancia de alguien, ese alguien sería la última persona a la que querría protegiéndome a mí.

—¿A cuánto está Oakland de Sacramento? —preguntó Oliver.

—A una hora en coche —respondió Brubeck.

—Podéis salir desde Oakland Airport hacia el suroeste —dijo Decker—. Bueno, cambiando de tema, ayer tuve una charla con Riley Karns —añadió, y les hizo un resumen de la conversación—. Me dijo que estaba durmiendo cuando ocurrieron los asesinatos. Eso significa que también estaba dormido cuando enterraron a Denny Orlando en la tumba de los caballos. No sabemos si dice la verdad o no. Lo que sabemos es que estaba en la finca la noche de autos, y que conocía la ubicación de la fosa de los caballos. Dos puntos contra él —dijo, y se volvió hacia Messing—: Mientras tu compañero está en el soleado México intentando encontrar a José Pino, tú investiga a Karns. Creo que Gilliam Kaffey lo conoció en uno de los clubes hípicos que frecuentaba y lo contrató, así que empieza por ahí.

—Pero, ¿por qué iba Karns a querer que murieran Guy y Gilliam? —preguntó Messing.

Decker se encogió de hombros.

—Puede que alguien haya comprado su silencio. Encuentra ese móvil y tendremos tres puntos contra él. ¿Quién estaba investigando a Ana Méndez y Paco Albáñez?

Marge alzó la mano.

—La historia de Ana es sólida. Y los tiempos concuerdan. Que yo sepa, no ha cometido ninguna locura. Paco Albáñez, como Riley Karns, dice que estuvo durmiendo hasta que Ana lo despertó. Pero, si él sabía dónde estaba la tumba de los caballos, tal vez haya que volver a entrevistarlo, en español.

—Yo lo haré —dijo Decker.

—¿Qué tal está el hijo que sobrevivió? —preguntó Wynona.

—Gil Kaffey se está recuperando, y tal vez pueda volver a casa dentro de unos días. Su exnovio, Antoine Resseur, va a irse a su casa con él hasta que esté completamente restablecido. Creo que Grant también ha contratado a una enfermera para que lo cuide.

Oliver hizo una mueca.

—Si yo fuera Gil, me iría lejos y me rodearía de mis propios guardaespaldas.

—Pensándolo bien —dijo Decker—, Grant y Mace no mencionaron nada de guardaespaldas.

—Tal vez estén pensando en Neptune Brady para el trabajo.

La sala quedó en silencio. Decker dijo lo que todo el mundo pensaba: que tener a Brady cuidando de Gil era como tener al zorro cuidando a las gallinas.

CAPÍTULO 18

El rancho era un contraste entre la naturaleza y la mano del hombre. Las hectáreas posteriores eran un terreno árido, lleno de vegetación desértica, chaparral, salvia, cactus y plantas crasas, y mucha tierra y grava. En la zona delantera, por el contrario, había un inmenso jardín con altísimos árboles, fuentes, rosaledas y todo tipo de flores cuyos colores brillaban bajo el sol del mediodía.

Al avanzar por el camino serpenteante que iba desde la entrada de la finca a la mansión, vio a un hombre encorvado sobre unos macizos de caléndulas rodeadas por un seto de boj color verde esmeralda. Llevaba un uniforme de manga larga, de color caqui, y un enorme sombrero atado con unas cintas bajo la barbilla. Decker aparcó, salió del coche y se dirigió hacia el jardinero. La zona estaba a pleno sol, y el calor vespertino era implacable.

Paco Albáñez se dio la vuelta al oír el crujido de la grava y, al ver a Decker, se irguió lentamente, se agarró una cadera con una mano y arqueó la espalda hacia atrás. Tenía la cara morena y la piel arrugada. Bajó ambos brazos cuando Decker se le acercó y lo saludó con un asentimiento.

—Buenas tardes —dijo Decker, en español—. Hace mucho calor hoy.

—En verano siempre hace calor.

—Sí, es cierto —dijo Decker. Y, cuando le comentó lo bonitas que estaban las flores, Albáñez sonrió. Más allá de eso, su expresión

193

era indescifrable—. Si tiene un momento, me gustaría hablar con usted sobre la otra noche.

Albáñez se secó la frente con el dorso del guante, dejándose una mancha de tierra en la piel. Bajó los ojos oscuros y se miró los zapatos.

—No tengo nada nuevo que decir.

Decker sacó su libreta.

—Solo necesito unos cuantos detalles más.

Albáñez miró a la lejanía.

—Yo estoy intentando olvidar los detalles —dijo—. Es espantoso recordarlos.

—¿Podría… —Decker espantó a una mosca que tenía frente a la cara— repasar aquella noche una vez más? Tal vez sea hora de tomarse un descanso. ¿Sería posible ir a algún lugar a la sombra?

Albáñez, de mala gana, llevó a Decker a la sombra de unos árboles bajo los que había algunos bancos de piedra. Se sentaron, y el jardinero miró hacia delante, con el rostro sudoroso.

—Por favor, cuénteme una vez más lo que ocurrió esa noche.

Albáñez lo recitó de una manera mecánica. El señor Riley lo despertó a las dos de la mañana, muy agitado. No entendía lo que le decía, porque el señor Riley hablaba muy deprisa. Al final, entendió que algo les había ocurrido al señor y a la señora Kaffey. El señor Riley lo llevó a su casa. Ana ya estaba allí, llorando y temblando. Ella le dijo lo que había ocurrido, que los señores Kaffey habían muerto. Que había sangre por todas partes… que era horrible. Los dos esperaron en casa del señor Riley hasta que él volvió con la policía. Después, la policía los llevó a la casa principal y los separó.

Dentro de la mansión, el olor era horrible. Él tuvo que salir varias veces para respirar aire puro. Quería volver a su casa, pero la policía le dijo que tenía que esperar hasta que llegara el jefe.

—Entonces, usted llegó, habló conmigo y, por fin, pude volver a casa.

Aquel relato coincidía con el de Ana. Sin embargo, Decker no entendía por qué había ido Ana a casa de Riley antes de ir a ver a Paco. Aunque era cierto que la casa de Riley estaba más cerca que la de Paco, una no estaba tan lejos de la otra y, como Ana hablaba sobre todo español, a Decker le parecía más lógico que hubiera recorrido el camino largo.

No obstante, debía tener en cuenta que, en aquel momento, la mujer era presa del pánico.

Después de su narración, Paco se había quedado pálido. Decker le dijo:

—¿Sabía que Gil Kaffey estaba vivo?

—No —dijo Albáñez.

—¿Qué cree que ocurrió?

—¿Yo? No lo sé. Fue horrible.

— ¿Por qué piensa que no mataron a Gil?

—Tuvo suerte.

—¿Alguien ha hablado con usted acerca de su trabajo en el futuro? —le preguntó Decker. Paco negó con la cabeza, y Decker dijo—: Sigue trabajando aquí.

—El jardín sigue creciendo.

—¿Quién le paga?

Paco entrecerró los párpados.

—El señor Gil me va a pagar.

—¿Y cómo lo sabe? ¿Le dijo él que iba a pagarle?

—No, pero está vivo —dijo el jardinero, con determinación—. Él me pagará para que cuide del jardín.

—¿Y cómo sabe que no van a vender el rancho?

Albáñez se quedó confundido.

—¿Y por qué iba a hacer eso?

—Por dinero.

—Entonces, ¿qué pasará con sus planes?

Decker disimuló su sorpresa.

—¿Qué planes?

—Plantar vides para la bodega. Para eso compró el señor Kaffey el rancho. El señor Gil y él llevaban un año trabajando en eso. Dibujaron muchos planos. Yo los he visto.

—¿Querían construir una bodega?

—Sí. El señor Gil y el señor Kaffey hablaban mucho de vino.

Decker pensó en Grant Kaffey, en lo ansioso que estaba por vender el rancho para pagar los impuestos.

—He oído decir que van a poner el rancho a la venta.

Albáñez miró al suelo.

—Bueno. Entonces, encontraré trabajo en otra parte.

—¿Y cree que, ahora que el señor Kaffey ha muerto, el señor Gil continuará con sus planes?

Paco se encogió de hombros.

—¿El señor Gil estaba mucho aquí?

—Estaba aquí, sí. Pero no vive aquí.

—¿Cree que puede querer vivir aquí ahora que el señor Kaffey ya no está?

—No lo sé, señor. Para él, tendrá muy malos recuerdos.

—Pero ¿cree que seguirá con el plan de la bodega?

—Eso espero. A mí me cae muy bien. Y me gusta mucho este trabajo —dijo, y bajó la cabeza—. Quería mucho al señor Kaffey. Tenía la boca muy grande, pero también tenía un corazón muy grande.

—Me han dicho que solía levantar mucho la voz. ¿Le gritaba a usted?

Paco sonrió.

—Sí, gritaba. «¿Por qué se está muriendo esto? Hay demasiadas malas hierbas. Poda esto, corta aquello. Eres un vago. Estás loco», decía. Al momento, me daba dinero sin ningún motivo. Veinte dólares cada vez que gritaba. Una vez me dio un billete de cien dólares. Me decía: «Toma, Paco, para que invites a alguna chica a cenar».

—¿Y la señora Kaffey?

—Hablábamos muy poco. Ella solo habla para decir: «Planta zinnias o planta cosmos o planta tulipanes». Pero no era mala. Adoraba a sus caballos y a sus perros. Yo sacaba a los perros a hacer ejercicio cuando el señor Riley estaba demasiado ocupado. Ella hablaba mucho con el señor Riley. Y siempre servía limonada y galletas a las cuatro, para todo el mundo. Galletas muy ricas.

—Quiero hablar un momento sobre el señor Riley —dijo Decker. Paco no dijo nada, y él continuó—: ¿Sabía que hemos encontrado a uno de los guardias en la finca, enterrado en la tumba de los caballos?

—Sí, lo sé. La policía estuvo aquí cavando muchas horas.

—El señor Riley hizo el agujero para los caballos, pero dijo que le habían ayudado. ¿Lo ayudó usted a cavar la fosa?

—Sí.

—¿Y alguien más, aparte del señor Riley y usted, cavó esa fosa?

Paco volvió a entrecerrar los ojos, pero su gesto era de concentración, no de desconfianza.

—Creo que ayudó alguien… Quizá Bernardo, quizá José.

—¿Podría decirme sus apellidos, por favor?

—El de Bernardo… no lo sé. José… es Joe Pine. Creo que él nos ayudó.

—¿Conoce usted bien a Joe Pine?

—Él es joven, yo soy viejo. No lo conozco bien.

—Pero los ayudó a Karns y a usted a cavar la tumba.

Albáñez se encogió de hombros.

—Él dice «cava aquí», yo cavo aquí. Su uniforme está limpio, el mío está sucio.

El mensaje tácito era que a Albáñez no le gustaba Joe Pine.

Decker cambió de tema:

—¿Le habló a usted alguna vez sobre la bodega el señor Gil?

—Los dos hablaban conmigo de la bodega. Decían: «Paco, vas a tener ocupación para muchos años». Pero, ahora, usted ha dicho que van a vender el rancho, así que quizá no —dijo Albáñez, y se levantó del banco—. Tengo que volver al trabajo.

—Gracias por hablar conmigo. ¿Le dijeron qué uva querían cultivar?

—Chardonnay y cabernet. Tienen a unos hombres que vienen al rancho a hablar con ellos sobre cómo plantar las vides, cómo cuidarlas y cómo recoger la uva. Y, eso, antes de que hagan el vino.

—La producción de vino es algo complicado.

Albáñez se encogió de hombros y comenzó a caminar hacia los macizos de flores. Decker dijo:

—Gracias otra vez por tomarse la molestia de hablar conmigo.

—De nada, pero ya no más. No sé quién es buena persona y quién es mala. Si me está mirando una mala persona, no quiero que me vean hablando con la policía.

Tenía razón. Sin embargo, Decker debía hacer su trabajo.

—Tengo una pregunta más. Usted me dice que el señor Kaffey compró el rancho para hacer vino. También me han dicho que él compró el rancho para los caballos de la señora Kaffey.

Hubo un silencio. Entonces, Albáñez se detuvo y miró el paisaje.

—Creo, señor, que hay sitio suficiente para las dos cosas.

Marge lo abordó en cuanto Decker entró al despacho. Fue lo suficientemente amable como para llevarle una taza de café y ponérsela en el escritorio. Aquella mujer sabía que la mejor manera de llegarle al corazón a un teniente de policía era darle una taza de un buen café solo. Ella cerró la puerta, y dijo:

—He dado con los tipos a los que identificó Rina. Uno de ellos es Federico Ortiz, también llamado Rico.

—Qué rápido.

—Los ordenadores son una cosa maravillosa. Por desgracia, está en la cárcel, donde ha estado los tres últimos meses.

—Pues quítalo de la lista. ¿Y el otro? ¿Alejandro Brand?

—También he dado con él. No tiene antecedentes de adulto. Tiene diecinueve años, y vive en Pacoima.

—Entonces, ¿por qué estaba su fotografía en el libro de los fichados?

—Seguramente, lo pusieron ahí los de Recursos de la Comunidad contra las Bandas cuando hicieron alguna redada.

—¿No es Joe Pine de Pacoima?

—Sí, sí lo es. Pine es mayor que Brand, pero no mucho.

—¿Y sabes de qué nacionalidad es Brand?

—Ni idea.

—Vamos a ver si podemos conseguir algo contra Brand. Tráelo aquí y que Harriman escuche su voz. Tal vez salga algo. Antes de salir para Ponceville, avisa a Óscar Vitález. Vamos a preparar una entrevista falsa con Óscar, para que Harriman la escuche. A ver cómo reacciona al oír la voz de Vitález.

—Me ocupo hoy mismo.

—¿Lo tenéis todo preparado para la excursión de mañana?

—Sí. Willy se ha encargado de todo. Lo único que me echa para atrás es pensar en tener que aguantar a Oliver quejándose durante todo el vuelo. ¿Y tú, qué has averiguado, Pete?

—Acabo de llegar de Coyote Ranch —dijo Decker, y le contó la conversación que había tenido con Paco Albánez—. Quería ver si él admitía que sabía lo de la fosa de los caballos, y terminé enterándome de que Guy y Gil Kaffey estaban planeando construir una bodega.

—Creía que habías dicho que Grant iba a vender el rancho.

—Eso fue lo que él me dijo. Pero puede que Grant no supiera nada de los planes de Gil.

—O que sí lo supiera, y Gil haya cambiado de opinión después de lo que ha pasado.

—O que Grant esté hablando por Gil —dijo Decker—. ¿Sabes? Oliver ha dicho algo interesante en la reunión de esta mañana: que si él fuera Gil, se iría lejos y se rodearía de sus propios guardaespaldas. Pero Gil no lo ha hecho, y eso me suscita preguntas.

—¿Qué preguntas?

—¿No debería estar Gil más preocupado por su propia seguridad?

—Tal vez esté demasiado aturdido para tomar decisiones acertadas. Todavía está en el hospital, Pete. Puede que, cuando salga, se dé cuenta de que necesita algo más que a una enfermera y a un exnovio. A propósito, ¿no deberíamos hablar con el exnovio?

—Ya está arreglado. Se llama Antoine Resseur, y he quedado con él esta noche, en su apartamento de West Hollywood, a las ocho.

—¿Y por qué no quedáis en el Abby? He oído decir que se come maravillosamente bien.

—Bueno, no es un restaurante *kosher*, así que no me serviría de nada. Además, le ofrecí que habláramos en un lugar público que él eligiera, pero sospecho que no quiere que lo vean hablando con la policía.

—O tal vez es que no eres su tipo.

Decker sonrió.

—Todavía no me ha visto. ¿Cómo va a saberlo?

—Existe el estereotipo del policía muy macho. Puede que seas demasiado duro para él.

—Pues, entonces, tendría prejuicios —dijo Decker—. Y eso sería peor para él, porque nunca llegaría a conocer mi faceta sensible.

CAPÍTULO 19

Rina reconoció primero las gafas: elegantes, oscuras, caras. Harriman estaba apoyado en la pared, comiendo una barrita energética. Llevaba una chaqueta azul, unos pantalones color caqui y, aunque su postura era relajada, se notaba cierta tensión en su mandíbula cada vez que masticaba. Rina sabía por qué. Estaba escuchando a los mismos hispanos. Y, como ella ya sabía lo que estaba pasando, aquella acción le pareció heroica y temeraria a la vez.

Ella tuvo que hacer un esfuerzo por no mirarlos.

Mirarlos no sería inteligente por su parte.

Se mezcló con la gente que estaba en el pasillo. El descanso de la comida estaba a punto de terminar; solo quedaban cinco minutos para que abrieran las salas, y ella se esforzó por hacer un buen plan, sopesando sus opciones. Harriman tenía la cara ligeramente inclinada en dirección a los hombres, y uno de ellos lo miró. Rina pensó en acercarse y llevárselo de allí, pero tal vez llamara más la atención si lo hacía que si dejaba las cosas tal cual.

Uno de los funcionarios del juzgado ya estaba llamando a los jurados de la sala contigua a la suya. Debían de quedarle un par de minutos más. Mientras pensaba qué hacer con Harriman, pasó el tiempo intentando memorizar a los hombres: su estatura, sus rasgos, sus marcas distintivas. Los tatuajes eran sus aliados: una serpiente, un tigre, un tiburón, el B12 y los BXII y XII. Parecía que el hombre más bajo, el que más hablaba, tenía una cicatriz junto

201

al oído izquierdo. De repente, giró la cabeza y fulminó a Harriman con la mirada.

Entonces, le dijo algo.

La expresión de Harriman se ensombreció. Dijo unas cuantas palabras y, después, se alejó sin dar muestras de nerviosismo. El hombre más bajo que tenía la cicatriz seguía mirándolo con mala cara mientras Harriman entraba al servicio de caballeros. A Rina se le encogió el corazón al ver que el hispano se levantaba y se encaminaba en la misma dirección.

Sin embargo, en aquel momento, alguien pronunció el nombre de Alex, y el hombre se detuvo.

Rina pensó: «Alejandro Brand, el hombre de la cicatriz».

Alex, el hombre de baja estatura, con una serpiente y un tigre tatuados, se giró y se fue hacia un hombre que llevaba un traje arrugado y el pelo peinado hacia atrás; seguramente, un abogado de oficio. Los dos, junto al hombre más alto con el que había estado hablando Alex, entraron en una de las salas.

Ella interceptó a Harriman justo cuando oía que estaban llamando a su propio jurado. Le susurró:

—Debe tener cuidado. Ese hombre le estaba lanzando miradas asesinas cuando entraba en el baño.

Harriman dio un paso atrás.

—¿Cuál de los dos?

—El más bajo.

—Eso no me dice nada. ¿El mexicano o el salvadoreño?

—No lo sé. No hablo español. Creo que alguien le llamó Alex.

—Entonces, sabe más de su identidad que yo. Debería hablar con la policía.

—Lo hago todos los días. Ahora tengo que irme. Estoy haciendo esperar a mi jurado.

—Entonces, ¿Decker es su marido? —preguntó Harriman.

—No debería hacerme preguntas personales. Pero sé que el teniente Decker habla español con fluidez, así que tal vez pueda ayudarlo.

—Tenemos que hablar.

—No, no podemos. Si lo necesitan, el teniente Decker lo llamará —dijo.

Después, se encaminó apresuradamente hacia su fila. Ella no fue la última en aparecer, así que no había hecho esperar a nadie, pero llegaba tarde, y tenía la respiración tan agitada como para que Joy hiciera una broma.

—Estás muy alborotada —dijo, mirándola fijamente con una expresión de picardía—. ¿Qué has estado haciendo durante la hora de la comida?

Qué traviesa.

—Ojalá.

Rina adoptó una actitud despreocupada. Seguramente, su juicio terminaría aquella misma tarde, y nunca volvería a ver a sus compañeros. Esperaba que aquel fuera el final de la conversación, pero Ally era muy observadora.

—Estaba hablando con Tom Sonrisas —comentó.

—¿De verdad? —preguntó Joy, enarcando las cejas—. ¿Y de qué estabais hablando, una vez más?

—Como no ve, me preguntó la hora —dijo Rina. Puso los ojos en blanco, e intentó aparentar fastidio—: Ah, por fin ha llegado Kent. Me parece que ya podemos entrar en la sala.

Ally le preguntó:

—¿Lo conoces?

—¿A quién?

—Al señor Sonrisas.

—No, no lo conozco —contestó Rina—. ¿Por qué iba a conocerlo?

—Me imaginaba que no —dijo Ally—. Es una pena. Pensaba que tal vez pudieras presentármelo.

—¿Por qué?

Ally se ruborizó.

—Es difícil conocer a gente hoy día, y me parece un chico muy mono.

Cuando Decker vio el número de teléfono de su mujer en la pantalla del móvil, respondió rápidamente.

—¿Ya ha terminado?

—Ha terminado.

—Gracias a Dios. ¿Habéis frito al tipo?

—¿Cómo sabes que era un tipo?

—Tengo un cincuenta por ciento de posibilidades de haber acertado. Más de un cincuenta por ciento. La mayoría de los acusados son hombres. No me importa mucho el caso, pero sí me importa la gente que está por los pasillos del juzgado. ¿Has vuelto a verlos?

—Sí.

—¡Mierda! Eh… lo siento. Dime que no se fijaron en ti.

—En esta ocasión, me he ocultado entre la gente.

—Gracias, Rina, por decirme eso.

—Pero hay más. Harriman estaba escuchando de nuevo su conversación. Esta vez, uno de los hombres lo pilló, e intercambiaron unas cuantas palabras. Harriman se fue al baño de caballeros, y el hombre empezó a seguirlo, pero alguien lo llamó antes de que ocurriera nada. Peter, estoy preocupada.

Decker notó un gusto amargo en la boca.

—Voy a llamarle.

Rina tomó aire.

—El hispano tenía una cicatriz y una serpiente tatuada. Alguien lo llamó Alex.

«Alejandro Brand», pensó Decker.

—Gracias —dijo.

—Lo vi mejor en esta ocasión. Me gustaría mirar los libros otra vez.

El sabor amargo se intensificó. ¿Qué remedio le quedaba?

—Está bien. Lo organizaré. ¿Cuándo crees que llegarás a casa?

—Si no te importa, vamos a salir a cenar. Hannah está en casa de Aviva estudiando para los exámenes finales, así que no va a venir. Aprovechemos.

—Estupendo. ¿Por qué no vas a ver a tus padres, y yo iré luego a la ciudad? De todos modos, tengo que ir hablar con alguien a las ocho.

—Muy buena idea. ¿Adónde vamos?

—Siempre y cuando pueda comerme un filete, estaré encantado.

—De acuerdo, yo elijo.

—Incluso puedes invitar a tus padres. Hace tiempo que no los veo.

—Muy agradable por tu parte.

—Me caen bien tus padres —dijo Decker. Y era cierto. Después de todos aquellos años, tenía la sensación de que existía un respeto mutuo—. Y dile a tu padre que quiero pagar esta vez.

Rina se echó a reír.

—Sabes que no te lo va a permitir.

—Ah, bueno, pues mejor —dijo Decker—. Si eso le hace feliz, que pague él la cuenta. Y, si le produce una alegría inconmensurable, que ponga también la propina.

El apartamento estaba entre Hollywood y West Hollywood, en un edificio beis de estilo Regencia francesa, con el tejado abuhardillado. El portal era de mármol brillante y espejo, y estaba decorado con asientos nuevos de terciopelo marrón y mesitas negras. El portero uniformado le señaló a Decker dónde estaba el ascensor, que tenía unas puertas *art déco* de latón, y le dijo que subiera hasta el séptimo piso.

Antoine Resseur tenía una espléndida vista del sur de Los Ángeles desde los dos ventanales del salón. La estancia estaba amueblada con sofás de cuero rojo, mesillas de arce y estanterías. El suelo era de granito negro, y había una chimenea forrada del mismo material. La iluminación era tenue, y sonaba música clásica.

Resseur vestía unos pantalones vaqueros, una camisa azul y unos zapatos náuticos. Era un hombre delgado y de baja estatura, de pelo oscuro, y con los ojos del color de las ágatas.

—¿Le apetece tomar algo, teniente?

—No, muchas gracias. Le agradezco que haya accedido a hablar conmigo.

Resseur tenía una voz suave. Se sentó, y le indicó a Decker que hiciera lo mismo.

—Esto ha sido una pesadilla.

—¿Todavía sigue teniendo relación con Gil?

—Somos muy amigos —dijo Resseur, y tomó un sorbo de su copa de vino.

—Ha sido muy amable al ofrecerse a cuidarlo durante su convalecencia.

Resseur bajó la mirada.

—Soy el único en quien confía Gil en estos momentos.

—¿Ni siquiera en su hermano?

—A Grant no le dispararon, ¿no? —dijo Resseur, y suspiró—. Eso suena horriblemente mal. Me parece que Gil está un poco paranoico.

—Cuando a uno le pegan un tiro, no existe la paranoia. ¿Es eso lo que le dijo Gil? ¿Que no confía en Grant?

—Lo que me dijo es que no confía en nadie, salvo en mí.

Decker sacó la libreta y el bolígrafo. Él nunca confiaba en el héroe de la historia, y así era como se estaba presentando Resseur.

—¿Cuánto tiempo fueron pareja Gil y usted?

—Unos seis años.

—Eso es mucho tiempo. ¿Por qué rompieron?

Resseur hizo girar el vino en la copa.

—Gil es un hombre muy ocupado. Su padre se aseguraba de que lo fuera. Gil no tenía mucho tiempo para las relaciones personales.

Decker asintió.

—Siempre ocupado, ocupado, ocupado —prosiguió Resseur—. Pero las cosas se volvieron frenéticas cuando Guy y Mace empezaron a demandarse el uno al otro. Creía que todo iba a calmarse cuando se resolvió la situación, pero, en realidad, empeoró.

—¿En qué sentido?

—Mace se marchó al este, y a Gil le cayó sobre los hombros una ingente carga de trabajo. Fue terrible para él.

—¿Podríamos hablar un poco de eso? Como por ejemplo, ¿por qué Mace continuó en la empresa, si sabían que había cometido desfalco?

—¿Cómo podría explicárselo? No hay nada que Guy no supiera de Kaffey Industries.

—¿Guy sabía que Mace estaba robando?

—No es robo si tu jefe lo sabe —dijo Resseur, y se encogió de hombros—. Eso es lo que hacen los ricos para tener dinero suelto. Tomar dinero de la caja, y ¿por qué no iban a hacerlo? Es su dinero.

—De acuerdo —dijo Decker—. Entonces, ¿por qué hubo un juicio?

—Kaffey se metió en un lío con Hacienda. Mace tuvo que cargar con la culpa. En apariencia, Mace fue defenestrado, pero, en realidad, fue recompensado con el proyecto Greenridge —dijo Resseur, y tomó otro sorbo de vino—. Hablo demasiado cuando bebo.

Decker le aseguró que aquella información no iba a usarse en su contra, pero hizo que sus pensamientos cambiaran de dirección. Aunque Mace seguía siendo sospechoso, lo apartó de los primeros puestos de la lista.

—¿Qué tal se llevaban Guy y Mace?

Resseur se frotó la barbilla.

—Tan bien como cabría esperar. Guy tenía mal genio. Y Grant no se queda corto en ese aspecto.

—¿Ha sufrido usted el mal genio de Grant?

—En persona, no, pero lo he visto. Gil tiene un carácter más sereno, como Mace. Por eso, las cosas fueron muy difíciles para él después de que Mace se marchara. Gil y su padre se quedaron a solas, sin intermediario.

—Tengo entendido que estaban muy unidos.

—Si se refiere a que trabajaban juntos las veinticuatro horas del día, los siete días de la semana, sí, estaban muy unidos.

—¿No estaban planeando convertir Coyote Ranch en una bodega?

—¿Sí? —preguntó Resseur, con una expresión de sorpresa que parecía genuina—. Eso no lo sabía, pero es que últimamente no me enteraba de nada. Pero es buena idea. Gil tiene un gusto fabuloso para el vino. Y sería un buen uso para ese lugar tan monstruoso.

—¿Monstruoso?

—Eso no es una casa. Es un parque nacional.

—Parece que sabe mucho sobre la familia —dijo Decker, y bajó el cuaderno—. ¿Qué cree que ocurrió, señor Resseur?

—¿Yo? No lo sé.

—Pero lo ha pensado.

—Claro, por supuesto —dijo. Se levantó, se acercó al ventanal y observó las vistas. Después, se volvió hacia Decker—. Nada demasiado profundo. Para haber conseguido sortear todas esas medidas de seguridad, tiene que ser alguien de dentro. ¿No ha desaparecido uno de los guardias?

—Sí. Pero ¿cree que esto pudo hacerlo una sola persona?

—No, pero no ocurrió así. Alguien contrató a asesinos para que cometieran los asesinatos. Gil recuerda haber visto a gente con tatuajes antes de perder el conocimiento.

—¿Y se le ocurre algún candidato para haberlo organizado todo, aparte de Rondo Martin?

—Yo investigaría al jefe de seguridad: Neptune… algo.

—Neptune Brady. ¿Por qué sospecha de él?

—Se suponía que tenía que velar por la seguridad de Gilliam y de Guy. Y, ahora, están muertos.

—Grant va a conservar a Brady en su puesto. ¿Qué le parece eso?

—Eso habla bien claro de la estupidez de Grant o de la paranoia que siente Gil hacia Grant.

—¿Gil piensa de verdad que su hermano tuvo algo que ver con los asesinatos?

—Gil ha dicho muchas cosas. Pero estaba delirando, drogado. Tiene el cerebro hecho polvo en este momento.

—¿Ha contratado usted algún tipo de medida de seguridad para Gil cuando salga del hospital?

—He abordado el tema con él. Gil no quiere hablar de ello. No deja de insistir en que quiere que le den el alta, porque piensa que los médicos están intentado envenenarlo. Por eso no puedo tomarme demasiado en serio lo que dice de Grant.

—Que conste que Grant me dijo que pensaba que usted es un buen hombre.

—¿Dijo eso? —preguntó Resseur, y terminó su copa de vino—. Me alegro de oírlo. Siempre había… tensión cuando yo estaba con la familia de Gil. Si había alguna gran fiesta, yo le pedía a mi muy atractiva hermana que me acompañara. Aunque, claro, no engañábamos a nadie. La madre de Gil siempre fue cordial conmigo, pero su padre era… digamos que la situación era incómoda.

—¿Alguna vez le dijo Guy algo sobre su relación con Gil?

—No —respondió Resseur, y se sirvió más vino—. Gil siempre fue muy protector. Me cuidaba, y yo estaba contento con lo que él quisiera hacer.

—¿No tenía ningún resentimiento?

Una risa forzada.

—¿Resentimiento? No, en absoluto —dijo, y atacó de nuevo su vino—. ¿A mí qué me importaba si íbamos de vacaciones a Mónaco o al sur de España?

Decker sonrió.

—Entiendo lo que quiere decir.

—Así eran las cosas. Gil me decía adónde íbamos, para que yo pudiera meter en la maleta el esmoquin o el bañador. Yo nunca protestaba, sobre todo, porque tenía muy poco tiempo para estar con Gil —dijo Resseur, y estudió su vino como si estuviera leyendo los posos del café—. Ahora parece que vamos a tener muchísimo tiempo para ponernos al día.

—Lo dice como si le pareciera bien.

A Resseur se le empañaron los ojos.

—Quiero a Gil. Siempre le he querido. Me conformo con lo que me dé.

CAPÍTULO 20

—Es él —dijo Rina, señalando la fotografía de Alejandro Brand—. Este otro es mucho más bajo que el hombre llamado Alex. Reconozco la cara, los tatuajes de la serpiente y el tigre, y la cicatriz. Este es el hombre al que vi con Harriman esta tarde.

—De acuerdo —dijo Decker, y miró la hora. Eran casi las once de la noche, y estaba cansado. Sin embargo, siguió adelante; el entusiasmo de Rina le sirvió de inspiración—. Vamos a ver con qué nos estamos enfrentando —dijo, y tecleó el nombre en el ordenador. Sin embargo, la pantalla se quedó congelada.

—El ordenador se ha quedado colgado. Seguirá así hasta mañana. Vamos a casa.

—¿No quieres que mire las fotografías por si reconozco al alto? Si me das un poco de tiempo, creo que lo encontraría.

—Vamos a dejarlo para mañana.

Rina paseó la mirada por la comisaría vacía y, finalmente, miró el rostro de su marido. Aunque había sido un día largo para ella, había sido incluso más largo para Peter. Ella se había dejado llevar por el entusiasmo del descubrimiento.

—Tienes razón. De todos modos, seguramente lo haré mejor si estoy descansada.

Decker cerró el libro, y ambos salieron de la comisaría y atravesaron el aparcamiento hacia el Porsche de Decker.

—Después de que intentes identificar al segundo sujeto, tu participación en este caso habrá terminado.

—No te preocupes, estaré encantada. No tengo nada más que añadir.

—Y, habiendo dicho esto —añadió Decker, dando unos golpecitos con los dedos en el volante—, voy a ser un hipócrita y te voy a hacer otra pregunta.

—No eres un hipócrita. Solo estás debatiéndote entre el deseo de saber y la necesidad de protegerme. Deja de preocuparte. No me vieron. Tuve mucho cuidado. Cuando me acerqué a Harriman, esos hombres ya habían entrado en la sala de su juicio.

—¿Y si tenían algún espía?

—No tenían espías, Peter —dijo Rina—. Sé que esa banda, Bodega 12th Street, está llena de tipos malos, pero no son la CIA. Bueno, ¿y qué querías preguntarme?

Decker se había distraído.

—Ah, sí. Estás segura de que Harriman no te dijo nada sobre lo que habló con Alex.

—No dijo nada sobre la conversación. Dijo que deberíamos hablar.

—Eso no va a suceder. Vosotros no tenéis nada de qué hablar y, además, si hablarais, un abogado inteligente podría decir que los dos conspirasteis contra su cliente.

—Buena observación, abogado. Su licenciatura en Derecho no se ha desperdiciado —dijo Rina, apoyándose en el respaldo del asiento—. Le dije que no tenía nada que decirle y que, si tú necesitabas hablar con él, lo llamarías.

—Buena respuesta. Él no tiene tu número de teléfono, ¿verdad?

—No.

—Bien. Ese hombre me causa recelo.

—¿Harriman? ¿Por qué? No pensarás que se lo está inventando todo, ¿no?

—No, eso no, pero ¿por qué se arriesga de esa manera, escuchando las conversaciones de unos tipos tan peligrosos?

Rina pensó un momento.

—Algunas veces, la gente se mete en ciertas situaciones sin darse cuenta de las consecuencias. Harriman lleva mucho tiempo trabajando en los juzgados, así que habrá conocido a mucha gente desagradable sin que le sucediera nada malo. Además, al ser ciego, no capta las pistas visuales. Y ya sabes el atractivo que tiene la fama. Tal vez esta sea la única oportunidad de Harriman de convertirse en un testigo estrella, en vez de seguir siendo un intérprete más.

Como hacía frecuentemente el trayecto entre Los Ángeles y Santa Bárbara, Marge recorría muchas hectáreas de terreno rural en Oxnard y Ventura, campos interminables de cultivos de todo lo existente en el alfabeto de las verduras, desde las alcachofas hasta las zanahorias. Junto a la carretera había puestos de venta que anunciaban productos orgánicos y recién recogidos del campo, así como flor cortada. Muchas veces, Marge había llegado a casa de su novio con bolsas de tomates, zanahorias, cebollas rojas y judías verdes.

Sin embargo, a los pocos minutos de empezar a conducir el coche de alquiler en el que se dirigían desde el aeropuerto a la ciudad, Marge se dio cuenta de que, en Ponceville, los agricultores no vendían directamente sus productos. Aquel lugar estaba dedicado al negocio agrícola. Había hectárea tras hectárea de parcelas valladas y cerradas con señales de *Prohibido el paso*. Allí no había puestos pintorescos llenos de verduras. Oliver y ella atravesaron campos y campos de cultivos ordenados: aguacateros, cítricos, olivos, melocotoneros, albaricoqueros, ciruelos y nectarinos, además de cilantro, jalapeños, cebollas, pimientos…

No había señales visibles, y no había ninguna referencia por la cual guiarse, salvo un granero por allí y un arado por allá. Recorrieron carreteras de dos carriles, rodeados por el granero de Estados Unidos, intentando seguir las misteriosas indicaciones de Willy Brubeck para llegar a la casa de su suegro. El coche que habían alquilado tenía roto el GPS y, después de media hora, quedó claro que se habían perdido.

—Podríamos llamar y pedir ayuda —sugirió Marge.

—Podríamos —dijo Oliver—. Pero no tengo ni idea de dónde estamos.

Marge paró el coche en la cuneta.

—Llámale y dile que estamos en el cruce entre melones y chiles habaneros.

Oliver sonrió.

—Dame el número.

Marge le recitó los números y Oliver los marcó.

—En caso de que responda la esposa, se llama Gladys.

—Muy bien… Sí, hola, soy el detective Scott Oliver, del Departamento de Policía de los Ángeles, y llamaba para hablar con el señor Marcus Merry… Sí, exactamente. ¿Cómo está, señora? Su marido ha sido tan amable como para recibirnos hoy, y… Sí, nos hemos perdido. Estamos en la esquina de dos campos. Uno tiene melones, y el otro es de habaneros, por si esto le sirve de ayuda… Ah, sí le sirve… No, no, no es necesario que haga eso… Sí, seguramente sería lo mejor… Está bien, gracias. Adiós.

Cuando colgó, Oliver se volvió hacia Marge:

—El hombre viene a buscarnos. Ella dice que nos ha preparado una cosita de comer para cuando lleguemos.

—Seguramente, eso significa un banquete en el lenguaje de los granjeros.

—Pues fenomenal para mí. No he desayunado. Ni siquiera me he tomado un café esta mañana.

—Sí, esa aerolínea es bastante rácana con la comida y la bebida.

—¿Qué comida y qué bebida? Cuando llegó el carrito a nuestro asiento, ya solo tenían agua y cacahuetes. Demonios, me he sentido como si fuera un arrendajo. ¡Incluso en la cárcel dan mejor de comer a la gente!

—Si te gustan el almidón y el azúcar.

—Esos directores de prisiones no son tontos. Con todo el almidón y el azúcar, inducen comas diabéticos a los presos. Ellos, al contrario que las aerolíneas, saben mantener feliz a la clientela.

Se sentaron en las butacas del salón, una habitación pintada de un alegre amarillo y con tapicerías de flores. El suelo era de tablas de pino, y en las paredes había cientos de fotografías familiares, tanto en blanco y negro como en color, además de un lienzo de arte abstracto, lleno de salpicaduras de óleo, que estaba completamente fuera de contexto.

La comida que había preparado su anfitriona incluía jamón, queso, fruta, ensalada de pepino, tomate, cebolla y aguacate, y un surtido de panes integrales. Había un cuenco de loza con mostaza.

Al principio, Oliver intentó ser educado, pero cuando Marcus Merry se hizo un buen sándwich, Scott dejó que su estómago tomara las riendas. El suegro de Willy Brubeck podía estar entre los setenta y cinco y los noventa y cinco años. Era un hombre fuerte, con el pelo blanco, vestido con una camisa vaquera de trabajo, un mono y botas con suela de goma.

Gladys estaba encantada con el apetito de todo el mundo.

—Tengo tarta.

La esposa de Marcus era menuda, con el pelo gris y muy corto. Tenía los ojos castaños y grandes, y la cara redonda. Era como una versión negra de Audrey Hepburn. Vestía unos pantalones vaqueros, una camisa blanca y unas zapatillas de deporte blancas, y llevaba unos pequeños pendientes de brillantes.

Marge le dijo:

—De veras, señora Merry, está todo estupendo.

—Pues la tarta lo hará más estupendo todavía. Ustedes quédense aquí, hablando con Marcus. Yo voy a traerla.

—Yo no quiero tarta —se quejó Marcus—. Ya estoy lo suficientemente gordo.

—Entonces, no la comas.

Fin de la discusión.

Marge preguntó:

—¿Siempre ha sido agricultor, señor Merry?

—Llámame Marcus, y sí, la respuesta es sí. Mis antepasados también —dijo, con su acento sureño—. El apellido Merry viene del amo de mi bisabuelo. Después de que se emancipara, el coronel Merry le dio a mi bisabuelo cincuenta dólares y su apellido —dijo Merry, y tomó otro bocado de su sándwich—. Creo que el coronel debía de ser mi tatarabuelo. Ya ves lo clara que tenemos la piel.

Marge asintió.

—Viene de ambos lados. Mi hija… la mujer de Willy… todo el mundo quería casarse con ella. Era una belleza, como mi mujer. Demonios cómo echo de menos a esa chiquilla. Bueno, Willy tampoco está mal. Pero no le digas que he dicho esto.

Se echó a reír.

—Fue mi abuelo el que decidió cambiar de aires y venir a California desde Georgia. Entonces, el estado estaba lleno de gente diferente: mexicanos, chinos, japoneses, indios… Un par de negros más no iban a molestar demasiado. Después, cuando el doctor King empezó a hablar sobre un sueño… Ahí fue cuando empezaron las tensiones.

—¿Todavía hay tensión por aquí? —preguntó Oliver.

—No, señor. Hacemos nuestro trabajo y nos ocupamos de nuestros asuntos. Ahora, incluso hay un negro en la Casa Blanca —dijo Merry, y agitó una mano—. ¿Por qué te estoy contando todo esto? Vosotros veis tensión todo el tiempo —Una pausa—. Willy me ha dicho que en vuestra zona no hay demasiados crímenes.

Marge dijo:

—No demasiados, no.

—Bueno, eso está bien —dijo Merry, y le dio otro mordisco a su sándwich—. No tiene sentido que mi chico corra peligro. Tampoco le digáis que he dicho eso.

—Tu secreto está a salvo conmigo —dijo Marge—. ¿Y cómo se conocieron Willy y tu hija?

—En la iglesia.

—Willy no es de por aquí —dijo Oliver.

—No, pero luchó en Vietnam con un chico que se crio a tres granjas al norte de aquí. Willy vino a visitarlo, y yo me quedé impresionado porque se molestara en ir a misa —explicó Merry, cabeceando con una consternación paternal.

—¿Y qué ocurrió con el amigo de Willy que se crio en la granja? —preguntó Oliver.

—Bueno, volvió a sus raíces. Cultiva maíz y está ganando dinero con la biomasa para combustible. Yo no cultivo nada para los coches. Yo cultivo para las personas —declaró Merry, y le dio otro buen mordisco al sándwich—. ¿Viene ya esa tarta? —dijo, en voz alta.

—¡Espera un momento!

Cuando Gladys apareció con la tarta, todo el mundo emitió exclamaciones de admiración. Era una tarta de chocolate, con un relleno de fresas entre las capas de bizcocho. Al recibir su trozo en un plato, Oliver se dio cuenta de que estaba salivando sin poder evitarlo.

—Muchísimas gracias.

—De nada. Voy a daros una parte para que os llevéis a casa. A él no le hace ninguna falta toda la tarta.

—Si no quieres que me la coma, ¿por qué la haces? —le preguntó Marcus a su mujer.

—La hago como proyecto artístico —replicó Gladys.

—Pues, entonces, dónala a un museo —dijo él, y se acabó su trozo en cuatro bocados—. Sé que habéis venido hasta aquí para hablar con el sheriff, pero él no va a poder recibirnos hasta dentro de media hora. Mientras, podéis vernos discutir.

—¡Oh, pero qué tonto eres! —exclamó ella, y le dio una suave palmada en el hombro—. ¿Queréis café?

—Yo sí quiero un poco —dijo Marcus.

—Voy a hacer una cafetera —respondió Gladys, y volvió a la cocina. Marge preguntó:

—¿Hasta qué punto conocía bien a Rondo Martin?

—Bueno, en realidad, ¿llegó a conocerlo?

—Sabía quién era. No puedo decir que lo conociera bien. ¿Me estáis preguntando si alguna vez tuve algo que ver con él?

—Cualquier cosa que puedas contarnos de él —respondió Marge, mientras sacaba su libreta—. Sabes por qué estamos interesados en él, ¿verdad?

—Sí, sí lo sé. Era uno de los guardias del rancho de los asesinatos, y ha desaparecido.

—¿Y qué puedes contarnos de él? —preguntó Oliver.

—No mucho. No hablábamos, más allá de saludarnos. Al principio, me daba la sensación de que mantenía las distancias porque yo era negro, pero, después de hablar con la gente de por aquí, supe que no era sociable, ni un buen vecino. Ya no hay buenos vecinos. La mayoría de los cultivos de por aquí los explotan grandes empresas.

Marge asintió.

—Todavía resistimos algunos, como yo. Varias veces han venido a preguntarme si vendía mis tierras. Es la herencia de mis hijos. Bueno, pero vosotros no queréis hablar de política, sino de Rondo Martin —dijo Marcus, y carraspeó—. En un par de ocasiones que paré en el Watering Hole para tomar una cerveza, él estaba allí, bebiendo whiskey, hablando con Matt o con Trevor, o con quien estuviera en la barra. Los granjeros trabajamos de sol a sol cuando los días son largos y hace buen tiempo. En invierno hace mucho frío, y entonces es cuando la taberna gana dinero.

—¿Hay muchos crímenes en esta zona? —preguntó Oliver.

—El sheriff sabrá más de eso que yo —respondió Marcus—. Por lo que leo en el periódico, creo que la mayoría de los delitos son cometidos por inmigrantes que se emborrachan los fines de semana y se gritan los unos a los otros. Por aquí no hay mucho que hacer; tenemos un supermercado, una iglesia, un cine, una biblioteca, un par de restaurantes y una calle de bares. Eso es todo.

—¿Los inmigrantes van a la misma iglesia que ustedes?

—No, no. Nosotros somos todos baptistas. La mayoría de los inmigrantes son católicos o de la iglesia de Pentecostés. Ellos deben de tener sus propias iglesias.

—¿Y dónde viven? —preguntó Marge.

—En barriadas de la periferia. Ponceville es un cuadrado: en medio está la ciudad, después las granjas y, después, la periferia, que es donde viven los inmigrantes. Sus casas se las proporciona la empresa para la que trabajen, y suelen ser bastante básicas. Solo tienen agua corriente y electricidad. Sin embargo, eso no importa, porque siguen viniendo. Y seguirán viniendo, mientras en su país haya peores condiciones que aquí.

—¿Son legales? —preguntó Oliver.

—Las empresas les consiguen los permisos de trabajo y de residencia. No pueden conseguir la tarjeta verde de otro modo. De lo contrario, el Servicio de Inmigración cerraría la empresa. No estamos hablando mucho de Martin.

—Mi compañero y yo estamos intentando hacernos una idea de la ciudad —respondió Marge—. Tal vez nos sirva para entender mejor a Rondo Martin. ¿Sabe si él hablaba español?

—Cualquiera que viva por aquí habla español.

Marge asintió.

—Bueno, y, volviendo a la pregunta inicial, ¿qué tal con Rondo?

Marcus sonrió.

—Nunca hablé mucho con él, sinceramente. De vez en cuando, él aparecía por la iglesia. Yo canto en el coro. Mi esposa, también. Él apareció una vez que canté un solo, y me dijo que tenía buena voz. Es lo máximo que hablamos —dijo, y miró su reloj. Después, se levantó—. Será mejor que nos vayamos ya, si queremos ser puntuales.

En aquel momento, Gladys llegó de la cocina con el café.

Marcus miró la bandeja llena de tazas.

—Bueno, supongo que podemos llegar unos minutos tarde.

—Pues sí —dijo ella, con una sonrisa—. Aquí tenemos... un concepto relajado del tiempo.

Su marido repartió las tazas de café, y Gladys les dijo que se sirvieran leche y azúcar. Los detectives le dieron las gracias nuevamente.

Marge dijo:

—Me encantan tus fotografías, Gladys.

Gladys sonrió.

—Para eso están las paredes.

—Y también me gusta el cuadro.

—¿De verdad? —preguntó Gladys—. A mí no me entusiasma. El artista se lo regaló a mis suegros. El padre del pintor era un granjero de Chino, y creo que era amigo de la familia... ¿Es así, Marcus?

—Sí, algo así. Paul era un bicho raro. Mi madre solo conservó el cuadro porque no quería herir sus sentimientos —dijo Marcus, y se echó a reír—. Y resultó que luego se hizo muy famoso.

—Paul Pollock —dijo Gladys—. ¿Lo conocen?

—No —dijo Marge—, pero pinta como Jackson Pollock. ¿Eran parientes?

—Ese es —respondió Gladys—. Jackson Pollock. Paul era su primer nombre.

—Eh... sí, es bastante conocido —dijo Oliver—. ¿Su padre era granjero?

—Sí, exactamente.

—Ese cuadro es muy valioso, Gladys —dijo Marge.

—Sí, lo sé.

—¿Y no tienes miedo de sufrir un robo? —preguntó Marge. Gladys hizo un gesto negativo.

—La gente de por aquí, cuando lo ve, piensa que lo ha pintado uno de mis nietos —dijo, y miró el lienzo—. Yo no me molesto en corregirles.

CAPÍTULO 21

La última dirección conocida de Alejandro Brand estaba en Pacoima, parte de la antigua zona de operaciones de Decker en Foothill. Era una localidad en la que vivían cien mil personas. Su mayor fama se debía, aparte de a un horrible accidente aéreo ocurrido en 1957, en el que murieron los niños que estaban en el patio de un colegio, a que Ritchie Valens, una estrella del rock de los años cincuenta, había estudiado en su instituto. Su carrera había terminado prematuramente al morir en un accidente de avioneta en Iowa, en 1957, junto a Buddy Holly y J. P. Richardson, también llamado Big Bopper. La ciudad apenas había evolucionado desde entonces. Seguía siendo una comunidad de trabajadores hispanos, aquejada de violencia.

En la zona había muchas instalaciones industriales y almacenes, pero también había algunas tiendas al por menor: tiendas de ropa barata, licorerías, tiendas veinticuatro horas, cadenas de comida rápida, lavanderías, negocios de venta de coches de segunda mano y alguna bodega. Por allí, no había mucho dinero que gastar, a menos que fuera viernes por la noche. Entonces, los bares sí hacían caja. Al recorrer aquellas calles anchas, Decker aminoró la velocidad para observar a los chicos malos que poblaban las aceras o los solares llenos de maleza. Ellos le devolvían miradas desafiantes y agresivas.

La dirección de Brand era un edificio de apartamentos de los años cincuenta, de dos pisos, con ropa colgada en los balcones. Decker encontró fácilmente sitio para aparcar, y se acercó a una puerta exterior que estaba cerrada. Sin embargo, era lo suficientemente baja como para que él pudiera pasar el brazo por encima y abrir agarrando el pomo desde dentro. En el patio había una pequeña piscina, de agua limpia. En aquel momento, estaba abarrotada de niños. Había varias mujeres en traje de baño, recostadas en sillas plegables de plástico, charlando y tomando el sol. Miraron a Decker con recelo.

Él eligió a una de las mujeres al azar, una latina de unos treinta años, de pelo corto, ojos oscuros y cuerpo voluptuoso. Le dijo, en español, que era policía, y le mostró la placa. Después, le preguntó por Alejandro Brand.

La mujer frunció los labios.

—Es un indeseable.

Su amiga, al oír la conversación, intervino. Era mayor, más gruesa, y llevaba una camiseta de tirantes y unos pantalones cortos.

—Un completo indeseable —declaró—. ¡Raúl, deja de pegar a tu hermana! ¡Suéltala! —exclamó, y se volvió de nuevo hacia Decker—. Vendía drogas en el apartamento de su madre.

—Después de que muriera la señora Cruz, empeoró mucho. Llamamos a la policía, pero siempre nos dicen que no pueden hacer nada a menos que alguien lo denuncie. Al final, el apartamento se incendió, y casi se quema todo el edificio. Pero los bomberos llegaron rápidamente, gracias a Dios —explicó la joven, y se santiguó.

Decker pensó en un laboratorio de metanfetamina, y en sus componentes inflamables.

—¿Percibieron algún olor extraño que saliera de ese apartamento?

—¿Y quién iba a acercarse tanto?

—Y, en la basura, ¿encontraron alguna vez botes de anticongelante, Drano, lejía, yodo, tal vez?

—Yo no miro en la basura de los demás —dijo la segunda señora—. No sé lo que estaba haciendo, y no me importa. Lo único que sé es que tenemos más paz.

—Aunque pasan cosas raras en el apartamento K —dijo la joven.

—No tan malas como con Alejandro. Vienen muchos hombres malos a ese apartamento. Yo tenía que vigilar a mis hijas como un halcón. Él tenía mucho dinero y una cara bonita. Mala combinación para las adolescentes.

—¿Y tiene idea de dónde vive ahora?

—No, y no me importa.

—Gracias a Dios —dijo la joven.

—Que carguen otros con el problema.

Decker preguntó:

—¿Vivía alguien en el apartamento, aparte de su madre?

—¿Quién sabe? —dijo la segunda señora—. Entraba y salía tanta gente… Raúl, la próxima vez que pegues a tu hermana, ¡sales de la piscina!

—¿Tenía hermanos o hermanas Brand?

La mujer más joven respondió:

—Creo que Alejandro era hijo único. La señora Cruz era muy mayor.

—Era su abuela —dijo la segunda señora.

—Le llamaba «hijo mío».

—Él la llamó «abuela» una vez. Era su abuela, o puede que su bisabuela, incluso. Era muy mayor.

—Entonces, ¿no saben adónde ha ido Alejandro?

—Está en alguna parte del barrio —dijo la joven—. Yo lo veo en el mercado de vez en cuando, y me hago la despistada.

—Buena idea —dijo Decker—. ¿Qué mercado?

—En el mercado de Anderson. Está a tres manzanas.

Decker lo anotó.

—¿Cuántos meses creen que pasaron entre la muerte de la señora Cruz y el incendio del apartamento?

—Unos tres meses.

La segunda mujer asintió.

—Por fin se ha ido —dijo—. Ahora tenemos paz y seguridad. Nos pusimos de acuerdo, e instalamos la puerta de hierro —añadió. De repente, entornó los ojos—. ¿Cómo ha entrado usted aquí?

—He alcanzado el pomo por encima de la puerta.

—Umm… Eso es un problema. Si la puerta se abre con tanta facilidad, deberíamos pensar en otra cosa.

—¿Cuánto mide usted? —preguntó la joven.

—Un metro noventa y cinco centímetros, más o menos.

—¿Cuántos hombres miden eso? —preguntó la joven a su vecina.

—Ninguno.

—Yo tampoco. No hay ningún problema con la puerta —sentenció, y miró a Decker—. Cierre bien la puerta cuando salga. Y, la próxima vez, llame al timbre, que para eso está.

—Harriman acaba de marcharse —dijo Wanda Bontemps, por teléfono.

—¿Qué quería? —preguntó Decker.

—Nosotros le pedimos que viniera, teniente.

Decker, que estaba sentado al volante, tardó un par de segundos en comprender aquellas palabras. Estaba tan concentrado en la seguridad, de Rina, que se le había olvidado que Harriman podía ayudar.

—Sí… claro. La entrevista falsa con Óscar Vitález. ¿Cómo ha ido?

—Harriman dijo que no era él. Intentamos convencerlo de que sí era el tipo, basándonos en la identificación que había hecho Rina, pero no se lo tragó. Dijo firmemente que ese no era el tipo. Así que tenemos a otros dos preparados para que los escuche. Hemos fijado otra reunión para las cinco de la tarde.

—Buen trabajo, Wanda, gracias. Alejandro Brand, el chico al que identificó Rina, no vive en la dirección que tenemos, pero todavía anda por su barrio. Voy a buscarlo. ¿Ha habido suerte con Joe Pine?

—No he sabido nada de Messing. ¿Quieres que lo llame?

—Sí, llámalo. Tengo otra llamada, Wanda. ¿Puedo ponerte en espera?

—No, responde sin problemas. No tengo nada más que decir. Te llamo luego.

Decker adoraba la eficiencia de Wanda. La llamada era de Rina.

—Tengo tiempo esta tarde, si quieres que mire los libros de fotos.

Decker sabía que no iba a poder disuadirla.

—Claro. ¿Te parece bien a las tres?

—Estupendo. ¿Necesitas algo?

—No, cariño, estoy bien. Estoy en Pacoima. Te llamo luego.

—¿Y qué haces en Pacoima?

—Buscando a Alejandro Brand.

—Cuando lo encuentres, avísame.

—¿Para qué?

—Para poder identificarlo en persona.

—Tu identificación no vale para nada, porque tú no lo oíste hablando del asesinato de los Kaffey. Es Harriman quien tiene que identificarlo, no tú.

—¿Y por qué no los dos?

—Porque es él quien oyó algo sospechoso, no tú.

—Yo puedo decir si es el tipo al que oyó Harriman.

—Seguro que Harriman oye muchas conversaciones. Eso es lo que le ha metido en este lío, precisamente. Puedes mirar las fotografías, pero nada más. Por favor, sé considerada con los sentimientos de tu marido, y no te impliques más, ¿de acuerdo?

—Deja de preocuparte, Peter. Solo trato de ayudar.

—Ya lo sé, cariño. Nos vemos a las tres.

—Muy bien. Voy a llevar tarta para la brigada. Si te portas bien, podrás comerte un trozo.

—¿Y si no?

—Entonces, no te daré ningún trozo, y podrás empezar la dieta por enésima vez. En cualquier caso, llevas las de ganar.

Marcus Merry tenía un Ford Bronco Ranger de 1978, con ciento sesenta y cinco mil kilómetros. Oliver y Marge se montaron con él en una cabina que estaba diseñada solo para dos personas. Marcus anunció que tenía que hacer una parada primero, y los llevó campo a través, hasta que se detuvo frente a un granero que estaba en mitad de ninguna parte. Apagó el motor.

—Tengo que descargar unas cosas.

—¿Necesitas ayuda? —preguntó Marge.

—Tengo seis cajas de verduras en la parte trasera. Si quieres llevar una, no me voy a quejar.

Oliver le susurró al oído:

—Tenías que preguntar.

—Así llegaremos antes a ver al sheriff —respondió ella. Salió del coche y tomó una caja de cebollas de la parte trasera—. ¿Dónde estamos, Marcus?

—En la cooperativa local de alimentos. Aunque aquí crece de todo, cada granjero no lo cultiva todo. Aquí nos intercambiamos lo que necesitamos —respondió Marcus, que se movía con agilidad. A los cinco minutos, habían descargado seis cajas de cebollas y de ajos, y Marcus recibió el crédito correspondiente a su aportación—. Se me estaban acabando los puntos. Ahora, Gladys ya puede comprar.

Cuando todos entraron de nuevo al coche, Marcus los llevó a la ciudad. La calle principal contaba con dos carriles. En sus aceras había tiendas: de ropa, de comida, de telas, un banco, un negocio de venta de coches y tractores de segunda mano y un desguace donde vendían piezas para tractores. Había dos ferreterías, un cine, un par de restaurantes y varios bares.

El juzgado y la cárcel estaban al final de la calle, en un edificio blanco. El despacho del sheriff estaba en el tercer piso, y tenía vistas a los campos de cultivo. La recepcionista era una mujer anciana, con el pelo blanco, que llevaba una boina roja muy vistosa. También su vestido y su laca de uñas eran rojos. Alzó la mirada y les tendió la mano.

—Edna Wellers. Vosotros debéis de ser los detectives amigos de Willy.

Marge sonrió.

—Sí, somos nosotros. Encantada de conocerla.

Edna miró a Oliver.

—Vaya, tú eres un joven muy guapo. ¿Estás casado? Tengo una hija. Está divorciada, pero sus hijos ya están crecidos.

Oliver dijo:

—Gracias, pero estoy saliendo con alguien.

Ella lo miró con atención.

—Parece que podrías salir con más de una persona a la vez. ¿A que sí, Marcus? Vamos, apóyame en esto.

—Edna, ya está bien. Tienen que trabajar. Llama al sheriff T para que no pierdan el avión de vuelta a casa.

—¿Cuándo te marchas, guapo?

—Esta noche —respondió Oliver.

Edna perdió la sonrisa.

—¡Vaya rollo!

—¿Dónde está T, Edna?

—No ha vuelto todavía —respondió, y le dijo a Oliver—: ¿No puedes quedarte un día más?

—En esta ocasión, no.

—Así que vas a volver.

—No, no va a volver, Edna —dijo Marcus—. Están trabajando en un caso muy importante de asesinato, del sur.

—Esa gente tan rica, ¿no? Los jefes de Rondo. Deberíais hablar conmigo. Llevo aquí más tiempo que nadie. ¿O no es cierto, Marcus?

—Sí, sí, es cierto.

—¿Y qué puede contarnos sobre Rondo Martin? —preguntó Oliver, mientras sacaba su libreta.

—No era tan guapo como tú.

—Hay pocos hombres que lo sean.

Edna sonrió.

—Salió con mi hija, Shareen, un par de meses. No funcionó. Shareen es muy habladora. Rondo no habla mucho, pero tampoco quiere escuchar. Creo que solo salieron por... Bueno, ya sabes por qué. No tengo que explicarlo todo.

—Me lo imagino —dijo Marge—. ¿Fue algo pasajero, o Shareen tenía esperanzas de que llegara a más?

—No, solo pasajero —dijo Edna—. Rondo era un tipo solitario, no hablaba mucho con nadie. ¿No es así, Marcus?

—No lo sé. Casi no lo conocía.

—Pues eso confirma lo que digo. Rondo hacía su trabajo, pero no era sociable. Incluso cuando se achispaba un poco, era callado.

Marge preguntó:

—¿Nunca contó nada?

—Una vez habló sobre su familia —respondió Edna.

—Sí, yo estaba presente —dijo Marcus—. Fue en Navidad. Hacía mucho frío, y un tiempo muy seco. Los bares ganaron mucho dinero.

Edna comentó:

—No fue nada bueno lo que dijo de sus padres.

—Sí —dijo Marcus—. Despotricó contra su padre… Dijo que era muy malo, y que le pegaba mucho, hasta que, un día, él le devolvió un golpe. Lo recuerdo porque fue algo raro para contar en las fiestas.

—Sí, tenía algunos recuerdos muy malos —dijo Edna.

—¿Algo más? —preguntó Oliver.

Los dos negaron con la cabeza.

—¿Y de dónde era Martin? —preguntó Marge.

—Creo que era de Misuri —respondió Edna—. ¿No, Marcus?

—¿No era de Iowa?

En aquel momento, llegó el sheriff T. Medía un metro sesenta y siete centímetros y pesaba unos sesenta y tres kilos. Tenía la cara arrugada, los ojos azules y unos labios muy delgados. Estrechaba la mano con fuerza, no tanto como para aplastarle los huesos a uno, pero sí lo suficiente como para que Oliver supiera que podía cuidarse solo. Llevaba un uniforme color marrón claro. Se quitó el sombrero, y dijo:

—Soy Tim England. Siento haber tardado tanto. Hemos tenido un problema en una de las barriadas… Parecía un robo, pero ha resultado que el chico no sabía dónde había escondido su dinero. Debió de hacerlo cuando estaba borracho.

—Allí es donde viven los inmigrantes —dijo Edna—. Están en las afueras —aclaró, y se giró hacia el sheriff—. Eh, T, tal vez puedas resolver un misterio. ¿De dónde era Rondo Martin, de Misuri o de Iowa?

—Primero me dijo que era de Kansas, pero después dijo que de Nueva York. Me dio la excusa de que había pensado que sería mejor aceptado si la gente pensaba que era del medio oeste. Me dijo que su padre era granjero al norte del estado.

—¿Y era cierto? —preguntó Marge.

—¿Quién sabe? —preguntó T, y se encogió de hombros—. Siempre tuve la sensación de que ese hombre ocultaba algo, pero nunca pude averiguar qué. No tenía antecedentes de ningún tipo, y tenía una buena historia laboral.

—¿Dónde recibió su adiestramiento policial?

—No lo sé. Vino del Departamento de Policía de Bakersfield, donde estuvo trabajando unos años. Su historial estaba limpio. No tenía ninguna ausencia injustificada, ningún incidente de uso injustificado de fuerza, ni de brutalidad, ninguna investigación de Asuntos Internos… El comandante de vigilancia diurna dijo que siempre llegaba puntual, que tomaba notas, pero que no hablaba mucho. Lo describieron como un buen policía.

—¿Y por qué lo dejó? —preguntó Oliver.

T pensó un momento.

—Dijo algo de que quería vivir en un sitio pequeño. Estaba cansado de la gran ciudad.

—¿Bakersfield es una gran ciudad?

—No es Los Ángeles, pero tiene cuatrocientos mil habitantes. Eso es mucha gente. Ciertamente, Ponceville es mucho más pequeño.

Marge dijo:

—Entonces, ¿por qué se marchó de Ponceville para trabajar en la seguridad privada?

—No lo sé. Creo que Rondo era una persona inquieta. Hace falta cierto tipo de personalidad para vivir aquí, si no eres granjero.

No hay muchas cosas que hacer: o ir a la iglesia, o a los bares. Rondo no se decidía. Algunas veces iba a misa, otras iba a las tabernas. No encajaba en ningún sitio.

—Yo recuerdo que Shareen dijo que algunas veces pasaba el rato en las barriadas —intervino Edna—. Allí es donde están las prostitutas —añadió, en voz baja.

—Déjalo, Edna —dijo T, poniendo los ojos en blanco—. Aunque, en realidad, tiene razón. Si te sientes solo y no te apetece rezar, ir a ciertos lugares es una alternativa.

—¿Y dónde están esas barriadas? —preguntó Oliver.

—Alrededor de los campos de cultivo —dijo T—. Hay cuatro: la del norte, la del sur, la del este y la del oeste.

Marge dijo:

—¿Y Shareen sabría a quién visitaba Martin en las barriadas?

—Puede ser —dijo Edna.

—¿Podría llamar a su hija y preguntárselo?

—¿Ahora?

—Sí, ahora, Edna —dijo T—. Tienen que trabajar.

—Bueno, entonces, un momento —dijo la anciana, y llamó a su hija. Cinco minutos más tarde, colgó—. Shareen cree que pasaba mucho tiempo en el norte. ¿Quién vive allí, T? Muchos González, ¡no? Y los Ricardo, y los Méndez, y los Álvarez y los Luzón. Creo que todos tienen parentesco.

—Sí —dijo T, y miró a los detectives—. Yo nunca les pregunto a mis hombres qué hacen en su tiempo libre. No es cosa mía. ¿Hablan ustedes español?

Marge y Oliver hicieron un gesto negativo.

—Entonces, no les servirá de nada ir allí. No entenderán nada de lo que les digan —dijo T. En aquel momento, empezó a sonar su teléfono—. Disculpen.

Respondió la llamada y, cuando colgó, dijo:

—Otro problema en las barriadas. En la del sur, esta vez. ¿Quieren venir a ver con qué tengo que enfrentarme? Pueden seguirme en su coche.

—Los he traído yo —dijo Marcus—. Tengo que volver al trabajo.

—¿No podríamos ir con usted? —le preguntó Oliver al sheriff.

—Claro, pero tardaremos una hora. ¿A qué hora sale su avión?

—Tenemos tiempo —respondió Marge.

—Claro que sí —dijo Edna—. Tiempo para ir a ver a las prostitutas, pero no para ver a mi hija.

—Ya está bien, Edna. Esto no es una agencia de contactos. Deja que hagan su trabajo —dijo el sheriff, tomando su sombrero—. Oh, Dios, cuatro llamadas en cuatro horas. Eso es lo que pasa cuando empieza a hacer tanto calor. La gente se desquicia.

CAPÍTULO 22

Habían hecho muchas remodelaciones desde que Decker trabajaba en la comisaría de Foothill, hacía unos quince años, pero todavía tenía un sonido y un olor familiar. La detective Mallory Quince, una mujer morena y menuda, de unos treinta años, tecleó en el ordenador hasta que la cara de Alejandro apareció en la pantalla.

—Ah, él... El fabricante de metanfetamina. Estuvo a punto de quemar un edificio entero. Por poco.

—Eso me han dicho.

—¿Quién?

—Unas vecinas. He estado hablando con ellas esta mañana. Yo pensé en un laboratorio de metanfetamina, pero ellas no sabían anda de eso. ¿Fue muy grave el incendio?

—Su apartamento se quemó por completo, y afectó a los de al lado. Por suerte, los bomberos pudieron salvar el edificio. Detuvimos al imbécil un par de días después. Declaró que no tenía nada que ver con el incendio y que no había vuelto por allí desde que había muerto su abuela. Todo mentira, pero nadie le contradijo. Creo que temían una venganza.

—Una mujer me dijo que habían llamado muchas veces a la policía para denunciarlo. ¿Hay algún registro de esas llamadas?

—Lo miraré, pero, seguramente, es mentira —dijo Mallory, poniendo los ojos en blanco con resignación—. Investigaríamos un

231

laboratorio de metanfetamina si tuviéramos la sospecha de que existe, usted ya lo sabe.

Decker sí lo sabía.

—Entonces, ¿no tienen nada contra Alejandro Brand?

—No.

—¿Tienen sus huellas?

—Voy a ver si tiene ficha —dijo, y apretó otras cuantas teclas más—. Lo siento. No lo detuvimos.

Imprimió la fotografía y se la entregó a Decker.

—Voy a advertir a los demás que estén alerta. Daré aviso de que lo busquen.

—Se lo agradecería —dijo Decker, y le estrechó la mano—. Gracias por atenderme.

—¿No echa de menos esta zona?

—Geográficamente, no es muy distinto de donde estoy ahora, pero mi distrito es más rico. Hay menos crímenes violentos.

—Entonces, ¿no echa de menos la acción?

—Algunas veces sí echo de menos trabajar en la calle, pero estoy contento donde estoy. Es bueno tener un despacho con una puerta que se cierra.

Aquel no era el México soleado, lleno de expatriados estadounidenses que bebían margaritas tendidos sobre la arena blanca junto a la orilla del mar. Aquella era la Baja California que Oliver recordaba de su niñez: una tierra llena de pobreza y de penurias, de chabolas y tugurios con el tejado de hojalata. Tijuana estaba a un paso de la frontera y, sin embargo, parecía que estaba a años luz de distancia. Cuando él creció, pasaba la frontera a menudo con algunos compañeros del ejército para disfrutar del alcohol barato y las prostitutas viejas. Un rito de iniciación. Las barriadas de inmigrantes de aquella zona consistían en fila tras fila de casas prefabricadas, levantadas en medio de ningún sitio. Como sucedía en Tijuana, los habitantes de los barrios marginales de Ponceville habían intentado alegrar las casas pintándolas de colores alegres: azul, amarillo, verde y morado. Para Oliver, aquellos colores habían sido algo muy exótico en su juventud. En aquel momento, sin embargo, le llenaban de tristeza.

Había pocas señales, pero el sheriff conocía el camino. El vehículo oficial era un Suburban de treinta años de antigüedad y, cuando T maniobraba por aquellos caminos de tierra, los tres botaban en el asiento. Se detuvo en medio de un carril, frente a una casa de un solo piso, pintada de naranja.

Los tres salieron del coche. T se acercó a la puerta y llamó con fuerza. Abrió una niña de unos trece años, con un bebé regordete en la cadera, y un pequeño muy delgadito agarrado a su falda. Era guapa; tenía el pelo oscuro, la piel color café, los ojos separados y los pómulos altos. Sudaba mucho; tenía gotas de sudor en la frente y en la nariz. Abrió la puerta de par en par y Marge, Oliver y T entraron en la casa.

Había un niño de cuatro años sentado en un sofá viejo, viendo los dibujos animados en la televisión, que estaba sobre unas cajas. Junto a la televisión y el sofá había una mesa con sillas y algunos juguetes. Había una estantería torcida con algunos libros, unos cuantos discos y una bandera estadounidense sujeta en una lata de café vacía.

Era muy pobre, pero estaba limpia, y olía a algo que se estaba cociendo en el horno, cuyo calor añadía veinte grados a la temperatura de aquel día abrasador. Inmediatamente, Marge notó que se le humedecía la cara. Sacó un pañuelo de papel y le dio otro a Oliver.

La joven tenía el semblante serio. Se enjugó el sudor de la frente con el dorso de la mano y empezó a hablar rápidamente, en español, en un tono agitado. Movía la pierna y se retorcía las manos. El sheriff asentía a intervalos. Su conversación fue breve y, a los pocos minutos, T se puso en pie y le puso una mano en el hombro. En aquel momento, a ella se le llenaron los ojos de lágrimas y dijo «gracias» varias veces.

Cuando se marchaban, T les dijo:

—Vive con sus padres, que están trabajando en el campo. Ella es la mayor de siete hermanos. Los otros tres están en el colegio, pero alguien tiene que quedarse en casa a cuidar de los pequeños.

—¿Y su escolarización? —preguntó Marge.

—Su certificado de nacimiento dice que tiene dieciséis años, lo cual significa que ya no tiene que ir más al colegio.

—Pues parece que tiene doce.

—Seguramente los tiene, pero yo no le voy a hacer ningún favor a la familia haciendo demasiadas preguntas.

—¿Cuál es el problema? —preguntó Oliver.

—Un imbécil de veinte años que trabaja en el campo no deja de escaparse del trabajo para entrar en la casa e intentar acostarse con ella. Ignacio José, sea quien sea. Hay demasiados como para que los tenga a todos clasificados. Cuando empiezo a saber quién vive dónde, uno se va y llega otro que ocupa su lugar. La chica me ha dicho que Ignacio está recogiendo fresas en la granja de los McClellan. Voy a ir a tener una charla con ese idiota. Le diré que se la guarde en el pantalón si no quiere que se la corte.

Los tres volvieron a subir al Suburban.

—Voy a pasar por casa de Marcus de camino a la granja de Ardes McClellan. Sé que tienen otras cosas de las que ocuparse, así que, ¿qué les parece si los dejo allí?

—Eso nos vendría bien —dijo Oliver—. Edna, su secretaria, ha dicho que Rondo Martin pasaba mucho tiempo en la barriada norte. ¿Es muy distinta al lugar en el que hemos estado?

—Intercambiable. Ojalá pudiera contarles más sobre ese hombre, pero ya saben cómo son las cosas; si alguien no da problemas, tú no vas a buscarlos.

Marge dijo:

—Gracias por traernos. No hemos averiguado mucho sobre Rondo Martin, pero nos hemos hecho una idea de cómo es la ciudad.

T dijo:

—Este lugar no vale nada, pero yo lo adoro. Campos interminables y cielo azul. Puedo hacer mi trabajo sin que los de arriba me digan cómo. No es que no responda ante nadie, porque están el alcalde y el pleno municipal, pero, en general, ellos se preocupan de sus asuntos y me dejan tranquilo.

—Bien por ellos, y bien para usted —dijo Marge.

—Sí, bueno, siempre hay que responder ante alguien, a menos que seas Dios. Supongo que él no responde ante nadie, pero no lo conozco, así que no puedo decirlo con total seguridad.

Aquella mujer tenía una tenacidad que la habría convertido en una gran detective. Miró a Decker y dijo:

—Esto no es tan fácil como con Brand. No reconozco ninguna cara.

—Entonces, tal vez no esté aquí.

—Tenía un BXII tatuado en el brazo.

—Es un miembro de la mara Bodega 12th Street, pero eso no significa que esté en el libro de fotografías policiales. No lo fuerces, Rina. Son más de las cinco. Tal vez sea hora de dejarlo ya.

Ella cerró el libro.

—Lo siento.

—¿Por qué? Has hecho todo lo que podías —dijo Decker, y miró su reloj—. Bueno, tengo que hacer un par de cosas para terminar aquí. Iré a casa enseguida.

—De acuerdo —dijo ella. Se puso en pie y le dio un beso—. Hasta luego, entonces.

—Te acompaño a la salida.

—No es necesario. Me sé el camino. Ve a terminar.

—Gracias por la tarta, Rina. Les ha encantado a todos.

—Ha sido un placer. Después de tantos años haciendo dulces, es difícil separarme del horno. Hacer tartas para la brigada me quita el síndrome de abstinencia.

—Cuando quieras satisfacer tu adicción a la pastelería, todo será bienvenido aquí.

Rina sonrió. Justo cuando salía de la comisaría, vio a Harriman caminando hacia ella. Continuó caminando y, cuando vio que él pasaba a su lado sin decir nada, sintió una punzada de culpabilidad en el estómago, como si fuera una maleducada.

«No te impliques», se dijo. No siempre le hacía caso a su instinto, pero unas imágenes de mucha sangre derramada le dieron qué pensar.

El *tour* por la barriada de inmigrantes retrasó a Oliver y a Marge, y no tuvieron tiempo para cenar. Comieron unos sándwiches durante el camino hacia Bay Area, y llegaron con una hora para llamar a Porter Brady y concertar una cita con él. Los detectives imaginaban que, después de una reciente operación para colocarle un baipás en el corazón, el hombre no saldría mucho de casa, así que no les sorprendió que respondiera al teléfono al tercer tono.

—¿Y de qué quieren hablar conmigo? —preguntó Porter, molesto—. Ya le he dicho a la policía que Neptune estaba conmigo.

—Nos ayudaría mucho poder hablar con usted en persona —dijo Marge.

—¿Y por qué? Ese chico nunca me ha dado ni el más mínimo problema —dijo el anciano, e hizo una pausa—. ¿Sabe mi hijo que van a venir?

—No, no lo sabe.

—No tengo mucho que decirles sobre Neptune. Es un buen chico —dijo Porter. Otra pausa—. Bueno, supongo que no me importa tener un poco de compañía.

—Entonces, le veremos dentro de unos minutos.

Porter vivía en un apartamento, cerca de Jack London Square, un paseo marítimo muy frecuentado por los turistas, lleno de antiguas naves que habían sido reconvertidas en centros comerciales. El apartamento de Brady tenía dos habitaciones y dos baños, y estaba amueblado con mobiliario de los años cincuenta. No eran piezas caras en su origen, pero el color del arce se había ido transformando en un suave marrón rojizo, y las líneas sencillas de las piezas se habían adaptado muy bien al siglo XXI.

El señor Brady los recibió en pijama, bata y zapatillas. Estaba muy delgado y pálido. Tenía la cara alargada, el pelo blanco, los ojos marrones y los labios gruesos. En aquel momento, el color de su piel podía ser el de cualquier raza, pero, por su pelo, parecía que era negro. Lo más sorprendente era su edad: Neptune debía de tener unos treinta años, y parecía que aquel hombre tenía unos setenta. El misterio se resolvió en cuestión de segundos.

—Soy su abuelo, pero lo crie yo. Eso me convierte en su padre.

Marge le dio un sorbo a la taza de té.

—Está muy bueno. Gracias.

—Yo mismo lo he preparado.

—Delicioso —dijo ella, y sacó su libreta—. ¿Es usted el abuelo materno de Neptune?

—Paterno —dijo Porter—. Su padre, mi hijo, murió asesinado antes de que Neptune naciera. Tenía dieciocho años. Se mezcló con la gente que no debía.

—¿Y la madre de Neptune? —preguntó Oliver.

El anciano se sentó en su diván, y la bata se le abrió, dejando al desnudo su pecho hundido. Él se la cerró de nuevo.

—Es de una familia blanca del otro lado de la bahía. Trabajaba de profesora auxiliar... Solo tenía un año más que los estudiantes. Erstin, mi chico, estaba en su clase. Era un chico muy guapo. Alto, elegante, encantador. Mi mujer murió cuando el niño tenía cinco años. Yo intenté ser padre y madre a la vez, pero no pude. Tenía que trabajar.

—¿En qué trabajaba? —le preguntó Marge.

—De estibador. Me he pasado la vida cargando y descargando barcos. Buena paga, pero muchas horas de trabajo muy duro. Pero, bueno, podía pagar las cuentas y nunca le he debido un céntimo a nadie —dijo el anciano, y le dio un sorbo a su té—. ¿Quiere un poco más, señorita?

—No, gracias.

Porter miró a Oliver.

—¿Y usted?

—No, muchas gracias, señor —dijo Oliver—. Entonces, ¿su hijo no tenía la misma ética de trabajo que usted?

—Psss… —murmuró Porter, y movió una mano en el aire—. Erstin solo era trabajador para una cosa: fue padre a los quince años y, después, otra vez, a los dieciséis. Cuando conoció a Wendy, Erstin ya era todo un profesional.

—Eso son muchos hijos —dijo Marge—. ¿Tiene usted contacto con todos sus nietos?

—Uno de ellos está en la cárcel —dijo Porter, poniendo los ojos en blanco—. Al otro le encantaban los coches. Se fue a vivir a San Luis y vende Porsches. Es un buen chico.

Otro sorbo de té.

—Erstin murió dos meses antes de que naciera Neptune. Los padres de la chica querían dar al bebé en adopción, por supuesto. Pero, cuando yo me enteré, me opuse. Quería al chico, sobre todo porque había perdido a mi hijo… —se quedó pensativo—. Un juez lo vio a mi manera. La muchacha renunció a su tutela.

—¿Sabe el nombre completo de la chica? —preguntó Oliver.

—Wendy Anderson… —dijo Porter—. Un día me llamó, de repente… igual que ustedes. Dijo que quería visitar al niño, y yo dije que de acuerdo. Neptune era un niño muy guapo: alto, como su padre, pero se parecía a su madre. Era tan encantador como su padre.

Los detectives esperaron.

—Al día siguiente, Wendy y sus padres aparecieron aquí, todo amabilidad. Al principio no querían saber nada del niño, y al minuto siguiente, estaban intentando ganarse mi simpatía. Wendy… ella no dejaba de llorar. Me pareció que a ella le importaba de verdad, pero, los padres… ¡ja! El niño podía pasar por blanco, eso era todo lo que les importaba.

Marge asintió.

—No tenían motivos legales para recuperar al niño. Pero sí había motivos morales… Aquella pobre chica me dio pena. Yo había perdido a mi hijo, y ella sí quería a su niño. Yo no iba a cederles la custodia, de eso nada, pero le dije al juez que tal vez pudiéramos organizar algo.

El anciano terminó su té y sonrió.

—Y lo conseguimos. Ella terminó llevándoselo un fin de semana, cada quince días, y todos los miércoles por la noche. Cuando él empezó a ir al colegio y ya no podía quedarse a dormir en la ciudad, ella venía hasta aquí, lo llevaba a cenar por ahí y lo traía. Para ser sincero, a medida que el niño crecía, daba más y más trabajo, y a mí me venía bien la ayuda. Cuando el niño tenía ocho años, ella se casó, se licenció en Derecho y tuvo otros hijos. Sin embargo, mantuvo el contacto con Neptune. Todos los fines de semana alternos y los miércoles por la noche, estaba aquí como un clavo. Yo fui el padre del chico, pero ella se convirtió en una buena madre.

—¿Y dónde vive ahora? —preguntó Oliver.

—Cuando Neptune tenía dieciocho años, su marido y ella se fueron a vivir al este. Todos los años me envía una felicitación por Navidad, y siempre me llama por mi cumpleaños. Es una buena chica —dijo él, con los ojos empañados—. Con las personas, nunca se sabe. Por eso existen las segundas oportunidades.

Marge pasó una hoja de su libreta.

—¿Qué hizo Neptune después de graduarse en el instituto?

—Yo pensé que podía ir a la universidad, pero él prefirió ingresar en el Departamento de Policía de Oakland.

—¿Directamente, después de salir del instituto?

—Sí.

—¿Y sabe cómo consiguió el trabajo con el señor Kaffey? —preguntó Oliver.

—Ni idea. Nunca me dijo nada, pero sospecho que se fue a vivir a Los Ángeles porque quería ser actor. Tiene el físico para serlo, desde luego.

Marge y Oliver asintieron.

—Neptune estaba muy contento con el puesto —continuó Porter—. Ganaba dinero. Se compró una casita y un Porsche nuevo por medio de su hermanastro, en San Luis —dijo, y sonrió—. Está viviendo una buena vida. Pero, ahora, estoy muy preocupado por él —añadió, cabeceando—. Es un manojo de nervios, aunque intenta ocultármelo.

—¿Ha hablado con usted acerca de los asesinatos? —preguntó Oliver.

—No, no mucho. Algo de que uno de los de dentro se lo ha echado todo a perder.

Marge trató de disimular su emoción:

—¿Y mencionó algún nombre?

—Martin algo…

—¿Rondo Martin? —preguntó Marge y, al ver que Porter asentía, inquirió—: ¿Qué le dijo de él?

—Déjeme pensar… —Porter se quedó callado y bebió un poco de té—. Solo que Martin lo había echado todo a perder, y que había desaparecido. Dijo que, cuando la policía lo encontrara, sabrían quién ha hecho esto.

—¿Cuándo le dijo eso Neptune?

—No lo sé… puede que justo después de que sucediera —respondió el anciano, y empezó a levantarse del sofá. Cuando quedó claro que le estaba costando mucho esfuerzo, Marge se levantó y le tendió la mano.

—¿Quiere que le traiga algo?

—Bueno, ya que lo pregunta, podría traerme más té con un poco de leche.

—Por supuesto —dijo ella. Le sirvió otra taza y la puso en la mesa de centro—. La noche de los asesinatos, ¿sabe a qué hora recibió la llamada de teléfono de la noticia?

—Yo estaba dormido, señorita. Me desperté porque Neptune me tocó en el brazo y me dijo que había surgido una emergencia y que tenía que marcharse inmediatamente.

Oliver dijo:

—¿Le importaría si miráramos una copia de su listado de llamadas?

—Puedo darle una copia, pero no le servirá de nada. Neptune siempre utiliza su móvil. Lo tiene siempre pegado a la oreja, incluso cuando vemos los partidos.

—Seguramente, tiene razón —dijo Marge—. Seguramente, no utilizó su teléfono fijo. Pero a mi jefe le gusta que seamos minuciosos.

—Les daré una copia en cuanto la tenga.

—Podríamos llamar a la compañía telefónica —dijo Marge—. No tiene que molestarse, siempre y cuando nos dé su permiso y su número de cuenta.

—No me sé el número de cuenta, pero acabo de pagar la factura. Está en la encimera de la cocina, con el resto del correo.

Oliver se puso en pie.

—Voy por ella.

—Gracias —dijo Marge, y volvió su atención nuevamente hacia Porter—: ¿Hay algo más que podamos hacer antes de marcharnos?

—Sí. Encuentren a ese tal Martin. Todo este asunto está estresando de verdad a mi chico.

—Hacemos lo que podemos —dijo Oliver, ofreciéndole la mano—. Señor Porter, tenemos que irnos al aeropuerto. Muchísimas gracias por recibirnos.

El anciano le estrechó la mano débilmente. Seguramente, no hacía mucho tiempo, aquel hombre tenía un puño firme. Oliver le entregó una tarjeta.

—Aquí tiene el número de mi oficina, de la comisaría y de mi móvil.

—Y aquí tiene los míos, también —dijo Marge.

—¿Y para qué son?

—Por si se le ocurre algo más que contarnos —dijo Oliver.

—O, por si quiere charlar —añadió Marge.

—¿Puedo llamar solo para charlar? —preguntó Porter, con una enorme sonrisa—. Soy un viejo que pasa mucho tiempo solo. Tenga cuidado con su oferta, señorita. Usted no lo sabe, pero soy el rey del cotorreo.

CAPÍTULO 23

En cuanto despegaron, Oliver echó el asiento hacia atrás y se puso a mirar por la ventanilla. Marge y él eran los únicos de su fila de asientos, así que tenían un poco de privacidad. Sin embargo, Marge habló en voz baja:

—El registro de llamadas del joven señor B está limpio, ¿no?

—Sí. Y, como B no es tonto, no creo que el listado de llamadas del anciano muestre nada. Pero deberíamos mirarlas, solo por si acaso.

—Sí —dijo Marge—. ¿Y la niñez del señor B? ¿Te parece relevante?

—¿Qué te parece un negro que puede pasar por blanco que odia a los blancos ricos?

—Pero, según su abuelo, la madre hizo un buen trabajo —repuso Marge—. Además, ¿por qué piensas que B quiere pasar por blanco? No mintió al decir que había estado cuidando a su abuelo negro en Oakland.

Oliver asintió.

—Sí, es cierto.

Marge sacó su cuaderno.

—Se me acaba de ocurrir algo —dijo.

—¿Qué?

—Te lo diré cuando lo averigüe.

Oliver se frotó la cabeza.

—Vaya, qué día tan deprimente. Esa barriada era un lugar horrible.

—¿Todavía sigues allí?

—No me he ido en ningún momento.

Ella pasó la mirada por sus anotaciones mientras hablaba.

—Aun así, debe de ser mejor que el lugar del que vienen. De lo contrario, la gente estaría marchándose en dirección contraria.

—Algunas veces, lo hacen.

Marge alzó la vista.

—La gente que estira el dinero de la jubilación comprándose una casa en la playa no cuenta. Que yo sepa, no hay una masa de norteamericanos intentando cruzar la frontera.

Oliver dijo:

—Qué dura eres.

—Y tú, que blandengue —replicó Marge, dándole una palmadita en la rodilla—. En realidad, tu empatía me resulta conmovedora.

—No dejo de ver a esa niña… cuidando de sus hermanos pequeños, mientras intenta librarse de un idiota con las hormonas descontroladas… ¿Qué clase de vida va a tener?

—No lo pienses —dijo Marge, mirando de nuevo sus notas—. Me ha recordado a cientos de casos que vi cuando trabajaba en el Grupo de Menores con el rabino. Todas esas caritas preciosas, pidiendo ayuda, y no había nada que yo pudiera hacer. Homicidios es horrible, pero el Grupo de Menores es día tras día de congoja.

Una azafata se acercó con el carrito de las bebidas.

—¿Qué puedo ofrecerles?

Marge miró hacia arriba.

—Una Coca-Cola light, por favor.

—Es un dólar.

A Marge se le abrieron mucho los ojos.

—¿Cobran por los refrescos?

—Sí. El agua y el zumo de naranja son gratuitos.

—Zumo de naranja —dijo Marge.

—¿Galletitas saladas o cacahuetes?

—¿Son gratis?

—Sí, señora.

—Me quedo indecisa ante tal oferta. Unas galletitas. ¿Qué quieres tú, Scott?

—Zumo de naranja y cacahuetes. ¿Crees que el departamento me pagará el gasto si le añado un pelín de vodka al zumo de naranja?

—Probablemente, no.

—¿Departamento? —preguntó la azafata.

Marge le mostró la placa.

—Asunto oficial. ¿Tenemos alguna ventaja?

La azafata no vaciló.

—No le digan a nadie que he hecho esto —dijo. Abrió una lata de Coca-Cola light y se la dio a Marge—. Mi padre era policía —añadió. Se volvió hacia Oliver y le entregó un zumo de naranja y una botellita pequeña de vodka—. Invita la casa.

—Muchas gracias —dijo Marge. Sin embargo, la azafata ya estaba alejándose por el pasillo—. Creo que es la primera vez que consigo algo gratis con la placa.

Oliver se sirvió el vodka en el zumo.

—Vaya, qué bueno. ¿Quieres un poco?

—Dentro de un minuto… ¡Lo encontré! —exclamó Marge, y empezó a susurrar—: La hija de Edna dijo que el señor RM solía ir a la barriada del norte a relajarse.

—Sí.

—Edna le preguntó a T quién vivía allí, y yo anoté los apellidos: González, Ricardo, Méndez, Álvarez, Luzón. ¿Te suena alguno de ellos?

Oliver se irguió.

—¿Paco Álvarez?

—Es Albáñez. Pero, ¿y la sirvienta, Ana Méndez?

Oliver asintió.

—Tenía coartada, pero eso no significa nada —dijo, e hizo una pausa—. Tampoco su apellido nos aclara nada: hay muchísimos Méndez en el mundo hispano.

—Sí, claro que sí, pero imagínate esto: RM y Ana se conocen en Ponceville. Van juntos a Los Ángeles. Empiezan a madurar ciertas ideas. Nosotros dos pensamos que el trabajo lo hizo alguien de dentro. ¿Por qué no esos dos? Alguien que conociera la distribución de la casa, para poder moverse tan deprisa.

—Estoy seguro de que el señor RM conocía la casa.

—La distribución de la casa principal, sí, pero no la de las dependencias de servicio. No parecía que la puerta estuviera forzada. Es como si los pistoleros entraran desde abajo. Ana dijo que, normalmente, la puerta de acceso desde las dependencias del servicio a la cocina de la casa principal se cierra a las doce, ¿no? Se estableció así para que los criados no pudieran entrar en la casa principal mientras la familia estaba durmiendo. Sin embargo, alguien entró por ahí. Digamos que Ana llega a casa, pero no está sola. Abre la puerta de las dependencias de servicio para que entren los asesinos, matan a todo el mundo que está abajo y, después, suben hasta la puerta de la cocina, que el señor RM les abre. Él les dice dónde está todo el mundo y los pistoleros hacen su trabajo. Después, se marchan por donde han venido, y Ana finge que acaba de llegar a casa.

Oliver se encogió de hombros.

—Ella estaba en la iglesia. La gente la recuerda. Pero, bueno, tal vez se marchara antes de tiempo y nadie se diera cuenta.

—O, también, podría ser que ella le diera a RM el código para entrar. Entonces, la coartada de Ana sería coherente, y nadie pensaría que estaba implicada.

—Eso sí funcionaría —dijo Oliver, y le dio un sorbito a su bebida.

—Es un poco traído por los pelos. Hay millones de familias que se apellidan Méndez. Sin embargo, ¿qué mal podría hacer que alguien fuera a esa barriada de la zona norte de Ponceville con una fotografía de Ana?

—¿Y cómo lo hacemos? Si tiene familia allí, ellos la avisarán. No quiero que se marche al sur.

—Yo tampoco. Y no quiero meter al sheriff T en algo que podría ser pura especulación.

—Mira, podemos enviar a otro equipo a esa barriada sin decírselo al sheriff.

—¿Qué te parecen Brubeck y Decker? —preguntó Marge—. Deck habla español, y Brubeck tiene contactos en la zona.

—Un negro y un judío —dijo Oliver, terminándose la bebida—. ¿Quién puede decir que Los Ángeles no es multicultural?

Al aterrizar, Marge encendió el teléfono móvil. Al instante, la pantalla se encendió con la señal de un mensaje. La primera llamada era de Vega, que le deseaba un viaje tranquilo y productivo. Marge sonrió. A su hija le costaba un gran esfuerzo hacer algo tan banal como mantener el trato humano. Era vulcana pura.

La segunda llamada era más preocupante.

«Llama en cuanto oigas el mensaje».

—Oh, vaya —dijo Marge, y apretó el botón de llamada directa a Decker—. Parece que el teniente está disgustado, y eso nunca es bueno.

Decker descolgó al tercer tono.

—¿Habéis vuelto ya?

—Estamos en el aeropuerto. Acabamos de aterrizar.

—Yo estoy en el hospital St. Joseph. Tenemos una escena del crimen. Venid en cuanto podáis.

—¿Qué ha pasado?

—A Gil Kaffey le han dado el alta hoy, a las cinco de la tarde. Cuando lo estaban metiendo al coche en la silla de ruedas, alguien abrió fuego...

—¡Oh, Dios mío! —exclamó Marge, y acercó el teléfono al oído de Oliver para que él también pudiera escuchar—. ¿Quién estaba con él?

—Grant, Neptune Brady, Piet Kotsky, Antoine Resseur y Mace Kaffey, que se suponía que tenía que marcharse ayer pero, como cambiaron el funeral, se quedó un día más. Grant y Gil han resultado ilesos gracias a la rápida reacción de Brady. Uno de sus guardias y él se tiraron encima de los dos hermanos. Neptune recibió un balazo en el hombro, y Mace, en el brazo. Ahora los están operando. En realidad, podría haber sido mucho peor.

—¿Y Brady devolvió el fuego?

—No, no lo hizo, y fue inteligente por su parte. Había demasiada gente.

—¿Dónde están ahora Gil y Grant? —preguntó Oliver.

—Ese es el problema. Los hermanos se metieron con Resseur en la limusina que estaba esperando, y se marcharon. Puede que Brady sepa dónde han ido, pero está en el quirófano. La policía de West Hollywood ya ha ido al apartamento de Resseur, pero allí no hay nadie, y no tenemos orden judicial para entrar, así que, en este momento, estamos en punto muerto.

—¿Y los pistoleros? —preguntó Marge.

—Brady tuvo reflejos, y miró al coche cuando se alejaba. Kotsky y él dicen que era un sedán rojo, una marca japonesa, Honda o Toyota. Hace unos quince minutos, una patrulla ha encontrado un coche abandonado a unos setecientos metros del hospital: un Honda Accord granate, sin placas de matrícula. He enviado a Messing y a Pratt a que establezcan el perímetro de la escena del crimen. ¿Estáis muy lejos del St. Joseph?

—Estamos saliendo de Burbank. Estaremos allí en quince minutos.

—Subid al décimo piso. No os molestéis en llamar, porque tendré el móvil apagado. Normas del hospital. Hablamos luego —dijo Decker, y colgó.

Marge le dio las llaves a Scott.

—Tú conduces —dijo—. Otra noche larga.

—Después de un día muy largo —dijo Oliver.

—Ha habido muchos turnos de veinticuatro horas últimamente… Si llego a saber que iba a trabajar tanto, habría estudiado Medicina y, por lo menos, habría ganado dinero.

—Yo salí con una médica. Se quejaba constantemente de lo mucho que trabajaba y lo poco que ganaba. Pero así son las mujeres. Se quejan por todo.

—Cállate, Oliver, que tú te quejas tanto como cualquiera.

—Pero esa es mi personalidad: la del gruñón crónico.

—¿Y cómo es que eres tú el de la personalidad gruñona, y no yo?

—Podría haber sido tu personalidad, Margie, pero tú elegiste ser vital, optimista y colaboradora. Así que yo elegí ser gruñón. Ahora te arrepientes, pero ya es demasiado tarde. No me culpes a mí de tus malas decisiones. Eso no te va a llevar a ninguna parte.

La escena del crimen estaba en el aparcamiento, pero la acción estaba en el décimo piso. Estaba lleno de hombres uniformados, los guardias de seguridad, con un uniforme color caqui y, los seis oficiales del Departamento de Policía de Los Ángeles, de azul. Decker estaba hablando con Piet Kotsky y, al ver a Marge y a Oliver, les hizo un gesto para que se acercaran.

—Tenemos que organizar esto rápidamente —ordenó Decker—. Hay demasiada gente en algunos sitios, y casi nadie en otros. Hay que coordinarse con la seguridad del hospital para asegurarnos de que nuestra gente está involucrada.

—¿Habéis dado con Gil y Grant? —preguntó Oliver.

Decker tenía una expresión agria. Miró a Kotsky.

—Tal vez haya gente que sabe dónde están, pero no lo dicen.

—¿Qué quiere de mí? —preguntó Kotsky, que estaba cruzado de brazos—. Yo no oculto nada. Espero instrucciones del señor Brady.

Decker estaba intentando contener su genio.

—He intentado explicarle al señor Kotsky que puede que la vida del señor Gil Kaffey corra peligro.

—Está con su hermano —dijo Kotsky.

—Grant es sospechoso, señor Kotstky. Podría pedir una orden para obligarle a que revele su paradero, pero, para entonces, Gil Kaffey tal vez ya esté muerto.

Kotsky hizo un gesto con la mano para descartar lo que había dicho Decker.

—Yo no creo que Grant quiera hacerle daño a su hermano.

—¿Puedo repetir sus palabras si Gil termina muerto? Tal vez los pistoleros estén persiguiéndolos en este mismo momento.

—¿Para qué?

—¿Cómo que para qué? —preguntó Decker, que estaba asombrado—. Para matar a Gil y acabar el trabajo. Puede que esta vez tengan suerte y consigan matar a todos los hombres.

Kotsky se mantuvo imperturbable.

—Yo espero a Neptune Brady. Él es el jefe. Ya ha salido del quirófano, y el médico dice que podemos hablar con él dentro de media hora.

—¿Qué ha pasado? —le preguntó Marge a Decker.

—Pregúntaselo a él —dijo Decker, señalando a Kotsky con el pulgar—. Él estaba allí.

—Alguien ha disparado. El señor Brady saltó sobre Gil y Grant y los echó al suelo, y me ocupé de cubrir a Mace, aunque él recibió un tiro en el brazo. Yo sentí una bala… el viento —dijo, y se pasó la mano junto a la mejilla—. Pasó junto a mi oreja. Tengo suerte.

—¿Y los tiradores? —preguntó Oliver.

—No vi mucho —respondió Kotsky—. Cuando levanté la cabeza, vi un coche rojo. Creo que es un Toyota, o un Honda.

Marge dijo:

—¿Y Antoine Resseur?

—Él no está herido. También se ha ido.

Decker miró a Kotsky.

—Discúlpenos un momento.

—Claro. No me voy a mover de aquí.

Decker se llevó a Oliver y a Marge a un rincón apartado.

—Uno de los tipos a los que Brett Harriman oyó hablando de los asesinatos en el juzgado es Alejandro Brand. Rina lo identificó. He llamado a Foothill y les he pedido que pongan a un par de hombres a buscarlo. Yo he asignado a Messing y a Pratt para que lo busquen también. Me gustaría saber dónde ha estado Brand durante estas últimas horas, porque parece que es la única pista que tenemos.

—¿Quién está buscando a los Kaffey y a Resseur? —preguntó Marge.

—He lanzado una orden de búsqueda y captura contra ellos.

—Puede que lo hayan montado todo entre los tres —dijo Oliver—. Gil y Grant, para conseguir el dinero, y Resseur, para recuperar a Gil. Tú nos dijiste que estaba enfadado por haber tenido que romper con Gil, y que culpaba a sus padres.

—Es una medida muy extrema para recuperar a tu novio.

—Cuando las pasiones se enardecen… —dijo Oliver—. ¿Y por qué han huido, si alguien quería matarlos? Lo más lógico es que estuvieran asustados y quisieran protección.

—La protección no les ha servido de nada —dijo Marge—. Puede que estén demasiado asustados como para quedarse. No confían en nadie, salvo en ellos mismos.

—Bueno, entonces, suponiendo que el tiroteo sea auténtico —dijo Oliver—, ¿quién era el objetivo?

—¿Quién sabe? El único Kaffey que no ha recibido ningún disparo ha sido Grant. Merece la pena investigarlo un poco más.

—Yo sigo pensando en el tío desfalcador —dijo Oliver—. ¿Es grave la herida de bala de Mace?

—Su vida no corre peligro —dijo Decker—, pero es un balazo en el brazo. Todavía no hemos encontrado a los guardias desaparecidos. ¿Qué pasa con Rondo Martin?

—El hombre era un misterio incluso en Ponceville —le dijo Marge—. La gente ni siquiera sabe de dónde es originario.

—Martin no era muy sociable —continuó Oliver—. Solo se tomaba una cerveza en el bar de vez en cuando. En sus horas libres, iba a las barriadas de inmigrantes que hay alrededor de los campos de cultivo. La zona parece Tijuana en un mal día.

—En esas barriadas hay prostitutas —dijo Marge.

—No hay mucho más que hacer por allí —dijo Oliver.

—Rondo Martin frecuentaba la barriada del norte.

—¿Las barriadas en cuatro partes? —preguntó Decker.

—Eso creo —dijo Marge—. El sheriff se llama Tim England,

250

pero todo el mundo le llama T. Su secretaria nos dio algunos apellidos de gente que vive en la barriada del norte. Uno de los apellidos es Méndez.

Inmediatamente, Decker dijo:

—Ana Méndez.

—Exacto —dijo Marge—. Tuvimos que marcharnos antes de poder indagar. Puede que no sea nada, porque Méndez es un apellido hispano muy común. Lo más sencillo sería preguntarle a Ana directamente, pero no queremos asustarla y que se marche a México.

—Hemos pensado que, tal vez, Brubeck y tú podríais ir a Ponceville y ver esas barriadas en persona —dijo Oliver.

Decker sonrió.

—Me estáis asignando una tarea.

—Brubeck es de allí, y tú hablas español —dijo Marge.

Oliver añadió:

—Yo no avisaría al sheriff T. Creo que tal vez no le guste que vayas a husmear por su territorio.

Decker preguntó:

—¿No os gustó el sheriff T?

—Es un tipo reservado. No nos dijo nada de sí mismo, pero ¿por qué iba a hacerlo?

—Está bien —dijo Decker—. ¿Qué tal en Oakland? ¿Conseguisteis ver al padre de Neptune?

—En realidad, es su abuelo —dijo Oliver—. Se llama Porter Brady. El padre de Neptune era negro, pero su madre es blanca. Eso explica su eterno bronceado.

—¿Y qué tiene que ver la raza en los asesinatos de los Kaffey? —preguntó Decker—. ¿Por ira, o algo así?

—Según Porter, Neptune no odiaba a su madre —respondió Oliver, y le contó lo que habían averiguado en su conversación con el anciano.

Marge dijo:

—Eso explica la gran diferencia de edad entre Neptune y Porter.

—El registro de las llamadas de Brady lo sitúa en Oakland cuando se produjo el tiroteo —dijo Oliver—. ¿Todavía lo consideras sospechoso, rabino?

—No lo he descartado. No he descartado a nadie, ni siquiera a ese tipo —respondió Decker, refiriéndose a Kotsky. El hombre no se había movido de su sitio, y seguía con los brazos cruzados sobre el pecho.

—Bueno, supongo que vamos a tener que esperar hasta que podamos hablar con Neptune —dijo Decker, encogiéndose de hombros—. Porque parece que él es quien tiene la sartén por el mango.

Como el doctor Rain ya conocía a Decker, le permitió que hablara con Brady unos minutos. Neptune tenía la piel grisácea y los labios agrietados. Estaba intubado, y tenía una vía intravenosa en el brazo. Tenía los ojos abiertos. Estaba cubierto con una sábana hasta la cintura, y el torso vendado. Cuando vio a Decker, lo miró con aturdimiento.

—Te conozco.

—Soy el teniente Decker. ¿Cómo se encuentra?

—Estoy volando, tío… no quiero bajar. ¿Te han disparado alguna vez?

—Un par de veces.

—Es como si te dieran con un atizador al rojo vivo. Dios, quema.

—Sí, quema.

—Pero, ahora, siento mucha calma…

—Tengo que hacerle algunas preguntas cortas…

—Sí, está bien…

—Neptune, ¿sabes dónde están los hermanos Kaffey?

—¡No! Ni idea.

—¿Se metieron en la limusina y desaparecieron?

—Yo les dije… que se marcharan de Dodge.

—¿Y Antoine Resseur?

—¿Qué pasa con él?

—¿Se fue con los dos hermanos?

252

—No lo sé.

—¿Y dónde cree que pueden haber ido?

—Adonde no ha llegado nadie antes... —respondió Brady, e hizo el saludo vulcano de *Stark Trek*, formando una uve con los dedos índice y corazón unidos por un lado y, por el otro, el meñique y el anular. Decker sabía que aquél era un gesto ritual que utilizaban los sacerdotes judíos, el *kohanim*, para bendecir a la congregación. Tenía dos mil años de antigüedad.

—Tal vez pudiera pensar en los límites terráqueos...

—Ni idea —dijo Brady, con una sonrisa boba—. Me he redimido. Yo me llevé el tiro, no los Kaffey.

—Mace sí recibió un balazo.

Brady pensó con esfuerzo.

—Sí... eso lo estropea... —Una pausa—. El Demerol es estupendo. Debería hacerme adicto... *They tried to send me to rehab, but I said no, no, no* —canturreó.

—Neptune, ¿quién, aparte de Kotsky y usted sabía que Gil iba a salir del hospital?

Brady tosió, y se estremeció de dolor.

—Mierda, cuánto quema.

—¿Quiere que llame a la enfermera?

—Necesito más analgésico.

Decker apretó el botón para llamar a la enfermera. Decidió simplificar aún más las cosas.

—Usted sabía cuándo iba a salir Gil del hospital, ¿no?

—Sí, claro.

—Y Grant, Mace, Antoine Resseur y Piet Kotsky también lo sabían, ¿no es así?

—Correcto.

—¿Lo sabía alguien más?

—¿Saber qué?

—Cuándo iba a salir Gil del hospital —dijo Decker. Después, lo intentó de otra manera—: ¿Contrató usted a alguien más, aparte de a Piet Kotsky, para proteger a los Kaffey?

—No creo… no lo recuerdo bien…

—Hasta el momento, las únicas personas que no ha sido heridas en un tiroteo son Grant y Resseur —dijo Decker—. ¿Qué opina usted de esto?

—Yo hice mi trabajo. De lo contrario, sus sesos estarían salpicados en mi cazadora.

—¿Contrató usted alguna vez a un hombre llamado Alejandro Brand?

Brady pestañeó unas cuantas veces.

—No me suena. ¿Quién es?

—Parece que tiene dolores.

—Me vendría bien otra inyección de felicidad.

Decker apretó el botón por segunda vez. Decidió mostrar una de sus cartas.

—¿Sabía usted que Rondo Martin y Ana Méndez eran pareja?

—¿Ana, la criada?

—Sí. Ana Méndez. He oído decir que estaban saliendo.

—Ummm… —Brady se quedó pensativo—. Una vez, entré a la casa de los guardias… —inhaló y exhaló, lentamente, y prosiguió—: Ronde estaba allí, de paisano… Estaba comiendo un plato de comida mexicana —dijo Brady, y cerró los ojos—: Tacos y enchiladas, arroz y alubias.

—¿Y le preguntó usted por la comida?

—Sí. Me dijo que sabía cocinar, y me ofreció un poco. Le dije que no, gracias, y él me dijo que yo me lo perdía. Después, se levantó, tiró su plato a la basura y me dijo que iba a vestirse para su turno.

Otro espasmo de dolor.

—¿Cree que Ana le hizo la comida?

—No lo sé. El microondas estaba limpio. No calentó allí la comida. Y no olía a comida congelada… Estoy muy cansado.

—Lo sé. Pero me gustaría encontrar a Gil y a Grant. Estoy preocupado por ellos.

—Vaya a cazar violadores y ladrones… Los hermanos ya aparecerán.

En aquel momento, entró la enfermera y revisó la vía del brazo de Neptune.

—¿Cómo está?

—Me duele mucho.

—Voy a subirle la dosis de analgésico —dijo la enfermera—. Le va a dormir.

—Dormir está muy bien —le dijo Brady—. Con tal de librarme de este dolor.

CAPÍTULO 24

La habitación de Mace estaba al otro extremo del pasillo. Su herida solo requería una noche de hospitalización y, si todo iba bien, recibiría el alta al día siguiente. Estaba sentado en la cama, con el brazo en cabestrillo, en bata, viendo la televisión. Tenía unas profundas ojeras, y los labios blancos y resecos.

—Estoy deseando salir de aquí —le dijo a Decker—. Esto es un manicomio.

—¿Cuándo se marcha? —le preguntó Decker.

—En cuanto pueda viajar, aunque tenga que alquilar un jet privado —dijo Mace, y apagó la televisión—. Guy siempre me estaba metiendo en líos. En la vida y, ahora, en la muerte.

—He leído algo sobre eso. Se refiere al pleito.

Mace movió la mano vagamente.

—Eso fue un malentendido. Yo podría haber seguido litigando, pero los únicos que se habrían hecho ricos habrían sido los abogados. Al final, conseguí lo que quería y él, también. Y, no, no quiero entrar en detalles.

Decker dijo:

—Me gustaría preguntarle por lo que ha ocurrido en el aparcamiento. ¿Vio algo?

Mace hizo un gesto negativo.

—Todo ha sido tan rápido, que…

—Brady y Kotsky recuerdan haber visto un coche salir derrapando después del tiroteo.

—Me alegro de que lo vieran. Yo no recuerdo nada, salvo que pensé que iba a morir. Sabía que me habían dado. Había sangre por todas partes. Estaba tan aturdido, que creía que me habían dado en el pecho. Gracias a Dios, solo fue el brazo.

—¿Podría contarme cómo fue? Ustedes salieron del hospital y, entonces…

—Déjeme pensar… Gil estaba en la silla de ruedas. Antoine iba a su derecha y, Grant, a su izquierda. Brady iba delante de nosotros y, el otro, se llame como se llame, iba detrás. ¿Dónde estaba yo? —Una pausa—. Iba entre Gil y el otro guardia.

—¿Kotsky?

—Sí, él. Yo iba por delante de Kotsky, pero detrás de Gil, Grant y Resseur. Oí un ruido sordo y… Kotsky me tiró al suelo. Lo siguiente que recuerdo es que estaba temblando como la gelatina. Le pedí a Dios que no me dejara morir, y que no me dejara morir en Los Ángeles.

—Pues parece que Dios respondió a sus plegarias.

—Tal vez —dijo Mace—. Al menos, por el momento.

Decker le dio su tarjeta.

—Si necesita algo, o recuerda algo…

Mace tomó la tarjeta y encendió la televisión.

Final de la entrevista.

—Los últimos planos de Greenhouse —dijo Lee Wang, poniendo unos papeles sobre la mesa del teniente. Se apartó un mechón de pelo oscuro de la frente y se sentó sin que se lo dijeran. Llevaba una chaqueta marrón con coderas, cuyas mangas le quedaban cortas.

Decker apartó un montón de notas de mensajes de teléfono y contuvo un bostezo. La noche anterior solo había dormido cuatro horas, con un sueño intranquilo, y, aunque se había tomado un par de tazas de café aquella mañana, tenía que hacer un esfuerzo por concentrarse.

—¿Qué estoy leyendo, Lee?

—Lo primero son los artículos más recientes sobre Paul Pritchard, de Cyclone Inc.

—Los enemigos de Greenridge. ¿Puedes resumírmelo?

—Pritchard cree que Greenridge es una ruina. Que el proyecto, tal y como está concebido, no es factible.

—¿Y no cabe la posibilidad de que lo diga por pura envidia?

—Claro que sí, pero lea los artículos, teniente. Pritchard dice que los costes de Greenridge se han disparado hasta tal punto que el proyecto ha muerto. Solo está esperando al entierro oficial.

—¿Y cómo sabe tanto de las finanzas de los Kaffey?

—No sabe de las finanzas de Kaffey Industries, sino del proyecto Greenridge específicamente. El estudio de costes estaba en un dosier que le dieron a la aseguradora de los bonos para poder emitir deuda municipal. Pero, con la reciente desestabilización del mercado, el grupo Kaffey ha sufrido grandes pérdidas. Además, Greenridge ha generado costes adicionales por retrasos en la construcción y por mejoras que han tenido que hacer para ganarse la aprobación local. Al final, por las malas condiciones del mercado y el sobrecoste, la oferta inicial de Greenridge, que se suponía que iba a conseguir una calificación de A1, bajó casi al nivel de los bonos basura. Eso significa que, para conseguir que la gente compre los bonos de Greenridge, el grupo Kaffey tiene que ofrecer un interés muy alto.

—Más costes.

—Exacto —dijo Wang—. Voy a hacer una hipótesis y a decir que un hombre tan espabilado como Guy Kaffey lo habría abandonado. Ahora que él ya no está, ¿quién sabe?

—¿Alguna información sobre quién va a tomar las riendas de Kaffey Industries?

—La mayoría de los artículos dice que será una herencia a partes iguales para los dos hijos.

—¿Y Mace? ¿No me dijiste que tenía una pequeña parte de la empresa?

—Creo que sí.

—Si Gil y Grant tienen opiniones diferentes, esa pequeña parte de Mace puede valer mucho. Teóricamente, Grant y Mace pueden aliarse contra Gil y seguir adelante con Greenridge.

—Si los hijos heredan una parte igual, y Mace tiene un uno o un dos por ciento, eso puede ser cierto, sí.

Decker se recostó en el respaldo de la silla, y se acarició el bigote.

—Lee, ¿qué piensas tú de los asesinatos? ¿Se suponía que Gil debía morir con sus padres?

Wang reflexionó unos instantes.

—Grant Kaffey es el único de los Kaffey que no ha recibido un balazo.

—En este momento, Grant, Gil y Antoine Resseur están en paradero desconocido. ¿Podría aprovechar Grant esta situación para librarse de su hermano?

—Sería muy sospechoso que Gil apareciera muerto de repente. Además, si Resseur está con ellos, Grant tendría que matarlo a él también.

Decker asintió.

—Sí. Solo era una elucubración.

Sonó el teléfono.

—Decker al habla. Ah, hola, Willy, bienvenido… No te preocupes, Will, no esperábamos que lo encontraras. Era como buscar una aguja en un pajar. Pero tengo otro encargo para ti… No, hoy no tienes que venir. Disfruta de tus vaca… —Decker sonrió—. Bueno, si te está volviendo verdaderamente loco, puedes decirle que necesito que vengas enseguida. Claro. Nos vemos ahora.

Wang sonrió.

—¿Su mujer?

—En cuanto Willy tiene un par de días libres, quiere que cambie los azulejos del cuarto de baño —dijo Decker. Su mente estaba concentrada en la conversación anterior—. Voy a hacer de abogado del diablo un momento. Guy Kaffey era un tipo excesivo en todo. Solo hay que ver su rancho: tiene el tamaño de un país europeo. También le gustaba ganar, y no temía arriesgarse en los negocios.

—Sí, por lo que he leído, todo eso es cierto —dijo Wang.

—¿No crees que prefería que Grant y Mace terminaran Greenridge antes que rendirse?

—Lo creería si Greenridge hubiera sido idea de Guy. Pero era idea de Grant y de Mace. Teniente, este es un proyecto que podría haber fracasado en tiempos de bonanza económica. En recesión, es un dinosaurio. Puede que Guy construyera Greenridge a menor escala. Pero, aunque hubiera querido hacerlo, habría necesitado inyectarle dinero de otras partes de Kaffey Industries.

—Vamos un paso más allá —dijo Decker—. Si Grant y Mace querían ver Greenridge convertido en realidad, ¿tendrían que morir Guy y Gil?

—Gil podía ser un obstáculo, claro. Pero el que hiciera esto no podía matar a todo el mundo —dijo Wang, poniéndose en pie—. Tengo un poco de tiempo libre esta tarde. ¿Quieres que vaya a buscar a Grant, Gil y Antoine?

—Tengo a gente en eso. ¿Por qué no vas a pedirle al juez un par de órdenes de búsqueda y captura para él, pidiéndole que haga constar que son testigos de los tiroteos? Es un poco traído por los pelos, pero, por lo menos, así tendremos todas las piezas encajadas cuando los encontremos.

El teléfono de Decker volvió a sonar. Wang se despidió y salió de la oficina.

—Hola, soy Mallory Quince. Hemos detenido a Alejandro Brand.

—¡Vaya! —exclamó Decker, y se irguió en su asiento—. ¡Qué rapidez! Gran trabajo. ¿Cómo le habéis hecho la puñeta?

—Se la ha hecho a sí mismo. Su laboratorio de metanfetaminas ha explotado.

La cámara de vídeo de la sala de interrogatorios mostraba a un hombre de unos diecinueve años, con una camiseta blanca que le quedaba demasiado grande y unos pantalones cortos de color verde, que le llegaban hasta las rodillas. Llevaba una gorra, y la visera proyectaba una sombra sobre sus ojos y su nariz. Decker distinguía unos labios finos y una barbilla alargada, adornada con una mosca. Tenía dos anacondas tatuadas, una en cada brazo, y un B12 bien visible en la nuca.

Mallory Quince miró la pantalla de vídeo y chasqueó la lengua.

—Corre el rumor de que en Narcóticos no están contentos con lo de rebajar la petición de pena, por muy poco que sea, basándose en que un invidente haya oído una conversación. El único motivo por el que han accedido es que usted es teniente, y por la importancia del caso Kaffey.

—Eso son dos motivos. ¿Y qué daño va a hacer dejar que el tipo oiga la cinta? Ese hombre tiene un oído muy agudo.

Mallory se cruzó de brazos y respondió en un tono tenso:

—¿Cómo sabe que el invidente no va a decir «sí, sí, es el tipo al que oí», solo para sentirse importante y cobrar la recompensa?

—Porque le dije que el testigo había elegido a cuatro posibles sospechosos. Harriman ya ha descartado a dos oficiales mexicanos que hablan español.

—Tal vez supiera que le estaban tendiendo una trampa.

Decker se encogió de hombros.

—Pues dígale a Narcóticos que no voy a ofrecerle ninguna rebaja de pena a Brand. Lo único que quiero es que hable español para poder llevar a cabo su identificación por medio de la voz.

—¿Y eso lo aceptarán en el juzgado?

—No estamos acusando de nada a Brand. Solo estamos intentando averiguar qué sabe sobre los asesinatos de los Kaffey. No creo que me tome demasiado tiempo. En realidad, ni siquiera tengo intención de mencionar los asesinatos hasta que Harriman identifique su voz.

—Entonces, ¿cuál es el plan?

—Le diré de qué le acusan por ahora... Quiero que hable. El apartamento de su abuela, en Pacoima, ardió. Quiero que piense que estoy intentando acusarlo también de provocar el incendio.

—¿Fue él?

—Seguramente. ¿Quién sabe? Tal vez incluso consiga que lo confiese. Voy a sentarme justo ahí —dijo y, en el monitor, señaló una silla vacía que había frente Brand—. Así, la cámara captará mi perfil bueno.

Decker se presentó en español y le estrechó la mano al joven. Brand se rascó una cicatriz que tenía junto al ojo, y dijo:

—Hablo inglés.

Decker se mantuvo impertérrito, pero, por dentro, soltó una maldición. Cambió al inglés.

—Como estés más cómodo, Alejandro.

El chico puso ambas manos sobre la mesa. Los pelos de los brazos le olían a ceniza de barbacoa. Debían de habérsele quemado con la explosión del apartamento. Tal vez así era como se había hecho aquella primera cicatriz.

Decker dijo:

—¿Sabes por qué estás aquí?

—No.

—Tu apartamento ha explotado.

—¿Y qué? Yo no tuve nada que ver con eso.

—¿Por qué no me cuentas lo que ha pasado?

—No puedo contártelo, porque no lo sé —dijo. De repente, habló en español—: Ha estallado por las buenas, así… ¡Bum! ¿Entiendes?

—Sí.

—Creo que fue por un escape de gas. Olía a gas, ¿sabes?

Decker preguntó, en español:

—¿Cuánto tiempo habías vivido en ese apartamento?

—Seis meses, más o menos —dijo el chico.

—¿Y cuánto tiempo llevabas dentro antes de que explotara?

—Unos veinte minutos.

No pronunciaba frases muy largas, pero, al menos, estaban conversando en el idioma adecuado.

—¿Y oliste el gas? —preguntó Decker.

—Sí. Apestaba.

—Entonces, ¿por qué no llamaste a la compañía del gas?

—Porque todo ocurrió demasiado rápidamente.

—Estabas ahí, sentado, tal cual, y ¿bum?

—Sí, sí. Exactamente.

—La policía encontró botes de anticongelante en tu basura.

—En invierno hace mucho frío.

—En California, hace mucho frío en invierno una vez cada seis años.

—Mi coche no es muy bueno.

—También encontraron botes de acetona, de disolvente, de Freon, de ácido de baterías... Todos esos materiales son muy explosivos.

—Sí, yo lo he aprendido de la peor manera posible.

—Había botellas vacías, tubos, muchas cerillas y un calientaplatos...

—Necesito el calientaplatos porque no tengo fogones. Pregúntale a mi casero.

—Vamos, Alex —dijo Decker—. ¿Qué estabas haciendo con todas esas cosas?

—¿Es que es un crimen tener cosas?

—No es un crimen tener disolvente si eres pintor. Ni tener anticongelante, si vives en Colorado y es invierno. Ni acetona, si tienes un salón de belleza. Pero resulta sospechoso que tengas todas esas cosas cuando no pintas, no conduces con frío y no te haces la manicura.

El chico se encogió de hombros.

—Hay algunas acusaciones graves contra ti, hijo. Podrías ayudarte a ti mismo si nos contaras qué estaba ocurriendo. A los jueces les gusta la honestidad.

Alex se encogió de hombros otra vez.

—Si nos dices la verdad, puede que seamos más indulgentes con la acusación de incendio provocado del apartamento de tu abuela.

Aquello hizo que alzara la cabeza.

—¿Qué acusación de incendio provocado?

—¡Vamos, Alex! Todo el mundo te vio salir corriendo. Tenemos muchos testigos.

—Pues yo digo que son mentirosos, y que tú eres un mentiroso. No tenéis nada.

—Mira, Alex, te has metido en un buen lío. Por las cosas que había en tu apartamento, parece que estabas haciendo algo ilegal... Como si no solo estuvieras traficando, sino también produciendo. Eso son veinte años, como mínimo.

El chico abrió unos ojos como platos.

—Ni siquiera eran mis cosas.

—¿De quién eran, entonces?

—De La Boca.

—¿Eso es una persona?

—Sí, sí.

—Háblame sobre La Boca y sobre cómo llegaron todas esas cosas a tu apartamento.

El chico comenzó a hablar. Contó que La Boca y sus amigos habían dejado el negocio y necesitaban un lugar donde almacenar sus cosas. Él se había ofrecido a ayudarlos porque era un buen tipo. Cuando Brand vio que Decker no le interrumpía, siguió inventándose la historia. No importaba que todo fuera mentira, porque, una vez que el chico comenzó a hablar, no pudo parar.

Y eso era exactamente lo que quería Decker: la voz de Brand, hablando español, grabada en una cinta.

CAPÍTULO 25

Aunque no fuera un delito, aparecer en su casa era una falta de ética. Rina observó a Brett Harriman a través de la mirilla de la puerta para ver si estaba con alguien, pero parecía que estaba solo. Iba vestido con una camiseta azul y unos pantalones vaqueros.

—¿Qué quiere? —le preguntó, sin abrir la puerta.

—¿Podría pasar? Solo quiero hablar con usted unos minutos —dijo. Y añadió, después de una pausa—: Es incómodo hablar a través de una barrera.

Rina abrió la puerta, pero no quitó la cadena de seguridad.

—Es incómodo que haya venido a mi casa. No tenemos nada de qué hablar.

—He identificado la voz del hombre a quien oí en el juzgado. Tal vez usted pueda ir a la comisaría a identificarlo en persona.

Rina se quedó callada. Le molestaba aquella intromisión.

Harriman dijo:

—Deberíamos sentirnos bien por trabajar en equipo. Creo que la identificación ha ayudado a su marido. Yo, al menos, me siento bien.

Era agradable cumplir con el deber cívico de uno, pero no era para descorchar una botella de champán. A menos que él quisiera la recompensa que habían ofrecido los Kaffey. Pero, entonces, ¿por qué había ido a importunarla a ella?

Tal vez, si continuaba dándole la callada por respuesta, él se diera por aludido.

Harriman se rindió.

—Siento haberla molestado.

Rina se sintió mal. No quería pecar de falta de hospitalidad, pero aquel hombre era extraño, y ella estaba sola. Vio que bajaba los escalones de la entrada, tocando la huella de los peldaños con la punta del pie. Cuando no pudo verlo por la mirilla, fue a la ventana, apartó la cortina y lo vio entrar en el asiento del pasajero de un Honda Accord negro. Era lógico que no hubiera ido solo. No podía conducir.

Ella miró por la calle vacía.

Bueno, casi vacía.

Enfrente estaba el Suburban de veinticinco años, de color blanco, que pertenecía a Addison Ellerby. Un poco más allá de la furgoneta había un Saturn sedán azul oscuro, con los cristales tintados. No recordaba haber visto aquel coche por el barrio, pero ella no le prestaba demasiada atención a los coches. Los automóviles solo eran parte del fondo, manchas de color que salpicaban el paisaje, como un árbol o un rosal.

En cuanto el Honda se alejó, el Saturn arrancó y lo siguió. Rina intentó ver la matrícula.

Fue en vano. No tenía placas, solo una hoja de papel donde debería estar la matrícula, en la que decía: *Otro Saturn vendido en Popper Motors*.

Decker habló con una calma sorprendente, y la amenaza resultó aún más inquietante.

—¡Voy a matarlo!

Rina desenvolvió el sándwich de carne asada y se lo dio. Estaban sentados en su escritorio. Una vez, Peter le había dicho que, desde que tenía despacho propio, se sentía como si hubiera llegado a lo más alto. La zona no era más grande que un vestidor.

—Seguro que no tenía mala intención.

—No me importa —dijo él, y dio un mordisco al sándwich. Con la mejilla abultada, dijo—: Aparecer así en casa no es de recibo, y da miedo.

—Sí, es cierto. ¿Quieres ensalada de patata? —preguntó ella, y le dio la tartera antes de que él pudiera contestar—. No es que yo sea Xena la guerrera, pero sería capaz de vencer a un invidente.

Decker dijo:

—Puede que no sea ciego. ¿Y si es un timador?

Rina se echó a reír.

—¿Dices que está fingiendo que es ciego?

—Me parece evidente que busca la atención de los demás. ¿Le has visto los ojos alguna vez? Puede que vea perfectamente y solo quiera acostarse contigo.

—Ahora sí que has dicho una idiotez.

—Si vuelve a aparecer, llámame inmediatamente.

—Eso sería lo último que haría. Llevas una pistola.

—Y sé usarla. Bueno, ahora háblame del Saturn.

Ella tomó un bocado de su sándwich de pavo.

—Ya te lo he dicho todo. Era azul marino, con los cristales tintados, de dos o tres años, y no tenía matrículas reglamentarias.

—¿Sedán, todoterreno o cupé?

—Sedán.

—Entonces, seguramente, será un Astra o un Aura. Y, sin motores... solo un papel que decía que era de Popper Motors...

—Eso es. Se marchó justo después de Harriman.

—¿Y no pudiste ver quién iba dentro?

—Ni siquiera sabía que había alguien dentro hasta que arrancó. Las ventanillas eran muy oscuras. El Saturn me puso más nerviosa que Harriman.

—¿Y por qué?

—Porque no podía ver quién estaba al volante. Deberías llamar a Popper Motors.

—Marge está llamando en este momento. ¿Crees que el coche estaba vigilando nuestra casa, o estaba vigilando a Harriman?

—No lo sé. Me parece que a Harriman. O, tal vez, a nadie.

—¿Se veía tu ventana desde el Saturn?

—No lo sé.

—Así que este imbécil se presenta en nuestra casa y consigue inutilizar cualquier información valiosa que haya podido darme, y meterte a ti en algo peligroso —dijo Decker. Estaba intentando contener su genio—. No quiero que Hannah y tú estéis en casa si no estoy yo.

—Eso es absurdo.

—Un coche extraño con los cristales tintados aparece en nuestra calle, y yo estoy trabajando en un caso muy importante. Tal vez no tenga nada que ver con Harriman. Tal vez tenga que ver conmigo.

—Pero, entonces, ¿por qué se marcharon al mismo tiempo que Harriman?

—No lo sé, Rina. Pero, hasta que lo sepa, hazme un favor: quédate con tus padres cuando yo no esté en casa.

—Mis padres están a una hora, y Hannah tiene colegio.

—Ella puede quedarse en casa de alguna amiga hasta que yo vuelva. Tú quédate en casa de tus padres, ¿de acuerdo?

—Está bien, está bien —dijo ella, sonriendo—. Pero no vas a comer comida casera en una temporada. ¿Y qué pasa con el *sabbat*?

—Llama a amigos para que nos inviten.

Si Peter estaba dispuesto a ser tan sociable, aquello iba en serio.

—¿Y no crees que estás exagerando?

—No, no estoy exagerando. De todos modos, aunque así fuera, es mejor prevenir que curar —dijo él, que todavía estaba enfadado—. No puedo creer que se presentara en nuestra casa. ¡Qué imbécil! O puede que esté loco. ¡Lo voy a matar!

—Por favor, no hagas eso, Peter —dijo Rina. Le tomó de la mano, y sonrió—. Normalmente, a los policías no les va muy bien entre rejas.

Pero él no se rio. Rina lo intentó de nuevo.

—Si no fuera tan confiada, pensaría que quieres librarte de nosotras. Si voy a casa y te encuentro en mitad de un bailecito erótico, eres hombre muerto.

—El único bailecito erótico que me apetece ahora es con la señora Beretta. Si te metes con mi mujer, te metes conmigo.

La llamada a Harriman fue breve: «Manténgase alejado de mi mujer, manténgase alejado de mi esposa».

—No pretendía nada raro —dijo él, con voz de arrepentimiento—. Solo quería asegurarme de que ella sabía que...

—Eso no es asunto suyo, señor Harriman, es asunto mío. ¡Su participación en el caso ha terminado! ¡Acabado! ¡Terminado! ¿Lo entiende?

—Teniente, sé que piensa que soy un bicho raro, pero no lo soy. Llevo más de cinco años trabajando en el juzgado, y no tengo muchas ocasiones de hacer cosas originales. Supongo que le he dado demasiada relevancia a mi participación. Si me necesita, llámeme.

—Bien —dijo Decker—. Hemos llegado a un acuerdo. Antes de que cuelgue, quiero hacerle unas preguntas. ¿Quién lo llevó hasta mi casa?

—Mi novia, Dana. ¿Quiere su número de teléfono?

—Sí.

Harriman le dijo el número.

—Está en el trabajo. Acabo de hablar con ella. Seguro que puede llamarla.

—Brett, ¿vio usted algo extraño cuando se marchó de mi casa?

—¿Qué si vi algo raro? —preguntó Harriman, con una suave carcajada—. Soy ciego.

De acuerdo. Había metido la pata.

—¿Notó algo extraño?

—¿A qué se refiere?

—No sé, dígamelo usted.

—¿Extraño? —repitió Harriman, y se quedó callado unos instantes, intentando recrear el momento—. Volví al coche... Su esposa cerró la puerta...

—Ella me dijo que no había abierto la puerta.

—Siento contradecirle, pero sí la abrió. Seguramente, no del todo, porque su voz sonaba un poco amortiguada. ¿Tiene cadena de seguridad? Tal vez abrió solo lo que le permitía la cadena...

Decker no respondió.

—Continúe. Oyó que cerraba la puerta…

—Eh… No oí pasos cerca. Oí ladrar a un perro… Parecía un golden retriever, o un labrador… Una raza mediana, o grande. No oí voces. Había tráfico a lo lejos. Nos pusimos en marcha… —una larga pausa—. Creo que había un coche detrás de nosotros. Pregúntele a Dana.

—Lo haré. ¿Cómo se apellida Dana?

—Cochelli. Tengo que volver al juzgado. Le pido disculpas por mi exceso de celo.

—No se preocupe.

Decker colgó. Estaba a punto de llamar a la novia de Harriman cuando Grant Kaffey entró corriendo por la puerta de la sala. Tenía los ojos muy abiertos y el pelo revuelto, como si se hubiera estado pasando los dedos por la cabeza con nerviosismo. Decker se levantó e intentó llevarlo a su despacho, pero estaba demasiado agitado.

—¡Ha desaparecido! —exclamó.

Decker preguntó:

—¿Quién?

—¡Gil! Fui a comprar algo de comer y, cuando volví, ¡había desaparecido! —exclamó, y tomó a Decker de ambos brazos—. ¡Tiene que encontrarlo!

—Vamos a mi despacho, y hablaremos de…

—¡No hay nada de lo que hablar! —gritó Grant—. ¡Ha desaparecido! ¡Encuéntrelo! ¿No es ese su trabajo?

Decker respondió con calma.

—Si no hubieran desaparecido todos, en primer lugar, tal vez esto no habría sido necesario. Si quiere que encuentre a su hermano, vamos a mi despacho y explíqueme qué ha ocurrido. Y, si lo encuentro verosímil, entonces pensaré en una orden de búsqueda. En este momento, amigo, desde mi punto de vista, ¡es usted el principal sospechoso!

Grant palideció.

—¿Cree que yo le he hecho daño a mi hermano? —preguntó. Entonces, su rostro se congestionó de repente—. ¡Cree que yo le he hecho daño a mi hermano!

Decker abrió de par en par la puerta de su despacho.

—Después de usted.

Kaffey sopesó sus opciones, y entró hecho una furia en el despacho de Decker.

Un punto para el teniente.

Decker cerró la puerta del despacho.

—¿Ha llamado a la policía?

—Sí, pero me han dicho que si solo lleva una hora desaparecido, no hay ningún crimen. Intenté explicarle al tipo la situación, pero era un imbécil —dijo, mientras se paseaba de un lado a otro—. Según colgué, vine aquí.

—¿Dónde estaban?

—En Hollywood Hills. En casa de un amigo de Gil. Él le dijo a mi hermano que podía quedarse allí todo el mes.

Decker preguntó:

—¿Y ha venido hasta aquí desde Hollywood?

—¡Me entró pánico! No quería quedarme a solas en esa casa, y no sabía qué hacer. Usted es el enemigo que conozco, y lo prefiero al enemigo que no conozco.

—Estamos en el mismo bando, señor Kaffey. Necesito la dirección de la casa.

—No sé cuál es la dirección, pero puedo llegar. Está cerca de una calle grande con muchas cafeterías. Gil y yo cenamos allí anoche.

—¿Hillhurst?

—Sí, eso es. Hillhurst.

—¿Al este, o el oeste de Hillhurst?

—Al oeste… entre Hillhurst y Tower.

—¿Gower?

—Sí, Gower. Si vamos por Hollywood, probablemente seré capaz de enseñárselo.

—¿Cómo encontró el camino hasta aquí?

—Utilicé el navegador —respondió Grant. Se detuvo, y miró a Decker—: Tenemos que marcharnos.

—¿Dónde está Antoine Resseur?

—¿Antoine? —preguntó Grant con desconcierto—. En su casa. ¿Por qué? ¿Dónde iba a estar?

—Pensaba que Gil iba a quedarse con Antoine Resseur. Así que Gil eligió otro lugar. ¿Por qué cambió de opinión?

—Resseur pensó que la casa de Gil y su propia casa podían ser objetivos de los asesinos. ¿Por qué menciona a Antoine?

—Ha desaparecido. Yo tenía la impresión de que se había marchado con ustedes dos.

—Sí, así fue, pero creo que después se fue a su casa —dijo Grant. Después de una pausa, preguntó—: ¿Cree que ha tenido algo que ver?

Decker evitó contestar a la pregunta. Resseur no había pasado por su apartamento durante los dos últimos días. Eso le convertía en un sospechoso, o en un hombre muy asustado.

—¿Sabe cómo se llama el chófer que los llevó a la casa? Podríamos llamarlo para que nos diera la dirección.

—No —dijo Grant, y se puso rojo de furia—. ¿Por qué no está llamando a su gente?

—Para llamar a mi gente, necesito una dirección. Espere. Déjeme pensar —dijo Decker. Tomó el teléfono y llamó a la comisaría de Hollywood. Preguntó por la detective Kutiel. Fue una suerte que su hija estuviera en su escritorio—. Aquí tu teniente favorito. Tengo a Grant Kaffey en mi despacho. Parece que su hermano ha desaparecido.

—¡No, no lo parece! —gritó Grant—. ¡Ha desaparecido! ¿Por qué no me cree?

Cindy dijo:

—Lo he oído. ¿Cuánto tiempo lleva desaparecido?

—Una hora, o un poco más —dijo Decker.

—¿Una hora? Tal vez haya ido a dar un paseo.

—Acaba de salir del hospital, así que no lo creo. Puede ser que alguien se acercara a la casa y lo recogiera...

—¡Imposible! —gritó Grant.

—¿Que lo recogiera para alejarlo de su hermano? —preguntó Cindy.

—Eso se me ha pasado por la cabeza —respondió Decker—. Antoine Resseur, el exnovio de Gil, ha estado en paradero desconocido desde que ocurrió el tiroteo en el hospital. Puede ser que los dos huyeran juntos...

—¡Él no se ha ido con Antoine! —exclamó Kaffey—. ¡Lo han secuestrado!

—¡Espera un momento! —le dijo Decker a Cindy, y tapó el auricular con la mano—. Discúlpeme mientras acabo la conversación. Si quiere ayuda, tenemos que elaborar un plan —afirmó. Después, volvió a hablar con Cindy—. Los Kaffey están alojados en tu territorio, en algún sitio entre Gower y Hillhurst, pero no sé la dirección...

—¡Beachwood! —exclamó Grant, triunfalmente—. Allí es donde nos estamos quedando.

Decker asintió y le pasó la información a Cindy.

—Vamos para allá. El señor Kaffey puede mostrarnos cuál es la casa. ¿Tienes tiempo ahora?

—¿Qué quieres que haga? ¿Tomar el coche y salir a buscar por la calle?

—Sería un buen comienzo.

—¿Y qué es lo que estoy buscando, exactamente?

—Empieza por el coche de Resseur. Es un BMW 328i del año 2006, de color rojo —dijo Decker—. Si fue alguien a recoger a Gil, estoy seguro de que fue él. Puede ser que hayan salido a comer...

—¡Por el amor de Dios! —gritó Grant—. ¡Gil no estaba para salir a comer a ningún sitio!

—¿Por qué no? —preguntó Decker—. Ha dicho que anoche salieron a cenar.

—Tardé veinte minutos en ayudarle a sentarse en la silla de ruedas. Además, si hubiera salido, me habría dejado una nota.

«No, si lo que quería era alejarse de usted», pensó Decker.

—¿Está la silla de ruedas en casa?

—No lo sé... no lo recuerdo.

Decker volvió al teléfono.

—Si puedes avisar de que busquen los coches como el de Resseur, nos sería de gran ayuda.

—Muy bien. Yo casi había terminado aquí. No me importa conducir por la zona. Es una buena forma de relajarme y, además, Koby todavía está trabajando. Llámame cuando llegues a la ciudad, ¿de acuerdo?

—Lo haré. Gracias, detective —dijo Decker, y colgó—. Señor Kaffey, piense. ¿Dónde puede haber ido su hermano?

Grant se dejó caer en una de las sillas.

—¡No lo sé!

—¿Ha llamado a Neptune Brady?

—No. Sinceramente, no confío en él. Por lo menos, usted es neutral.

—¿Cómo ha venido hasta aquí?

—En un coche. Gil había alquilado un coche para la casa.

—¿Gil?

—Tal vez fuera Antoine —dijo Grant. Volvió a levantarse de la silla y comenzó a andar—. ¡No lo sé! Por eso he venido. ¡Porque no lo sé!

—¿Dónde está su tío?

—¿Mace? No lo sé. Creo que se marchó a casa.

—¿Estaba lo suficientemente recuperado?

—No lo sé, no he hablado con él. No sé si confío en él. No sé en quién puedo confiar. Solo quiero que mi hermano esté bien.

A Grant se le llenaron los ojos de lágrimas, y se le quebró la voz.

—¿Podemos irnos ya?

Decker tomó las llaves del coche. Tenía que hacer más preguntas, pero podía hacerlas de camino a la casa. Seguramente, Grant estaría más dispuesto a hablar entonces.

Nada tan estimulante como un público atento.

CAPÍTULO 26

La casa que señaló Grant era una edificación de los años sesenta, situada en la cima de una montaña: una estructura baja incrustada en la roca. El exterior era de cristal y acero, y de estuco blanco, rodeado de grandes camelias en flor. La identificación de Grant fue confirmada cuando su llave abrió la puerta.

Lo primero que encontró Decker fueron unas vistas de vértigo de la ciudad de Los Ángeles. El espacio estaba rodeado de cristal, y parecía un invernadero. Solo había un piso que se extendía de habitación en habitación, y que era útil para una persona en silla de ruedas, siempre y cuando esa persona no chocara contra el cristal. El suelo era de madera teñida de negro, pero el resto de la casa, incluido el techo y las paredes, estaba pintado de color marrón.

El mobiliario también era de los años sesenta, pero era demasiado nuevo como para ser original. Parecían reproducciones. Había un sofá de terciopelo gris, otro sofá tapizado con cuero de colores, una silla de plástico rojo en forma de mano y una alfombra psicodélica.

Decker y su hija se miraron. De un vistazo, habían constatado que todo estaba en su sitio. No había señales de lucha. Los jarrones y las figuras estaban sobre las estanterías y las mesas. Las sillas del comedor estaban perfectamente colocadas bajo la mesa, y los electrodomésticos que había en la encimera de la cocina estaban intactos. De la cocina partían dos pasillos, uno hacia la derecha, y otro hacia la izquierda.

Grant se había sentado en el sofá del salón. Estaba muy pálido.

—¿Cuándo ha comido por última vez? —le preguntó Decker.

—No me acuerdo.

—Vaya a comer algo. Necesita recuperar fuerzas. ¿Dónde está la habitación de Gil?

—A la izquierda, al final del pasillo. La casa tiene dos habitaciones principales, y por eso le gustaba a Gil.

—Yo iré a la izquierda, tú ve a la derecha —le dijo Decker a Cindy.

—¿Van a registrar mis cosas? —le preguntó Grant a Cindy.

—Por encima.

—Tal vez debiera ir con usted.

—No. Vaya a comer algo —le dijo Decker—. Déjenos hacer nuestro trabajo.

Sorprendentemente, Grant asintió.

—Vuelva cuando se encuentre mejor —le dijo Cindy.

Aunque llevaba ropa cómoda, Cindy tenía mucho estilo. Llevaba unos pantalones de color marrón, un jersey dorado y una chaqueta naranja que hacía juego con su pelo rojizo. Se había hecho una cola de caballo, que se balanceaba a cada paso que daba. El único adorno que se había permitido eran unos pendientes de perlas. Cuando Decker y ella volvieron al salón, veinte minutos después, estaba atardeciendo en Los Ángeles.

Grant estaba hablando por teléfono. Rápidamente, se excusó y colgó.

—¿Han encontrado algo?

—A mí no me parece que haya nada fuera de lo común —dijo Cindy—. Es usted muy ordenado. He intentado no alterar nada.

Decker preguntó:

—¿Has encontrado la silla de ruedas?

Cindy cabeceó.

—Yo tampoco —dijo él, y se volvió hacia Grant—. Su hermano no tiene demasiada ropa. Tres camisas, un par de pantalones, dos pijamas, dos batas, unas zapatillas y unos mocasines.

—¿Cuántas batas?

Decker consultó su lista.

—Un albornoz blanco colgado de la puerta del baño y una bata de seda color granate en el armario.

—Gil tenía muchas más batas. Era su forma de vestir preferida. Batas de seda sobre pijamas de seda, salvo cuando salíamos, claro.

Decker negó con la cabeza.

—Había algunas perchas vacías —dijo, y se sentó junto a Grant—. No le va a gustar oír esto, señor Kaffey, pero me parece que su hermano hizo la maleta y se marchó en su ausencia.

—No estaba bien para marcharse —dijo Grant, que parecía verdaderamente anonadado—. ¿Por qué iba a hacer eso?

—Dígamelo usted.

—Puede que alguien le haya amenazado con un arma.

—Es una posibilidad —respondió Decker—, pero todo está muy ordenado en su habitación. Supongo que, si uno está haciendo una maleta mientras lo amenazan de muerte, puede caérsele una percha, o puede desordenar un poco los cajones —dijo, y miró a Cindy—. ¿Ha encontrado algo que indique que ha sido secuestrado, detective?

—No, más bien lo contrario. Todo estaba muy ordenado.

Grant miró a Cindy con los ojos llenos de lágrimas.

—Pero ¿por qué iba a marcharse así, sin avisarme ni dejarme una nota?

Decker arqueó las cejas.

—Puede que tampoco le guste oír esto, pero cabe la posibilidad de que no confíe en usted.

—Eso es absurdo —dijo Grant—. No solo somos hermanos, sino que Gil es mi mejor amigo. Si alguien puede sentir desconfianza, soy yo. Me ha dejado aquí solo. Eso es lo que hace uno cuando quiere incriminar a otro.

Decker se encogió de hombros.

—Hasta que sepamos lo que ocurre, hay que tomar precauciones. Contrate a un guardaespaldas. Si no confía en Brady, encuentre

277

a alguien usted mismo. Y debería mudarse. Vaya donde vaya, infórmeme de la nueva dirección, ¿de acuerdo?

—¿Le parece que sería seguro ir a Wind Chimes?

—Si va allí, necesitará un ejército de guardaespaldas. Le recomiendo que vaya a un lugar más pequeño.

—¿Qué piensa usted de Neptune? ¿Debo confiar en él?

—¿Qué le parece si hablamos durante el trayecto de vuelta a la comisaría? Recoja sus cosas y nos iremos.

—¿Es seguro que vaya a mi habitación?

—Le acompaño —dijo Cindy—. Hay muchas ventanas sin cortinas. Solo por si hay alguien acechando.

Grant tardó veinte minutos en hacer sus dos maletas. Para entonces, había anochecido, y las estrellas brillaban sobre las luces de la ciudad. En el exterior de la casa, se oía el canto de los grillos. La carretera estaba casi en una oscuridad total, porque había muy pocas farolas, y estaban separadas. A Grant le costó meter la llave en la cerradura, porque la única iluminación era la luz amarilla del porche.

Como todo estaba tan silencioso, Decker oyó los sonidos y, como todo estaba tan oscuro, vio los destellos naranjas. Sin pensarlo, empujó a Cindy hacia las camelias, a la derecha, mientras se tiraba sobre Grant Kaffey y hacía que ambos rodaran hacia las camelias de la izquierda. Tendido sobre Grant, se las arregló para sacar el arma, mientras le preguntaba a Cindy, gritando, si estaba bien.

—¡Estoy bien, estoy bien, estoy bien! —respondió ella, a gritos también—. Tengo mi pistola.

—¡No dispares! —gritó Decker.

Entonces, la noche se volvió letalmente silenciosa.

Decker bajó la voz hasta un susurro.

—¿Me oyes?

—Sí, perfectamente. No dispares. Deja que la visión se te acostumbre a la oscuridad.

—Muy bien, jefe.

Sus propios ojos estaban enfocados, mirando hacia los arbustos, intentando distinguir algo: algunos puntos de luz, pero, sobre todo, sombras. Casas… coches aparcados… árboles. No parecía que se moviera nada con forma humana. Le susurró a Grant:

—¿Está bien?

—Sí. Me duele la pierna.

Grant estaba gruñendo. No era de extrañar, porque él debía de pesar veinticinco kilos más que el chico.

—¿Mucho?

—Creo que me la he raspado. Estoy bien.

De repente, Decker percibió el sonido de unos pasos que se alejaban, pero no pudo ver ninguna silueta. Al momento, un coche arrancó, y se oyó el derrape de unos neumáticos en el asfalto. Rápidamente, el ruido del coche se alejó.

—¿Puede sacar su teléfono? —le preguntó Decker a Grant.

—Sí, creo que sí…

Decker esperó, inmóvil, sin dejar de escrutar la oscuridad para detectar algún cambio en las sombras.

—Llame a la policía y mantenga el teléfono pegado a mi oreja, ¿de acuerdo? ¿Sigues ahí, Cin?

—Estoy aquí, con mi amiga metálica en la mano.

Los grillos comenzaron a cantar de nuevo. Después de una eternidad, notó por fin el teléfono en la oreja, y oyó a una operadora pronunciar aquellas bellas palabras:

—Nueve, uno, uno. ¿Cuál es su emergencia?

Con un susurro sereno, que no delataba los latidos acelerados de su corazón, Decker le explicó que era del Departamento de Policía de Los Ángeles, que les habían disparado y que necesitaban refuerzos inmediatamente. Le dio la dirección a su interlocutora y le dijo que avisara a los oficiales de que debían parar a cualquier vehículo que bajara de la montaña.

—Con extrema cautela. El conductor de ese coche puede ir armado.

Ella le repitió la dirección.

Decker le dijo que sí. Ni siquiera se había dado cuenta de que hubiera memorizado el número de la calle, pero era la fuerza de la costumbre, después de treinta años de trabajo. Como siempre se aseguraba de saber dónde estaba, había llegado a un punto en que lo hacía inconscientemente.

Cinco minutos después, Decker oyó las sirenas acercándose. Con el teléfono de Grant, les indicó su ubicación a los policías. Tardaron un rato en rodear el perímetro y sacarlos de entre los arbustos.

Estaban rodeados de coches patrulla blancos y negros, con las luces encendidas e intermitentes. Mientras los tres se sacudían la tierra de los trajes, Grant se dio cuenta de que tenía rasgados los pantalones, y de que le sangraba la pierna. Decker tomó una linterna de uno de los policías, se agachó y apartó la tela de la pierna de Grant con cuidado.

Podía ser una buena raspadura o una herida. Con más luz, podría haber distinguido si la carne estaba quemada o no. Veía que salía sangre roja y brillante, pero no a borbotones. Agarró a Grant por la cintura con el brazo y le pidió a Cindy que le ayudara a llevarlo a uno de los coches. Lo mejor que podían hacer era sentarlo y dejar que los profesionales se encargaran de curarlo.

En cuanto Kaffey estuvo en el asiento trasero de uno de los coches patrulla, Decker llamó por radio a una ambulancia.

—Tengo muchísimo trabajo —dijo Decker, tratando de mantener un tono normal—. Hazme el favor de quedarte a dormir en casa de tus padres.

—¿Vas a llegar muy tarde? —le preguntó Rina.

—No lo sé. Estoy en la escena de un crimen. Tal vez llegue muy tarde.

—¿Qué crimen?

—No puedo hablar de eso ahora. Te lo contaré después. Llámame cuando llegues a casa de tus padres.

—Peter, estás muy tenso. ¿Qué es lo que no me estás contando?

—No puedo hablar de eso ahora.

Rina oía voces al otro lado de la línea. Una de ellas parecía la de su hijastra.

—¿Está ahí Cindy?

—¿Por qué dices eso?

—Es obvio que la he oído. ¿Qué estás haciendo en Hollywood?

—Puede que ella esté en West Valley. Tengo que colgar.

—No, hasta que no me digas qué ha pasado. Llevo diecisiete años casada con un policía. No me voy a desmayar a estas alturas. ¡Dímelo ahora mismo!

Decker le contó una versión abreviada, con la esperanza de que quedara satisfecha.

—Pero ¿Cindy y tú estáis bien? —preguntó Rina, con la voz temblorosa.

—Sí, estamos bien. Yo me he arañado un poco la cara, pero, aparte de eso, estoy sano y salvo.

—*Baruch hashem*. Voy a rezar el *gomel* por ti.

La plegaria para sobrevivir a una situación grave.

—Reza también por Cindy.

—Lo haré —dijo Rina. Parecía que estaba a punto de llorar—. ¿Qué estáis haciendo ahora mismo?

—Estamos intentando encontrar todos los casquillos y las balas, y reconstruir la trayectoria.

—Para que puedas saber la suerte que has tenido.

Decker sonrió.

—Ojalá hubiera podido ver algo. Ya sabes lo oscuro que está en las colinas, y estaba escondido entre unas camelias.

—¿Y has oído algo?

—Unos pasos alejándose y un coche salir disparado, derrapando. He llamado a un técnico para ver si podemos recoger la huella del neumático de las marcas del derrape. Puede que tengamos suerte.

Rina no respondió.

—¿Sigues ahí?

—Estaba pensando en el Saturn azul que había aparcado enfrente de casa.

—El de los cristales tintados. Marge lo investigó. En Popper Motors venden Saturns nuevos y de segunda mano. Marge habló con un vendedor llamado Dean Reeves. Están revisando los listados de ventas. Si lo vendieron ellos, tienen un registro de los neumáticos.

—Sería interesante, si se tratara del mismo coche.

—Sería algo más que interesante: daría muchísimo miedo. Tengo que colgar. Llámame cuando llegues a casa de tus padres.

—Sí, lo haré. Tú no estás demasiado lejos de su casa. Puede que salgas antes de lo que piensas.

—Iré en cuanto pueda.

—Me alegro de oírlo —dijo Rina—. Dejaré la luz de la mesilla encendida, y mantendré calientes las sábanas.

CAPÍTULO 27

La pareja que se acercaba parecían Marge y Oliver. La mujer llevaba un jersey gris y unos pantalones color azul oscuro, y zapatillas de deporte. Sin embargo, fue el traje del hombre lo que le sacó de dudas: llevaba una chaqueta de sport muy elegante, unos pantalones de algodón de color marrón y unos mocasines. A medida que se acercaron, sus caras tomaron forma.

—¿Qué estáis haciendo aquí? —preguntó Decker.

—Yo he llamado a Marge —dijo Cindy—. Pensé que ella querría saberlo —añadió, y saludó a Oliver con la mano—. Hola, Scott, ¿cómo estás?

—Muy bien, Cynthia. ¿Cómo te va la vida de casada?

—Hasta el momento, muy bien.

—Me alegro de que estés contenta.

—Gracias.

Marge dijo:

—Bueno, y ahora que hemos terminado con las cortesías de rigor, ¿queréis decirnos qué ha pasado?

Aunque no hubiera ningún motivo para que hubieran ido hasta allí, Decker se alegró de ver caras amigas.

—Cuando salíamos de la casa —explicó—, alguien nos disparó. Estamos aquí, enteros, pero Grant se hizo un corte en la pierna y se lo han llevado al hospital.

—¿Le dio una bala? —preguntó Oliver.

—No lo sé. Estaba oscuro, y no he podido distinguirlo. Tal vez se le raspara la piel cuando me caí sobre él.

—¿Disparaste?

—No.

—Mejor —dijo Marge—. Menos papeleo.

Cindy intervino:

—Llegaron, dispararon y se fueron…

—¿Eran varios?

—Bueno, podía ser uno solo… No se veía nada —respondió Cindy—. Lo que el teniente no quería era que le pegáramos un tiro a cualquier vecino que estuviera paseando al perro.

Marge dijo:

—Si Grant ha recibido un disparo, todos los Kaffey han tenido un encuentro con el plomo fundido.

Decker se frotó la frente.

—Yo estaba pensando lo mismo. Se nos han acabado los sospechosos de la familia.

—Puede que eso sea lo que pretende el culpable —dijo Marge—. Confundirnos. Porque los tres Kaffey están vivos.

—Puede que los tres estén en el ajo —dijo Oliver.

—Puede ser —respondió Marge—. Parece que Grant es el que ha sufrido menos daños.

—La herida de Mace no tenía ninguna gravedad —dijo Decker—. Y no olvidemos que Antoine Resseur todavía está en paradero desconocido.

—¿Y por qué iba a dispararle a Grant? —preguntó Oliver.

—Quizá quisiera tener a Gil para él solo —dijo Decker, y alzó una mano—. Has preguntado cuál podía ser el móvil, y te he dicho lo primero que se me ha ocurrido.

Cindy miró su reloj. Eran casi las diez. Llevaban tres horas en la escena del crimen.

—Por suerte, yo no estaba de servicio y, gracias a las instrucciones de mi padre, no he hecho ni un solo disparo. Así que, en vez de ponerme a hacer papeleo, puedo irme a casa.

—Buena idea —dijo Decker, y le dio un beso en la mejilla a su hija—. Hasta que sepamos quiénes son los malos, y quiénes son los buenos, no bajes la guardia.

Cindy se señaló el pecho.

—Nosotros somos los buenos —dijo. Después, señaló hacia Los Ángeles, con un gesto que abarcó toda la ciudad—. Y ellos son los malos —añadió. Les dio un beso a Marge y a Scott—. Cuidad del teniente en mi ausencia.

Decker vio a su hija sentarse al volante de su coche, y siguió mirándola hasta que las luces traseras desaparecieron.

—Bueno, yo ya me voy.

—Te dije que no deberíamos habernos molestado —le dijo Oliver a Marge.

—Y yo te dije que no tenías que venir conmigo —replicó ella.

Decker intervino:

—Como los dos habéis sido tan amables de venir hasta aquí, ¿por qué no me acompañáis a Beverly Hills? Podemos comentar algunas ideas —dijo, y suspiró—. Mi cabeza todavía está a toda marcha, y me vendría bien conocer otras perspectivas.

—¿Qué hay en Beverly Hills? —preguntó Oliver.

—Allí viven los padres de Rina. Vamos a quedarnos a dormir en su casa —respondió Decker, y les dio la dirección—. Está a veinte minutos de aquí.

Oliver hizo una mueca.

—¿Vas a dormir voluntariamente en casa de tu suegra?

—Pues sí. A mí me cae bien Magda. Nos da servicio de habitaciones con comida de primera a cualquier hora. Además, el alojamiento es espacioso y barato.

Oliver lo pensó detenidamente.

—Vaya. ¿Y no necesita algún huésped? Tal vez le gustaría tener a un guapo detective que la proteja.

—Eso ya lo tiene. Se llama «yerno».

* * *

285

Magda sirvió sándwiches, bastoncillos de verduras con salsa de cebolla, fruta, bizcocho de mantequilla y de chocolate, galletas de almendra, patatas fritas y frutos secos.

—Voy a hacer café descafeinado, por si le apetece a alguien —dijo.

La mujer tenía más de ochenta años, estaba delgada como un espagueti, y nunca aparecía en público sin maquillar. Tenía el pelo rubio, meticulosamente peinado para conseguir el máximo volumen. Rina decía a menudo que su madre era una persona nocturna, mientras que su padre, Stephan, se levantaba al amanecer. Él estaba durmiendo, mientras que ella estaba como pez en el agua atendiendo a los invitados. Llevaba unos pantalones de punto negro y un jersey de cachemira rojo.

—Si usted va a tomar un poco, yo también —dijo Oliver.

—Yo voy a tomar una taza —respondió ella—. ¿Qué es el bizcocho sin un café?

—Yo lo hago, mamá —dijo Rina.

—No, no —insistió Magda—. Me gusta hacer el café. Tú siéntate y come, Ginny —dijo, y sonrió a Oliver—. A propósito, el bizcocho de mantequilla lo ha hecho mi nieta.

—Es evidente que Hannah ha aprendido de la mejor —dijo Magda.

Magda le dio una palmadita en la mano a Rina.

—No sé si te refieres a Ginny o a mí, pero las dos aceptamos el cumplido —respondió, y desapareció por la puerta de la cocina.

Rina le dijo a Decker:

—La has hecho muy feliz al decir que tenías un poco de hambre.

Decker sonrió.

—¿Conozco a mi suegra, o no?

—Esto está buenísimo —dijo Marge, mientras mordía un sándwich de ensalada y huevo—. Me siento como si estuviéramos tomando el mejor té del mundo.

—Si hubiera tenido un poco más de tiempo, seguro que hubiera hecho bollitos de té —dijo Rina, y se puso en pie—. Voy a hacerle compañía. Vosotros, vigiladlo. Lo he perdido de vista dos horas, y han intentado pegarle un tiro. No estoy contenta.

Cuando Rina se marchaba a la cocina, Decker le dijo:

—No fue nada planeado, ¿sabes?

Ella se dio la vuelta y le respondió:

—¿Cómo la última vez?

—¿Cuántas veces tengo que disculparme…? —Decker se quedó hablando con el aire—. Esta mujer tiene gigabytes de memoria, sobre todo para archivar las infracciones que he cometido durante los últimos diecinueve años.

—Es lo lógico —dijo Oliver—. Tú existes para que ella pueda decirte lo que has hecho mal.

—Eso no es justo —protestó Marge—. Y Rina no es así. La situación ha sido muy inusual.

Decker dijo:

—Ya podemos cambiar de tema.

Oliver obedeció.

—¿Qué pensáis de que todos los Kaffey tengan heridas de guerra? ¿Pensáis que es posible que haya alguien que quiera aniquilar a toda la familia, o es una confabulación?

Decker se metió un anacardo en la boca.

—¿Quién podría querer hacerle daño a la familia?

Oliver se sirvió otro trozo de bizcocho de chocolate.

—¿Podría ser ese tipo de la costa este a quien perjudica tanto el proyecto de Greenridge?

—Paul Pritchard, de Cyclone Inc. —dijo Decker—. Lee Wang me dio algunos artículos que citaban a Pritchard. Dice que no le preocupa en absoluto Greenridge. Piensa que el proyecto está abocado al fracaso. Aunque todo podrían ser exageraciones suyas. Sin embargo, si Pritchard estuviera preocupado, ¿crees que sería para tanto como para matar a toda la familia?

—Exagerado, pero no imposible —dijo Marge—. ¿Hay algún otro miembro de la familia que pueda heredar si los demás han muerto?

Oliver respondió con la boca llena de bizcocho.

—¿No tiene un hijo Mace?

—Sí —respondió Decker—. Se llama Sean.

—Pero, aunque los hermanos Kaffey murieran, Sean Kaffey no heredaría nada. Grant tiene un hijo pequeño. ¿Y sería Sean tan idiota como para mandar matarlos a tiros a todos ellos en un lapso de diez días?

—¿No os parece que debería investigarlo? —preguntó Oliver—. Parece una tontería, pero la gente avariciosa hace estupideces todo el tiempo.

—Claro, investiga a Sean, pero no te olvides de lo demás. Tenemos que encontrar a Gil Kaffey y a Antoine Resseur.

Marge sacó su libreta.

—¿Quieres que lo convierta en mi misión personal?

—La prioridad es averiguar todo lo que puedas sobre Resseur —respondió Decker—. Grant dijo que Gil y Antoine rompieron de forma amistosa, pero tal vez no fuera así.

—Puede que su ruptura fuera fingida, para mantener a Resseur alejado de las sospechas, mientras Gil liquidaba al resto de su familia. Sigue pareciéndome muy raro que el que se encargó de matar a Guy y a Gilliam no se molestara en rematar a Gil.

—Estoy de acuerdo con eso —dijo Decker—, pero todos sabemos que, si Gil contrató a alguien para que cometiera los asesinatos, no disparó personalmente.

Todo el mundo estuvo de acuerdo.

—Ah, hoy he tenido una buena noticia —prosiguió Decker—. El sheriff T, de Ponceville, nos ha enviado por fin las huellas dactilares de Rondo Martin. Hemos encontrado unas huellas iguales, ensangrentadas, en la escena del crimen. Ya podemos demostrar que Rondo Martin estaba en la escena del crimen. Ahora, necesitamos encontrarlo.

—Muy bien, lo pondré en el segundo lugar de mi lista —dijo Oliver.

Decker sonrió.

—Entonces, esto será el número tres: Brett Harriman ha identificado la voz de Alejandro Brand. Por desgracia, eso no es suficiente para acusar a Brand de asesinato.

—¿Crees que lo hizo él? —preguntó Marge.

—Sabe algo —dijo Decker. Tomó algunos anacardos más, y empezó a masticar. Después, añadió—: Los de Foothill lo han detenido y lo han acusado de fabricación de metanfetamina, así que tengo una copia de sus huellas. Sin embargo, no hay nada en la base de datos, ni hemos encontrado coincidencia entre las huellas sin identificar de la escena del crimen.

—Vaya —dijo Oliver.

—Debería ser fácil —comentó Decker—. Brand está en la cárcel, y no va a salir pronto. Me gustaría ponerle la zanahoria delante de la nariz, ofreciéndole una reducción de pena, para conseguir que hable del golpe.

—¿Y crees que la información de Harriman es fiable?

—Eligió la voz de Alejandro Brand después de haber rechazado otras dos cintas. Además, Rina identificó a Brand del libro de fotografías, después de haberlo visto en el juzgado. Además, si Harriman se estuviera inventando las cosas, ¿cómo iba a saber el nombre de Joe Pine? —preguntó Decker, e hizo una pausa—. Por otra parte, es un tipo muy extraño. Esta tarde se ha presentado en la puerta de mi casa.

—¿Por qué? —preguntó Oliver.

—Quería hablar con Rina. Le preguntó si yo había preparado una ronda de reconocimiento para que ella pudiera identificar a Brand.

—El abogado defensor podría sacar mucho provecho de eso.

—Ella lo echó —respondió Decker—. Pero, al verlo marchar, se dio cuenta de que lo estaba siguiendo un coche.

Marge le contó la historia a Oliver.

—Estoy investigando los Saturn que se vendieron en Popper Motors.

—Sería interesante comprobar si alguna de las huellas de neumáticos de hoy coincide con las marcas de los Saturn de ese concesionario.

—Pero, primero, tenemos que encontrar el coche —dijo Marge—. Si el tipo de Popper Motors puede darme algunos nombres, iré a las direcciones y comprobaré si en alguna hay un Saturn azul marino con los cristales tintados.

Decker miró un trozo de bizcocho de chocolate y decidió esperar al café.

—Willy Brubeck y yo vamos a ir a Ponceville a ver si damos con Rondo Martin. Mientras estamos allí, investigaré a la familia Méndez, y si existe alguna relación entre esa familia y Ana Méndez. Mientras estoy fuera, volved a comprobar todo lo referente a Riley Karns y a Paco Albáñez. Los dos hombres sabían dónde estaban enterrados los caballos, así que cualquiera de ellos pudo enterrar a Denny Orlando.

—Yo me quedo con Karns, y tú quédate a Albáñez —le dijo Marge a Oliver.

—Me parece bien.

—Y, finalmente, tenemos que encontrar a Joe Pine, o José Pino.

—¿Estamos seguros de que es la misma persona?

—Buena pregunta. Empezad con José Pino, porque es el nombre que mencionó Harriman.

—Todavía estamos intentando conseguir una copia de sus huellas. Brady no las tenía en su expediente. Les hemos pedido a los de Menores de Foothill que nos envíen una copia, porque cometió algunos delitos cuando era adolescente. Por desgracia, esos expedientes están sellados, pero lo estamos intentando.

Magda y Rina volvieron. Rina llevaba la bandeja del café. Decker se levantó rápidamente.

—Yo la llevo a la mesa —dijo.

—Gracias —respondió Rina.

—¿Quién quiere un descafeinado? —preguntó Magda.

—Yo, por favor —dijo Decker. Tomó un pedazo de bizcocho y se lo comió de cuatro bocados—. Delicioso. ¿Quién ha hecho este?

—Yo —dijo Magda, con una enorme sonrisa—. Tu mujer ha hecho las galletas de almendra.

—Están riquísimas —respondió Marge, y miró a Decker—. Yo soy un desastre en la cocina, pero tú tienes a tres mujeres que podrían poner una pastelería.

Decker se resistió, pero acabó por tomar un segundo trozo de bizcocho.

—Es una conspiración para mantenerme gordo y feliz —dijo, y se dio unas palmaditas en el estómago, que iba creciendo con los años—. Una de dos no está mal.

CAPÍTULO 28

Decker tenía la esperanza de que, al verse en la cárcel del condado, Brand se aviniera a hablar. Sin embargo, apareció en la sala como si acabara de pasar unos días en Sandals. Se había afeitado la mosca, y el acné había desaparecido, y su piel tenía un color moreno y saludable. Parecía más un estudiante de universidad que un mafioso de poca monta. Cuando Decker le comentó lo positivo de su aspecto, Brand lo atribuyó a la buena vida.

—Tres comidas al día, y las luces apagadas a las diez —dijo Brand, en inglés. Llevaba el traje de la cárcel, un mono de color azul—. Antes me despertaba a las cuatro de la tarde —añadió, e hizo una pausa—. A lo mejor es que la luz del sol es buena.

—Me alegro de que tus condiciones de vida te parezcan tan agradables.

—Yo no he dicho eso —respondió Brand—. Espero no estar aquí toda la vida.

—No, no vas a estar en este centro mucho tiempo —le dijo Decker—. Tus delitos conllevan penas de cárcel. Tu siguiente destino es Folsom.

—No creo. Has venido aquí a hablar. Eso significa que tengo algo que tú quieres —dijo Brand, y se inclinó hacia delante. Apestaba a tabaco—. Has venido a hablar conmigo dos veces. Una vez más que el imbécil del abogado que me asignaron —añadió, y se recostó en el respaldo de la silla—. Pero no puedo decirte nada, si no sé lo que quieres.

Decker sacó un cigarro de un paquete y lo encendió.

—Eres un chico listo.

—Eso era lo que siempre decía mi abuela.

—Listo, pero has tomado algunas decisiones muy malas.

—Ella también decía eso. ¿Por qué me hablas ahora en inglés?

Decker le dio el cigarro a Brand, que se lo agradeció asintiendo una sola vez. Entonces, empezó a hablar español.

—Por mí, cualquiera de los dos está bien.

Brand le dio una profunda calada al cigarro.

—Tienes acento cubano.

—Buen oído, Alex. Soy de Florida. Háblame de algunos de tus amigos.

—Tengo muchos amigos. Soy un hombre muy popular.

Decker sacó una libreta y un bolígrafo.

—Háblame de La Boca.

Al principio, Brand se quedó desconcertado, pero, al instante, se animó.

—Sí, tienes que encontrarlo, tío, porque toda esa mierda era suya.

—Lo estamos buscando —mintió Decker—. Pero hasta ahora, nada. ¿Dónde podríamos encontrarlo?

—No sé. Está por el barrio.

—¿Y qué hace?

Durante los diez minutos siguientes, Brand le contó la historia de que La Boca era un camello de los grandes. Dijo:

—Sí, es peligroso. Ten cuidado, tío.

—Parece que tú conoces a muchos tipos peligrosos, Alex. ¿Hay algo más que quieras contarme sobre La Boca?

—Eso es todo, tío —dijo Brand, y apagó la colilla del cigarro—. ¿Y si me das otro?

Decker encendió otro cigarro, inhaló profundamente, y exhaló el humo hacia la cara de Alex.

—Puede que tengas suficiente nicotina con una calada de segunda mano.

A Brand se le oscureció la mirada.

—No tengo por qué hablar contigo.

Decker preguntó:

—¿La Boca es miembro de Bodega 12th Street?

—No lo sé.

—Claro que sí.

—¿Y por qué iba a decirte nada?

Decker llevaba una media hora hablando con Alex, pero no se había establecido demasiada confianza. El chico estaba muy distante.

—Háblame de tus amigos de Bodega 12th Street.

—No es una banda, tío. Solo somos un grupo de tíos que salimos juntos.

—Pues yo he oído decir que sois unos tipos muy duros.

—Uno tiene que cuidarse.

—Sí, estoy de acuerdo —dijo Decker—. Algunas veces, eso funciona, pero, otras, las cosas salen mal… Muy mal. ¿Sabes a qué me refiero?

Brand no respondió.

—Como, por ejemplo, cuando explotó tu apartamento. Eso fue una mierda. Pero a mí no me importa eso, Alex. Eso es algo entre tu abogado y tú. Yo no soy un poli de Narcóticos.

—No voy a decir nada más hasta que no me cuentes lo que puedes hacer por mí.

—No soy de Narcóticos, Alex, soy de Homicidios. Yo resuelvo asesinatos.

Brand se quedó, aparentemente, pasmado.

—¿Y qué quieres de mí? Yo no mato a nadie.

—¿He dicho yo que hayas matado a alguien? —dijo Decker, y le dio a Brand el cigarrillo a medio terminar—. No he dicho que tú hayas matado a nadie. Quiero decir que, tal vez, sí lo has hecho, pero no he dicho que lo hayas hecho.

—No he matado a nadie —dijo Brand. Dio unas caladas profundas, y pareció que eso le relajaba. Bien. Si lo mantenía bien provisto de nicotina, tal vez llegaran a alguna parte.

—Yo trabajo en el West Valley. Estoy llevando un caso de asesinato muy malo —explicó Decker—. Se suponía que iba a ser un triple asesinato, pero una de las víctimas sobrevivió, así que es un doble asesinato con intento de asesinato. Murieron Guy y Gilliam Kaffey. ¿Sabes tú algo de esto?

—Todo el mundo sabe lo de esos dos —respondió Brand—. Lo han dicho en las noticias.

—La víctima que sobrevivió… vio algunas cosas. Me ha contado lo que vio. Había más de un asesino, Alex. Había varios hombres, y hablaban español. Tenían tatuajes de Bodega 12th Street.

—¡Yo no! No tengo nada que ver con eso.

—La víctima te ha identificado.

—¡Eso es mentira! Yo no estaba allí. Puedo demostrarlo.

—Entonces, ¿dónde estabas?

Inmediatamente, Brand empezó a explicar su coartada, hablando en español, muy rápidamente. Decker tuvo que prestar mucha atención para seguir su explicación. El chico dijo que había estado toda la noche con su novia. Habían ido al cine. Después, habían ido a su apartamento y se habían acostado juntos. Después, habían salido otra vez.

—¿Y a qué hora fue eso? —preguntó Decker.

—A la una, o un poco más tarde —dijo Brand. Empezó a temblarle la pierna—. Estuvimos un rato con unos amigos míos, por la calle.

—¿Dónde?

—Dando una vuelta.

—¿En dónde?

—En Pacoima —dijo Brand, y le dio el nombre de una calle—. Solo estábamos por ahí.

—¿Qué quiere decir que estabais por ahí? Sé más concreto.

—Ya sabes…

—¿Pasando droga?

Silencio.

Decker dijo:

—Ya te has metido en un buen lío por fabricarla, Alex. Por unas cuantas pastillas más tu caso no va a cambiar.

—Nada del otro mundo —dijo el chico. La pierna se le movía a toda velocidad—. Solo un poco de hierba.

—¿La estabais fumando, o vendiendo?

—¿Por qué me haces tantas preguntas si no eres de Narcóticos?

Brand empezó a hablar en inglés, como si quisiera darle más énfasis a sus palabras.

—Solo era un poco de hierba.

Decker también le respondió en inglés.

—Eso ya lo has dicho.

—Esa noche me vieron un millón de personas.

—¿Un millón?

—No, un millón no, pero ya sabes. Estuve por ahí toda la noche. Vi a gente. No maté a nadie.

—¿Sabes, Alex? Yo ni siquiera me acuerdo de lo que cené hace dos noches —dijo Decker, mirándolo con intensidad—. ¿Cómo es que tú te acuerdas de lo que hiciste hace una semana, con tantos detalles?

—Los asesinatos fueron noticia por todas partes, tío. Me enteré al día siguiente.

—¿Por qué no me dices de verdad lo que pasó, y así yo veré lo que puedo hacer? Porque estoy seguro de que tú supiste lo que había pasado mucho antes que el resto de la gente.

—¡Yo no estaba allí, tío! Si alguien te ha dicho eso, es un mentiroso.

—Te creo. Tal vez tú no estuvieras allí, pero algunos de tus amigos de Bodega 12th Street, sí.

—No —dijo el chico, cabeceando con vehemencia.

—Ahora eres tú el que está mintiendo.

Vuelta al español.

—¡Le juro que no lo sé!

—Entonces, ¿por qué te identificó la víctima?

—Seguramente es un blanco idiota para el que todos los hispanos somos iguales. No sé por qué me ha identificado. Yo no estaba allí.

Decker persistió.

—¡Pero yo sé que tú sabes quién estaba allí!

—No, no lo sé —dijo Brand. Sin embargo, el pestañeo involuntario de sus ojos fue lo mismo que un «sí».

Estuvieron en aquel tira y afloja durante otros veinte minutos. Para entonces, Decker había estado interrogándolo más de dos horas. Brand estaba sudando. Parecía que la anaconda de su brazo estaba nadando en un río.

Decker le dio otro cigarrillo, con la esperanza de calmarlo.

—Una de las víctimas sobrevivió, Alex. Vio cosas…

—A mí, no.

—Podrías hacerte un bien muy grande a ti mismo. Solo tienes que decirme lo que sabes.

—¡Yo no estaba allí!

—No he dicho que estuvieras allí. He dicho que solo tienes que decirme lo que sabes.

Brand se miró el regazo.

—No sé nada.

—Alex, eso no es verdad. Lo sabes todo sobre José Pino, y que lo echó todo a perder porque no mató a la víctima que ha sobrevivido. Lo sabes todo sobre Rondo Martin y el patrón. La gente te ha oído hablar.

Brand se quedó asombrado, confuso. Apretó los labios.

—Háblame del patrón.

Brand se encogió de hombros, pero no miró a Decker a los ojos. Su pierna seguía botando.

—Vamos, Alejandro. No querrás que llegue a oídos del patrón que vas por ahí hablando de él.

Más silencio.

—También tenemos a gente buscando a José Pino en México —mintió —. ¿Qué va a hacer José cuando se entere de que has estado hablando de él?

—¡Mira, tío, yo ya te he dicho la verdad! ¡No estaba allí!

—Te creo —dijo Decker, en voz baja—. Creo que no estabas allí. Pero sí sabes quién estaba.

297

—No, no lo sé —respondió Brand, retorciéndose en el asiento—. Solo he oído ciertas cosas. No sé lo que sí es verdad y lo que no. ¿Por qué me estás jodiendo, tío?

—Dime lo que has oído.

No hubo respuesta. Decker esperó. Por fin, Alex dijo:

—¿Tú trabajas para ese tipo de las gafas de sol?

Decker tardó unos segundos en darse cuenta de que se refería a Brett Harriman. Eso no era nada bueno. Por suerte, Decker mentía mucho mejor que Alex.

—¿De quién estás hablando?

—Del tío ese de los juzgados. Me di cuenta de que me estaba espiando. Debería haberme encargado de él cuando tuve la oportunidad.

—No sé de quién estás hablando, Alex. Ya te he dicho que soy de Homicidios.

—Sabía que era un hijo de puta. Me di cuenta de cómo me miraba.

—Alex, no divaguemos —dijo Decker, mientras tomaba nota de llamar a Harriman—. Dime cuáles son esos rumores que has oído.

—¿Qué consigo si hablo contigo?

—Consigues a un teniente de Homicidios que está de tu parte, además de tu abogado.

—¿Les dirás a los de Narcóticos que esa mierda no era mía?

—No, no puedo hacer eso. Pero, si cooperas, hablaré con el juez que te juzgue. Si se queda impresionado, puede que te rebaje la pena.

—¿Cuánto?

—No lo sé, pero ¿qué tienes que perder?

—No quiero que la gente sepa que he hablado contigo.

—Bueno, dime lo que sabes, y yo veré lo que puedo hacer.

—Solo he oído lo que tú has dicho: que José lo echó todo a perder, y que el patrón lo está buscando.

—Vamos a asegurarnos de que estamos hablando del mismo patrón. Háblame de él.

—No sé cómo se llama —dijo Brand, y desvió la mirada—. Hace muchos negocios con Bodega 12th Street. No sé si me entiendes.

—¿Drogas?

—Sí, consigue la droga de los jefes. Todos dicen que fue él quien ordenó el golpe.

—Descríbemelo.

—Solo sé que es un tipo blanco que tiene mucho dinero. Nunca lo he visto —dijo el chico, y sonrió—. Pero tú no sabes quién es.

—¿Cómo sabes que fue él quien ordenó el golpe?

—Eso es lo que he oído entre mis amigos.

—¿Qué amigos?

—No me acuerdo —dijo Brand, y miró a Decker—. Es la verdad, tío. Lo he oído por ahí.

—¿Y cómo te enteraste de que José Pino lo había echado todo a perder?

—José es un perdedor.

—¿Conoces a José?

—Cuando yo era pequeño, él era un buen Bodega, pero, después, empezó a ir a una organización llamada… SN… No me acuerdo, tío. Una organización de blancos ricos que quieren rehabilitar a miembros de bandas —explicó, riéndose—. No lo vi durante un tiempo. Después, cuando volví a encontrármelo, me dijo que trabajaba para un millonario que le había dado trabajo de guardaespaldas. Creí que lo decía en broma.

Decker asintió.

—¡Vaya gilipollas!

—¿José, o el hombre que lo contrató?

—Los dos —respondió Brand—. Ese idiota le dio un uniforme. Le dio un arma. Le dio un título. José pensaba que era el rey del mundo. Que estaba por encima de los demás, ¿sabes? Espero que el patrón lo encuentre y le queme las pelotas con un cigarro.

—Descríbeme al patrón.

—Ya te he dicho que nunca lo he visto —dijo Brand, y apagó la colilla del cigarro—. Y, ahora, ¿qué vas a hacer tú por mí, tío?

—Bueno, Alex, la verdad es que no me has dicho nada interesante. Yo ya sabía lo de José Pino y el patrón. Necesito un nombre.

—No sé cómo se llama.

—Pues dime quiénes fueron los pistoleros.

—Ya te lo he dicho. José Pino estaba allí.

—¿Y quién más?

Brand se quedó callado.

Decker dijo:

—Solo es cuestión de tiempo que el superviviente identifique a los que estaban allí, y tu información no será útil.

—Pues que lo haga.

Decker cambió de táctica.

—¿Te habló alguna vez José de la gente que trabajaba con él?

—Yo no hablo con José. Dejó de venir con nosotros cuando encontró ese trabajo.

—¿Nunca te mencionó ningún nombre?

Un largo suspiro.

—Creo que me dijo que la mayoría eran hispanos. Una vez, José me dijo que yo era listo y que, si me rehabilitaba, podría conseguirme un trabajo. Pero que tenía que hablar con su jefe primero. Yo le dije que no me interesaba.

—¿Quién era su jefe?

—No lo sé. Un tío.

Decker sacó su lista de nombres de guardias. El primer nombre que leyó fue el de Neptune Brady. A Brand se le iluminaron los ojos.

—Sí, ese fue el gilipollas que lo contrató.

—¿Lo has conocido?

—No.

—¿Puede ser Neptune Brady el patrón?

—Puede serlo si es un tipo blanco con mucho dinero.

—Voy a leerte algunos nombres más. Dime si alguno te suena.

Cuando Decker llegó a Denny Orlando, Brand alzó una mano.

—Ese nombre me suena. Trabaja con José.

—Sí, trabaja con él. O, más bien, trabajaba. Ha muerto.

—¿Se lo cargó José?

—Alguien se lo cargó.

—Es lógico. Si alguien traiciona a Bodega 12th Street, puede traicionar a cualquiera.

Decker mencionó a Rondo Martin, pero Brand no reaccionó.

—¿No te suena ese nombre?

Brand pensó un momento.

—Estás diciendo muchos nombres. Me confundo.

—Es un tipo duro, blanco. ¿Puede ser él el patrón?

Brand fue desdeñoso.

—No sé cómo se llama el patrón, pero no creo que su nombre suene tan estúpido como Rondo Martin.

CAPÍTULO 29

—¿Un tipo blanco con mucha pasta? —preguntó Marge—. Vaya, sí que ha concretado.

Oliver y ella estaban sentados en el despacho de Decker, dando vueltas a las ideas que tenían. Oliver llevaba un traje negro, Marge, uno gris, y Decker, uno marrón. Iban adecuadamente vestidos para ir a un funeral, algo que habría casado perfectamente con el desánimo que sentían.

Gil había desaparecido, Resseur había desaparecido, Grant estaba curándose de sus heridas en la casa familiar de Newport, y Mace estaba en algún lugar... No había desaparecido, exactamente, pero no respondía a las llamadas de Decker. A Neptune Brady y a su equipo los habían despedido sin contemplaciones. No tenían nuevas pistas. El caso estaba cada vez más estancado.

Decker se acarició el bigote.

—Me preocupa Brett Harriman. Deberíais haber visto la mirada de Alejandro Brand cuando habló de él.

—Está entre rejas —dijo Oliver—. Tiene otras cosas de las que preocuparse.

—Es un miembro de Bodega 12th Street —dijo Marge—. Conoce a gente fuera.

—Exacto —afirmó Decker—. He hablado con unos cuantos funcionarios de prisiones de la cárcel del condado. Van a mantener los ojos bien abiertos. Pero hay que hablar con Harriman y decirle que tenga cuidado.

—Él no puede tener los ojos bien abiertos —dijo Oliver—. Bueno, puede, pero no le serviría de nada.

—Tal vez tenga su propia forma de discernir si hay alguien cerca. Mientras, no debería estar sin protección, al menos, hasta que tengamos más atado a Brand.

—Tengo noticias sobre el Saturn, pero no os emocionéis —dijo Marge, y pasó un par de páginas de su libreta—. La pista era falsa. El Saturn era de segunda mano, y se vendió a un servicio de coches de alquiler llamado Cheap Deals. Se lo alquilaron a Alyssa Mendel y, el día que Harriman se presentó en tu casa, Mendel estaba visitando a su tía de ochenta y cinco años, Gwen. Vive en la acera de enfrente, varias casas más allá de la vuestra.

—Bueno, pues eso es bueno para mí, pero malo para el caso —dijo Decker—. Rina se va a desquitar conmigo cuando sepa que lo del Saturn no era nada. He comprado un sistema de seguridad nuevo, porque todo esto me puso tan nervioso… Bueno, puede que lo instale de todos modos. Sigo siendo un poli, Brand es un pandillero y yo tengo entre manos un caso de asesinato múltiple.

—Mi piso tiene tres cerraduras —dijo Marge—. Si alguna vez me da un infarto, no habrá manera de que el médico pueda entrar.

—¿Y qué vas a hacer en la casa? —preguntó Oliver.

—Poner al día la alarma, añadir un par de altavoces, cámaras de seguridad y sensores de movimiento, cambiar la cerradura de la puerta, comprobar las cerraduras de las ventanas… Cosas básicas, que no impedirían que entrara un profesional, pero que tal vez le dieran trabajo a un aficionado… —Decker hojeó su libreta—. Ah, sí. Puede que esto sea importante. Cuando le mencioné a Rondo Martin, me pareció que Brand no tenía ni idea de quién era.

—Puede que estuviera mintiendo —dijo Oliver.

—En mi opinión, no.

Marge dijo:

—Eso no nos dice nada sobre la implicación de Rondo Martin. Tal vez es que no sé si participó en el golpe, al contrario que Joe Pine, o José Pino.

—Exacto. Brand admitió que conocía a Pino y dijo que era un antiguo miembro de Bodega 12th Street que se había rehabilitado en una organización. Supo decirme dos siglas, SN… Le pedí a Wang que buscara organizaciones para la rehabilitación de miembros de bandas, y existe un grupo de servicio a la comunidad llamado SNHC.

—Sí. Sacad a Nuestros Hijos de las Calles —dijo Marge—. Cuando estaba buscando a Jervis Wenderhole, durante el caso de Bennett Little, me encontré con ese nombre.

—Guy Kaffey estaba en la junta directiva. Wang revistó la lista de guardaespaldas personales, además de la de los guardias de seguridad. Guy contrató a bastantes antiguos miembros de Bodega.

Oliver dijo:

—Vamos, que podía haberle dado un arma a Pino. Oh, espera. Le dio un arma a Pino.

Decker dijo:

—Brand me contó que Pino no solo estaba implicado en el crimen, sino que el patrón estaba muy cabreado porque lo había echado todo a perder al no rematar a Gil Kaffey.

—Bueno, y ¿qué pensamos de Gil Kaffey? ¿Víctima o sospechoso? —preguntó Oliver.

—Al principio, pensaba que era una víctima, pero, entonces, él desapareció y a mí me dispararon. El tiroteo pudo ser una trampa por parte de Grant. O de Gil. O de Resseur. O de ninguno de ellos —dijo Decker—. Cuando encontremos a Gil y a Resseur, espero que consigamos algunas respuestas.

—Se me acaba de ocurrir una cosa —dijo Marge—. Brand te dijo que el patrón trafica con drogas.

—Claro, claro, si te llamas el patrón, tienes que traficar con drogas —dijo Oliver.

—Sí, a mí también me suena a mentira, pero hay un detalle que… Rondo Martin fue policía en una comunidad agrícola. Estoy seguro de que hay agricultores que tienen plantaciones… alternativas.

Decker lo pensó.

—¿Martin hizo contactos con gente que cultiva marihuana y trajo negocio a Los Ángeles?

—Es solo una idea.

—¿Encontrasteis una sola señal de que hubiera cultivos ilegales en Ponceville? —preguntó Decker.

—No, pero no vamos a conseguir esa información hablando con el sheriff. Puede que el padre de Willy Brubeck sepa si hay o no hay.

—Lo más probable es que alguien de las barriadas lo sepa —dijo Oliver.

—Mañana a las diez, Willy y yo nos vamos a Ponceville —les dijo Decker—. Y no voy a hacer preguntas solo de Rondo Martin el tirador, sino también, de Rondo Martin el traficante.

—Ten cuidado, Pete —le dijo Marge—. Un traficante que maneja bien las armas es un enemigo muy peligroso.

Rina miró la cámara de vídeo que había colocada bajo el tejado del porche, y que estaba dirigida a la puerta.

—Esto parece una fortaleza.

Decker estaba en lo alto de una escalera, poniendo las últimas tuercas.

—Ni siquiera se ve desde la calle.

—Entonces, ¿cómo va a ser disuasoria, si no se ve?

—El objetivo de la cámara es proporcionarte imágenes de lo que está pasando aquí fuera.

—¿Para poder ver a la sobrina de mi vecina cuando se va en su coche?

—El Saturn resultó ser un coche inofensivo, pero fue una buena llamada de atención para que modernizáramos nuestro sistema de seguridad. ¿Por qué me lo estás poniendo tan difícil, cuando lo único que quiero es proteger a mi familia?

—Tienes razón.

Decker dejó de martillear.

—¿Qué has dicho?

Rina sonrió.

—Ya lo has oído —dijo ella, y miró hacia la puesta de sol, que proporcionaba una vista increíble de dorados y violetas.

Había sido un día muy caluroso, pero la noche era más agradable. Ella se había cambiado de ropa; se había puesto una blusa blanca de manga corta y una falda vaquera. Se había cubierto el pelo con un pañuelo de seda, de colores, que le colgaba por la espalda.

—¿Puedo ayudarte en algo para que termines antes?

Él reajustó el brazo de la cámara.

—No, gracias. Ya casi he acabado.

Hannah salió en aquel momento. Se había puesto el pijama, y llevaba unas zapatillas peludas.

—¿Cuándo vamos a cenar?

—En cuanto termine tu padre.

—Dentro de quince minutos —respondió Decker.

Hannah soltó un resoplido y volvió a entrar.

—Tenemos hambre —dijo Rina.

—Quiero hacer bien esto. ¿Por qué no vas poniendo la mesa?

—Ya la he puesto.

—Entonces, sírvete una copa de vino, o algo así.

—Puede que el vino me dulcifique a mí, pero no hará nada positivo por nuestra progenie.

—Dale un aperitivo.

—No le gusta tomar aperitivos justo antes de cenar.

Decker miró a su mujer.

—Pues empezad sin mí. De todos modos, yo como mucho más rápidamente. Además, cuanto menos tiempo paso con ella, mejor le caigo.

—Ella te quiere.

—Eso dices tú. Cindy siempre fue muy agradable conmigo.

—Cindy no vivía contigo.

Silencio. Decker siguió martilleando unos minutos más. Después, bajó de la escalera.

—Hecho —dijo. Cuando los dos entraban en casa, añadió—: Voy a ducharme antes de cenar. Comenzad a comer. Enseguida bajo.

Parecía buena idea. Hannah ya estaba sentada a la mesa, mirando el pollo con cara de depredadora. Rina se sirvió una copa de vino.

—Puedes empezar.

—Por fin —dijo Hannah. Tomó los dos muslos del pollo y se sirvió un montón de brócoli y media patata asada—. ¿Y por qué tanta paranoia de repente? No es que acabe de empezar a trabajar en la policía.

—En este caso están implicados algunos miembros de la banda Bodega 12th Street. Uno de ellos está en la cárcel, y yo lo identifiqué. Tu padre está un poco nervioso.

—Pero tú no has metido a ese hombre a la cárcel.

—Ni siquiera sé si él sabe que existo, pero tu padre está siendo muy cauteloso.

—Me viene muy mal quedarme en casa de los abuelos. Tengo que levantarme media hora más temprano.

—Serán solo unos días.

—Sí, pero tiene que ser justo el día anterior a los exámenes de admisión a la universidad. Y, no, no quiero dormir en casa de ninguna amiga.

Rina le apretó suavemente el brazo a su hija.

—Tú eres muy lista. Lo vas a hacer muy bien.

Hannah pinchó un pedazo de brócoli y masticó vigorosamente. Tenía los ojos llenos de lágrimas. Decker apareció un minuto después, con el pelo húmedo y peinado hacia atrás.

—Pareces Drácula —le dijo Hannah.

Decker se echó a reír.

—Supongo que eso es un cumplido. Era un conde.

A Hannah se le escapó una risita.

—Disculpa. Es que estoy nerviosa.

—El examen de admisión —dijo Rina.

—¿Cuándo lo tienes? —preguntó Decker.

—Mañana, como ya te había dicho.

—Soy viejo. Se me olvidan las cosas. Estoy seguro de que lo vas a hacer muy bien —dijo Decker, e hizo una pausa—. Seguramente, te saldrá mejor que a mí. Si no me hubieran dado puntos por poner

307

el nombre, estoy seguro de que habría sacado una puntuación negativa. Aunque no importa. Nunca tuve intención de entrar en la universidad.

Hannah dejó de comer y observó a su padre.

—¿Por qué? Tú eres muy listo.

—Gracias —dijo Decker—. La educación no les importaba mucho a mis padres. Estoy seguro de que a ti te parece muy bien, claro —añadió, y se ganó una sonrisa de Hannah—. El abuelo trabajaba con las manos, y yo pensé que iba a hacer lo mismo.

—Y, sin embargo, elegiste algo que requiere pensar mucho.

—Todo fue por azar. Después de salir del ejército, supe que buscaban gente en la academia de policía. Gainesville era... es una universidad pequeña, y yo detestaba a los estudiantes, porque tenían mi edad y se lo pasaban muy bien. La policía odiaba a los estudiantes tanto como yo. El enemigo de mi enemigo es mi amigo.

Hannah se quedó pensativa.

—Podías haber dejado el trabajo.

—Resultó que estaba bien —dijo él, y masticó pensativamente—. No puedo creer que haya seguido haciendo lo mismo durante treinta y cinco años.

—Yo también espero encontrar un trabajo que me apasione. Lo único que verdaderamente me gusta es escuchar música.

—Pues sé crítica musical.

—Sí, claro, a ti te encantaría eso.

—¿Y por qué iba a importarme? Siempre y cuando vivas honradamente, haz lo que quieras.

—*Abba*, no puedes ganarte la vida con eso.

—Cariño, si trabajas lo suficiente y haces lo que te gusta, te ganarás la vida. Puede que no ganes mucho dinero, y que tengas que pasar sin ciertas cosas, pero no hay nada mejor que hacer un trabajo que te gusta. A mí no me gusta mi trabajo todos los días, pero no querría hacer ninguna otra cosa —dijo Decker. Se sirvió una copa de vino y brindó con Rina—. No se le puede poner precio a todo.

—¿De verdad no te importaría que fuera crítica musical?

—No. Es tu vida.

—Entonces, ¿me olvido de ir a la universidad e intento convertir mi sueño en realidad?

—¿Disculpe? ¿Cómo dice, señorita? —intervino Rina.

Decker se echó a reír.

—A mí me gustaría que acabaras la escuela universitaria primero, para tener más variedad de opciones. Aparte de eso, no tengo expectativas en concreto.

Hannah apartó el plato.

—Bueno, tengo que hacer la bolsa para ir a casa de los abuelos.

—¿Hannah? —dijo Rina—. Si es importante para ti, podemos dormir aquí. Resultó que lo del Saturn no era nada.

—¿Y me lo dices ahora?

—No quería cancelar lo de mis padres. Estaban muy emocionados por tenernos allí. Pero eso es pensar en ellos, y no en ti. Puedo llamarlos.

—No, no —dijo Hannah—. Tengo una habitación para mí sola en su casa, y me voy a llevar el ordenador. No pasa nada, mamá. De verdad, de todos modos no voy a dormir mucho.

Se levantó de la mesa y abrazó a su padre.

—Gracias por hablar conmigo —le dijo—. Me ha ayudado de verdad.

Después, se fue a su habitación.

—Buen trabajo, *abba* —dijo Rina—. Puedes darte unas palmaditas en la espalda.

—De vez en cuando, entiendo las cosas —respondió Decker, con una sonrisa.

—Vamos, Decker, no seas tan duro contigo mismo. Eso ha sido increíblemente sensible.

—Pues no quería serlo. Lo he dicho todo muy en serio. No soy un genio. Solo soy un servidor público.

—Tú eres un genio para mí —le dijo Rina—. Siempre has sido mi héroe.

Decker miró el pollo de su plato.

—Gracias. Tú también eres mi heroína.

Le besó la mano, y se la sujetó un momento antes de soltarla. Después, tomó su copa de vino. Después de tanto tiempo, todavía le costaba expresarse. Qué bien le hacían sentirse las palabras de su hija, y qué bonito era el comentario de Rina. Sin embargo, no dijo nada; volvió a brindar con su mujer y disfrutó de aquel momento.

Era estupendo sentirse adorado.

CAPÍTULO 30

El paisaje de surcos y canales hacía recordar a Decker su infancia, cuando, de niño, iba con su familia a visitar a sus abuelos a Iowa. Hacían aquel viaje dos veces al año, en Navidad y en Semana Santa. Viajaban desde Florida, recorrían kilómetros y kilómetros de territorio inacabable. La Navidad presentaba un océano marrón y blanco, pero la Semana Santa era una época de renovación: campos verdes en los que brillaba el rocío de la mañana, y el perfume de los árboles que empezaban a florecer. Aquellos viajes se le habían quedado grabados en la memoria, porque había una promesa al final del arco iris. Reuniones familiares, banquetes pantagruélicos, luces, adornos de navidad, primos con los que jugar y, por supuesto, regalos. Fueran grandes o pequeños, era emocionante abrir los paquetes. Al atravesar aquellos otros campos, Decker sabía que el motivo de su viaje era muy distinto, pero el paisaje evocaba aquel entusiasmo infantil.

Brubeck conducía como un nativo por aquella zona rural. Los caminos eran de tierra, y aquel terreno accidentado estaba poniendo a prueba el eje del coche de alquiler. Uno de los baches les hizo volar por los aires, y el aterrizaje fue como para romperles la espina dorsal.

—Disculpa —dijo Brubeck, y aminoró la velocidad—. Malditas carreteras. Después de todo este tiempo, cualquiera creería que habían hecho algo por tapar los agujeros.

—No podemos cambiar las carreteras, pero podemos ir más despacio. No merece la pena quedarse parapléjico por ganar un par de minutos.

—Malditas carreteras —murmuró Brubeck de nuevo. Llevaba una camisa azul marino, de manga corta, y unos pantalones vaqueros. Decker había optado por un polo marrón y pantalones de algodón, con unas zapatillas de deporte.

Decker sacó la lista de las familias de la barriada norte, que Brubeck le había facilitado por cortesía de su suegro, Marcus Merry. Había una docena de apellidos.

—¿Has llamado a tu suegro?

—Daisy me mataría si no pasara a verlos. Le he dicho que nos veríamos para comer, a las dos, más o menos… que es la hora de la cena para él. El hombre se acuesta a las ocho —dijo Brubeck—. No está muy contento con eso de que vengamos a investigar sin que se entere T. Él tiene que trabajar aquí, y ya está en desventaja.

—He pensado en eso —dijo Decker—. A pesar de lo que dijo Oliver, he llamado a T y le he dejado un mensaje diciéndole que íbamos a venir.

Brubeck miró a Decker.

—¿De verdad?

—Mira a la carretera, Brubeck.

—Sí, sí. ¿Por qué le has llamado?

—Para que tu suegro no tuviera ningún problema si T se enfadaba. Además, si nos metemos en algún lío, necesitaremos la ayuda del sheriff.

—¿Crees que es de fiar?

—No lo sé, pero lo lógico es tener a la policía local de tu parte.

—Si es que está de nuestra parte.

—Por eso le he dicho que llegaríamos por la tarde, y que podíamos vernos en el pueblo alrededor de las cuatro. Así, podemos ir a lo nuestro sin que él nos acompañe.

—¿Y si nos lo encontramos en las barriadas?

—Le diré que pudimos tomar un vuelo antes de lo previsto, que intenté llamarlo pero que no di con él.

—Bueno, tiene sentido. Y, si aparece en la barriada, eso nos dirá algo.

—Exacto. ¿Has estado allí alguna vez?

—Solo de paso. Nunca he tenido motivos para parar.

—¿Qué tal hablas español?

—No muy bien, pero puedo seguir una conversación sencilla. Yo conduzco, si tú hablas.

—Me parece bien. Pero llévanos hasta allí de una pieza.

Los trabajadores emigrantes eran un hecho en California. Llegaban con el permiso de trabajo y se les permitía vivir y ganarse la vida haciendo una labor concreta durante un tiempo concreto. La temporalidad, junto con la pobreza, se reflejaba en sus condiciones de vida. No era una aglomeración de chabolas porque había algunas casas de madera con las paredes de yeso, pero no había ninguna permanencia en la zona. Las casas se levantaban en un solo día, y podían derribarse con un golpe de excavadora.

—Ocurre de vez en cuando —le dijo Brubeck a Decker—. Algunos activistas montan un escándalo y protestan por la falta de derechos de los trabajadores, y las zonas se limpian. A la semana siguiente, todo vuelve a empezar. Ya no es como antes, cuando los trabajadores vivían en los ranchos. No hay dinero suficiente para dar de comer a la gente y pagarles el sueldo.

Decker se fijó en que había cables de electricidad enganchados a las casas, así que, por lo menos, tenían alguna comodidad moderna. La mayoría de las construcciones eran adosadas, y estaban pintadas de colores fuertes, amarillo, naranja, morado, verde y rojo. En vez de con números, las viviendas se identificaban con letras, y en la barriada norte, las letras iban desde la A hasta la P. Las familias Méndez vivían en las letras H, J e I. Cuando Brubeck se acercaba a las viviendas, Decker se dio cuenta de que había un Suburban recién lavado, de unos veinte años, aparcado fuera.

—Para el coche, Willy —le dijo, y Brubeck tiró del freno de

mano. Los neumáticos derraparon en la gravilla. Decker preguntó—:
¿Tienes idea de quién conduce ese Suburban?

—No, pero es un visitante. El coche está demasiado limpio
como para ser de uno de los residentes.

Decker abrió la puerta del coche.

—Vamos a echar un vistazo.

Se acercaron sigilosamente al Suburban. Dentro había una cazadora de cuero, un vaso de café de plástico, la radio y el micrófono de
un policía y el portaarmas de una escopeta, vacío. Los dos se miraron
y caminaron en silencio hasta su coche.

—Tiene equipamiento de la policía —dijo Brubeck.

—Sí, ya lo he visto. Y el portaarmas está vacío.

—Sí, me he fijado. Voy a llamar a mi suegro para preguntarle
qué coche lleva el sheriff.

Hizo la llamada y, al minuto, colgó.

—Es el coche oficial de T.

Ninguno dijo nada durante un momento.

—No creo que espiar al sheriff sea bueno —dijo Decker.

—Estoy de acuerdo contigo.

Siguieron allí sentados durante unos instantes más.

—Tal vez debiera decirle a T que acabamos de llegar y que
vamos al pueblo.

—¿Y de qué iba a servir eso?

—Podríamos esperar a que se marche y, después, entrar. A menos
que alguien tenga armas dentro de esa casa.

—Aquí todo el mundo tiene un arma. Y, cuando se entere de
que le hemos engañado, se va a cabrear.

—Entonces, ¿qué te parece si esperamos a que salga por la puerta, para ver si viaja con su escopeta?

—Y entonces, ¿qué? —preguntó Brubeck, riéndose—. No me
estarás diciendo que nos vamos a abalanzar sobre él, ¿no?

Decker se encogió de hombros.

—Da marcha atrás y esconde un poco el coche. Yo voy a llamarlo.

Brubeck avanzó lentamente hacia atrás, y metió el coche detrás de un cobertizo rosa y verde en el que había un Toyota Corolla rojo. La pintura era nueva, pero no la había hecho un profesional. Los dos hombres observaron el coche, hasta que Decker rascó un poco de pintura roja con la uña. Debajo había pintura azul marino.

—Martin tenía un Toyota Corolla azul.

—Y ahora, ¿qué?

—No sé. Deja que llame a la comisaría, y así, por lo menos, no podrán decir que no lo hemos intentado.

Edna, la secretaria, les dijo que T no estaba allí.

—No los esperaba hasta esta tarde.

—Hemos venido en un vuelo anterior.

—Ah… Pero la llamada es de hace solo media hora.

—El retraso debe de haber sido lo que ha tardado mi móvil en conectarse —dijo Decker. Aquello no tenía sentido, pero Edna no le contradijo—. ¿Sabe dónde puede estar T?

—No, señor. Solo que ha salido a un asunto oficial.

—¿Tiene teléfono móvil?

—Claro que sí, pero tengo órdenes estrictas de no darle su número a nadie. Yo lo llamaré en su nombre, si lo desea.

—Sería estupendo.

—¿Dónde están ustedes ahora?

—Recogiendo el coche de alquiler, en el aeropuerto.

—Tardarán más o menos media hora en llegar. ¿Necesita que le dé indicaciones?

—No, he venido con Willy Brubeck. Él conoce la zona.

—¿Willy Brubeck? ¿Es el yerno de Marcus Merry?

—Sí, señora, trabaja para mí.

—Llámeme Edna.

—Muy bien, nos vemos dentro de media hora, Edna.

Decker colgó. Estaban a unos treinta metros de la unidad J, pero, desde el lugar en el que habían aparcado, no se veía bien la puerta de la vivienda.

—Tú quédate en el coche, Willy. Yo voy a acercarme un poco.

—¿Estás loco? Vamos desarmados.

—No he dicho que vaya a enfrentarme a él. Solo he dicho que voy a acercarme un poco. Quédate en el coche. Y, si me agujerean, no le digas a mi mujer cómo ha sido.

Antes de que Brubeck pudiera protestar, Decker había salido del coche. Se agachó, y avanzó hacia la puerta de la unidad J y se detuvo a cierta distancia.

Cinco minutos más tarde, T salió de la casa. Llevaba una camisa de cuadros, unos pantalones vaqueros, unas botas de cuero y una escopeta que parecía una Remington 1100. Era una escopeta antigua. T era un hombre de baja estatura, pero eso, algunas veces, convertía a un hombre armado en alguien especialmente peligroso.

El sheriff miró a su alrededor, abrió la puerta del Suburban y entró. No había visibilidad a través del parabrisas del vehículo, porque el sol daba de pleno, pero T había cometido el error de no cerrar la puerta del conductor. Decker se acercó silenciosamente hasta que vio el brazo del sheriff. Esperó a que T hubiera asegurado la escopeta en el portaarmas y, después, lo sorprendió.

—Buenos días, sheriff, soy el teniente Decker, del Departamento de Policía de los Ángeles.

T giró la cabeza y alargó el brazo, instintivamente, hacia la escopeta. Decker, previendo aquella reacción, le agarró de la muñeca. Las llaves del coche se cayeron. Decker dijo:

—No haga eso.

T tenía el brazo torcido, en una posición muy incómoda. Para poder liberarse, habría tenido que desencajarse el hombro.

—¿Está loco?

—No, es que no quiero que me pegue un tiro.

—Entonces, no se acerque así a un hombre, ¡por el amor de Dios! Suélteme el brazo, o lo meto en una celda.

—Salga del vehículo y hablemos de ello.

—No puedo hacer nada, porque me está retorciendo el brazo.

Decker tiró de él suavemente, para sacarlo del coche. Después, lo soltó. Medía treinta centímetros más que el sheriff, y pesaba unos cincuenta kilos más, así que estaba claro quién llevaba ventaja.

Un momento más tarde, apareció Brubeck.

—¿Estás bien, Decker?

—¿Que si él está bien? —preguntó T, con indignación, moviendo el brazo de arriba abajo—. Este idiota ha estado a punto de romperme la muñeca. ¿Qué problema tiene?

—No voy armado —dijo Decker—. Me gusta jugar en igualdad de condiciones.

—¿Y por qué demonios iba a dispararle? —preguntó T, fulminándolo con la mirada—. Podría detenerlo por esto —añadió. De repente, se fijó en Brubeck—. Willy, ¿cómo has podido dejar que me hiciera esto?

—Lo siento, T, pero es mi jefe.

—¡Está loco!

—No lo niego, T, pero tengo que trabajar con él.

Decker sacó su identificación, pero T le dio un golpe y la tiró al suelo.

—¿Por qué demonios ha tenido que acercarse así? Casi me ha dado un infarto.

—Le he dicho quién soy.

—¿Y con eso pensaba impresionarme?

—Lo siento, sheriff —dijo Decker.

—Es usted un idiota.

Decker contuvo una sonrisa, pero T se dio cuenta.

—Su supervisor va a enterarse de esto.

—¿Por qué está aquí? —le preguntó Decker.

—¡Vivo aquí, imbécil!

—Me refiero a la casa de los Méndez. Sabía que yo iba a entrevistar a las familias. ¿No es una coincidencia que haya venido a visitarlos justo media hora después de que yo lo llamara?

Por primera vez, T no lo maldijo. Miró a la casa furtivamente. Después, miró a Decker a la cara.

—Salga de mi jurisdicción antes de que lo denuncie por agresión a la autoridad.

—¿Va a hacer eso antes o después de que yo lo denuncie a usted por obstrucción a la justicia? O, tal vez, la acusación debería ser la de complicidad con un fugitivo.

—Váyase a la mierda —dijo T. De nuevo, miró involuntariamente hacia la puerta de la casa—. Yo no estoy ocultando a nadie.

—Hay un Toyota Corolla que se parece mucho al de Rondo Martin. ¿Cuánto tiempo cree que voy a tardar en comprobar la matrícula? —preguntó Decker. Al ver que T no respondía, dijo—: Si ha ayudado a Rondo Martin a esconderse porque siente lealtad hacia él, haré la vista gorda. Solo quiero llevarlo ante la justicia, y usted tiene que ayudarme.

—No te metas en un lío por él, T —dijo Brubeck—. Vamos a hacerlo de la manera más fácil.

El sheriff negó con la cabeza.

—No es lo que pensáis. No estoy escondiendo a ningún asesino.

—Tenemos que entrar en esa casa, sheriff.

—No entendéis nada.

—Pues explíquenoslo.

—Se me han caído las llaves dentro del coche. En el llavero está la llave del portaarmas de la escopeta. Sáquela si quiere. Confío en que no me va a pegar un tiro.

—Discúlpeme por haberme acercado así —dijo Decker, y le tendió la mano.

Después de unos segundos, T se la estrechó.

—Deme un minuto, y volveré a salir —dijo. Miró a Brubeck y señaló a Decker con un gesto de la cabeza—. Esto no significa que no sea un imbécil —añadió, y se alejó a zancadas hacia la casa.

Decker soltó una bocanada de aire.

—No lo he hecho muy bien —dijo.

—Pues no —respondió Brubeck—. Yo no quería decir nada, pero ¿por qué has hecho eso? ¿Por qué no has dejado que se fuera? Podríamos haber entrado después.

—¿Y que Rondo nos hubiera acribillado a balazos? Cabía la posibilidad de que nos metiéramos en una ratonera.

—Pues eso todavía es posible.

—Espérame en el Suburban de T, Willy. Te llamaré cuando compruebe que todo es seguro.

—No pienso dejar que entres solo.

—Te he dado una orden.

—Estás loco.

—Eso ya lo hemos dejado claro. Si oyes disparos, sal corriendo de aquí. Eso también es una orden.

Willy negó con la cabeza.

—No tienes que decírmelo dos veces.

CAPÍTULO 31

Decker no se esperaba nada de lo que encontró.

Rondo Martin estaba tendido en un colchón que había sobre el suelo de madera. Estaba muy pálido y bañado en sudor, y tenía el torso vendado. Las vendas eran nuevas, pero bajo ellas había algo que supuraba y convertía el blanco en gris. En la habitación había un olor fétido, el de la infección mezclada con antiséptico. Seguramente, Martin tenía los ojos azules, pero se le habían apagado tanto con la enfermedad, que parecían grises. Tenía unas ojeras tan oscuras que parecía un mapache. Tenía barba de varios días, y el pelo, sucio y grasiento.

Ana Méndez estaba a su izquierda, enjugándole el sudor de la cara con un paño húmedo. Paco Albáñez estaba a su derecha, intentando darle un poco de sopa. Martin se estremeció de dolor y apretó los labios para tragar un poco de líquido. Sus ojos fueron desde sus enfermeros hasta Decker.

Decker observó alternativamente a Ana y a Paco. Como no los había visto juntos, no se había dado cuenta de lo mucho que se parecían. ¿Padre e hija? ¿Tío y sobrina? Había otras dos mujeres en la habitación, pero él no sabía quiénes eran.

Se veían frascos de medicamentos por todas partes, sobre todo, antibióticos y analgésicos. Las etiquetas eran de una marca para mascotas. Era más fácil conseguir medicinas para Fido que conseguir recetas de un médico. Rondo Martin iba a necesitar algo

320

más que Cipro para perros y derivados del Vicodin si quería sobrevivir.

Decker dijo:

—Tiene que ir al hospital.

—¿Ha encontrado ya a Joe Pine? —preguntó Martin, con un hilo de voz.

Ana Méndez dijo el nombre de José Pino y escupió en el suelo.

—No —dijo Decker—. Sigue desaparecido.

—Entonces, no voy a ningún sitio. Me está buscando.

Willy Brubeck entró con el rifle. Miró a su alrededor y, después, a Decker.

Decker le dijo:

—Rondo acaba de decirme que Joe Pine lo está buscando para matarlo.

—Me miró a los ojos y apretó el gatillo —dijo Martin.

—Entonces, necesita ir a algún lugar seguro. Si yo lo he encontrado, él también lo encontrará.

—Eso es lo que he tratado de explicarle —dijo T.

Ana habló en español:

—¿Dónde estaba la policía cuando mataron a los Kaffey? ¿Dónde estaba la policía cuando llenaron de agujeros a mi Rondo?

T le preguntó a Decker:

—¿Ha entendido eso?

—Sí —dijo Decker, y sacó su teléfono móvil—. Voy a llamar a la policía.

T puso la mano sobre el teclado del teléfono.

—Será más rápido si lo llevamos en el todoterreno. La ambulancia tardará como mínimo media hora en llegar aquí.

—No voy a ninguna parte —dijo Martin—. Prefiero morir aquí.

—Eso es lo que va a pasar si no le curan esas heridas.

Brubeck dijo:

—¿Solo reconoció usted a Joe Pine?

—Es el único al que recuerdo… —respondió Martin, e hizo una mueca de dolor.

—Tiene que ir al hospital —repitió Decker.

T asintió, y las mujeres empezaron a recoger mantas para el Suburban. Ana se empeñó en permanecer junto a Rondo.

—¿Quién tiene las llaves?

Brubeck se las entregó a T, que se las dio a una de las mujeres.

—Vamos a que te curen, Rondo.

—Si me lleváis al hospital, soy… hombre muerto. He visto demasiado.

—¿Qué vio? —preguntó Decker.

—Vi a cuatro, por lo menos… O a más.

—¿Y no reconoció a ninguno de los otros?

—No lo sé… Joe me disparó muy rápido.

—¿Y cómo escapó?

—Trabajo en la mansión… con gente que tiene mucho dinero… Sabía que, al final, iban a robarles. Tenía… tenía un plan.

—¿Cómo ocurrió, Rondo? —preguntó Brubeck.

—Oí ruido en la biblioteca… Entré corriendo, y vi a Joe con un arma. Me disparó una y otra vez. El ruido atrajo a Denny. Alguien le pegó un tiro. Yo salí corriendo.

—¿Y dónde fue?

—Me escondí en un armario. Sangraba mucho —murmuró. Tuvo que hacer una pausa para recuperar el aliento, y prosiguió—: Se oyeron muchos tiros. Después, todo se quedó silencioso. Así que esperé… Tal vez me desmayara. Oí a Joe preguntándole a alguien si tenía más munición.

Rondo se quedó callado unos momentos.

—No la tenía.

—¿Por eso no remataron a Gil Kaffey?

—No lo sé, pero tiene sentido. No oí más disparos. Al final, conseguí bajar… y vi lo que le habían hecho a Alicia. Entonces, me desmayé.

Nadie dijo nada. Ana estaba llorando en silencio. Paco estaba sentado con una expresión estoica, con la cuchara de la sopa en una mano.

Martin dijo:

—Alicia era la sobrina de Paco… prima de Ana.

Decker se volvió hacia el jardinero.

—Lo siento.

Paco asintió.

Ana habló con la voz tomada por la emoción.

—Cuando lo vi, pensé que estaba muerto. Al ver que estaba con vida, fui a buscar a Paco.

Martin dijo:

—Ellos me escondieron hasta que el hijo de Paco fue a buscarme desde aquí, y me trajo.

Brubeck dijo:

—¿Dónde se escondió?

—En uno de los tráileres de caballos de Riley.

—¿Qué parentesco hay entre Ana y Paco?

—Paco también es tío mío —dijo ella, en español.

Decker preguntó:

—¿Paco se apellida Albáñez o Álvarez?

—Albáñez —dijo Martin.

—Edna les dijo a mis hombres que uno de los apellidos de las familias de esta zona es Álvarez.

T dijo:

—Eso son cosas de Edna.

Martin se humedeció los labios agrietados.

—Ana es mi mujer. Estamos intentando casarnos. En Inmigración no nos han dado los papeles.

Las mujeres volvieron, diciéndole a T que el coche estaba listo.

Martin repitió:

—No voy a ningún sitio.

—Yo ya no puedo hacer nada, Rondo —dijo T, señalando a Decker—. Él está al mando. Lo mejor es que cooperes.

—¿Quién me va a proteger?

Decker respondió:

—Yo voy a estar con usted hasta que podamos organizar una vigilancia policial para las veinticuatro horas del día.

—¿Y cómo va a encontrar a los policías? Esto no es la gran ciudad.

—Si es necesario, los traeré aquí de mi propia brigada. ¿Cuántas veces le dispararon, Rondo?

—No lo sé. Más de una. Todavía tengo las balas dentro.

—Vamos a llevarte al Suburban —dijo T—. ¿Puedes andar?

—Sin ayuda, no.

—Eso no es problema —respondió Decker.

Eran cuatro hombres fuertes, pero Martin era un tipo grande, y fue difícil levantarlo del suelo sin infligirle más dolor. Lo incorporaron lentamente hasta que estuvo en pie. Rondo respiraba con dificultad, y tenía una grave infección. Si no hubieran intervenido, habría muerto en cuestión de semanas o, tal vez, de días.

Poco a poco, consiguieron llevarlo hasta el Suburban. Cuando estuvo en la parte trasera, Ana subió y se sentó a su lado.

—Tú no puedes ir, nena —le dijo Martin—. Te van a deportar.

Ella le respondió, en español, que no iba a dejarlo. Los dos discutieron un minuto, y Martin dijo:

—Es una terca. Vamos a acabar ya con esto.

Antes de que Decker cerrara la puerta, le preguntó:

—¿Sabe quién organizó el golpe?

—No. Solo recuerdo a Joe.

—¿Dio él las órdenes?

Martin hizo un gesto de dolor.

—No. Creo que otro.

—¿Quién? ¿Alguien familiar?

—No puedo decirlo con seguridad.

Decker detectó un titubeo en su respuesta. Sin embargo, aquel hombre estaba a un paso de la muerte. Cuando estuviera hospitalizado y estabilizado, insistiría en aquella cuestión. Cerró la puerta del Suburban y le preguntó a T:

—¿Quiere que vaya con usted, o lo sigo en nuestro coche alquilado?

—No, venga con nosotros —respondió el sheriff—. No hay forma de saber quién está por ahí.

Aquella tarde hacía mucho calor, y no se podía trabajar en el jardín, así que Rina decidió dejarlo. Había pensado estar fuera un par de horas, pero la humedad era asfixiante. Si hubiera mantenido sus planes, no habría oído que alguien llamaba frenéticamente a la puerta.

Se asomó a la mirilla de la puerta. No pudo dar crédito a lo que vislumbró. Miró a la pantalla de la cámara de vídeo recién instalada, y vio su cara perfectamente. Debería haberlo ignorado, pero parecía que estaba aterrorizado.

—¿Qué quiere?

—Su marido no está en la comisaría. ¿Está aquí?

—No.

—Necesito hablar con él.

—No está aquí. Vuelva a la comisaría y que alguien lo llame en su nombre.

—Creen que estoy loco.

«Y yo también», pensó Rina.

—¡Por favor! ¡Necesito que su marido me ayude!

De nuevo, Rina abrió la puerta, pero sin quitar la cadena de seguridad.

—¿Qué sucede?

—Estoy seguro de que me siguen. Quiero saber qué debo hacer —dijo él. Se quedó callado un momento, y añadió—: Sé que debo parecerle un loco, pero no lo soy.

Rina tomó la decisión en un instante. Seguramente, no era lo que Peter hubiera querido, pero él no estaba allí en aquel momento. Abrió la puerta.

—Pase.

Harriman estaba sudando, y tenía la respiración entrecortada. Su sonrisa de Tom Cruise había desaparecido, y su semblante reflejaba una gran tensión. Llevaba una chaqueta de color marrón, una camisa blanca y unos pantalones de pinzas también de color marrón. Entró al vestíbulo, y Rina cerró la puerta.

—Gracias… Muchísimas gracias.

—¿Quiere un vaso de agua?

—Sí, por favor.

—Ahora mismo vuelvo —dijo Rina. Cuando regresó, él no se había movido de allí—. ¿Qué le parece si nos sentamos?

—De acuerdo.

Era difícil interpretar su expresión, pero estaba muy tenso. Cuando ella le tocó el brazo, él se sobresaltó, y golpeó ligeramente el vaso que ella llevaba en la mano. Se derramó un poco de agua al suelo.

—Estoy intentando guiarlo hasta un asiento.

—Sí… claro. Perdone.

Rina lo llevó hasta el sofá, y él se sentó rígidamente. Ella le puso el vaso en la mano, y él lo agarró y se lo llevó a los labios.

—¿Por qué piensa que lo están siguiendo?

—No dejo de oír pasos detrás de mí… Siempre los mismos pasos.

—¿Puede diferenciar los pasos de las personas?

Él asintió, y se quitó las gafas para enjugarse el sudor de la cara con el dorso de la mano. Los ojos le giraban en las cuencas. Eran de color azul claro, sin luz, como unas canicas que rodaran por el suelo. Volvió a ponerse las gafas.

—Yo había salido con mi novia. Oímos unos sonidos secos. Ella dijo que parecía el tubo de escape de un coche, pero yo sé cómo suenan los disparos.

—¿Les dieron en el coche?

—No, gracias a Dios.

—¿Pasaban por alguna zona conflictiva?

—Estábamos en la autopista, en la salida al centro.

—Los tiroteos en la autopista no son tan raros. ¿Ha llamado a la policía?

—No veo, el coche estaba intacto, y Dana pensó que eran las detonaciones del tubo de escape de algún otro vehículo —dijo él, con agitación—. En la comisaría de su esposo, todo el mundo piensa que estoy loco, salvo él, tal vez. Necesito hablar con él.

—No está disponible, pero lo llamaré y le dejaré un mensaje.

—¿Y cuándo podré hablar con él?

—No lo sé, señor Harriman.

—Brett. Siento muchísimo avasallarla de esta manera, pero sé cuándo algo va mal, señora Decker. Lo oigo. Y, más que eso, ¡lo huelo! ¡Es el mismo olor! ¡Alguien me está siguiendo!

—¿Está esperándole su novia fuera?

—No, he venido en taxi. Ella ya piensa que me estoy volviendo completamente loco.

«Y no es la única».

—No sé qué hacer —continuó Harriman—. Por eso he venido hasta aquí.

—Si alguien lo está acechando de verdad, no debería estar aquí. Debería estar en la comisaría.

Él suspiró.

—No me van a creer.

—Puede ser, pero no lo echarán a la calle —dijo Rina, pensando en cuáles eran sus opciones—. ¿Qué le parece si le llevo allí? A mí me darán algo más de crédito.

—Es muy amable… Siento muchísimo meterla en esto. No sabía a quién acudir. Cuando me dijeron por teléfono que el teniente Decker no estaba allí, pensé que estaría en casa.

—No está aquí.

—Ya me doy cuenta. Seguro que le parezco un loco.

—El miedo puede hacer eso.

—Llevo muchos años trabajando en el juzgado, y he sido intérprete en casos de asesinatos. Pero nunca me había afectado ninguno.

—Voy a buscar mis llaves.

—Sí. ¿Dónde dejo el vaso?

—Yo me lo llevo.

Ella fue a la cocina, y volvió con las llaves. Estaba a punto de guiarlo hacia la puerta, pero se fijó en el monitor de vídeo. El porche delantero estaba vacío, pero había un coche extraño al otro lado de la calle. Era un sedán blanco con una abolladura en la puerta trasera. Podría tratarse de otro pariente de la señora que vivía al final de la calle, pero la paranoia de Harriman era contagiosa. Rina no podía distinguir la matrícula, y algo le dijo que no saliera de casa.

—Noto algo que no estaba aquí hace un segundo. Algo como tensión, o miedo. ¿Qué sucede? —preguntó Harriman.

—Puede que me ponga nerviosa estar con usted en un coche.

—No es eso —dijo él, y se puso en pie—. ¿Qué pasa?

—Hay un coche enfrente…

—¿Qué coche?

—Un Toyota, o un Honda, quizá. No los distingo. Cálmese. Voy a llamar a alguien para que venga a casa.

—¿Hay alguien en el coche?

—No lo sé, no lo veo. Disculpe —dijo Rina. Marge no estaba en la comisaría, pero respondió al teléfono. Rina le explicó la situación hablando en voz baja.

Marge le dijo:

—Estoy con Oliver. Vamos caminando hacia el coche. Ahora mismo estamos allí.

—Seguramente, no es nada…

—Ese chiflado está en tu casa. Eso ya es algo.

—Es ciego.

—¿Estás segura?

—Le he visto los ojos. Estoy segura. Creo que estoy un poco nerviosa por su presencia, pero no puedo decir que esté asustada.

—¿Sigues teniendo tu arma?

—Sí. Voy a sacarla de la caja fuerte, aunque, seguramente, estoy exagerando.

—Voy a decirte la verdad: Decker estaba preocupado por si Harriman te metía en algo malo.

—He abierto la puerta voluntariamente. Probablemente, no ha sido inteligente por mi parte.

—No, pero es algo humano. Ya sabes lo que se dice.

—¿Qué?

—Que errar es humano, pero dispararle a un hijo de puta es divino.

CAPÍTULO 32

Cuando Marge se acercaba, el Accord blanco arrancó y se alejó del bordillo. Ella lo siguió hasta Devonshire, una de las calles principales de West Valley. Oliver le leyó la matrícula al operador de la Oficina Regional de Transportes, pero en la base de datos no constaba ninguna orden de búsqueda. El vehículo estaba registrado a nombre de Imelda Cruz, de treinta y cuatro años, con dirección en East Valley.

—Tal vez la tía Gwen tuviera otra visita —dijo Oliver.

—No creo —respondió Marge, sin quitarle ojo al coche, que dio el intermitente para cambiar de carril—. Creo que el conductor es un tío —dijo. Después de dar el intermitente de nuevo, el Accord cambió de carril nuevamente—. Vaya, parece que es un ciudadano modelo.

—Vamos en un coche patrulla. Sabe que lo estamos siguiendo.

Sonó el teléfono de Marge. Oliver lo sacó de su bolso. Era Rina.

—El coche se ha ido, Scott. ¿Dónde estáis?

—Siguiendo al coche.

—Ah... de acuerdo —dijo Rina—. En ese caso, voy a llevarme a Harriman a la comisaría. Ninguno de los dos queremos estar más aquí.

—Rina, deja que llame a alguien para que te escolten.

—¿Qué ocurre? —preguntó Marge.

—Quiere llevar a Harriman a la comisaría —respondió Oliver. Después, habló con Rina—: No, espera a que aparezca un coche patrulla para que te siga.

—Bueno, pero que sea rápido. Estoy cada vez más inquieta.

—Entendido —dijo Oliver. Colgó y llamó para pedir un coche patrulla. Después, le dijo a Marge—: Parece que va a la autopista. Si vamos a pararlo, será mejor hacerlo antes de que tome la salida.

Marge encendió la sirena. Un momento después, se encendió el intermitente del coche, y el Honda se desvió al arcén. Cada vez que la policía paraba a un vehículo, existía la posibilidad de una reacción violenta. Con los asesinatos de los Kaffey tan recientes, Marge y Oliver tuvieron mucha cautela.

Oliver ordenó a los ocupantes del vehículo que bajaran con las manos en alto. Pasaron unos segundos llenos de tensión, hasta que la puerta del copiloto se abrió, y salió un chico muy delgado, vestido con una camiseta y unos pantalones cortos muy holgados. Tenía los brazos huesudos y las manos alzadas. Estaba cubierto de tatuajes.

Oliver le dijo:

—Pon las manos en el capó.

Cuando el chico obedeció, Oliver le dijo que no se moviera. Marge y él lo cachearon; no llevaba armas, así que Oliver le dijo que se diera la vuelta. El muchacho medía un metro sesenta y cinco centímetros, y tenía la cara llena de granos. Parecía que no tenía la edad legal para conducir. Tenía los ojos marrones, apagados. Su expresión era completamente neutra, ni de miedo, ni de agresividad.

—¿Hay alguien más en el coche?

—No, señor.

—¿Dónde está tu carné de identidad?

—En el coche.

Marge le preguntó:

—¿Te importa que vaya a tu coche a buscarlo?

—No, señora.

—¿Cómo te llamas? —le preguntó Oliver.

—Esteban.

—¿Esteban qué?

—Cruz.

Seguramente, era familiar de la propietaria del coche.

—¿Cuántos años tienes?

—Diecisiete.

—¿Dónde vives?

—En Ramona Drive.

—¿Tienes una dirección? —preguntó. Al oír su número, Oliver supo que Esteban vivía en East Valley—. Estás un poco lejos de tu casa.

—Sí, señor.

—¿Qué estás haciendo aquí?

—Dar una vuelta, señor.

—No deberías estar aquí, dando vueltas. Eso no está bien.

—Sí, señor.

—Deberías estar en el colegio.

—Dejé el colegio.

—¿Y qué haces cuando no estás en el colegio?

—Dar vueltas por ahí.

—Eso no es manera de vivir, Esteban. ¿De quién es el coche?

—De mi madre.

—¿Y te deja el coche para que des vueltas por ahí?

—Sí, señor.

—Entonces, si la llamo, ¿no se va a enfadar porque tengas el coche?

—No, señor.

El chico parecía listo. No preguntó por qué lo habían parado, no era beligerante, y no daba ninguna información.

—¿Tienes el número de tu madre?

Esteban le dio a Oliver el número. Él llamó con su teléfono móvil, y oyó una voz femenina al otro lado de la línea.

—Hola, ¿es usted Imelda Cruz?

—¿Sí?

Cuando Oliver se identificó y le dijo que habían parado a su hijo, la mujer respondió que no hablaba inglés. Como sabía que Marge hablaba tan poco español como él, murmuró «muchas gracias» y colgó.

Observó a Esteban.

—Tienes muchos números doce tatuados.

—Sí, señor.

—¿Por la banda Bodega 12th Street?

—No, señor.

—Entonces, ¿por qué?

El chico se encogió de hombros.

—Me gustan.

—Tienes todos esos tatuajes, ¿y no eres miembro de la banda?

—No, señor.

Oliver dijo:

—Eso no tiene sentido.

El chico no respondió. Marge había terminado el registro del coche, y caminaba hacia ellos. Negó ligeramente con la cabeza mirando a Oliver.

Se acercó al chico, y le dijo:

—¿Qué haces en esta zona?

—Dar una vuelta, señora.

—Esteban, ¿qué estabas haciendo en tu coche, en mitad de una zona residencial, a treinta kilómetros de casa?

—Puedo dormir allí sin que me disparen.

Marge y Oliver se miraron.

—¿Duermes en el coche?

—Algunas veces. Otras veces escucho música en mi iPod. Otras veces, leo.

—¿Has encontrado algún libro dentro del coche? —le preguntó Oliver a Marge.

—Dos cómics y una novela gráfica —dijo ella, y observó a Esteban Cruz. Algunos retratos de los museos tenían más vida que él—. No deberías estar por ahí sin ocupación. Parece que estás haciendo algo malo.

—Sí, señora.

—Deberías estar en el colegio.

—Dejé el colegio.

—Si te gusta leer —dijo Marge—, ¿por qué dejaste el colegio?

Esteban no respondió inmediatamente. Al final, dio su opinión.

—No es un colegio, es un zoo —dijo. De repente, apareció una expresión de ira en su rostro. Era tan intensa, que daba miedo. Sin embargo, a los pocos segundos había desaparecido.

—Si te gusta leer, deberías ir a la biblioteca —le dijo Marge.

—No se puede dormir en la biblioteca —replicó Esteban—. Te echan.

—Bueno, pues encuentra un lugar mejor para leer.

—Sí, señora.

Ella le devolvió la cartera.

—El motivo por el que te hemos parado es que una de las luces traseras está fundida. Arréglala.

—Sí, señora.

Silencio.

—Puedes marcharte —le dijo Marge.

—Sí, señora.

Después de que el chico se fuera, Marge miró a Oliver.

—¿Has visto qué furioso se ha puesto al hablar del colegio? Ha sido como un estallido de ira en mitad de una conversación monótona.

Oliver asintió.

—Es un cabrón. Me lo imagino disparándote en la cara sin pestañear.

—Lo que me recuerda… —Marge llamó a Rina—. ¿Dónde estás?

—Casi he llegado a la comisaría. ¿Va todo bien?

—Sí, perfectamente. Nosotros estaremos ahí dentro de unos minutos —dijo Marge. Colgó el teléfono y volvió a mirar a Oliver—. No había armas en el coche. Si al chico lo han contratado para matar a Harriman, estaba vigilando a su presa para conocer sus movimientos.

Oliver asintió nuevamente.

—Eso convertiría a ese chico en alguien todavía más terrorífico.

* * *

Decker montó en cólera.

—¿Qué significa que abriste la puerta? ¿Por qué hiciste eso?

Rina dijo:

—Porque él estaba fuera, solo, y me pareció vulnerable.

—No sabías si estaba solo. Podría haber llevado consigo a un grupo de asesinos.

—Como alguien se molestó en instalar una cámara de vídeo, tenía una vista panorámica de toda la calle —dijo ella—. Harriman acudió a la policía, Decker, y quiso hablar contigo. Alguien le dijo que se pondrían en contacto contigo y que tú lo llamarías. ¿Nadie te dio el mensaje?

Decker no respondió. Nadie se había molestado en llamarlo porque todos pensaban que Harriman era un loco.

—Soy una persona muy ocupada, Rina. Tengo mejores cosas que hacer que cuidar a un bicho raro.

Rina dijo:

—Así que no estás teniendo en cuenta sus miedos en lo más mínimo. No me extraña que se sienta marginado, y más, teniendo en cuenta que te ayudó a identificar a Alejandro Brand.

—Tú no eres una psicóloga, eres mi mujer. Ese idiota te ha puesto en peligro —dijo Decker. Sentía unas ganas incontenibles de darle un puñetazo a algo—. Si estaban siguiendo a ese tipo, ha llevado a los asesinos hasta nuestra puerta. Ahora, ya no te queda más remedio que irte a casa de tus padres hasta que sepamos qué pasa.

—¿Y cómo sabes que el chico del Accord iba detrás de Harriman? Tú eres el jefe del equipo del caso Kaffey. Tal vez vaya por ti.

—Si va por alguien, es por Harriman. Deja de discutir conmigo y escúchame, para variar...

—¿Para variar? ¡Eso es injusto! He hecho todo lo que me has pedido.

—¡Has abierto la puerta! ¿Por qué demonios has hecho eso?

—Porque Harriman estaba angustiado, y yo no iba a dejárselo a los lobos. Tú no eres el único que tiene intuición, Peter. Y, repito, me parece que si alguien del departamento le hubiera hecho caso, tal vez no habría tenido que ponerse a buscarte. ¡Y deja de gritarme!

Decker respiró profundamente.

—Vete a casa de tus padres, ¿de acuerdo?

—Está bien —dijo ella, y colgó el teléfono. Le temblaban las manos a causa de la adrenalina. El teléfono volvió a sonar. Tomó aire y respondió—: ¿Diga?

—¡Me has colgado!

—No había más que decir.

Decker habló en un tono más contenido.

—Estoy nervioso.

—Peter, siento haberte puesto nervioso. Voy a hacer las maletas y me voy a casa de mis padres —dijo ella—. ¿Cuándo vas a venir a casa?

—Tenía intención de ir esta noche, pero ha surgido algo y tengo que quedarme en Ponceville. Bueno, no es estrictamente necesario que me quede, pero...

—Haz lo que tengas que hacer. Yo tengo que colgar.

—Rina, siento haberte gritado.

—Y yo siento no haber tenido sentido común, pero, como tú no estabas para guiarme, hice lo que pude.

—Debería haber designado a alguien para atender a Harriman antes de llegar a esto.

—Sí —dijo ella—. Yo voy a tener cuidado. Ten cuidado tú también.

—Te llamo después.

—Si no estoy allí, no te preocupes. Voy a ir a practicar con la pistola.

—Buena idea.

—No es porque piense que voy a necesitar disparar un arma. En este momento, lo que necesito es atacar a alguien y, que yo sepa, las dianas no responden.

Marge llamó a la puerta del despacho de Decker y, después, entró. En el semblante de Rina había una mezcla de ira, de frustración y de cansancio. Se levantó del escritorio, se alisó la falda vaquera y se ajustó el pañuelo que le cubría el pelo.

—¿Necesitas utilizar el despacho, Marge?

—Cuando tú puedas.

Ella se puso en pie.

—Seguramente, piensas que soy idiota. Fue una tontería que abriera la puerta, pero es mi forma de ser. Y, en este caso, funcionó bien. Yo busco lo bueno de los hombres, y Peter busca lo malo.

—Eres una persona buena, Rina, y tienes un buen instinto. En este caso, ha salido bien. Pero ten cuidado, hasta que consigamos algunas respuestas.

Rina suspiró. No podía esperar que su marido fuera tan empático como Marge, pero… ojalá.

—Gracias por tu ayuda.

—De nada —dijo Marge, y le puso una mano en el hombro—. Y no le hagas caso a Decker. Lleva unos días gruñéndole a cualquiera que se le acerca. Lo que pasa es que está muy preocupado por ti —añadió. El teléfono volvió a sonar—. Es él. ¿Quieres que le diga algo de tu parte?

—Dile que se cuide a sí mismo —dijo Rina, diciendo adiós con la mano—. Que él corre mucho más peligro que yo.

Cuando el escritorio quedó vacío, Marge se sentó en la silla. Eran casi las tres de la tarde, y no había comido en todo el día, pero las necesidades básicas tendrían que esperar.

—Hola, rabino. Esto es lo que he averiguado sobre Esteban Cruz. ¿Estás listo?

—Sí —respondió Decker.

—No hay ninguna orden de búsqueda y captura sobre él. Dejó el colegio muy pronto. Oliver y yo vamos a pasar por su instituto… Queremos averiguar con quién solía asociarse. Uno no tiene tantos tatuajes de B12 sin haberse hecho amigo de algunos miembros de la banda.

—¿Le has preguntado por él a Henry Almont o a Crystal McCall, del Grupo de Menores de Foothill?

—Sí, y les enseñé su fotografía del Departamento de Vehículos a Motor, pero no lo han reconocido —dijo Marge, y pensó durante un instante—: Aunque solo estuviera allí parado por casualidad, a Oliver y a mí nos pareció un tipo aterrador. Su calma… como si pudiera pegarte un tiro mientras escucha música en el iPod.

—Confío en tu instinto…

—¿Sigues ahí, Peter?

—Sí, estoy aquí —dijo Decker, y se dio un golpe en la frente—. He estado tan preocupado por Rina, que se me ha pasado por alto lo más obvio. Se llama Esteban Cruz, ¿no?

—A menos que tenga un carné falso, sí.

—La abuela de Alejandro Brand se llamaba Cruz.

—¿Un primo?

—¿Se parece a Brand?

—No lo sé. Nunca he visto a Brand.

—Brand habló sobre Harriman… Dijo que era un gilipollas y que iba por él. ¿Y si le ha encargado a un pariente que lo liquide?

—¿Y por qué ha pensado Brand que fue Harriman el que lo identificó? Harriman es ciego.

—Pero Brand no lo sabe, y yo no se lo dije. Pensé que le empujaría a hablar más el hecho de pensar que había un testigo ocular.

—De acuerdo. ¿Cuál es el siguiente paso?

—Buena pregunta. En primer lugar, quiero a alguien vigilando la casa de mis suegros las veinticuatro horas del día.

—Eso ya está hecho.

—En segundo lugar, que alguien vigile también a Harriman las veinticuatro horas del día, hasta que sepamos quién es Esteban Cruz.

—Hecho también.

—En tercer lugar, vamos a ver si hay alguna relación entre Esteban y Alejandro.

—Muy bien —dijo Marge.

—Ponme al día de todo lo que está ocurriendo por allí.

—Seguimos sin encontrar a Gil y a Resseur. Pratt y Messing están buscándolos. Oliver ha investigado a Sean Kaffey. Parece que es el más listo de todos. Es socio de un bufete muy conocido, y gana un dineral. No parece que sea un buen candidato para ser el patrón. Su padre, por otra parte, es un tipo esquivo. Se ha vuelto al este en un jet privado, y ya está en la oficina, trabajando continuamente, según su secretaria. Dijo que el señor Kaffey me llamaría en cuanto tuviera un minuto libre.

Decker dijo:

—¿Es posible que se haya llevado a Gil y a Resseur?

—Voy a intentar dar con la empresa de alquiler de jets que lo llevó a su casa. A ver si me dejan mirar la documentación del vuelo para ver quién lo acompañaba.

—Haz lo que puedas. ¿Podrías llamar también a Cindy, para asegurarte de que está bien?

—La he llamado esta mañana. Está muy bien —dijo Marge—. ¿Qué pasa por ahí con Rondo Martin?

—Estoy esperando en la UCI. Martin ha salido del quirófano hace una hora. Espero poder hablar con él dentro de un rato.

—Eso sería estupendo, pero ¿cómo sabemos que Rondo Martin dice la verdad?

—¿Qué quieres decir?

—Martin se está retratando como si fuera un inocente, como Denny Orlando. Pero puede que él también fuera un participante.

—Está muy mal. ¿Crees que estaba implicado en los asesinatos?

—No es lo que yo crea. Es lo que dijo Harriman en su declaración. La tengo delante. Menciona a un Martín un par de veces… Y ese Martín está realmente cabreado porque a José se le haya terminado la munición.

Decker se cambió el teléfono de oreja.

—Es una buena observación.

—Puede que Martin hiciera algo mal, y Pine perdiera los nervios y le pegara unos cuantos tiros. Puede que ese sea el motivo por el que Joe se quedó sin balas para rematar a Gil Kaffey. Que Martin esté herido no significa que no estuviera implicado.

Decker exhaló un suspiro.

—Eso es cierto.

La enfermera asomó la cabeza por la puerta de la UCI.

—Martin se ha despertado. Por favor, sea breve.

—Muchas gracias —le dijo Decker. Después, volvió a hablar con Marge—: Martin ha recuperado el conocimiento. Tengo que colgar.

—Buena suerte.

—Por favor, vigila la comisaría en mi ausencia. Brubeck y yo vamos a estar aquí un tiempo. Ninguno de los dos va a ir a ninguna parte hasta que consigamos respuestas.

Aunque Martin olía mejor, tenía mucho peor aspecto. Le habían intubado para administrarle suero y medicinas, y también para ponerle oxígeno. Estaba conectado a máquinas que monitorizaban su corazón y sus pulmones. Le habían limpiado las zonas infectadas, pero los días que había pasado sin cuidados médicos le habían pasado factura. Rondo no se había salvado todavía, y Decker pensó que aquella podía ser su única oportunidad.

Martin lo saludó con un pequeño asentimiento. Era lo máximo que podía hacer.

—Eres un hombre fuerte, Rondo. Ahora estás en buenas manos. Te vas a poner bien.

Rondo no respondió, pero tenía los ojos abiertos.

—Yo voy a protegerte hasta que se organice una vigilancia permanente. Brubeck y yo. Vamos a hacer turnos.

Otro ligero asentimiento.

—¿Te importa si te hablo un poco? —le preguntó Decker—. Te voy a decir cómo veo las cosas. Si me equivoco en algo, puedes corregirme. Iré despacio, ¿de acuerdo?

Otro asentimiento.

Decker hizo un breve recuento de los hechos: Gil Kaffey había sobrevivido al tiroteo. Había oído a los asesinos hablar español, pero solo recordaba eso. Después, por pura coincidencia, alguien había oído a dos hombres hablando sobre el caso. Parecía que uno de ellos tenía información privilegiada. Ese hombre era Alejandro Brand.

—¿Te suena el nombre?

Martin cerró los ojos y volvió a abrirlos. A Decker le pareció que había negado con la cabeza.

—¿Eso es un «no»?

Un asentimiento.

—Puede ser que también use el nombre de Alejandro Cruz. ¿Y ese nombre? ¿Te resulta familiar?

—No... —susurró Martin.

—Alejandro Brand, o Cruz, es miembro de la banda Bodega 12th Street. Joe Pine también. ¿Lo sabías?

Un asentimiento.

—¿Sabías que Guy Kaffey contrataba a miembros de bandas, supuestamente rehabilitados, como guardias de seguridad?

Un asentimiento.

—Me parece una locura.

Martin murmuró algo. Decker se inclinó hacia él.

—Pocos...

—¿Pocos qué?

—Pocos miembros...

—¿Que solo había unos pocos miembros de bandas en el grupo?

Un asentimiento.

—Pues varios de ellos habían cometido crímenes —dijo Decker, y consultó sus notas—. Este, Ernesto Sánchez, también había sido miembro de Bodega 12th Street. Lo habían detenido dos veces, y había estado en la cárcel por dos agresiones. ¿Lo conocías?

Un asentimiento.

—Rondo... si cierras los ojos, y piensas en la otra gente que entró en casa de los Kaffey aquella noche... ¿Podría ser uno de esos hombres Ernesto Sánchez?

Rondo negó con la cabeza. Eso tenía sentido, porque Messing había hablado con varias personas que recordaban haberlo visto en un bar. Así pues, parecía que Martin era creíble.

En aquel momento, entró una doctora. Lo miró con unos ojos inteligentes y una expresión de molestia, pero consiguió sonreír ligeramente.

—Tiene que terminar ya. Es hora de que el señor Martin reciba su medicación. Tiene que dormir.

—¿Cinco minutos más?

—Uno —respondió ella, con una expresión que no admitía discusiones. Miró su reloj—. Que empieza ahora mismo.

Decker suspiró.

—De acuerdo. Esto es lo que voy a hacer, Rondo. Te voy a leer la lista de los guardias que trabajaban para los Kaffey, y tú dime, asintiendo, si debería investigarlos.

Un asentimiento.

—Hay veintidós nombres. Tengo que ir un poco rápido, porque debo marcharme.

—Treinta segundos —dijo la doctora.

—Voy a leerlos en orden alfabético —dijo Decker.

Un asentimiento.

—Doug Allen.

Nada.

—Curt Armstrong.

Ninguna respuesta.

—Javier Beltrán.

Nada.

Se le ha acabado el tiempo.

—Vamos. Lo único que está haciendo es asentir. ¿Y Francisco Cortez?

Martin no respondió.

—No solo lo está estresando a él, sino a mí también. Adiós, detective.

—¿Cuándo puedo volver?

—Mañana, si el paciente está mejor.

No tenía sentido oponerse a la autoridad. Aquella mañana habían estado a punto de pegarle un tiro por utilizar esa estrategia.

Cuando Decker empezó a guardar sus notas, uno de los nombres saltó ante su vista. Lo pronunció en voz alta.

Martin abrió mucho los ojos. Su presión sanguínea se disparó, y las máquinas empezaron a pitar.

La doctora lo fulminó con la mirada.

—¡Márchese!

—Ya me voy —dijo Decker.

Pero estaba sonriendo.

Había encontrado el eslabón perdido.

CAPÍTULO 33

El Distrito Escolar Unificado de Los Ángeles era un dinosaurio. Tenía cabeza y cola. La parte de la cabeza estaba en los barrios más ricos, Bel Air, Holmby Hills, Westwood, Encino y Pacific Palisades, la aleta caudal estaba en las escuelas con menor dotación presupuestaria, al este y al sur de Los Ángeles, y la cola, en las zonas más pobres, en el Valle de San Fernando. Pacoima, claramente, estaba en la cola de ese dinosaurio.

—Las tasas de abandono escolar son más altas que las de graduación —dijo la orientadora. Se llamaba Carmen Montenegro. Era una mujer de unos treinta y cinco años, con la piel oscura, los ojos marrones, con forma de almendra, una boca ancha y los labios pintados de rojo. Llevaba una camiseta roja y un traje negro—. Hacemos todo lo posible con lo que tenemos, que no es mucho.

Marge y Oliver siguieron a Carmen por un pasillo flanqueado de taquillas. Sus tacones repiqueteaban en el suelo de baldosas. Las clases habían terminado media hora antes, pero todavía había estudiantes por allí, portando pesadas mochilas a la espalda. Los adolescentes llevaban camisetas y pantalones vaqueros. Algunas chicas vestían minifaldas.

Carmen giró hacia la derecha, y entró a un despacho que hizo que a Marge se le encogiera el estómago. Era una habitación diminuta con vistas al aparcamiento del instituto. Había un ordenador en un escritorio atestado de pilas de papeles, y las estanterías de la pared también estaban llenas.

—Siento el desorden —dijo Carmen, y comenzó a buscar entre los anuarios. Sacó uno de ellos—. Este es de hace dos años. El chico estaría en primero, ¿no?

—Sí —respondió Oliver.

—Esteban Cruz… Esteban Cruz… Esteban… Aquí está —dijo, y le mostró la fotografía a Marge—. Se parece al de la fotografía que me han enseñado ustedes.

—No ha cambiado mucho —comentó Marge.

—Sí, es muy menudo. ¿Quiere una copia de la foto?

—Sí, nos ayudaría.

—Espere un momento —dijo Carmen, y salió del despacho. Volvió un momento después, con diez copias—. Aquí tienen… ¿Algo más?

Marge preguntó:

—¿Le importaría que mirara el libro para ver si participó en alguna actividad?

—Sí, no hay problema —dijo Carmen, y le entregó el anuario—. Siéntese en mi escritorio. Es más fácil pasar las páginas —añadió. Miró a Oliver, y sonrió brevemente—. Lo más seguro es que no fuera muy participativo. Los que dejan el instituto solo están haciendo tiempo.

Oliver miró sus manos. No llevaba alianza.

—¿Lo recuerda?

Ella volvió a mirar la fotografía.

—Tenemos a tantos chicos… Pero no recuerdo que este causara problemas.

—Nos dijo que le gusta mucho leer —dijo Marge—. ¿Están sus notas en las actas? ¿Podemos saber quiénes fueron sus profesores?

—Sí, puedo decirles ambas cosas, pero necesito el ordenador.

Marge se levantó con el anuario en la mano. Se lo mostró a Oliver, y ambos leyeron las páginas mientras Carmen buscaba los datos del antiguo estudiante.

—Esteban Cruz… aquí está. Aprobaba… con suficientes y algunos notables. Sacó un sobresaliente en Lengua Inglesa. Su profesor era Jake Tibbets. ¿Quieren que vaya a ver si todavía está en el instituto?

—Eso sería estupendo —dijo Oliver.

De nuevo, Carmen le dedicó una rápida sonrisa.

—No se vayan. Ahora mismo vuelvo.

Cuando salió rápidamente del pequeño despacho, Marge dijo:

—Tiene mucha energía.

—Eso no tiene nada de malo.

—Claramente, te ha echado el ojo —dijo Marge y, al ver que Oliver sonreía, le dio un codazo en las costillas—. ¿Desde cuándo eres tan discreto?

—Estoy intentando que se me note menos. Así que hazme un favor: pídele la tarjeta con el número de teléfono, por si acaso necesitamos volver a hablar con ella.

—Si soy yo quien le pide la tarjeta, pensará que tú no estás interesado.

—Entonces, ¿crees que debería pedírsela yo?

—Sí…Shhh… La oigo.

Carmen volvió con una sonrisa.

—Está en la sala de profesores, y no tiene problema en hablar con ustedes sobre Esteban.

—Gracias —dijo Marge—. Señorita Montenegro, también tengo curiosidad por otros dos hombres: Alejandro Brand, que debe de tener unos diecinueve años, y José Pino o, tal vez, Joe Pine. Este último tendrá veinte. ¿Sabe si vinieron a este instituto?

—Puedo buscarlo… —Carmen apretó algunas teclas, y dio un golpecito con el dedo índice en la pantalla—. ¡Vaya! Brand sí que asistió a este instituto, pero era muy problemático: miembro de la banda Bodega 12th Street. Múltiples expulsiones, hasta que lo echaron definitivamente hace cuatro años. Su profesor de Lengua Inglesa también fue el señor Tibbets. Esta no es una historia de éxito. ¿Cuál es el otro nombre?

—José Pino —dijo Marge.

—Eh… Pino, Pino… Tengo a una María Pino que estaba en el curso de Brand. Seguramente era su hermana, así que… Eh… sí, aquí está. Duró hasta noveno curso. En realidad, repitió noveno y, después, se marchó.

—¿Era problemático?

—Eh… No, no —dijo ella, y alzó la vista desde el monitor—. El típico alumno que no acaba los estudios.

—¿Miembro de alguna banda? —preguntó Marge.

—Todos lo son —dijo Carmen, y se puso en pie—. Vamos a la sala… Allí hay una cafetera. Creo que alguien ha traído donuts hoy. Seguramente ya estarán duros, pero, si necesitan azúcar, servirán.

Jake Tibbits tenía unos sesenta años, y era alto y tan flácido como un fideo. Tenía el pelo canoso y unas marcadas patas de gallo; sus ojos eran de un color verdoso, y tenía una mirada brillante, llena de picardía. Llevaba una camisa amarilla, pantalones negros y zapatos ortopédicos. Estaba sentado en un futón, tomando algo caliente. Tenía muy marcadas las venas de las manos.

Carmen hizo las presentaciones.

Tibbet tenía una voz joven.

—Siéntense —dijo—. ¿Quieren un té?

Los detectives rehusaron amablemente la invitación. Fuera había más de treinta grados, y el aire acondicionado del instituto no era demasiado potente.

—Bueno, así que quieren saber de Esteban Cruz —dijo Tibbets—. ¿Qué anda haciendo el chico ahora?

—Que nosotros sepamos, no hace nada —dijo Marge. Se acomodó en una silla y dejó a Carmen y a Oliver en el mismo sofá—. Estamos recopilando información. ¿Se acuerda usted de él?

—Claro. Y no porque tenga buena memoria. Ya estoy en ese punto en el que tengo que anotarlo todo. Salvo a Shakespeare. A Shakespeare me lo sé de memoria. Eso es lo que enseño, principalmente. Aunque no lo crean, cuando uno moderniza a William, toca la fibra sensible de los chicos. El asesinato, los celos, la ambición y la avaricia. Romeo y Julieta es la más grande historia de amor que se haya escrito, con guerra entre bandas incluida. ¿Qué podría ser más moderno?

Los tres asintieron.

Tibbets continuó:

—Sí recuerdo a Esteban Cruz. Era un chico listo. Le puse un sobresaliente. Un sobresaliente en el Instituto de Pacoima no es lo mismo que un sobresaliente en Boston Latin, pero significa que se preparaba los exámenes, y que hacía los deberes.

—Entonces, su rendimiento era bueno.

—Decente. Además, nosotros les concedemos mucho mérito a los que vienen a clase.

—Entonces, ¿por qué lo tiene por un chico listo?

—Todo es relativo —dijo Carmen.

—Es cierto —afirmó Tibbet—. Intentamos conservar a los chicos que están matriculados. Tratamos de convencerlos de que se queden otro año, o dos, y de que trabajen mínimamente, para que puedan salir del instituto con un título que les dará más opciones en la vida. Y, los que son realmente brillantes, pueden ir a la universidad. Pensé que ese podría ser el camino de Esteban, pero él lo dejó hace un año. Intenté ponerme en contacto con él… le dejé mi teléfono a su madre.

—¿Y lo llamó? —preguntó Oliver.

—No. No hablo perfectamente español, pero me hago entender. Así pues, supongo que no le transmitieron el mensaje, o que no le interesaba lo que yo tenía que decirle.

—Sacó un sobresaliente en su clase —dijo Oliver—. Eso debió de destacar.

—Sí, por eso me acuerdo de él.

—Ese sobresaliente tuvo que darle ánimos al chico —comentó Marge.

—Si se los dio, nunca me dijo nada al respecto. No hablaba mucho —dijo el profesor, y le dio un sorbo a su té—. Cuando me dirigía a él, era amable. Pero no tenía mucha conversación. Algunos chicos… si te tomas la molestia de escucharlos, te lo cuentan todo… Esteban no era hablador. Era como si se hubiera rendido hace mucho tiempo. Es la historia de esta comunidad, amigos míos.

—Tiene tatuajes de una banda —dijo Oliver.

—Esta zona está llena de miembros de Bodega 12th Street. Los chicos se hacen los tatuajes aunque no sean miembros de pleno derecho.

—Pagan un tributo a los cabecillas de las bandas para poder llevar los distintivos —dijo Carmen—. Eso les da protección… no contra otras pandillas, sino contra otros miembros de la Bodega 12th Street. Si los niños más pequeños tienen los tatuajes y pagan su cuota, los mayores no les molestan tanto.

Tibbets dijo:

—Claro que, cuando ya tienes un arma, la altura no importa demasiado.

Carmen explicó:

—Solo en esta zona hay tres agrupaciones locales de Bodega 12th Street, cada una con su propio territorio. Eso significa que hay tres cabecillas que responden ante otro tipo. No sé quién es el líder de líderes. Eso cambia a menudo, porque a los líderes los matan.

—Y a los otros miembros, también —dijo Tibbets—. Pero la organización funciona como la seda, porque es muy fácil encontrar drogas. En cada esquina hay un camello.

Marge preguntó:

—¿Recuerda a alguno de los amigos de Esteban?

—No —dijo el profesor, negando con la cabeza—. Pero es un Cruz. Esa familia es muy grande.

—¿No es Cruz un apellido hispano muy común? —preguntó Oliver.

—Sí, efectivamente —respondió Carmen—. Pero, por aquí, parece que todos son familiares.

—Interesante —dijo Marge—. Tenemos curiosidad por Alejandro Brand. Su abuela se apellidaba Cruz. ¿Puede ser que los dos chicos estén emparentados?

—Alejandro Brand —repitió Tibbits, y sonrió—. ¿Ya está en la cárcel? Debería.

—¿Por qué? ¿Por tráfico de drogas? ¿Por lesiones? ¿Por asesinato? ¿Por todo lo mencionado?

—Parece que tiene experiencia con Brand.

—La tengo, y negativa. Si sospecha que el chico ha hecho algo, es que, probablemente, lo ha hecho.

Oliver sonrió.

—¿Sabría si Cruz y Brand son parientes?

—Por su temperamento, no, pero si Brand es un Cruz, Esteban y él sí tienen ancestros comunes.

—¿Recuerda si hablaban, o si iban juntos? —preguntó Marge.

—Creo que Alejandro ya se había ido cuando Esteban llegó aquí —dijo el profesor—. Esteban era un tipo muy reservado. Era imposible saber lo que pensaba, o lo que sentía. Sus ojos no transmiten nada. Es un cuerpo sin alma.

—Eso sería un zombi —dijo Oliver.

—Yo no diría que Esteban es un zombi —respondió Tibbets—, pero, si tenía alma, si tenía sueños, esperanzas o aspiraciones, se le daba muy bien ocultarlo.

Decker se dio unas palmadas en la frente. Era como si no tuviera materia gris que pudiera dañarse. No podía utilizar el teléfono móvil dentro del hospital, y faltaban dos horas para que Brubeck acudiera a relevarlo. Se levantó y fue al mostrador de las enfermeras. Decker se fijó en la identificación de la encargada; se llamaba Shari Pettigrew. Decker le lanzó a la mujer, de unos sesenta años, la sonrisa más juvenil que pudo.

—Necesito llamar a uno de mis detectives.

—Está prohibido utilizar el teléfono móvil en el hospital.

—Sí, ya lo sé. Por eso he venido a hablar con usted. No puedo alejarme de la UCI en este momento. ¿Podría utilizar una de sus líneas? Solo será un momento.

Shari asintió.

—¿El número?

Decker le recitó los dígitos, y ella le entregó el auricular.

—Willy, necesito que vengas inmediatamente. Tengo que hacer unas llamadas y no puedo utilizar el móvil y vigilar la UCI al mismo tiempo… Gracias. Adiós —dijo, y le devolvió el auricular a la enfermera—. Muchísimas gracias.

—¿Por qué están vigilando la UCI?

Decker volvió a sonreír.

—Ha escuchado la conversación, ¿eh?

—Está a dos centímetros del mostrador. ¿Por qué están vigilando la UCI? ¿Es porque alguien intentó matar al sheriff?

—¿Cómo se ha enterado de eso?

Ella puso los ojos en blanco.

—Ya veo que nunca ha vivido en una ciudad pequeña.

—Soy de Gainesville, Florida.

—Eso es Nueva York, comparado con Ponceville. Todos estamos preocupados por uno de los nuestros —dijo ella, y bajó la mirada—. Espero que se recupere.

—¿Es que tenía amistad con el ayudante del sheriff?

—No, pero íbamos al mismo bar… El Watering Hole. No hay muchos locales en el pueblo, y uno siempre se encuentra con la misma gente. Rondo era muy reservado, pero parecía un buen tipo —dijo la enfermera, y se echó a reír—. Buenos tipos… malos tipos… qué demonios. Solo es gente, siendo gente.

Marge dijo, por teléfono:

—Deja de flagelarte. Nosotros acabamos de establecer la conexión entre los Cruz hace dos horas.

—Martín Cruces estaba delante de nuestras narices.

—Eso tiene sentido ahora, pero solo porque has encontrado a Rondo Martin a punto de morir y le has recitado la lista de sospechosos —replicó Marge—. Martín Cruces fue investigado y descartado rápidamente.

—¿Cuál era su coartada?

—Oliver está repasando el expediente. Habla con Brubeck y Messing. Ellos son quienes lo investigaron. Nosotros lanzamos una búsqueda en la base de datos del Centro Nacional de Investigación del Crimen, y no tenía antecedentes. Tiene unos veinticinco años; es mayor que Brand y Esteban. No es la mejor edad para ser pandillero. Tal vez no tenga nada que ver con todo esto.

—¿Es de Bodega 12th Street? —preguntó Decker.

—No lo sé.

—Mira a ver si Brady tenía sus huellas. Normalmente, les tomaban las huellas a los tipos antes de contratarlos de guardias.

—A Joe Pine no se las tomaron, así que, seguramente, tampoco se las tomaron a Cruces, pero lo comprobaré. Espera. Scott quiere hablar contigo.

—Mira —dijo Oliver—, así es la cosa: Messing y Brubeck lo investigaron. La noche de los asesinatos, estaba en un bar de su barrio que se llama Ernie's El Matador. Normalmente, va allí dos o tres veces a la semana, después de cenar. El camarero, Julio Davis, confirmó que Cruces llegó sobre las nueve, se tomó una cerveza y pegó la hebra con los otros parroquianos.

—¿Hasta cuándo estuvo allí?

—Hasta que cerraron, a las dos de la madrugada. Eso le excluye del tiempo en que ocurrió la matanza. Además, Messing dice que Cruces fue colaborador, y que les dio voluntariamente una muestra de ADN.

—Eso no significa nada.

—Ya, pero ya sabes cómo es. Uno se concentra en lo evidente —dijo Oliver—. Acabo de hablar con el laboratorio. Todavía no hay coincidencias, pero no han terminado de analizar todo el material biológico. Vamos a ir al bar a interrogar de nuevo a Davis.

—Bien. Y volved a interrogar también a Cruces. Decidle que es una entrevista rutinaria.

—Entendido.

—¿Y qué habéis averiguado sobre Esteban Cruz?

—No hablaba mucho, pero no va buscando problemas. Resulta que la mayoría de los Cruz de esta zona tienen parentesco, así que tal vez Brand y Esteban sean familia. No sé si eso tendrá algo que ver con Martín Cruces. Tal vez la familia Cruz sea distinta a la familia

Cruces. He llamado a la orientadora del instituto de Pacoima para averiguar si Cruces también asistió allí a clase.

—¿Y?

—Lo está comprobando. Si fue alumno de ese instituto, lo sería siete años antes que Alejandro Brand. También le pedí que buscara más información sobre Joe Pine, o José Pino. Dijo que iba a buscar en los registros escritos, pero que tardaría un poco. Hemos quedado en vernos esta tarde, y me dará toda la información que tenga sobre él.

—Eso podría hacerlo por teléfono. ¿Por qué vas a verla en persona? —preguntó Decker. Hubo un silencio—. ¿Cuántos años tiene?

—No sé... —Oliver sonrió—. Unos treinta y cinco.

—Ummm... ¿Vas a quedar con ella para cenar?

—No he tenido tiempo de comer, jefe. Y, después de que Marge y yo vayamos a Ernie's El Matador a interrogar al camarero, voy a estar muerto de hambre. Si acabamos cenando, será una cena de trabajo.

—¿Y eso significa que vas a cargar los gastos al departamento?

—Ya sabes cómo es lo de las fuentes policiales. Cuando consigues una buena, rabino, hay que tratarla bien.

CAPÍTULO 34

El primer paso era encontrar a Martín Cruces.

Parecía que el antiguo guardia de seguridad estaba lo suficientemente cómodo como para permanecer en la ciudad. ¿Y por qué no? Los medios de comunicación se habían concentrado en la increíble desaparición de Guy Kaffey y Antoine Resseur, y no había ningún motivo para que Cruces pensara que la policía podía estar cerca de resolver el caso. Decker había asignado a Messing y a Pratt la tarea de investigar las actividades de Cruces, lo cual incluía vigilar su casa y a sus amigos de Bodega 12th Street.

Cruces era mayor que la mayoría de los otros miembros de la banda. Tenía unos veinticinco años, y parecía que era respetado. Estaba constantemente alerta, y Messing y Pratt tenían que mantenerse a distancia, para que el pandillero no los descubriera.

El segundo paso era encontrar pruebas que pudieran situar a Cruces en la escena del crimen. Había entregado voluntariamente su ADN, pero, como el análisis de las muestras era tan caro y a él lo habían descartado desde el primer momento, su material no había sido enviado al laboratorio. Eso se había rectificado hacía una hora, pero tardarían semanas en tener el resultado.

Las huellas de Cruces no estaban en la base de datos cuando Messing las había introducido en AFIS, el programa de identificación de huellas dactilares. Lee Wang fue a Foothill y preguntó por sus actividades de adolescente. Los delitos que hubiera cometido durante la minoría de edad estaban en un expediente sellado, así que Wang tuvo que hacer el papeleo para poder consultar los expedientes tanto de Martín Cruces como de José Pino. En la escena del crimen de los Kaffey se habían recogido docenas de huellas ensangrentadas y, si Wang podía conseguir las huellas de los dos sospechosos, tal vez tuvieran alguna prueba forense para vincularlos a la escena. Con las pruebas y el testimonio visual de Rondo Martin, Wang estaba seguro de que podrían trincar a Joe Pine.

El tercer paso consistía en aclarar la información que les había dado Rondo Martin que, por el momento, seguía en coma inducido. Rondo había abierto mucho los ojos al oír el apellido Cruces, pero todavía no se conocían más detalles. Tal vez él pudiera revelarles algo crucial.

El último paso era diseccionar minuciosamente la coartada de Cruces para intentar encontrar alguna fisura. De ese modo, la policía tendría una excusa para interrogarlo de nuevo.

A las tres de la tarde, Ernie's El Matador estaba abierto. La salsa sonaba atronadoramente por todo el local, y en la pantalla plana de televisión que había en la pared, justo encima de un reloj luminoso de Corona, podía verse un partido de fútbol sin sonido. Había cinco hombres sentados en la barra y otros dos jugando al billar. El local estaba oscuro. Marge no veía lo suficientemente bien como para evitar las manchas pegajosas del suelo.

Oliver fue el primero en mostrar la placa, aunque no era necesario. A Marge y a él los identificaron como policías en cuanto entraron por la puerta. Allí, nadie llevaba una chaqueta de rayas azules con unos pantalones de lino. El vestuario favorito de la concurrencia eran los pantalones vaqueros con camisetas y zapatillas deportivas. Hacía mucho calor, tanto, que resultaba incómodo.

El camarero tenía casi treinta años, los ojos marrones, la piel morena y el pelo negro, peinado hacia atrás. Tenía el cuerpo muy musculoso. Miró la placa de Oliver con desinterés.

—¿Cómo va el negocio? —le preguntó Oliver.

El tipo se encogió de hombros.

—No me puedo quejar.

—Soy el detective Scott Oliver, y esta es mi compañera, la sargento detective Marge Dunn. Estamos buscando a Julio Davis.

—No está —dijo el camarero. Tomó una bayeta y empezó a limpiar la barra.

—¿Puedes decirnos tu nombre? —preguntó Marge.

—¿Mi nombre?

—Sí —dijo Marge, y miró el rostro de aquel hombre. Tenía una cicatriz de una vieja herida de arma blanca.

—Sam Trujillo —respondió él, y dejó de pasar la bayeta. Hablaba en un inglés sin acento—. ¿Qué quieren de Julio?

—Solo queremos hablar con él —dijo Oliver.

—Trabaja aquí, ¿no? —preguntó Marge.

Uno de los clientes de la barra le pidió algo en español. Trujillo abrió una Corona, metió una rodaja de lima en la boca de la botella y la puso delante del hombre, sobre una servilleta. Entonces, dijo:

—Llevo más de una semana sin ver a Julio.

—¿Le ha pasado algo?

—No lo sé. El jefe me dijo que lo llamara, pero su móvil está desconectado.

—Eso no suena bien —dijo Marge—. ¿Qué hiciste después?

—Nada. Si no quiere trabajar, no es problema mío.

—¿Cuánto tiempo llevaba trabajando aquí? —preguntó Oliver.

—Cuatro o cinco meses.

—¿Y tú? —inquirió Marge.

—Un año —dijo Trujillo, y se encogió de hombros—. ¿Hemos terminado?

—¿Y trabajas a tiempo completo? —preguntó Marge, con una sonrisa—. Es que me parece que no desentonarías en un gimnasio.

Por primera vez, el camarero sonrió.

—Aquí se gana más.

—Así que trabajas en un gimnasio —dijo Marge—. ¿Soy detective, o no?

—Yo soy entrenador personal, pero las cosas están un poco flojas ahora. Perdí unos cuantos clientes, y el gimnasio también perdió socios. El jefe me iba a recortar las horas, pero me dijo que podía trabajar aquí a tiempo parcial para compensar la reducción de mi salario.

Otro hombre le dijo algo desde la barra. Trujillo le puso un chupito de tequila delante.

—Yo siempre ando buscando un buen gimnasio —dijo Marge—. ¿Dónde trabajas tú?

—No es su tipo de gimnasio —dijo Trujillo—. No huele demasiado bien.

Marge sonrió.

—Mi trabajo tampoco.

—¿Tu jefe es el dueño del gimnasio y del bar?

—Puede ser —dijo Trujillo, y entrecerró los ojos—. ¿Qué quieren de Julio?

—¿Sabes dónde vive?

—No.

Oliver dijo:

—¿Tu jefe te pide que des con él, y tú ni siquiera sabes dónde vive?

—Mi jefe me pidió que lo llamara, no que lo encontrara. Y él no era amigo mío, así que no tengo por qué saber dónde vivía —respondió Trujillo—. ¿Algo más?

Marge sacó una tarjeta y se la dejó en la barra.

—Si viene por aquí, ¿podrías llamarme?

Trujillo recogió la tarjeta y se la metió al bolsillo.

—Si me acuerdo.

—Espero que así sea. A propósito, ¿quién es el jefe?

Trujillo entrecerró los ojos.

—Le daré su tarjeta. Si quiere hablar con usted, la llamará.

Marge se encogió de hombros.

—Eh, puede que me pase por tu gimnasio.

—No le he dicho dónde trabajo.

—No, es verdad —dijo ella, y le guiñó un ojo—. ¿Vas a obligarme a que lo averigüe yo, o vas a decírmelo?

—Veamos si es buena detective.

—Claro, claro. Gracias por tu ayuda.

—No los he ayudado.

—Eso no es del todo cierto —respondió Marge—. Uno nunca sabe lo que va a resultar útil —dijo, y se volvió hacia Oliver—. Vamos.

Cuando estaban en el coche, Oliver dijo:

—Tienes esa mirada, Marge.

—¿Te has dado cuenta de que Trujillo ha dicho que no sabe dónde vivía Julio, en pasado?

—Pues no. ¿Es que crees que está muerto?

—Como mínimo, creo que ya no está en este vecindario. Vamos al centro —dijo, y miró el reloj—. Tenemos que darnos prisa, Scotty.

—¿Por qué?

—Las oficinas cierran a las cinco. Es una pena. Me vendría bien una inyección de cafeína, pero tendré que esperar.

—No, en esta zona no creo que encontremos ningún Starbucks.

—En realidad, prefiero el café del McDonald's, pero no quiero perder el tiempo.

—Insisto: ¿Por qué tenemos tanta prisa?

—Él no quiere decirme quién es el dueño del bar. Quiero mirar la licencia del negocio.

—Ah —dijo Oliver, y miró la hora. Eran casi las cuatro—. ¿No se pueden consultar *on-line*?

—Supongo que podemos averiguar *on-line* quién es el dueño del edificio, pero no tiene por qué ser la misma persona que el dueño del bar.

—¿Y no se puede buscar el nombre del dueño de un negocio por Internet?

—No lo sé, y se está haciendo tarde. Por eso creo que es más fácil ir al centro.

—Pues vamos a dejarlo para mañana.

357

—Scotty —dijo Marge—, Trujillo se ha referido siempre al dueño del bar como «el jefe». Puede que sea un poco descabellado, pero el patrón significa «el jefe» en español, ¿no?

Oliver no respondió. Al entrar en la autopista, puso la luz roja magnética en el techo del coche y encendió la sirena. Con tanto tráfico, era la única manera de que llegaran antes de la hora de cerrar.

Marge dijo, por teléfono:

—No significa nada llamar a tu jefe «el jefe», pero, como Julio no estaba en el bar, pensé que no estaría de más saber quién es el dueño del bar. Por lo menos, podríamos llamar y preguntarle por Julio Davis.

—¿Tenéis la dirección de Davis?

—Wanda está trabajando en ello. Lee todavía está haciendo papeleo para consultar los expedientes de menores de Cruces y de Pino. Si no nos permiten abrir el expediente entero, al menos esperamos que el juez nos deje sacar las huellas dactilares. Tenemos a Marvin Oldham esperando para poder cotejarlas. Si coinciden, detendremos a Cruces inmediatamente.

—¿Y Messing y Pratt siguen vigilándolo?

—Por supuesto.

—¿Y mi mujer?

—Tenemos a un coche patrulla vigilando a Rina, y otro vigilando a Harriman. También estamos vigilando a Esteban Cruz. Hasta el momento, no hay actividad.

—Bien. ¿Se sabe algo sobre Gil Kaffey o Antoine Resseur?

—No —dijo Marge, y miró el reloj. Estaban en un atasco, y ni siquiera conseguían avanzar con la sirena puesta—. Si descubrimos algo interesante, te llamaré. Oliver ha quedado para cenar con Carmen Montenegro. Puede que el expediente escolar de Pino nos diga algo. Ella también está investigando si Martín Cruces asistió al mismo colegio. Si lo que averigüemos en el centro no sirve para nada, todavía tengo un poco de tiempo. ¿Qué necesitas de mí?

—Nuestra mejor baza es Cruces. Si tenemos suerte y situamos sus huellas en la escena del crimen, habrá que detenerlo e interrogarlo. ¿Quieres hacerlo tú?

—Claro.

—No pierdas de vista a nadie, Marge. Ni a Harriman, ni a Martín Cruces, ni a Esteban Cruz, ni a Alejandro Brand... Ese es un verdadero peligro. Que no salga de la cárcel.

—No va a ir a ninguna parte.

—Espera un segundo, Marge —dijo Decker, y puso la mano sobre el auricular. La enfermera que le había prestado el teléfono le dijo que Rondo Martin había despertado, y que quería hablar con él.

—No le presione demasiado —dijo la enfermera—. De lo contrario, la doctora nos lo va a hacer pasar muy mal a los dos.

—Se lo prometo. Gracias —dijo Decker, y volvió a hablar con Marge—: Tengo que colgar. Martin se ha despertado. Mantenedme informado de todo.

Colgó, se lavó las manos y fue hacia la UCI.

Rondo Martin estaba más alerta que antes, y parecía que tenía más dolores. Levantó el brazo donde tenía la vía y consiguió señalarle una silla. Decker se sentó, y el antiguo ayudante del sheriff se acercó un poco a él, con la cara contorsionada por el dolor y la frente cubierta de sudor.

—¿No necesitas algo para el dolor, Rondo? —le preguntó Decker.

—El Demerol me ayuda... pero me deja K.O. —dijo Rondo, con una ligera sonrisa—. Si no me he muerto ya, no me voy a morir ahora.

—Háblame de Martín Cruces.

—Cruces... —Un asentimiento—. Estaba allí.

—¿Seguro?

Volvió a asentir. Cerró los ojos. Bajo los párpados, los globos se movían con rapidez.

—Fue Denny... él dijo... Denny dijo «Martín»... Pensé que se refería a mí... Me giré... Denny explotó —murmuró. Abrió los ojos, y dijo—. Era Cruces. Estoy seguro.

—¿No llevaban máscara los asesinos?

—No… Joe no… ni Cruces. Ojalá. Ahora veo sus caras cada vez que cierro los ojos.

—¿Y estás seguro de que fue Cruces quien mató a Denny Orlando?

De nuevo, Rondo cerró los ojos.

—No… no sé quién disparó. Pero Cruces estaba allí.

—Eso tiene sentido —le dijo Decker—. Alguien oyó a un pandillero hablando sobre los asesinatos. Mencionó a Joe Pine, llamándolo José Pino, y dijo que se le había acabado la munición y que no había rematado a Gil Kaffey. Dijo que Martín estaba cabreado. Lógicamente, pensé que se refería a ti, porque tú habías desaparecido.

—¿Quién es el pandillero? —preguntó Rondo.

—Un chico llamado Alejandro Brand. Su abuela se apellidaba Cruz, así que puede que tenga relación con Cruces. ¿Estás seguro de que no lo conoces?

Rondo Martin negó con la cabeza.

—Brand es miembro de Bodega 12th Street, como Pino. Pensamos que Cruces también. No entiendo por qué Guy contrataba a esos matones para que se encargaran de la seguridad en su finca.

—Guy… quería… devolver a la sociedad…

—¿Contratando criminales?

—Contrataba a todo tipo de gente… como Paco… por un cierto idealismo.

—¿Así es como Ana consiguió el trabajo?

Él asintió.

—¿Y tú conseguiste el trabajo en casa de los Kaffey a través de Ana?

—No. De Paco.

—¿Conociste a Paco antes que a Ana?

—No… Conocí a Ana aquí, en Ponceville. Ella me habló de su… tío. Él trabajaba en Los Ángeles y le consiguió un trabajo de criada. Antes… ella trabajaba en el campo… siempre encorvada… Le dije que lo aceptara.

Rondo respiró profundamente y, al exhalar, hizo un gesto de dolor.

—Es difícil conseguir trabajo si eres ilegal. Después, Paco me presentó a Neptune Brady... para que Ana y yo pudiéramos estar juntos... Nadie sabía lo nuestro. Yo no quería que Brady lo supiera... Tenía miedo de que deportaran a Ana...

—Lo entiendo.

—Guy quería hacer algo bueno. Fue su ruina.

—Neptune Brady me dijo que contrataba pandilleros porque eran más baratos.

—Esto... también, quizá.

—Entonces, ¿no conoces a Alejandro Brand?

—No.

—¿Y a Esteban Cruz?

—¿Otro Cruz? ¿Cómo es?

Decker intentó recordar la descripción que había hecho Marge.

—Un chico muy delgado, de unos diecisiete años.

Rondo lo pensó.

—No... no me suena.

—Joe Pine era joven.

—Veinte... no diecisiete.

—¿Y Cruces?

Martin hizo un gesto de dolor.

—Veinte, también. No conozco a ningún adolescente.

La enfermera llegó y le hizo una señal para indicarle que solo disponía de cinco minutos más. Decker dijo:

—Estoy esperando a que llegue mi relevo en la vigilancia de la habitación. Brubeck, Tim England y yo vamos a hacer turnos. England también está buscando voluntarios en el pueblo, pero yo he pedido policías profesionales a Fresno. Willy y yo no nos vamos a marchar hasta que el sistema esté organizado, Rondo.

—Me alegro, pero yo tengo mi propio sistema —dijo Rondo, y sonrió débilmente mientras sacaba un objeto de metal de debajo de la almohada—. Su protección es buena, pero un arma es incluso mejor.

CAPÍTULO 35

Marge y Oliver llegaron a la Oficina de Registros veinte minutos antes de la hora de cierre, y corrieron de planta en planta hasta que dieron con el departamento justo cuando la puerta se estaba cerrando. Sus ruegos consiguieron que Adrianna Whitcomb, una mujer rubia y guapa, de unos cuarenta años, se compadeciera.

—No sé cómo darle las gracias —le dijo Marge a la administrativa.

Estaban hablando en una sala de un edificio gubernamental: grandes ventanales, una mesa institucional con folletos que no leía nadie y un suelo de terrazo verde y negro.

—Han llegado en buen momento —respondió ella—. Tengo una cita para cenar a las seis y, hasta entonces, tiempo libre. Bueno, no es exactamente una cita. ¿Cuál es la dirección del negocio?

Oliver le dio la dirección de Ernie's El Matador.

—¿Dónde va uno a comer por aquí?

—Esta noche vamos a ir a Thousand Cranes. Una amiga y yo. Ella es ayudante del fiscal del distrito —dijo, y su sonrisa se volvió de astucia—. ¿Le gustaría venir con nosotras, detective? Puede que tengan mucho en común.

Oliver le devolvió la sonrisa.

—Me encantaría, pero tengo una reunión en Valley. Si no le importa darme su número de teléfono, podemos dejarlo para otro día.

—Tal vez ella no esté disponible.

—Creo que podríamos organizarlo.

—Bueno, ya veremos —dijo Adrianna, e hizo una pausa—. Esperen aquí. Voy a ver qué encuentro.

Desapareció detrás de la puerta, y la sala quedó en silencio.

—Estás teniendo muy buen día —le susurró Marge.

Oliver sonrió.

—Bueno, cuando buscas en profundidad, lo más posible es que encuentres un tesoro.

Adrianna volvió unos minutos más tarde, y le entregó una fotocopia a Marge.

—Ojalá todo mi trabajo fuera tan fácil. ¿Puedo hacer algo más por ustedes?

Oliver sacó su tarjeta.

—Por si acaso tiene la súbita necesidad de ponerse en contacto con un detective.

Adrianna la tomó.

—Nunca se sabe.

—¿Y usted no tiene tarjeta… por si acaso yo tengo que volver?

—Solo tiene que llamar a la oficina —dijo ella.

Oliver trató de disimular su decepción.

—Gracias.

—Llame a la oficina si quiere ponerse en contacto con la oficina —dijo Adrianna, con una sonrisa—. Pero, si quiere llamarme a mí, mi número está en la parte superior de la fotocopia.

—Rondo ha situado a Cruces en la escena —dijo Decker, por teléfono—. Detenedlo.

—Si piensas que es el mejor momento, por supuesto —respondió Marge.

—¿Qué significa eso?

—¿Estás seguro de que Rondo Martin es de fiar? Todavía cabe la posibilidad de que estuviera implicado, Pete. Podría ser una conspiración entre Rondo, Ana Méndez, Paco y Riley Karns.

—¿Y por qué iban a querer ellos matar a los Kaffey?

—Por el mismo motivo que Cruces y Pine: porque alguien les pagó para que lo hicieran. Estoy viéndolo como lo vería la defensa. Se encontraron las huellas dactilares ensangrentadas de Ana Méndez, Rondo Martin y Riley Karns en la escena del crimen. Ellos admiten que estuvieron allí, pero ¿qué hacían? Si tuviéramos algo, cualquier cosa, para comprobar que la historia de Rondo es cierta, yo la aceptaría. Pero, como no lo tenemos, tal vez debiéramos esperar hasta que nos llegue la información forense.

Decker dijo:

—No quiero perder a Cruces. La vigilancia no es infalible.

—En eso tienes toda la razón. Pero a mí me preocupa que, si lo detenemos sin las suficientes pruebas forenses, lo pongamos sobre alerta. Entonces sí podríamos perderlo. No tenemos nada más que lo que dice Rondo Martin para detenerlo. ¿Es una prueba fuerte?

—¿Le falta mucho a Lee para conseguir que abran el expediente de menores de Cruces?

—No lo sé. Ahora vamos de camino a la comisaría.

—De acuerdo. Vamos a esperar otras veinticuatro horas a los resultados de las huellas. Para entonces yo ya habré vuelto. No perdáis de vista a Cruces. Si os parece que está intentando huir, trincadlo.

—Muy bien. Le diré a Messing que esté preparado.

—Bien. ¿Y cómo va lo de Ernie's El Matador?

—El bar es propiedad de Baker Corporation.

—¿Quiénes demonios son esos? ¿Y qué clase de corporación tiene un antro de mala muerte? A mí me parece una tapadera.

—Le diré a Lee que lo investigue en Internet.

—Mantenedme informado. Y, hagáis lo que hagáis, no perdáis a Cruces.

—Espero que consigamos sus huellas. Solo estoy intentando que no quedemos como unos tontos.

—El problema es que, si Cruces se escapa, sí que vamos a quedar como tontos de remate, Marge.

* * *

364

Wang dijo:

—Baker Corporation es una filial de Kaffey Industries.

—¡No! —exclamó Marge, y se quedó boquiabierta—. ¿Los Kaffey son los dueños de Baker Corporation?

—Míralo tú misma, pero no te emociones demasiado. Estoy seguro de que los Kaffey tienen muchísimos negocios distintos.

—Y, entre esos negocios, está el bar donde Martín Cruces montó su coartada —dijo ella, mientras pasaba páginas—. ¿Tú le encuentras sentido a esto, Lee? ¿Que Kaffey Industries, una empresa constructora que opera a nivel nacional, se moleste en comprar un bar asqueroso en Van Nuys?

—Alguien compró el bar con el dinero de los Kaffey, o con el dinero de Baker Corporation.

—¿Y tiene administrador Baker Corporation?

—Si es solo una marca comercial que se utiliza como pantalla, será difícil averiguar quién es el administrador. Deja que investigue un poco más. Aunque también podrías llamar a Grant Kaffey y preguntárselo.

—No voy a llamar a Grant Kaffey. Sigue siendo uno de los principales sospechosos.

—¿Cómo está?

—Ha vuelto a Newport Beach. No necesitamos vigilarlo porque llama cada dos horas para preguntar por Gil. Si es de verdad un hermano angustiado, tiene toda mi admiración. Si está fingiendo esa preocupación, es un actor desastroso.

Carmen Montenegro se había cambiado de ropa. Llevaba algo negro, sexy y elegante a la vez. Llevaba un maquillaje ligero y se había hecho un moño. Era la fantasía de todo chico de instituto hecha realidad. La única indicación de que la cena tenía algo que ver con el trabajo era la cartera que llevaba bajo el brazo.

Oliver se había puesto una chaqueta azul y unos pantalones de color gris. Cuando se acercaron a su mesa, él sacó la silla y se la ofreció.

—Está usted muy guapa.

—Gracias —dijo ella.

Acercó la silla a la mesa y tomó la carta que le ofrecía el camarero, que se presentó como Mike. Mike les preguntó si querían un cóctel para empezar, pero los dos optaron por una copa de vino tinto.

—Excelente —dijo Mike, y se marchó.

—Es muy agradable poder arreglarse de vez en cuando. Gracias por traerme a un sitio así. Yo nunca podría permitírmelo. Espero que pague su departamento.

Oliver sonrió.

—Intentaré enviarles la cuenta, pero, por lo general, el departamento no acepta este tipo de lugares. La he traído aquí porque usted es usted.

—Vaya, sí que sabe ser encantador con una mujer —dijo Carmen. Abrió la carta, y se quedó asombrada—. ¿Ha comprobado los precios de este sitio antes de venir?

—Pida del lado izquierdo —le dijo Oliver—. El pato está delicioso, pero yo me voy a tomar la chuleta de buey. Y muchas gracias por habernos ayudado esta tarde.

—De nada. Tengo las copias de los expedientes —dijo ella, y abrió su cartera, que era más bien un maletín—. Espero que pueda leerlos, porque he tenido que fotocopiarlos. Muchos de estos papeles fueron enviados desde la escuela elemental.

—¿De quiénes son los expedientes que ha conseguido?

—Tengo los de Esteban Cruz, Alejandro Brand, Martín Cruces y José Pino. Espero no haberme olvidado de nadie.

—No, no. Es muy completo. Muchísimas gracias. ¿Tienen parentesco?

—Todos fueron al instituto de Pacoima, y todos dejaron los estudios —dijo ella, y cerró la cartera—. No es un éxito por nuestra parte, lamento decirlo.

—¿Eran problemáticos Cruces y Pino?

—No los conocí personalmente, pero, por sus expedientes, no puede decirse que lo fueran.

—Son de la banda Bodega 12th Street.

—Eso no quiere decir nada. El instituto está lleno de miembros de Bodega 12th Street.

El camarero les llevó el vino.

—¿Puedo tomarles nota ya?

Carmen tenía una sonrisa apagada.

—Supongo que yo tomaré el pato.

—Una elección excelente —dijo Mike.

—Una chuleta de buey, en su punto.

—Excelente —repitió Mike—. ¿Querrían una guarnición de verduras? Nuestras espinacas a la crema son excelentes.

—Me parece bien —dijo Oliver.

—Excelente.

Mike recogió las cartas y se marchó.

—Como antigua profesora de Lengua Inglesa —dijo Carmen, irónicamente—, le diría que buscara otros adjetivos en un diccionario de sinónimos.

Oliver se echó a reír.

—Pues sí. Pero, por lo menos, es agradable.

—Sí, yo detesto a los camareros estirados. Me ponen nerviosa, como si yo no valiera lo suficiente.

—Eso no es posible.

Carmen bajó la mirada.

Durante los minutos siguientes, charlaron sobre sus respectivos trabajos. Sin embargo, Oliver estaba inquieto; había organizado aquella cena para obtener información. Cuando le pareció el momento más idóneo, dijo:

—Señorita Montenegro, ¿se ofendería si le echara un vistazo a los expedientes?

—Eh… bueno.

—¿Por qué titubea?

Ella esbozó una sonrisa forzada.

—No sé si se supone que podía fotocopiar esos expedientes y traérselos…

—Ah… Bien, entonces, espero. No hay problema.

Carmen le pasó la cartera por debajo de la mesa.

—Ha venido aquí con un propósito. Lo respeto. Eche un vistazo, detective —dijo; se inclinó hacia delante y arrugó la nariz—. Pero, por favor, sea sutil.

—Llámeme Scott, por favor. Me gustaría que nos tuteáramos.

—Me parece muy bien.

—Y muchas gracias por ser tan comprensiva. Te debo una cena donde no hablemos de trabajo.

—No me debes nada.

—Entonces, me gustaría salir contigo de nuevo.

—¿Estás seguro? —preguntó ella, con una sonrisa—. La noche todavía no ha acabado.

—Sí, estoy seguro —dijo Oliver. Pensó en Adrianna Whitcomb y decidió que tendría que esperar. A su edad, no podía salir con más de una mujer a la vez.

Sacó uno de los expedientes del maletín, que estaba en el suelo, y se lo colocó en el regazo. Esteban Cruz. Pasó las páginas, pero no podía ver bien las letras, porque la iluminación era muy tenue.

Entonces, algo le dejó helado.

—¿Qué pasa? —preguntó Carmen.

—Nada… nada.

Oliver guardó aquel expediente en el maletín y sacó otro. Era el de José Pino. De nuevo, pasó las hojas.

—Parece que has visto un fantasma.

—Siento ser tan brusco —dijo él, mirándola—. ¿De dónde has sacado una copia de las huellas dactilares de José Pino?

—Llegó en el expediente de la escuela elemental. Existe un programa para tomar las huellas a los niños de manera rutinaria. Decimos que es por si hay un secuestro, pero, en realidad, para lo que es útil es para la identificación de cadáveres. Hay muchos tiroteos entre bandas, y los cadáveres son hallados sin su carné, y…

—¿Tienes las fichas originales con las huellas, o solo tienes copias? —preguntó él, y se dio cuenta de que tenía la voz entrecortada.

—Tenemos las fichas originales.

—Con los nombres… como en las copias.

—Sí, claro.

—Las necesito, Carmen. Ahora mismo. ¿Tienes la llave del instituto?

—Tengo la llave del instituto, pero no sé si puedo darte las fichas, Scott. Puede ser una violación de la Ley de Protección de Datos.

—Sí, tienes razón. Voy a pedir una orden.

Apareció un camarero de menor rango a servirles los platos. Parecía que Mike tenía otras mesas más importantes que atender. Carmen sonrió cuando el camarero le puso el pato delante.

—Muchas gracias —dijo, y le preguntó a Oliver—: ¿Pedimos que nos lo envuelvan para marcharnos?

—Eh… —Oliver miró su chuleta—. Eh… no. Solo déjame que haga una llamada telefónica a mi compañera, para que vaya preparando los papeles.

—No pasa nada. De todas formas, yo como muy rápido.

—Dame cinco minutos, Carmen, y soy todo tuyo —dijo Oliver, intentando ser encantador—. Por favor. De todos modos, van a tardar un rato en hacer el papeleo. ¿Para qué echar a perder una chuleta tan magnífica?

—De acuerdo —dijo ella, y asintió—. Puedo esperar. Pero, si no te das prisa, puede que me coma tu chuleta. Ni siquiera sé por qué he pedido el pato.

—Cómetela. Insisto —dijo Oliver. Le pidió que lo disculpara un momento, y salió.

Marge respondió enseguida.

—Me ha tocado el premio gordo —le dijo Oliver—. Los expedientes escolares contienen las huellas dactilares de Martín Cruces, José Pino y Esteban Cruz.

—¡Bien! ¡Es increíble! Voy a llamar a Oldham para que empiece a analizar las huellas ahora mismo.

—Espera, Maggie, hay un pequeño problema. Carmen Montenegro nos ha sacado los expedientes fotocopiados a escondidas. Cree que no es totalmente legal sacarlos del instituto. Necesitamos una orden para acceder a los expedientes originales. Rondo Martin ha identificado a Cruces y a Pino y los ha situado en la escena del crimen. Eso es causa probable más que suficiente para pedir la orden.

—Sí, eso espero. Scott, no quiero que la dama se meta en un lío. ¿No crees que un juez va a sospechar por el hecho de que estemos haciendo esto a las ocho de la noche?

—Eh... buena observación —dijo Oliver—. Pero no quiero dejar esto para mañana.

—¿Y si digo que Rondo Martin acaba de identificar a Cruces, y que tenemos al sospechoso bajo vigilancia, porque no queremos que se esfume como Joe Pine?

—Sí, eso es bueno, muy bueno —respondió Oliver—. En cuanto consigas la orden, nos reuniremos en el instituto con Carmen.

—¿Dónde estás ahora?

—Todavía estamos en el restaurante. Vamos a terminar, y ella irá al instituto en su propio coche. Así, todo parecerá menos sospechoso.

—Entonces, ¿todavía estás con esa encantadora señorita?

—Verdaderamente encantadora. Y acaba de convertirse en una mujer mucho más encantadora todavía.

CAPÍTULO 36

—¡Magnífico! —exclamó Decker, al otro lado de la línea—. Esto nos ahorra horas de trabajo.

—Y que lo digas —respondió Oliver—. Marge acaba de recibir la orden firmada, así que vamos al instituto de Pacoima. Solo queda esperar que las huellas de las fichas escolares coincidan con las huellas desconocidas.

—Amén —dijo Decker. Su teléfono empezó a pitar para avisarle de que tenía una llamada en espera—. Has pagado la cena con la señorita Montenegro con tu tarjeta de crédito personal, ¿no?

—Por supuesto. No quería que pareciera que Carmen había hecho algo inapropiado.

—Exacto. ¿Estás con Marge?

—No. Va a reunirse con Carmen y conmigo en el instituto. Carmen ha ido en su propio coche.

El teléfono volvió a sonar, y Decker miró la pantalla. Era un número oculto. «Si no vas a dejar que vea tu número, puedes dejar un mensaje, idiota».

—Bueno, llámame cuando tengáis las huellas.

—Muy bien —dijo Oliver—. ¿Dónde estás ahora?

—En la puerta del hospital. Willy Brubeck está vigilando a Rondo Martin, pero los refuerzos van a llegar enseguida. ¿Habéis averiguado Marge y tú algo más sobre el propietario de Ernie's El Matador y Baker Corporation?

—Marge ha enviado a un equipo al bar, para que presionen a Trujillo e intenten sonsacarle el nombre del patrón. Creo que son Wanda Bontemps y Lee Wang.

—¿Trujillo está atendiendo ahora el bar?

—No lo sé, pero quien esté en la barra tiene que saber cómo se llama el jefe.

—Si Wanda se encuentra con alguna resistencia, dile que meta en una celda a ese hijo de puta.

—Yo no lo habría dicho mejor.

Harriman colgó el teléfono y lo enchufó al cargador. Estaba tendido en la cama, con un pijama de algodón que le estaba resultando demasiado abrigado. Se le deslizaban gotas de sudor por el cuello, hasta la espalda. Cada día hacía más calor, y su aire acondicionado no funcionaba demasiado bien. Había puesto el ventilador a máxima potencia, pero seguía sintiéndose acalorado. Podía ser una cuestión psicológica. ¿Quién no sudaba cuando estaba nervioso?

Durante los últimos diez minutos, había estado escuchando atentamente todos los ruidos, hasta los más imperceptibles. Eran sonidos extraños, que no debería estar oyendo a las once de la noche. Aquellos ruidos duraron unos diez minutos y, después, cesaron.

Precisamente por eso, no había dejado ningún mensaje. Se sentía como un tonto.

Lo mejor que podía hacer era calmarse. Relajarse y leer un libro. Tenía cuatro en la mesilla de noche. ¿A qué estaba esperando? Seguramente, aquellos ruidos no eran más que un producto de su activa imaginación. De no haber sido por el coche que había frente a la casa de la señora Decker, no les habría dado la más mínima importancia.

«Estás a salvo».

Estaba más que a salvo. Por el amor de Dios, había un coche de policía vigilando la puerta de su casa. ¿Acaso podía pedir más protección?

Sin embargo, los sonidos no provenían de la parte exterior. Su apartamento era un bajo, y tenía una entrada por la parte de atrás. Y allí era donde había oído los ruidos. Cierto, aquella puerta tenía tres cerraduras, pero, de todos modos…

No era solo que hubiera oído cosas. Percibía cosas con el olfato, como el olor a sudor de un hombre. Y, además, estaba aquel coche aparcado enfrente de casa de los Decker. Últimamente, tenía la sensación de que cualquier cosa le ponía nervioso.

Entonces, ¿por qué no se había molestado en dejarle un mensaje al teniente?

Aquella pregunta era fácil de responder. Se sentía inseguro por el hecho de estar nervioso. Le recordaba a su niñez, cuando se sentía como un gato asustadizo. Le había costado varios años superar el miedo a la oscuridad, y no iba a permitir que volviera a apoderarse de él.

Pensando en su niñez, recordó el terror que sentía cada vez que su madre le soltaba la mano. Era pequeño, solo tenía cinco, o seis, o siete años, pero demasiado mayor para llorar. Su padre le castigaba cuando lloraba. Sin embargo, el viejo creía en él; lo había empujado psicológicamente, y físicamente, hacía sus límites más altos. Cuando cumplió los doce años, era capaz de llegar a cualquier sitio usando el bastón.

Su mente saltaba de tema en tema.

¿Cuántas veces se había tropezado y había caído, de niño?

¿Con cuántas cosas se había chocado?

¿Cuántas veces se había sentido como un imbécil?

¿Cuántas veces le había tratado la gente como si fuera inferior al resto de los seres humanos?

Incluso a aquellas alturas le resultaba doloroso pensar en ello.

El viejo había sido muy duro con él, pero solo porque sabía que su hijo iba a tener que enfrentarse a muchas dificultades por ser invidente. Siempre había sentido gratitud hacia su padre, pero siempre había sentido que tenía dos primates sobre los hombros: el mono de su ceguera, y el gorila de su padre.

Uno de los momentos de mayor orgullo de su vida había sido el día en que se había reconciliado con su padre, y los dos se habían convertido en grandes amigos, hasta el día en que el corazón del viejo había explotado.

Harriman pensó en su padre mientras continuaba escuchando atentamente para percibir cualquier señal de que un intruso había entrado en su casa. Se alegraba de no haberle dejado un mensaje a Decker. Solo Dios sabía lo que el teniente pensaba verdaderamente de él. Sin embargo, debía de haberle resultado creíble, porque había enviado un coche patrulla a vigilar su puerta.

Finalmente, se calmó lo suficiente como para ponerse cómodo. Se quitó el pijama, y notó el aire frío del ventilador en el cuerpo. Tenía que trabajar al día siguiente, en un juicio por asesinato, así que lo mejor sería conciliar el sueño, porque necesitaba estar bien despierto por la mañana.

Se puso su selección de sinfonías clásicas en el iPod. Normalmente, la grandiosidad de aquella música conseguía calmarlo y ayudarle a dormir. Se colocó sobre el costado derecho... su lado favorito. Cerró los ojos.

No necesitaba apagar la luz.

La noticia llegó a la comisaría justo cuando daban las doce.

Se oyeron vítores.

Después de comparar las huellas que había en los expedientes escolares de Martín Cruces, José Pino, Alejandro Brand y Esteban Cruz con las huellas desconocidas que se habían tomado en la escena del crimen, Oldham había encontrado varias equivalencias: el índice de Cruces y el pulgar de Pino estaban en un armario y una mesa.

Un testigo ocular y una prueba física: Decker estaba en el séptimo cielo.

—¿Quién va a detener a Cruces?

—Un grupo de los de Recursos de la Comunidad contra las Bandas se dirige al apartamento de Cruces. Messing y Pratt también van hacia allí. Oliver y yo estamos cerca de la comisaría. En cuanto lo traigan, voy a interrogarlo. ¿Quieres hablar de la estrategia?

—Claro. Consigue una confesión.

—Gracias, eso nunca se me habría ocurrido.

—Averigua quién ordenó los asesinatos.

Marge respondió:

—¿Sabes una cosa, Pete? Eso también se me había ocurrido.

—Averigua quién es Joe Pine.

—Estamos de acuerdo en las tres, rabino. Mi estrategia es tu estrategia.

Decker sonrió.

—También sería de ayuda que Cruces implicara a Alejandro Brand y a Esteban Cruz en algo malo. Me gustaría sacar a esos psicópatas de la calle. ¿Cómo están mi mujer y mi hija?

—No he oído que haya ningún problema. ¿Algo más?

—En realidad, sí. ¿Cuánto tiempo crees que tienes hasta que vayas a interrogar a Cruces?

—¿Cuánto... tiempo?

—Sí. Suponiendo que todo vaya bien y lo detengan, claro.

—Bueno, supongo que... hasta que esté listo para el interrogatorio, más o menos, una hora.

—Entonces, hazme un favor, Marge. Alguien me llamó la última vez que hablé contigo. Era un número oculto, y no dejaron mensaje. Puede ser mucha gente, pero sé que Harriman tiene un número oculto. ¿Podrías pasarte por su casa?

—¿No hay un coche de policía vigilando su casa?

—Sí. Pásate por allí y habla con los oficiales que están de guardia.

—¿Y por qué no los llamas? Mejor aún, llama a Harriman.

—No tengo el número de ninguno de los dos, y es medianoche.

—Puedo pasar por allí, no hay problema —dijo ella—. ¿Es que estás preocupado por algo?

—No estoy preocupado, pero quiero asegurarme de que todo va bien —dijo Decker—. Aunque cacemos a Cruces esta noche, no sé dónde están Joe Pine ni Esteban Cruz. Harriman es vulnerable. Pásate por su casa, ¿de acuerdo?

Marge se puso en pie.

—De acuerdo, voy para allá. Te llamaré si hay algo. ¿Podré ponerme en contacto contigo?

—Llama al hospital, porque mi móvil estará desconectado. Mientras Brubeck está haciendo de canguro con Rondo Martin, yo voy a intentar dormir un poco. Seguro que hay una cama vacía en alguno de estos pasillos. Y, si no, siempre encontraré una camilla en la morgue.

Por si el coche de policía que había aparcado enfrente de la casa no fuera suficiente, el gringo tenía tres cerraduras en la puerta de atrás. Pero eso era pan comido. ¡Pensar que una pieza de metal podía impedir a un profesional entrar y robar el oro! Lo cierto era que podía robarse cualquier cosa que poseyera una persona, si la recompensa merecía la pena.

El primer obstáculo era una porquería que podía abrirse con una tarjeta de crédito. El segundo era un cerrojo, un poco más difícil, pero nada que no pudiera abrirse con unas buenas ganzúas. La última barrera era una cadena de seguridad, facilísima, después de abrir el cerrojo. Podría haber abierto las cerraduras antes, pero la policía no tenía nada mejor que hacer que ponerse a inspeccionar la parte trasera de la casa, iluminando el patio con las linternas. Había una barbacoa y un conjunto de mesa y sillas de jardín. Si tuviera más tiempo y una furgoneta más grande, se hubiera llevado la mesa y las sillas, pero tenía que hacer un trabajo.

La primera vez la policía había ido a la parte trasera, lo habían pillado por sorpresa. Ni siquiera había oído que se acercaban hasta que los tenía casi encima. Hubiera sido presa fácil, porque estaba arrodillado, rebuscando sus herramientas en las bolsas. Por suerte, iba vestido de negro, y acababa de quitar la bombilla que había sobre la puerta trasera. Los policías comentaron que debía de haberse fundido la luz, pero eran demasiado vagos como para investigarlo. Miraron por el jardín un minuto más, y volvieron a su coche, a sentarse, seguramente, a llenarse el estómago con café y donuts.

Tenía que trabajar con rapidez, por si regresaban una segunda vez. Para iluminarse, solo contaba con una linterna de bolsillo. No veía muy bien, pero no tenía importancia, porque la mayoría del trabajo se hacía con el tacto. Parecía que las raspaduras que provocaban las ganzúas hacían más ruido de lo normal, y estaba un poco preocupado, porque aquel vecindario era muy silencioso. Tal vez el tipo oyera algo. Pero, por el momento, el apartamento estaba oscuro, en silencio. Todo marchaba bien.

Mientras trabajaba, pensó en lo lejos que había llegado. Se había convertido en un profesional, no en un camello de tres al cuarto que trabajaba para otro que estaba por encima de él. Esa mierda se había terminado, porque él se había convertido en uno de los peces gordos. Y, como todos los profesionales, había hecho los deberes: había explorado el exterior de la casa para reconocer el terreno, y había determinado su objetivo. El gringo tenía protección, y eso era una dificultad, pero él había hecho trabajos más importantes. Estar tan cerca de la cumbre significaba que debía estar a la altura. Ni por asomo iba a permitir que unos cuantos policías idiotas se lo impidieran.

Hasta aquel momento, ni siquiera había sudado.

Cuando se aseguró de que todo estaba despejado, se acercó de puntillas a la puerta y sacó sus ganzúas de alta calidad. Le gustaba notar las puntas afiladas y el contorno de los mangos.

Sujetó la linterna entre la barbilla y el pecho, intentando dirigir el haz de luz hacia la cerradura. Había luz suficiente para que pudiera ver el agujero y, de una vez, insertó dos ganzúas. Empezó a moverlas, tratando de alinear los pistones del cilindro con la esperanza de oír el clic.

Las giró y las giró, pero no sucedió nada.

Vaya.

Bueno, tal vez fuera un poco más difícil de lo que él había pensado.

Dejó las ganzúas colgando de la cerradura y apagó la linterna. Después, trabajó solo con el sentido del tacto. De todos modos, era más inteligente estar a oscuras. Aquella noche, el cielo estaba muy negro porque no había luna, y la pequeña linterna podía delatarlo. Después de unos minutos, decidió que necesitaba otro par de ganzúas distintas. Cuidadosamente, guardó las primeras y eligió las segundas.

Siguió rascando el interior de la cerradura, intentando sentir los pistones. Sí, en aquella ocasión, las cosas iban mejor. Oyó el primer clic, y después, el segundo y, finalmente, el tercero. Cuando el cerrojo se desbloqueó, él abrió lentamente la puerta. La cadena estaba puesta, pero quitarla no era nada del otro mundo. Había que insertar la herramienta y mover la puerta hasta que estaba casi cerrada y, después, deslizar la cerradura sobre…

De repente, oyó algo, y agudizó los oídos.

Alguien estaba hablando… Una mujer, con un par de tipos.

Oyó el pitido de un *walkie-talkie*.

Era una conversación de la policía.

Eso no le gustó en absoluto.

Deprisa, deprisa.

Por primera vez, aquella noche, empezó a sudar. No se suponía que tenía que ser así. Él siempre tenía un plan y, normalmente, tenía tiempo.

Empezaron a temblarle las manos.

«Concéntrate, imbécil, concéntrate».

Por fin, oyó caer la cadena. No era el más elegante de los trabajos, pero había acabado. En un segundo entró en la casa.

Volvió a echar el cerrojo y puso la cadena en su sitio.

La policía podía hablar todo lo que quisiera. Él estaba a salvo, dentro; exactamente donde quería estar.

Aquello no era un sueño. El sonido de los arañazos era real. El olor era real; era el olor del sudor y del miedo de un hombre.

Harriman sabía que estaba en peligro.

Comenzó a sudar y se incorporó en la cama. Con las manos temblorosas, palpó la mesilla de noche para encontrar el teléfono móvil. Sin querer, tiró el mando a distancia de la televisión. Cayó al suelo, produciendo un sonido amortiguado.

¿Lo habría oído el intruso? Ojalá no. Gracias a Dios por las alfombras.

Siguió palpando la superficie hasta que tocó el metal frío del teléfono. Apretó el botón para encenderlo. El intruso se estaba confiando; ya ni siquiera se molestaba en andar de puntillas, y sus pasos se oían perfectamente.

El teléfono tardó una eternidad en encenderse. Por fin, pudo activar la marcación por voz, y recitó en voz baja el 911.

Un momento después, una voz respondió:

—Nueve, uno, uno. ¿Cuál es su emergencia?

Habló con toda la calma que pudo.

—Alguien ha entrado en mi casa.

—¿Cuál es la dirección, señor?

Tomó aire, y le dio su dirección a la operadora.

—Acudirá alguien inmediatamente.

—¡Que se den prisa, por favor! ¡Soy ciego!

Cuando colgó, recordó que había unos policías apostados frente a su casa. Entonces, ¿cómo había podido suceder aquello? ¿Se habían quedado dormidos? ¿O le había mentido Decker y los había retirado de la vigilancia sin decírselo?

¿Cómo había podido suceder?

«¡Haz algo, idiota!».

Silenciosamente, sin soltar el teléfono, se dejó caer al suelo y se deslizó bajo la cama. Estaba desnudo y temblaba, pero no de frío. Estaba entre la alfombra y el colchón, así que tenía calor suficiente, pero no podía liberarse del frío glacial del terror. Intentó concentrarse en lo que estaba ocurriendo dentro de su apartamento, pero su respiración era tan agitada que le parecía que tenía algodón en las orejas.

«Calma, calma. Concéntrate».

El enemigo estaba en la cocina. Oyó que apretaba el interruptor de la luz una y otra vez. El muy imbécil no iba a conseguir nada. Él nunca se había molestado en poner bombillas en las lámparas del techo.

¿Para qué iba a pagar electricidad, si no la usaba?

Los haces de las linternas se cruzaron en el patio.

—Sigo sin entender por qué ha tenido que venir —dijo Bud Rangler—. ¿Por qué no nos ha llamado?

Claramente, estaba enfadado, pero ella también. Aquel hombre se estaba comportando de manera hostil, y no quería tener que soportarlo a las doce y media de la noche. Rangler tenía una barriga voluminosa y los miembros musculosos. Tenía casi treinta años, y llevaba cinco trabajando en la policía. Parecía que consideraba su aparición como una afrenta personal a su competencia.

—Cuando mi jefe me dice que vaya a un sitio, voy —respondió Marge—. No es malo que tenga eso en cuenta, oficial.

El segundo policía uniformado, Mark Breslau, era el mayor, y el más curtido. Era un veterano con once años de servicio, y la experiencia había mitigado su machismo.

—Usted es la jefa, sargento. Creo que Bud solo quiere que sepa que estábamos haciendo nuestro trabajo. Hemos venido a inspeccionar el patio trasero cada dos horas.

—Puede comprobarlo por sí misma, sargento —dijo Rangler—. Todo está tranquilo.

—Aquí atrás está muy oscuro —dijo Marge, siguiendo el haz de luz con la mirada—. ¿Cómo puede ver si hay algo extraño?

—La bombilla del porche acaba de fundirse —respondió Rangler—. Antes de eso, esto estaba bien iluminado.

—¿Que se ha fundido? —preguntó Marge, y se volvió para mirarlo—. ¿Y por qué no la han cambiado?

Rangler respondió:

—No creo que cambiar bombillas forme parte de mis obligaciones.

—Si eso le ayuda a ver lo que sucede, claro que forma parte —replicó Marge, y se giró hacia Breslau—. ¿Tienen alguna bombilla en el coche?

—No, señora.

—Hay una tienda veinticuatro horas al torcer la esquina —le dijo ella, lanzándole las llaves de su coche—. Vaya a comprar una. Yo me quedaré con el oficial Rangler hasta que vuelva.

—Sí, señora.

Marge oyó que el policía más joven se reía.

—¿Le parece gracioso, Rangler?

—No, señora.

—Creía que le había oído reírse. Deben ser imaginaciones mías, ¿eh?

Rangler se quedó callado. Marge se acercó a la puerta trasera e iluminó la cerradura de la puerta con la linterna.

—Venga aquí, oficial.

Rangler obedeció. Se detuvo a treinta centímetros de Marge.

—Eche un vistazo —dijo Marge, e iluminó la lámpara que había sobre la puerta—. ¿Cómo puede fundirse una bombilla, si no hay bombilla? ¿Le importaría explicármelo?

Rangler iba a responder, pero, finalmente, no dijo nada.

Marge iluminó el suelo, moviendo la linterna, hasta que vio una pieza esférica de cristal en la hierba. Recogió la bombilla y la colocó en la lámpara. Al instante, una luz amarilla inundó la zona.

—Llame para pedir refuerzos. Todas las unidades de esta zona —le dijo a Rangler. Entonces, comenzó a aporrear la puerta y a llamar a Harriman. Nadie respondió, y ella se enganchó la linterna en el cinturón.

—Va a tener que cubrirme el trasero, Rangler, porque vamos a entrar.

Aquello no iba según lo planeado.

¡No funcionaba ninguna de las luces!

Alguien estaba llamando a la puerta trasera.

Había dos polis mirando hacia la puerta delantera.

Se oían sirenas cada vez más cercanas.

«Eres un imbécil», se dijo. «¡No empieces a hacer el tonto ahora!».

Con desesperación, buscó la forma de salir sin ser visto. Sin embargo, las dos puertas estaban vigiladas en aquel momento. Era un animal acorralado.

«¡Piensa, imbécil, piensa!».

Sacó la pistola y la sujetó con una mano. Le daría algo de ventaja, pero, al final, era solo uno contra muchos. Provocar un tiroteo no iba a servirle de nada.

No tenía ningún sitio al que huir; lo mejor sería que se escondiera.

CAPÍTULO 37

Harriman oía los golpes en su puerta trasera. Tenía el corazón tan acelerado que le parecía que se le iba a salir del pecho. Si gritaba desde allí, ¿podrían oírlo? ¿Le indicaría al intruso dónde estaba?

Lo mejor era esperar hasta que estuvieran más cerca.

Paciencia, paciencia.

En aquel momento, el silencio era oro.

Al momento, Breslau había vuelto. Le faltaba el aire.

—He oído el aviso de la llamada.

—¿Qué llamada?

—Al 911, desde dentro de esta dirección.

—¡Dios Santo! —exclamó Marge—. Si Harriman ha llamado al 911, es que hay alguien dentro. La puerta está cerrada. No quiero que lo tomen como rehén, pero tampoco quiero tirar la puerta abajo sin chalecos antibala. Ese tipo puede estar armado.

Miró frenéticamente a su alrededor, y posó los ojos en las cuatro sillas de jardín. Eran apilables; las colocó una sobre la otra y las sujetó contra su pecho, como escudo.

—Tendrá que valer con esto —dijo Marge—. Cúbranme.

—Yo echo la puerta abajo, sargento —dijo Rangler—. Tengo mucho más peso.

—Esto no es de *kevlar*, Rangler. Una bala puede atravesarlo como si fuera de nieve.

—Todos tenemos que hacer nuestro trabajo —contestó Rangler, y extendió los brazos—. Yo peso mucho más. Lo más fácil es que lo haga yo.

—Eso no puedo discutírselo —respondió Marge.

Le pasó las sillas a Rangler. Él las levantó como si fueran una pila de mantas. Dio dos pasos atrás y se lanzó contra la puerta.

Una vez.

Dos.

A la tercera, el marco se desencajó, y la puerta se abrió de par en par. En la distancia se oían las sirenas, acercándose.

Marge miró al interior de la casa: estaba muy oscura y silenciosa.

—Harriman, ¿está ahí? —preguntó Marge. No obtuvo respuesta, así que sacó su arma semiautomática—. Rangler, apunte con la linterna hacia dentro con las linternas para que yo pueda ver. Breslau, cúbrame. Vamos.

No había iluminación suficiente como para disparar. Marge pegó la espalda a la pared y fue avanzando centímetro a centímetro, palpando la pared en busca de un interruptor. Cuando, por fin, lo tocó con los dedos, exhaló un suspiro de alivio y lo apretó.

No ocurrió nada.

Entonces, recordó lo más evidente: Harriman era ciego.

Marge se preguntó si habría alguna lámpara que se encendiera en toda la casa. Pensó por un momento: Brett había mencionado que su novia lo había llevado a casa de Rina. Ella debía visitarlo algunas veces de noche, así que tenía que haber luz artificial en alguna parte. Miró a su alrededor y se dio cuenta de que había entrado al cuarto de la plancha, que daba directamente a la cocina.

¡La cocina!

Tal vez hubiera luz sobre los fogones. Dijo:

—Ilumine la cocina.

Parecía que estaba vacía, pero podía haber alguien allí escondido. Marge se acercó lentamente a los fogones. Palpó por debajo de la campana extractora y encontró el interruptor. Al apretarlo, se encendió la luz.

La iluminación era mejor, aunque no suficiente. Vio un interruptor doble en la pared; el primero activaba el triturador de basura, pero el segundo encendía un sistema de iluminación que había bajo los armarios superiores. Podían ver suficiente como para inspeccionar la cocina. Una vez que se aseguraron de que estaba despejada, siguieron avanzando.

El apartamento de Harriman era completamente abierto: el salón, el comedor y la cocina formaban un único espacio. La buena noticia era que no parecía que nada estuviera alterado, ni roto. No había muebles tirados, ni ninguna señal de lucha. Sin embargo, había algo raro...

¿Demasiado silencio? ¿El olor?

Las sirenas seguían oyéndose a distancia.

Marge dijo:

—Rangler, transmítale nuestra posición a la operadora de radio; que les diga a todas las unidades que se acerquen a la escena que lo hagan con extrema cautela.

Siguió observando la zona pública de la casa; desde allí partía un pasillo que, probablemente, conducía a las habitaciones.

—Cúbranme —les dijo Marge a los oficiales.

Volvió a pegarse a la pared, y avanzó lentamente, hasta que llegó a la primera puerta. Llamó con fuerza, anunció que era la policía y le dijo a cualquiera que estuviera dentro que saliera con los brazos en alto. La puerta permaneció cerrada. Entonces, ella la abrió de par en par, y apuntó con la pistola hacia el interior.

No sucedió nada.

Rangler alumbró la habitación con las linternas. Parecía que estaba vacía.

—¡Policía! —gritó de nuevo Marge—. ¡Está rodeado! ¡Salga con los brazos en alto!

Esperaron un segundo... dos segundos... tres segundos.

Entraron en la habitación. Era un espacio pequeño en el que había un gimnasio equipado con una bicicleta estática, una cinta para caminar y un peso. La lámpara de aquella estancia sí funcionaba, y emitía una luz suave. Marge señaló una puerta cerrada; seguramente, un armario. Pegándose de nuevo a la pared, abrió el armario y comenzó a remover la ropa y las pesas, para asegurarse de que no hubiera nadie escondido allí.

Se sobresaltó al oír que alguien llamaba a la puerta principal. Rangler abrió la puerta para que los oficiales de refuerzo pudieran entrar en el salón. Empezaron a encender todas las lámparas que encontraron. Cuando todo el mundo estuvo dentro, Marge contó: eran ocho, en total.

—Quiero uno en la puerta principal, otro en la puerta trasera, uno en el primer dormitorio, y otros dos, que comprueben lo que hay tras esa puerta cerrada, que, seguramente, es un baño —dijo, y se volvió hacia Rangler y Breslau—. Vamos a entrar en esa última habitación. Será el dormitorio de Harriman.

Con el corazón acelerado, Marge llamó a la puerta y gritó:

—¡Policía! ¡Salga con los brazos en alto!

La respuesta fue una voz masculina que gritó:

—¡Socorro!

—¿Harriman?

—¡Sí! ¡Ayúdeme! Estoy debajo de la cama.

—No se mueva. ¿Está solo?

—No lo sé.

—¿Está herido?

—No.

—¡No se mueva! —repitió Marge—. Vamos a entrar a buscarlo —dijo, después, y añadió en voz alta—: Hemos encontrado al ocupante. Vamos a entrar. Necesito un par de efectivos más.

Se acercaron los dos oficiales que habían comprobado que el baño estaba vacío. Marge dijo:

—Esto podría ser una trampa. Que todo el mundo tome una posición segura, y yo abriré cuando todos estemos preparados.

Cuando todo el mundo asintió, ella volvió a apoyarse en la pared. Giró el pomo de la puerta y abrió de par en par.

Las linternas alumbraron la habitación.

—Estamos dentro, Brett —dijo Marge—. No se mueva. Vamos a confirmar que no hay nadie más. ¿Hay alguna luz que funcione en esta habitación?

—Inténtelo con la lámpara de la mesilla. Creo que es la que usa mi novia.

Marge se acercó y encendió la lámpara. El dormitorio era espacioso y tenía una cama doble con dos mesillas. Frente a la cama había un armario. En una de las paredes había un armario con las puertas correderas de cristal, y, al otro lado, una puerta cerrada, que debía de ser el segundo baño de la casa.

Siguiendo el procedimiento, abrió la puerta del baño. Vacío, pero las cortinas de la ducha estaban corridas.

—¡Policía! —gritó, apuntando hacia la ducha—. ¡Salga con los brazos en alto!

Las cortinas de la ducha no se movieron y, con gran cuidado, Marge las descorrió y vio que la bañera estaba vacía.

—¡Despejado! —exclamó, y volvió a la habitación—. ¿Y el armario?

—Despejado —le dijo Rangler.

—¿Harriman?

—Sigo aquí.

—Puede salir ya.

—Estoy desnudo.

—Que alguien le dé una bata, o algo.

Harriman salió de debajo de la cama y se puso en pie. Cuando le entregaron la bata, estaba temblando. Tenía la respiración agitada.

—¿Lo han encontrado?

—Todavía no.

—¡No estoy loco! Juro que he oído algo.

—No hemos terminado de buscar, Brett. Tenemos la casa rodeada. En cuanto lo saquemos de aquí, terminaremos —dijo Marge, y le ofreció el brazo—. Yo lo guiaré.

Cuando llegaron a la puerta principal, Harriman empezó a estremecerse.

—¡Está aquí! —le susurró a Marge—. ¡Noto su olor!

—Entonces, lo encontraremos.

—Por favor, no se marche hasta que lo encuentren. ¡Sé que está aquí!

—El oficial Fetterling va a escoltarlo hasta un coche patrulla. Él esperará con usted hasta que hayamos despejado la zona.

Harriman le agarró el brazo a Marge.

—¡Gracias!

—De nada. Para eso nos pagan —dijo ella.

Cuando Harriman estaba a salvo en uno de los coches, Marge miró a su alrededor.

—Hemos registrado todo, salvo este armario.

Ella se colocó a un lado de la puerta y la golpeó con fuerza.

—¡Policía! ¡Salga con los brazos en alto!

Nada. ¿Cuántas probabilidades había de que aquel último registro tuviera algún resultado? Marge gritó, sin soltar el pomo:

—¡Tomen posiciones!

Abrió la puerta.

—No sucedió nada.

—¡Mantengan posiciones! —gritó. Seguía pegada a la pared, y algo le dijo que no se moviera. Era un olor a sudor… el sudor del miedo.

Todo se quedó muy silencioso. Ella contuvo el aliento y, por fin, lo oyó: inhalaciones y exhalaciones que no coincidían con su respiración.

Había alguien escondido en aquel armario.

—¡Policía! ¡Está rodeado! ¡Salga con los brazos en alto!

De nuevo, no hubo ningún movimiento.

—Voy a contar hasta tres y, entonces, vamos a disparar…

—¡No, por favor, no haga eso! —rogó alguien.

—¡Salga, salga, salga! —ordenó Marge.

Alguien se levantó de un rincón, y Marge vio el brillo del metal.

—¡Tire el arma! ¡Tírela, tírela, tírela! —gritó. Cuando oyó que algo caía al suelo, siguió diciendo—: ¡Arriba las manos! ¡Arriba las manos!

Cuando emergió la criatura del lago negro, Marge le ordenó que se tirara al suelo. En cuanto lo hizo, cuatro policías saltaron sobre él, mientras otros dos registraban el armario. La pistola era una .32 Smith and Wesson, una de las armas que se habían usado en el asesinato de los Kaffey.

¿Cabía la posibilidad de que todo empezara a encajar?

Marge supuso que dependía de quién estuviera tendido en el suelo. Le iluminó la cara con la linterna para ver si le resultaba familiar, mientras Rangler le registraba los bolsillos traseros del pantalón. El policía sacó una cartera y un carné de conducir, y se los entregó a la sargento.

Marge sonrió:

—Vaya, hola, Joe. Bienvenido a Estados Unidos.

CAPÍTULO 38

Decker se paseaba de un lado a otro. El movimiento le servía para dos cosas: le hacía entrar en calor y le calmaba los nervios. Eran las tres de la mañana, estaba frente al hospital y tenía el teléfono pegado a la oreja. Estaba temblando, pero de emoción.

—¿Que tenéis bajo custodia a Cruces y a Pine?

—No ha estado mal, para un solo día de trabajo. Aunque ha sido un día muy ajetreado y largo. Yo llevo levantada veinte horas.

—¿Quién más está en la comisaría, aparte de ti?

—Oliver, Messing y Pratt. ¿Quién interroga a quién?

Decker lo pensó un momento.

—Bueno, lo mejor sería no tener que hacer ningún trato ni con Pine ni con Cruces, pero tal vez tengamos que volver al uno contra el otro. Contra Pine tenemos las huellas dactilares y la declaración de Rondo Martin, que lo vio en la escena del crimen. Él mencionó a Pine antes que yo. Rondo recordó a Cruces, pero solo después de que yo lo mencionara. Su memoria es menos clara con Cruces. Tiene más sentido que tratemos de volver a Cruces en contra de Pine. Así que Oliver y tú interrogad a Pine. Si no llegáis a ningún sitio, que entre otro para darle una perspectiva nueva.

—Me parece bien. ¿Dónde estás tú, rabino?

—Va a venir un equipo del Departamento de Policía de Herrod, que es la ciudad de al lado, para cubrir nuestros puestos en el hospital, dentro de media hora. Tim England, el sheriff T, dijo que él vendría por la mañana. Martin está en buenas manos.

Marge dijo:

—Ahora que Pine está detenido, tal vez Martin pueda respirar tranquilo.

—Sí, puede que suspire tranquilo, pero no será un suspiro grande hasta que averigüemos quién es el patrón. ¿Alguien ha vuelto a entrevistar a Trujillo, el camarero de Ernie's El Matador?

—Cuando Bontemps y Lee llegaron, ya habían cerrado. Me voy a asegurar de que haya alguien allí mañana, cuando abran. Aunque tal vez no sea necesario una vez que hablemos con Cruces y con Pine.

—Siempre es necesario insistir. Willy y yo vamos a tomar el primer vuelo de mañana por la mañana —dijo Decker. El avión saldría a las seis y media, y ya eran las tres—. Nos vemos a las ocho, más o menos.

—Duerme un poco, Pete.

—Estoy demasiado inquieto. ¿Se ha sabido algo de Gil Kaffey o de Antoine Resseur?

—No.

—¿Y no tenéis idea de dónde están?

—Ni la más mínima, pero si son como la mayoría de la gente a estas horas de la noche, estarán durmiendo —dijo Marge—. A menos que estén muertos, claro. En ese caso, nada los despertará.

Lo primero que hizo Marge fue comparar las huellas de Joe Pine con las huellas de la ficha escolar de José Pino. Cuando quedó confirmado que Joe y José eran la misma persona, Marge y Oliver se prepararon para una larga noche. Mirándolo a través de la cámara de vídeo, vieron a Pine hacer una serie de gesticulaciones, casi tan elocuentes como un discurso. Se paseó de un lugar a otro, se dejó caer en la silla con la cabeza entre las manos, apoyó la cabeza en la mesa, se levantó y comenzó a pasearse de nuevo... Se enjugó las lágrimas rápidamente, como si estuviera llorando. Pero solo lloraba por sí mismo.

Pine llevaba una cazadora de nailon ligera, unos vaqueros negros y una camiseta, también negra, además de una gorra con las iniciales

BE. Era bajito, y tenía los brazos muy delgados. Tenía la cara alargada y la piel morena. Llevaba el pelo, que era de color castaño oscuro, rapado casi como un marine. La forma redondeada de sus ojos le confería una expresión infantil; sin embargo, esa suavidad era mitigada por una barbilla fuerte, masculina, con hendidura.

Cuando Marge y Oliver entraron en la sala de interrogatorios, Pine estaba sentado, mirándose los pies. Alzó la vista y volvió a bajarla. La habitación tenía unos seis metros cuadrados; en ella había una mesa de acero acercada a la pared, y tres sillas. Pine ocupó la que estaba a la derecha, la más alejada de la puerta. Marge se sentó junto a él, y Oliver, enfrente.

—Detective Scott Oliver —dijo, para presentarse, y puso un vaso de agua frente a Pine—. ¿Cómo estás?

Pine se encogió de hombros.

—Bien.

Marge también se presentó, y le dijo:

—Estamos un poco confundidos. ¿Qué pasaba antes, Joe?

—¿Qué quieres decir?

—Lo que queremos decir es que te hemos encontrado escondido en un armario con un arma —dijo Marge. Intentó establecer contacto visual, pero él estaba concentrado en otra cosa—. ¿De qué iba todo?

—De nada.

Oliver asintió.

—¿De nada?

—Sí, eso he dicho. No es para tanto.

Oliver dijo:

—Para el tipo que vive en esa casa, sí era para tanto.

Marge intervino:

—Dinos por qué estabas allí.

—¿En el armario?

—En el armario de un apartamento que no te pertenece.

—Os oí llamando a la puerta y supe que lo ibais a interpretar mal, así que me escondí.

—Bueno —dijo Marge, tomando notas. Dejó de escribir y lo miró a la cara—. ¿Y cómo se suponía que debíamos tomárnoslo?

—No es lo que pensáis. Es solo un juego, ¿sabes?

—¿Un juego? —preguntó Oliver.

Marge dijo:

—Explícamelo.

—Ya sabes… un juego —dijo Pine, y apoyó la cabeza en la pared. Tenía gotas de sudor en la frente—. Para conseguir estar con la gente adecuada, tienes que jugar a ese juego.

—¿Qué gente adecuada? —preguntó Oliver.

—Mis hermanos, ¿sabes?

—¿Qué hermanos?

—Los de Bodega 12th Street —respondió Pine, y se encogió de hombros—. Es todo un gran juego.

Marge dijo:

—Creía que tú ya eras miembro de Bodega 12th Street.

—Para ascender.

Marge asintió.

—¿Y cómo funciona eso? Lo de ascender, quiero decir.

Pine se rio.

—Eh, tú llevas un tiempo en esto, ¿no? Ya sabes cómo funciona.

—Bueno, pero cuéntamelo de todos modos.

—Tienes que demostrar lo que vales. Si no lo haces, hay muchos otros que están dispuestos a hacerlo. Así que eso era lo que hacía yo.

—¿Cometiste un allanamiento de morada para ascender en la banda?

—Exacto.

—¿Y qué se suponía que debías hacer cuando entraras al apartamento? —preguntó Oliver.

—Pues… nada, tomar algo… para demostrar que habías estado allí, ¿sabes?

—Y, entonces, ¿para qué llevabas el arma?

—Por si acaso…

—¿Por si acaso qué? —inquirió Marge.

—Por si acaso las cosas… ya sabes… se complicaban.

—¿En qué sentido iban a complicarse las cosas?

—¿Y si él tenía un arma? —preguntó Pine, y sonrió. Tomó un sorbo de agua, y dijo—: Un hombre tiene que protegerse.

—Entonces, tú sabías quién vivía en el apartamento al que ibas a entrar.

—Eh… no —respondió Pine, cabeceando—. No, no lo sabía.

—Pero has dicho «si él tenía un arma».

—Él… o ella. Solo utilizaría el arma en caso de que tuviera que defenderme.

—Joe, estás confundido en una cosa —le dijo Marge—. Si tú entras en casa de una persona y él utiliza un arma contra ti, eso es defensa propia. Si tú utilizas el arma contra esa persona, se llama allanamiento de morada con intento de asesinato, y es un delito mayor.

—No iba a usarla —dijo Pine—. Era para protegerme, solo.

—De todos modos, estabas delinquiendo —replicó Oliver, y los dos tuvieron un tira y afloja a cuenta del arma, hasta que Marge intervino de nuevo:

—¿Por qué elegiste esa vivienda?

—¿Cómo?

—Que por qué elegiste esa vivienda en particular.

—No lo sé —dijo Pine, y miró al suelo—. Era un bajo. Era fácil entrar.

—Entonces, para demostrar que mereces un… ascenso en la organización, ¿eliges una casa en la que sea fácil hacer un allanamiento de morada?

Pine entrecerró los ojos con una expresión de ira.

—Nunca es fácil… Pueden pasar cosas.

Marge dijo:

—Y pasaron cosas. Cometiste un grave delito y, como portabas un arma, puede ser que te metan en la cárcel para una buena temporada.

—No hubo ningún herido.

—Tus días de guardia de seguridad han terminado —le dijo Oliver.

—No me importa —dijo Pine, y se cruzó de brazos—. ¿Quién necesita que lo traten como a una mierda?

—¿Los Kaffey te trataban como a una mierda?

—No, los Kaffey no… ese gilipollas de Brady. Me tocaba las narices por llegar un minuto tarde. No tengo por qué aguantar esas gilipolleces.

Marge se dio cuenta de que no había mencionado los asesinatos. Hablaba como si solo lo hubieran despedido, y no como si hubiera ocurrido una tragedia.

—¿Y qué otras cosas no te gustaban de Neptune Brady?

Aquella pregunta desencadenó toda su furia. Durante la siguiente media hora, Oliver y ella tuvieron que escuchar una letanía de quejas sobre «el cabrón de Brady». Y, aunque ella no sentía especial aprecio por Neptune, los castigos que le había impuesto a Pine por sus infracciones no eran desmesurados.

Neptune le descontaba dinero del sueldo cada vez que llegaba tarde.

Le descontaba dinero del sueldo si su uniforme no estaba limpio y planchado.

Le descontaba dinero del sueldo si oía un lenguaje inadecuado.

Le descontaba dinero del sueldo si faltaba un día al trabajo sin avisar con veinticuatro horas de antelación.

Oliver preguntó:

—Entonces, ¿por qué seguiste trabajando allí?

Aquella pregunta lo desconcertó.

—No sé. Era un sueldo fijo. Lo que pasa es que no era suficiente, ¿sabes?

—¿Qué pensabas de los Kaffey? —le preguntó Oliver.

—No sé.

—No es una pregunta con truco —le dijo Marge—. ¿Te caían bien los Kaffey?

—No los conocía lo suficiente como para que me cayeran bien.

—Pero tú trabajabas protegiéndolos —dijo Marge.

—Sí, pero eso no significa que fuéramos amigos. Era solo como… «sí, señora, no, señora». El tipo nunca hablaba conmigo, como si yo fuera un mueble. Una vez me pateó el culo por hablar con su mujer.

—¿Y de qué estabas hablando con ella? —preguntó Marge.

—Le dije que me gustaba su nuevo Vette, o algo por el estilo. Él me puso la mano en el hombro y me dijo: «No hables de nada personal con la señora». A partir de entonces, solo le daba los buenos días, y nada más.

—Parece que no te caían bien.

Pine se encogió de hombros.

—Yo solo era como un mueble para ellos, pero ellos también eran muebles para mí.

«Así que te resultó mucho más fácil tirotearlos», pensó Marge.

—He oído decir que fue Guy Kaffey el que te contrató.

—Ni idea —dijo Pine, y frunció el ceño—. ¿Por qué me hacéis tantas preguntas sobre los Kaffey?

—Es evidente, Joe —dijo Oliver.

—No, no. ¡Yo no tuve nada que ver con eso! —exclamó Pine, dándose una palmada en el pecho—. He estado fuera.

—Sí, ya lo sé —dijo Marge—. Te hemos estado buscando.

—Pues aquí estoy.

—Entonces, ¿estabas fuera de Los Ángeles cuando ocurrió? —le preguntó Oliver.

—Estaba en México —dijo Pine.

—¿Y qué estabas haciendo allí?

—Tengo familia allí. Eh, si quieren detenerme por lo del allanamiento de morada, no puedo hacer nada. Pero yo no tuve nada que ver con lo de los Kaffey.

—Joe, estamos en Homicidios, no en la unidad de Crímenes Contra Personas —le dijo Marge, y le dio unos segundos para que lo asimilara—. Durante las últimas semanas, hemos estado interrogando a todos los guardias que trabajaron para Guy y Gilliam Kaffey. Te hemos estado buscando y, casualmente, has aparecido en el armario de un tipo que estaba bajo protección policial. Eso nos parece curioso.

—Sí, Joe, ¿por qué te has metido en ese apartamento, si la poli estaba enfrente?

—Ellos estaban enfrente —dijo Pine, y se encogió de hombros—. Yo estaba en la parte de atrás.

—Pero ¿no te molestó que la policía estuviera enfrente?

—Me hace más grande a ojos de los hermanos, ¿sabes?

—¿Sabes por qué estaba la policía enfrente de esa casa?

—Ni idea —dijo Pine—. Llevo una temporada en el campo.

—¿Cómo te sentiste cuando te enteraste de los asesinatos?

Pine volvió a encogerse de hombros.

—Esas cosas pasan.

Marge preguntó:

—¿Cuándo te fuiste a México?

—No me acuerdo de la fecha exacta, pero antes de que ocurriera —dijo y, de nuevo, se cruzó de brazos.

—¿Y cómo te enteraste de los asesinatos?

—Me llamó mi primo. Pensé: «Tío, vaya una mierda». Entonces, me alegré de no haber estado allí. Me enteré de que los mataron a todos.

Ni Marge ni Oliver respondieron; lo miraron con expectación.

—Entonces —continuó él—, pensé que ya no tenía trabajo. Así que me quedé en México un poco más.

—¿Quién es tu primo? —preguntó Marge.

Pine se quedó desconcertado.

—¿Mi primo?

—El que te llamó y te contó lo de los asesinatos —le dijo Oliver.

—¿Por qué quieres saberlo?

—Para que pueda darte una coartada —respondió Marge.

—Ah… de acuerdo. No es mi primo de verdad, pero somos como hermanos, ¿sabes?

—¿Su nombre? —preguntó Oliver.

—Martín Cruces. Él también trabajaba para los Kaffey.

Marge mantuvo un gesto impasible.

—Sí, lo sabemos. Está en nuestra lista.

—Sí. Él es quien me consiguió el trabajo.

—Martín.

—Sí.

—¿Y te llamó y te contó lo de los asesinatos?

—Sí, me lo contó todo. Me pareció muy sangriento, tío.

Marge le dijo:

—Martín está metido en un buen lío, Joe. ¿Te dijo eso también?

Pine se quedó helado por un momento.

—Eso es una gilipollez. Acabo de hablar con él, tío. No me ha dicho nada de eso.

—Sí, pero justo después de que tú hablaras con él, nosotros lo hemos detenido —respondió Marge.

Oliver dijo:

—Está en la sala de al lado, hablando con otros detectives.

—Así que, si tienes algo que decirnos, ahora es el momento —añadió Marge.

—No tengo nada que decir —respondió Pine.

—Eso es raro —dijo Oliver—, porque Martín tiene mucho que decirnos.

—Además, encontramos tus huellas en Coyote Ranch, Joe.

—Claro, trabajaba allí.

Marge se lo aclaró:

—Encontramos huellas ensangrentadas, de las que dejó alguien que estaba allí cuando mataron a los Kaffey.

—Martín está en el edificio, hablando con nosotros —dijo Oliver—. Puede que esta sea tu única oportunidad de explicarnos lo que pasó.

—No dejes que Martín cuente toda la historia por los dos —dijo Marge.

Oliver remachó:

—Sí, queremos oír tu versión.

Pine no mordió el anzuelo.

—Eh, Joe, tal vez es que las cosas no tenían que ser como fueron —dijo Marge—. Solo llevaste tu arma para protegerte.

—Yo no estaba allí —insistió Pine.

—Tus huellas, Joe —le dijo Marge—. Las huellas no mienten.

—No, pero los polis sí —replicó Pine—. Queréis conseguir que mienta.

—No, Joe, no queremos eso. Queremos que nos digas la verdad. Eso es todo.

—No sabríais lo que es verdad ni aunque lo tuvierais delante —dijo Pine—. Seguro que ni siquiera tenéis a Martín en custodia.

—Bueno, entonces, espera un momento —respondió Marge, y se puso en pie—: Voy a ver si podemos llevarte a la sala de vídeo.

Oliver y ella salieron, y volvieron unos minutos después. Marge le puso delante a Pine seis fotografías de Martín Cruces mientras lo interrogaban Messing y Pratt, hechas con una Polaroid.

Pine los fulminó con la mirada e intentó encogerse de hombros.

—Métetelas donde te quepan. Los polis haríais cualquier cosa para conseguir que yo mintiera.

—No, Joe —dijo Oliver—. No queremos mentiras. Queremos la verdad.

—Martín está diciendo la verdad —insistió Marge—. Solo tenemos curiosidad por saber si su verdad es la misma que la tuya.

—Yo no estaba allí.

—Tú estabas allí. Tenemos testigos que dicen que estabas allí. El dueño de la casa en la que entraste. Oyó a gente hablando de eso —dijo Marge—. Oyó a gente hablando de ti. Dijo que Martín estaba muy cabreado contigo porque no remataste a Gil Kaffey.

—¡Yo no estaba allí!

—Tus huellas dicen que sí.

—Estás mintiendo. Yo no estaba allí.

—No, quien miente eres tú —le dijo Marge—. Puedes seguir mintiendo, o puedes ayudarte a ti mismo diciendo la verdad.

Por fin, algo afectó a Pine. Empezó a sudar en serio. Sin embargo, hicieron falta otro par de horas, varias tazas de café, y media docena de barritas energéticas, antes de que Marge y Oliver notaran que empezaba a desmoronarse. Se disculparon, y dejaron solo a Pine para que pudiera sopesar sus posibilidades.

Estuvieron observándolo un par de minutos por la cámara de vídeo. Entonces, Marge miró el reloj.

—Decker llegará dentro de dos horas. Me encantaría terminar esto antes de que llegue.

—Ya está desarmado —dijo Oliver—. Es momento de sacar a relucir a Rondo Martin. Marge tomó un sorbo de agua, y observó a Messing y a Pratt trabajando con Cruces. Subió el volumen, y oyó a Wynona intentando seducirlo para que hablara de los asesinatos: «Pero es que recogimos tus huellas en la escena, Martín. Y tenemos a testigos que te oyeron hablar de ello. Además, tenemos a Joe Pine en la otra habitación. Esta noche la ha pifiado, y lo han detenido. Nos está diciendo cosas. Queremos oír tu versión de la historia».

Volvió a bajar el volumen, y dijo:

—Vamos.

Volvieron a la sala de interrogatorios.

—Acabo de estar escuchando a Martín Cruces, Joe, y te digo que es tu única oportunidad de contarnos tu versión de la historia.

—Yo no estaba… —dijo, de nuevo. Sin embargo, suspiró, y se apoyó en el respaldo de la silla—. Necesito dormir, tía. Puede que hable después de dormir.

—Tenemos tus huellas con la sangre de los Kaffey, Joe —dijo Oliver—. Tenemos testigos que nos lo han contado todo. Dinos tú lo que pasó.

Pine los miró a los dos.

—¿Qué testigos?

—Joe… —Marge se inclinó hacia delante y le habló con suavidad—. ¿Crees que habríamos ido por ti si no tuviéramos tus huellas situadas en la escena del crimen? ¿Crees que habríamos ido por ti si no tuviéramos a un testigo ocular que dijo que lo miraste a los ojos y apretaste el gatillo? ¿Crees que te habríamos detenido por asesinato si no lo tuviéramos todo bien atado?

—Estáis mintiendo —repitió Pine.

Marge se acercó más a él.

—No, no mentimos, Joe. Martín Cruces está hablando. No está bien que tú te lleves la culpa de todo cuando eras solo una parte del plan. Este es el momento de dar la cara. Tienes que empezar a pensar en ti mismo. Porque no puedes negar que tus huellas estaban allí, y tampoco puedes negar que hubiera un testigo.

—No tenéis ningún testigo —dijo Pine—. ¡Puede que ese imbécil haya oído algo, pero nunca me ha visto!

—¿Qué imbécil? —preguntó Marge.

—El tipo del juzgado.

—¿El dueño de la casa en la que has entrado esta noche?

Pine no respondió.

—Joe, sabemos que no elegiste la casa al azar. ¿Quién te mandó allí?

—De acuerdo… —dijo Pine, y tomó aire—. Está bien, voy a contar esto: Martín me mandó para que lo asustara. Es lo único que voy a admitir, ¿de acuerdo?

—¿Y por qué te mandó Martín Cruces a que asustaras al tipo del juzgado?

—Porque oyó a su primo hablando del crimen —respondió Pine, y dijo, entre dientes—: Vaya gilipollas.

—Háblanos de eso —le dijo Oliver.

Pine suspiró.

—¿Puedo comer algo?

Marge se levantó y volvió con varios dulces.

Pine desenvolvió una chocolatina y se comió la mitad de un mordisco.

—Cruces dijo que el tipo del juzgado oyó al idiota de su primo hablando de los asesinatos. Me dijo que entrara en su casa y lo asustara.

—¿Y por qué te encargó que asustaras al tipo del juzgado? —preguntó Oliver—. ¿Por qué no fue a asustarlo su primo?

—Porque es un idiota que no sabe hacer nada bien. Lo detuvieron antes de que pudiera ir a ver al tipo del juzgado.

—¿Y cómo se llama el primo? —preguntó Oliver.

—Alejandro Brand.

«¡*Strike* uno!», pensó Marge, triunfalmente.

—El tipo del juzgado oyó a Brand hablando de los asesinatos?

—Sí.

—¿Y qué estaba diciendo Brand?

—No tengo ni idea, pero Cruces se puso nervioso. Así que me dijo que fuera a liq… asustarlo.

Marge se lanzó al ataque.

—Martín Cruces no te mintió, Joe.

Oliver dijo:

—El tipo del juzgado oyó a Brand hablando de los asesinatos de los Kaffey.

Marge añadió:

—El tipo del juzgado oyó a Brand hablando sobre Martín Cruces… y sobre ti.

—Oyó que lo habías echado todo a perder por no matar a Gil Kaffey —dijo Oliver.

Pine terminó su chocolatina.

—Eso es una mentira. Yo no estaba allí. El tipo del juzgado miente.

Marge dijo:

—Como Brand tenía la boca muy grande, ¿Martín le dijo a Brand que liquidara al tipo del juzgado?

—Esa es la primera verdad que has dicho en las últimas cuatro horas. Cruces se lo dijo a Brand, no a mí. Él le hizo el encargo a Brand. Pero, entonces, Alejandro la pifió y lo detuvieron. Así que Cruces le pidió a otro primo, Esteban Cruz, que se cargara al tipo del juzgado.

Marge dijo:

—Y, como Esteban Cruz también la pifió, te dijo a ti que volvieras de México y terminaras el trabajo, o que te iba a joder a base de bien. Y eso es lo que está haciendo ahora, Joe. Está hablando sobre ti. Cruces te dijo que entraras al apartamento del tipo del juzgado para matarlo.

—¿Para qué ibas a arriesgarte a desobedecer una orden de Cruces? —preguntó Oliver.

—Sí, fue orden de Cruces —dijo Pine, enjugándose el sudor de la frente—. Pero lo único que se suponía que tenía que hacer era asustarlo.

«¡*Strike* dos!». Ya tenían la connivencia: Cruces y Pine confabulados contra Brett Harriman.

Marge dijo:

—Bueno, entonces, tenemos la declaración del tipo del juzgado, tenemos tus huellas ensangrentadas… ¿Por qué no nos cuentas lo que pasó?

Oliver le dijo a Marge:

—Se te ha olvidado una cosa.

Marge preguntó:

—¿Qué es lo que se me ha olvidado?

—Nuestro testigo —dijo Oliver—. Joe, hace un par de horas nos dijiste que mataron a todos los guardias, pero la verdad es que no murió todo el mundo.

Pine se quedó callado.

—Rondo Martin sobrevivió —dijo Marge—. Y está hablando.

Oliver añadió:

—Así que tenemos a Martín Cruces contando su versión de la historia, y a Rondo Martin contando su versión, y al tipo del juzgado contando su versión.

Marge se inclinó hacia delante.

—¿Por qué no nos cuentas tú la tuya?

Oliver dijo:

—Joe, es muy sencillo: solo tienes que decirnos lo que pasó.

Pasaron unos segundos y, entonces, Pine empezó a hablar.

Habló, y habló, y habló.

Aunque Marge se mantuvo seria, por dentro estaba sonriendo.

«¡*Strike* tres y ponchado!».

CAPÍTULO 39

La transcripción no oficial tenía docenas de páginas. Marge se las entregó a Decker y le dijo:

—Esta está sacada del audio con el programa de reconocimiento de voz. Después, Lee programó el sistema para que pusiera el nombre de quien hablaba delante de su frase. Hay muchísimos errores, pero creo que podrás entender lo más importante del interrogatorio.

Decker hojeó la transcripción.

—¿Qué tal va lo de Martín Cruces?

—Messing y Pratt todavía están trabajando con él.

—¿Cuánto llevan?

—Siete horas, más o menos. Hemos pensado que, ya que estás aquí, tal vez tu título lo impresione más.

—¿Siete horas, y no ha pedido un abogado?

—Todavía no —dijo Marge—. Tenemos cruzados los dedos, haciéndole creer que todavía tiene la más mínima posibilidad de que no haya pruebas forenses contra él. Pero la soga se va a tensar, porque al final de la transcripción, Joe da nombres.

Oliver bostezó sin poder contenerse.

—Al final, lo vamos a trincar.

—¿Habéis dormido algo?

—Todavía no.

—¿Queréis ir a casa?

—Ni por asomo —respondió Oliver. Y Marge secundó su respuesta.

Decker tuvo que contener su bostezo.

—De acuerdo. Voy a leer esto para ponerme al día, y me encargaré de Cruces.

—Me parece bien —dijo Oliver—. ¿Quieres un café?

—Sí, sería estupendo.

Un momento más tarde, con la taza en la mano, Decker entró en su despacho, cerró la puerta y se concentró en la lectura de la transcripción. Había cientos de errores tipográficos, pero su cerebro pudo corregirlos a medida que leía. Durante los dos primeros tercios del interrogatorio, Marge y Oliver habían estado engatusando a Pine para sacarle una confesión, valiéndose de todo lo que tenían a mano, tanto la comprensión como las mentiras. Al final del interrogatorio, las cosas se ponían interesantes.

SCOTT OLIVER: Vamos a empezar por el principio, Joe. ¿Cómo te implicaste en los asesinatos?

JOE PINE: Las cosas no tenían que haber pasado así.

MARGE DUNN: ¿Y cómo tenían que haber pasado?

JOE PINE: Se suponía que nadie tenía que morir. Se suponía que tenía que ser un robo.

MARGE DUNN: ¿Y cómo te viste implicado en el robo?

JOE PINE: Fue Martín Cruces. Él lo planeó.

MARGE DUNN: ¿El plan para qué?

JOE PINE: Ya sabes. Para robar el dinero. Martín llevaba mucho tiempo planeándolo.

SCOTT OLIVER: ¿Cuánto tiempo llevaba Martín Cruces planeando el robo?

JOE PINE: Mucho tiempo.

SCOTT OLIVER: ¿Semanas? ¿Meses?

JOE PINE: Puede que seis meses.

MARGE DUNN: Eso es mucho tiempo. Has mencionado un dinero. Que estaba planeando robar un dinero. ¿Qué clase de dinero? ¿En efectivo? ¿Joyas? ¿Objetos de valor?

JOE PINE: Martín dijo que el viejo tenía un fajo de billetes muy

405

gordo en la caja fuerte. Yo nunca había visto la caja fuerte, pero Martín dijo que había una caja fuerte, así que, ¿por qué iba a pensar yo que estaba mintiendo?

MARGE DUNN: ¿Encontraste la caja fuerte?

JOE PINE: No, las cosas se pusieron feas muy rápidamente.

MARGE DUNN: ¿Tomaste tú algo de la casa?

JOE PINE: Encontramos un poco de dinero y anillos, y mierdas de esas, pero no tuvimos tiempo. Cruces quería que enterráramos a Denny, así que tomamos lo que pudimos y salimos.

SCOTT OLIVER: Si era un robo, ¿por qué matar a alguien? ¿Y por qué os tomasteis la molestia de enterrar a Denny? Ya había otros cadáveres. ¿Por qué no os marchasteis y os separasteis, para ir a lo seguro?

JOE PINE: Como los viejos habían muerto, iba a haber problemas. Cruces dijo que iban a investigar a todos los guardias. Dijo que, si enterrábamos a Denny y nadie lo encontraba, pensarían que lo había hecho él, y que había huido.

SCOTT OLIVER: ¿Y Rondo Martin?

JOE PINE: Cruces dijo que él se encargaría personalmente de Rondo.

SCOTT OLIVER: Joe, parece que el entierro estaba planeado de antemano. A nosotros nos parece que el asesinato estaba planeado desde el principio.

JOE PINE: Se suponía que era un robo, pero las cosas se liaron rápidamente.

SCOTT OLIVER: Joe, ya teníais un sitio elegido: la tumba de los caballos.

JOE PINE: Cruces dijo que teníamos que librarnos del cadáver. Yo empecé a cavar, pero el suelo era como cemento, tío. Entonces, me acordé de los caballos muertos. Pensé que sería más fácil cavar en una tumba que empezar desde cero.

MARGE DUNN: Pero enterrasteis el cuerpo por debajo de los caballos. Tuvisteis que tardar mucho, Joe. ¿Cómo es que teníais tanto tiempo?

JOE PINE: Supongo que trabajamos muy deprisa. No recuerdo muy bien lo que pasó esa noche.

Decker hizo un alto y analizó las palabras. La línea de interrogatorio era excelente. Estaba claro, por la utilización de la tumba de los caballos, que aquello había sido cuidadosamente planeado. Ellos estaban intentando que Pine lo admitiera. Continuó leyendo.

MARGE DUNN: Si yo hubiera planeado matar a Denny y a Rondo, habría planeado matar también a todo el mundo que estuviera cerca, para eliminar testigos, incluyendo a Guy, a Gilliam y a Gil Kaffey.
JOE PINE: Sí, en cuanto cayó Rondo, eso es lo que decidió Cruces. Cargarse a todo el mundo. Pero ese no era el plan original. Se suponía que tenía que ser un robo, y por eso teníamos las armas. Para asustar al viejo y convencerlo de que íbamos en serio. Por eso tenían que estar allí su hijo y su mujer. Si les apuntábamos a la cabeza, el viejo cooperaría. Se suponía que no iba a haber ningún herido. Por eso fuimos tantos. Para demostrarles que iba en serio, y para asegurarnos de que no le pasaba nada a nadie.
SCOTT OLIVER: Pero hubo gente muerta, aunque no lo hubierais planeado así.
JOE PINE: Yo no lo habría hecho si hubiera sabido que iba a pasarle algo a alguien. Se suponía que iba a ser un robo.
MARGE DUNN: ¿Cuánta gente estaba implicada en el plan?
JOE PINE: Creo que había seis. Sí, seis.
SCOTT OLIVER: ¿Por qué seis?
JOE PINE: Uno para Denny, uno para Rondo, uno para la mujer, uno para el hijo y dos para el viejo.
MARGE DUNN: Necesitamos nombres.
MARGE DUNN: Joe, si quieres que alguien te ayude, tú tienes que ayudarnos a nosotros. En este momento, la colaboración es tu mejor amiga. La colaboración es tu única amiga.

Sin embargo, Pine era reticente a delatar a los demás. Scott lo intentó con una táctica diferente.

SCOTT OLIVER: Teníais a seis personas: una para Denny, una para Rondo, una para la mujer, una para el hijo, y dos para el viejo.

JOE PINE: Sí.

SCOTT OLIVER: ¿Y la criada?

JOE PINE: Verás, así es como se jodió todo. Se suponía que no iba a estar allí. Se suponía que iba a estar en la iglesia. Sabíamos cómo entrar a la casa por el cuarto de las criadas, porque lo sabíamos. O Martín lo sabía. No sé. De todos modos, se suponía que íbamos a entrar por el cuarto de las criadas. Pero no sabíamos que iba a estar allí. Empezó a gritar, y entonces todo se estropeó.

MARGE DUNN: ¿Qué pasó?

JOE PINE: Gordo intentó dejarla inconsciente, pero no lo consiguió. La muy zorra siguió gritando. Así que Martín se la cargó.

MARGE DUNN: Joe, necesitamos los nombres.

MARGE DUNN: Joe, si no nos ayudas, ¿cómo vamos a ayudarte nosotros?

SCOTT OLIVER: Es una cuestión de supervivencia, tío. O tú los delatas a ellos, o ellos te delatan a ti.

SCOTT OLIVER: Pareces un tipo decente. Sé que tú nunca hubieras querido hacerle daño a nadie. ¿Por qué tienes que llevarte toda la culpa, cuando había más gente implicada?

MARGE DUNN: Empieza solo con un nombre. Gordo. ¿Gordo qué?

JOE PINE: Gordo Cruces.

MARGE DUNN: ¿Ves qué fácil ha sido? Gordo Cruces. ¿Es Gordo Cruces familiar de Martín Cruces?

JOE PINE: Creo que es su primo. Martín tiene muchos primos.

SCOTT OLIVER: *Así que tenemos a Martín, a Gordo y a ti. Danos otro nombre.*

JOE PINE: *Ya sabéis lo de Esteban Cruz. Lo habéis detenido.*

Eso no era exactamente cierto. La policía solo lo había parado en la carretera. Pero ¿para qué andarse con sutilezas?

JOE PINE: *Cruz tenía dos cosas muy sencillas que hacer, y no hizo ninguna de las dos. Eso es lo que pasa cuando metes a la familia por medio... Así que Martín... me llamó y me dijo que volviera de México, aunque fue él quien me mandó a México al principio.*

MARGE DUNN: *¿Y por qué te mandó a México?*

JOE PINE: *Bueno, no es que me mandara él, exactamente. Me fui yo. Pero Martin sabía dónde encontrarme. Me llamó y me dijo que, si no me ocupaba de ese gringo loco, él se iba a ocupar de mí, y no de una buena manera.*

JOE PINE: *No debería haber vuelto.*

MARGE DUNN: *¿Qué gringo?*

JOE PINE: *Ya sabes a quién me refiero. Al tipo del juzgado. No le hice nada.*

MARGE DUNN: *Bueno, ahora ya tenemos cuatro nombres. Nos faltan otros dos.*

JOE PINE: *Cruces también trajo a Miguel Mendoza y a Julio Davis, de Bodega 12th Street.*

MARGE DUNN: *Julio Davis ha desaparecido. ¿Se marchó contigo a México?*

JOE PINE: *¿Qué consigo si te digo dónde está?*

MARGE DUNN: *No lo sé. Tengo que hablar con la gente.*

JOE PINE: *Bueno, pues cuando lo hagas, vuelve a preguntármelo.*

MARGE DUNN: *¿Y Alejandro Brand?*

JOE PINE: *Brand es un idiota... Un hijo de puta sin*

cerebro. Me ha jodido con su bocaza. Cuando Brand le dijo a Cruces que el gringo lo había oído hablando en el juzgado, Cruces le dijo a Esteban que se ocupara del gringo y de Brand.

MARGE DUNN: Le dijo a Esteban que matara a su primo.

JOE PINE: Hasta ahí llega lo de ser familia, ¿sabes?

SCOTT OLIVER: ¿Y qué pasó?

JOE PINE: Lo que pasó es que a Brand lo detuvieron antes de que Esteban pudiera cargárselo. Y, después, antes de que pudiera cargarse al gringo, la policía paró al idiota.

SCOTT OLIVER: ¿Qué idiota?

JOE PINE: Esteban Cruz.

SCOTT OLIVER: ¿Y qué relación tiene Martín Cruces con Esteban Cruz y Alejandro Brand?

JOE PINE: Creo que son todos primos, o algo así.

MARGE DUNN: ¿Quién eligió a esa gente para cometer los asesinatos?

JOE PINE: Robo, no asesinato. Y fue Cruces el que lo organizó todo.

MARGE DUNN: Entonces, Martín organizó los asesinatos...

JOE PINE: Robo.

MARGE DUNN: Martín planeó el robo. ¿Cuánto te pagó por participar?

JOE PINE: No lo suficiente.

SCOTT OLIVER: ¿Cuánto ganaste, Joe?

JOE PINE: Diez mil en metálico, más lo que pudiera robar.

MARGE DUNN: ¿Martín Cruces te pagó diez mil dólares en metálico?

JOE PINE: Es mucha pasta, ¿eh?

SCOTT OLIVER: Muchísima. ¿Les pagó diez mil dólares también a los demás?

JOE PINE: No lo sé. No lo pregunté.

SCOTT OLIVER: *¿Cuánto piensas que les pagó a los demás?*

JOE PINE: *Seguramente, algo, pero no tanto. Yo le dije a Martín que necesitaba mucho dinero para hacerlo, porque la policía iba a investigar a todos los guardias que trabajaban para los Kaffey. Y que, si quería mi ayuda, tenía que darme mucha pasta.*

SCOTT OLIVER: *¿Y de dónde sacó Martín Cruces tanto dinero?*

JOE PINE: *No lo sé.*

SCOTT OLIVER: *Vas a tener que hacerlo mejor, Joe, si quieres que te ayudemos. ¿De dónde sacó Martín Cruces los diez mil dólares para pagarte?*

JOE PINE: *Tal vez tuviera una buena racha con las cartas.*

SCOTT OLIVER: *Aunque Cruces no les pagara a los otros tanto como a ti, tuvo que sacar ese dinero de alguna parte. ¿Dónde iba a conseguir un guardia de seguridad de veinticinco años ese dinero?*

JOE PINE: *No lo sé. No se lo pregunté.*

MARGE DUNN: *Eso es una tontería, Joe. Nadie se va a creer que Martín Cruces te ofreciera diez mil dólares en efectivo por hacer algo ilegal y que tú no le preguntaras de dónde iba a salir ese dinero.*

JOE PINE: *Si me da tanto dinero por robar, yo no hago preguntas.*

SCOTT OLIVER: *No me lo creo, Joe.*

Decker siguió leyendo. Ellos continuaron insistiendo, pero, hasta después de otras dos páginas, no consiguieron sonsacarle algo a Pine.

JOE PINE: *De acuerdo, entonces, queréis que me invente algo. Pues me lo invento. Cruces me dijo que conocía a un viejo rico que le pagaba todo. Lo llamó «el patrón», pero no me dijo el nombre.*

JOE PINE: Juro que no me dijo el nombre.
SCOTT OLIVER: ¿Y de quién piensas tú que estaba hablando?
JOE PINE: No lo sé.
MARGE DUNN: Vamos, Joe. Puedes hacerlo mucho mejor.

Más páginas intentando engatusarlo.

JOE PINE: Juro que no lo sé. Seguramente, algún pez gordo con mucha pasta que odiaba al viejo. Cruces no me lo dijo.

La transcripción terminaba ahí. Decker dejó los papeles en la mesa y terminó su tercera taza de café. Armado con un poco de información y otra taza de café, estaba preparado para enfrentarse al interrogatorio.

—Hola, Martín, ¿qué tal? —le preguntó Decker.
Cruces levantó la cabeza de la mesa. Aunque tenía los ojos enrojecidos y cara de estar muy cansado, tenía buen aspecto. Sus rasgos eran simétricos, tenía los ojos y el pelo oscuros, un bigote oscuro también, los pómulos marcados y la barbilla cuadrada. Dijo:
—¿Quién es usted?
—El teniente Peter Decker. ¿Te apetece algo?
Cruces respondió arrastrando las palabras de puro cansancio.
—¿Es usted... el jefe?
—Estoy al mando de la brigada de detectives.
—Pues dígale a su gente que deje de mentir.
—¿Sobre qué piensas que están mintiendo? —preguntó Decker, y se sentó frente a Cruces, dándole espacio suficiente. Más tarde, se inclinaría hacia él, para intimidarle o crear intimidad, dependiendo de cómo fuera la conversación.
—No dejan de decir que yo tuve algo que ver con el asesinato de los Kaffey. Yo no me acerqué a Coyote Ranch. Estaba en un bar,

emborrachándome. Ustedes comprobaron mi coartada. Estaba donde dije que estaba. ¿Por qué me están acosando?

—Porque se recogió una huella tuya, ensangrentada, de la escena del crimen.

—Eso es mentira.

—Los análisis forenses no mienten.

—Pero usted sí.

—Yo miento, sí —admitió Decker—, pero esta no es una de esas ocasiones.

—¿Y por qué tengo que creerlo?

—Martín, a mí no me importa si me crees o no. Tenemos tus huellas y tú, amigo mío, estás metido en un buen lío. Porque no solo tenemos pruebas, sino que también hay un testigo que te sitúa allí —dijo Decker, y se inclinó sobre la mesa—. He encontrado a Rondo Martin. Lo he estado entrevistando durante las últimas veinticuatro horas. Lo he escondido, y está a salvo, y no puedes hacerle daño. Ninguno de tus primos puede hacerle daño, porque los hemos detenido a casi todos. Rondo está deseando testificar contra ti.

—Usted no sabe cuántos primos tengo —respondió Cruces. Miró hacia arriba, y cerró los ojos.

—Martín… aunque alguien consiguiera matar a Rondo, no te serviría de nada. Tenemos todo lo que nos dijo grabado en vídeo, y ya hemos hecho copias. Habla con nosotros y sálvate.

—No he visto la cinta de vídeo.

Eso era porque no existía. Como parecía que Cruces tenía cientos de primos, Decker había decidido que sería buena idea decir que tenía una cinta de vídeo. En realidad, debería grabar una, por si ocurría algo de verdad.

—¿Y por qué iba a enseñártela?

—Quiero verla.

—Si colaboras, tal vez te la enseñe. Mira, esto es lo que tenemos, Martín: tenemos a José Pino, que nos lo ha contado todo sobre ti, sobre Esteban, Miguel, Gordo y Julio Davis, el tipo que respaldó tu coartada. Hemos conseguido que Joe nos diga dónde está Julio.

413

Tenemos huellas dactilares ensangrentadas, y tenemos a un testigo ocular que te sitúa en la escena.

—Yo no estaba allí.

—Martín, esto ya ha terminado. Joe Pine nos lo ha contado todo, porque estaba enfrentándose a la pena de muerte.

—Entonces, José cuenta mentiras para salvar el pellejo, y ¿se supone que yo tengo que asustarme?

—No es solo él, Martín. Es José, y el resto de tus amigos de Bodega 12th Street. Los tenemos a todos… salvo, quizá, a Julio —dijo Decker. Le gustaba desvelar un poco de la verdad—. Pero vamos a encontrarlo. Es cuestión de tiempo.

Cruces se echó a reír despreciativamente.

—Tiene un problema: que José le está diciendo una pila de mentiras.

—Lo que dice José tiene sentido —replicó Decker—. Sí, seguro que nos ha contado algunas mentiras, pero la historia es coherente, y las pruebas lo confirman todo. Dice que es todo cosa tuya, Martín. Que tú lo planeaste todo, que le pagaste diez mil dólares a cada uno de tus primos por hacerlo. Todo ha terminado, Martín. Ayúdate ayudándonos a nosotros.

Cruces se quedó callado.

Decker preguntó:

—¿De dónde sacaste tanto dinero, Martín?

—¡José está mintiendo! ¿Cuántas veces tengo que decírselo?

—¿Y por qué iba a creerte, si tengo tus huellas ensangrentadas, el testimonio de Rondo Martin, y a Joe Pine confesándolo todo?

—Rondo también está mintiendo. Me odia.

—Las huellas no mienten —dijo Decker—. Martín, sé que no hiciste todo esto sin ayuda. Desde el principio, sabemos que te pagó alguien que quería asesinar a los Kaffey. Alguien que tiene mucho dinero. Ayúdate diciéndonos quién te pagó por cometer los asesinatos.

—No me pagó nadie. ¿Cuántas veces tengo que decírselo? No estaba allí. Y voy a seguir diciendo esto hasta que dejen que me vaya.

—No vas a ir a ninguna parte, Martín. Estás acusado de tres delitos de asesinato, lo que puede acarrearte la pena de muerte. Este

414

crimen ha sido tan cruel, que estoy seguro que al juez no le costará mucho condenarte a la aguja. ¿Así es como quieres terminar?

—¡Yo no estaba allí!

Decker siguió con él una hora más, pero Martín no cambió de opinión. Si ya llevaban ocho horas interrogándolo antes de que él empezara, ¿cuáles eran las probabilidades de que se desmoronara y confesara, por fin?

Paciencia, paciencia.

De repente, Decker recordó un seminario de policía al que había asistido hacía unos diez años. El ponente les habló sobre un psiquiatra que había sido un gran hipnotizador. Algunas veces, en vez de perseguir la inducción, el psiquiatra incorporaba la resistencia del paciente en parte de la inducción. ¿Qué daño podía hacer seguirle la corriente a Martín con sus mentiras?

—De acuerdo —dijo Decker—. No estabas allí.

Cruces entrecerró los ojos y lo miró fijamente.

—Exacto.

—No estabas allí. Rondo Martin está equivocado, Joe Pine está equivocado, las huellas no son tuyas, tú no estabas allí.

—Sí, exacto.

—De acuerdo —dijo Decker—. Te creo.

Hubo una larga pausa. Cruces dijo:

—Bien.

Decker dijo:

—¿Sabes por qué te creo?

—¿Por qué?

—Porque llevamos mucho tiempo interrogándote, y sigues diciendo lo mismo: «No estaba allí». Tengo que preguntarme: ¿por qué iba a estar tan empeñado en eso, si hay pruebas decisivas contra él? Y lo único que se me ocurre es que debe de ser verdad.

—Exacto —dijo Cruces, y se irguió—. Es la verdad.

—De acuerdo, no estabas allí —dijo Decker—. Pero conoces a gente que sí estaba allí.

—No sé quién estaba allí, porque no estaba allí.

—Lo único que digo es que conoces a Joe Pine, ¿no?

—Sí, por supuesto.

—Y conoces a Esteban Cruz y a Gordo Cruces. Son primos tuyos, ¿no?

—Sí, son mis primos.

—Y conoces a Julio Davis. Es quien respaldó tu coartada.

—Sí, conozco a Julio. Él tampoco estaba allí. Ya he dicho que estábamos emborrachándonos en un bar. Nos vio un millón de personas.

—Y conoces a Miguel Mendoza.

—Nos hemos visto un par de veces.

—Eso es lo único que digo. Que conoces a esos tipos. Joe Pine ha dicho que todos ellos estaban implicados en el asesinato.

—Joe no dice más que mentiras.

—Probablemente. Pero vamos a volver a ti. Si te creo, y estoy dispuesto a ayudarte, tú tienes que ayudarme a mí.

—Depende de lo que quiera.

—¿Puedo ser sincero contigo? —preguntó Decker y, al ver que Cruces no objetaba nada, prosiguió—: Estamos en un dilema. Sabemos que a los que mataron a los Kaffey les pagó alguien con mucha pasta. Porque Joe Pine ha dicho que consiguió diez de los grandes por los asesinatos.

—Joe miente.

Decker se inclinó hacia delante.

—Sabemos que los asesinatos de los Kaffey los cometió alguien de dentro, Martín. Sabemos que no los planearon un puñado de Bodega 12th Street y un par de guardias de seguridad. Sabemos que lo puso en marcha alguien muy rico.

Cruces no dijo nada, pero asintió ligeramente.

—Y, quien lo pusiera en marcha... es un tipo muy malo. ¿Por qué tienen tus primos que caer por un pez gordo?

Cruces no respondió.

—Mira, tú no tuviste nada que ver con ello —dijo Decker—, así que no te va a pasar nada. Entonces, ¿por qué no me das el nombre del tipo y ayudas a tus primos? Dime quién les pagó por matar a los Kaffey.

—No lo sé —dijo Cruces—. No estaba allí.

Decker respondió:

—Pero ¿quién piensas que puede ser el patrón? Tú lo sabes, ¿no? ¿Quién puede ser?

—¿Por qué iba a saber yo quién es?

—Solo te estoy preguntando tu opinión.

—Bueno… —dijo Cruces, y se echó hacia atrás—. Si le digo cuál es mi opinión, ¿va a dejar que me vaya?

—Yo no puedo decidirlo. Pero le diré a todo el mundo que te creo. Y le diré a todo el mundo que me has ayudado al darme tu opinión.

—Eso significa que no me van a soltar.

—¿Qué tiene de malo dar tu opinión? No vas a admitir nada.

—Exacto. No voy a decir nada.

Decker suspiró.

—Sé que podrías ayudarme. Eres un tipo listo.

—¿Y por qué iba a ayudarle?

—Porque soy el único que te cree.

—¿Es de verdad un teniente?

—Sí, señor, soy teniente. Lo único que quiero es que me des tu opinión. Nada que sea admisible en un juicio. Solo tu opinión.

Cruces pestañeó.

—De acuerdo. En mi opinión, si yo fuera usted… Yo diría que… Investigaría al hermano.

—¿A Grant Kaffey o a Gil Kaffey?

—No, a los hijos, no. Al hermano. A Mace Kaffey. Él no podía ni ver a Guy.

—Discúlpame un momento —dijo Decker, y salió de la habitación con una gran sonrisa.

Algunas veces, lo único que había que hacer era preguntar.

CAPÍTULO 40

Tres semanas después, Martín Cruces aceptó testificar contra Mace Kaffey a cambio de una petición de cadena perpetua con la posibilidad de obtener la libertad condicional. Sin embargo, aunque Decker hubiera conseguido que Cruces lo mencionara durante el interrogatorio, Mace Kaffey no fue fácil de atrapar. El fiscal quería más y más, y hubo que investigar durante meses para conseguir pruebas contra Mace. Teniendo en cuenta la declaración de Cruces, el juez dictó órdenes para que la policía pudiera acceder a las cuentas bancarias de Mace, a sus tarjetas de crédito, a su correo electrónico y al listado de sus llamadas de teléfono.

Oliver y Marge pudieron documentar dos de los lugares en los que habían tenido lugar conversaciones entre Cruces y Mace. Las partes discutieron a gritos sobre lo que había dicho cada uno de ellos.

Lee Wang descubrió que se habían retirado ciento cincuenta mil dólares de la cuenta de Mace, en diez operaciones distintas, y que ese dinero había pasado de una empresa pantalla a otra hasta que había llegado a manos de Martín Cruces. Cada una de las partes dio una interpretación distinta. Cruces declaró que aquella cantidad era para pagarle diez mil dólares a cada uno de sus hombres por el golpe, y que él se había quedado con cien mil dólares. Los abogados de Mace declararon que era un pago por un refuerzo de la seguridad, después de que Guy recibiera amenazas anónimas de muerte. El motivo por el que fue Mace quien pagó aquel dinero a Cruces fue objeto de explicaciones inverosímiles por parte de los abogados defensores.

Messing y Pratt encontraron seis llamadas de teléfono de Cruces a Kaffey, todas ellas realizadas con teléfonos desechables de los que Cruces nunca se había deshecho. Se prestó una atención especial a las dos llamadas realizadas la noche de autos: una antes, y otra después de los asesinatos.

Willy Brubeck fue quien obtuvo, posiblemente, la prueba concluyente de la culpabilidad de Mace: una pistola registrada a su nombre, con la cual se habían disparado las balas que los alcanzaron a él mismo y a Neptune Brady a la salida del hospital. No era fácil de comprender que Mace se hubiera incriminado a sí mismo dejando que los pistoleros utilizaran un arma de su propiedad, pero, seguramente, aquello tenía más que ver con la desesperación que con el sentido común.

Todas aquellas pruebas bastaron para que el fiscal de Los Ángeles decidiera acusar a Mace Kaffey. El juez dictó inmediatamente una orden de detención contra él.

Mace se presentó en la comisaría con una corte de abogados que aseguraban que Martín Cruces era un psicópata mentiroso y que sus declaraciones eran falsas. La policía quería inculpar a Mace porque necesitaban resolver rápidamente el caso. Las transferencias de dinero nunca se realizaron. Ellos nunca habían hablado y, con respecto a las conversaciones telefónicas, ¿quién iba a saber por qué Cruces había llamado a Mace con un par de teléfonos desechables? Y, de repente, Mace se había acordado de que Guy le había pedido prestada su pistola. Tal vez los asesinos la hubieran robado de la mansión cuando huyeron de Coyote Ranch.

La defensa alegó que los asesinatos eran consecuencia de un robo frustrado, y que los tiroteos posteriores eran intentos de los pistoleros de eliminar a los testigos. Mace necesitaba toda la ayuda posible. Estaba acusado de los asesinatos de Guy y Gilliam Kaffey, Denny Orlando, Alfonso Lanz, Evan Teasdale y Alicia Montoya, y de los intentos de asesinato de Gil Kaffey, Grant Kaffey, Neptune Brady, Antoine Resseur, Piet Kotsky, Peter Kaffey y Cindy Kutiel.

Hizo falta un año para que se celebrara el juicio. El jurado declaró a Mace Kaffey culpable de los seis delitos de asesinato y del intento de asesinato de Gil Kaffey. Sin embargo, los doce miembros del jurado no consiguieron alcanzar un veredicto con respecto a la acusación de intento de asesinato de Neptune Brady, Grant Kaffey, Antoine Resseur, Piet Kotsky, Peter Kaffey y Cincy Kutiel.

Era improbable que Mace fuera juzgado de nuevo, porque ya se enfrentaba a la pena de muerte.

—Es un asco que no vayas a poder declarar en un juicio —le dijo Rina a Decker.

—Solo se muere una vez —respondió Decker.

—Tienes suerte de que yo no haya estado en ese jurado —respondió Rina. La sentencia de muerte se había hecho pública una semana antes, pero todos la tenían en mente—. Eso me habría mantenido ocupada durante meses.

Decker la miró por encima del borde de la copa de vino.

—Te habrían recusado.

Estaban en el restaurante Tierra Sur, en el interior de las Bodegas Herzog, el sitio favorito de Decker. Tenía unos camareros simpáticos, una buenísima carta de vinos kosher, un ambiente muy agradable y un cocinero que hacía magia con todos los alimentos que tocaba.

—¿Sabes lo que vas a comer?

—Estoy mirando el cordero.

—¿Y él te está mirando a ti?

—Entonces, estaría demasiado poco hecho para mi gusto —dijo Rina—. Qué hombre más malo.

—¿Sigues pensando en Mace?

—Es increíble.

—Sí, es malo.

—Pero...

Decker le dio otro sorbito a su vino.

—¿Por qué piensas que hay un «pero»?

—Tienes esa mirada... Como cuando estás a punto de dar una excusa.

—Nunca encontraría excusas para un hombre que ha ejecutado a seis personas y ha intentado matarme porque estaba investigando el caso. Hacen muy bien el cordero. Si lo quieres, yo estaré encantado de compartir mi filete contigo.

—Muy bien —dijo Rina—. Vamos a pedir patatas fritas, también.

—No hagas eso. Tú te comes dos y yo me como el resto.

—Pues contrólate.

—No tengo control.

—Bueno, pues ocuparé tu boca con conversaciones para que no tengas la tentación de comer demasiado.

—¿Y cómo vas a hacer eso? —preguntó Decker.

—Quiero que me des tu opinión sobre Mace Kaffey. ¿Por qué lo hizo?

—No creo que lo sepamos nunca, y mi opinión no vale para nada.

—Para mí, sí.

Decker miró la cesta del pan, y la apartó.

—¿Por qué no me das tu opinión tú a mí? Has seguido el juicio exactamente igual que yo. Y eres muy perspicaz.

—Gracias —dijo Rina—. Pero tú tienes información privilegiada.

—Tú primero —respondió Decker.

Rina pensó un momento en lo que iba a decir.

—Pudo ser por la rivalidad entre hermanos, tan antigua como la Biblia. Sin embargo, no fue porque estuvieran discutiendo y Mace matara a Guy en un arrebato de furia, como ocurrió con Caín y Abel. Los asesinatos estaban cuidadosamente premeditados. Sin embargo, no creo que Mace se levantara una mañana y decidiera que su única solución era matar a su familia. Creo que fue un proceso gradual.

—Estoy de acuerdo.

—Creo que hay varias cosas que llevaron a Mace a hacer lo que hizo. En primer lugar, Mace cargó con todas las culpas cuando

Kaffey estaba en declive. Y, cuando se alcanzó el acuerdo extrajudicial, Guy se quedó con mucho más que Mace.

Decker dijo:

—Mace perdió su puesto en la junta directiva, sus acciones de la empresa, y la mitad de su sueldo. Pero, de todos modos, estaba ganando muchísimo dinero.

—Pero no tanto como el que solía —dijo Rina—. Ya hemos visto lo que ha pasado durante la crisis. Los tres grandes fabricantes de automóviles fueron a Washington en avión pidiendo billones de dólares. Es difícil acostumbrarse a reducir tu nivel de vida.

Decker asintió.

Rina dijo:

—Creo que Mace se fue al este a demostrar lo que valía con el proyecto Greenridge. Pero, cuando la economía se fue a pique y los costes del proyecto empezaron a dispararse, Mace vio que sus sueños de redención se iban por el desagüe. Estaba muy claro que Guy iba a darle carpetazo al proyecto.

—Grant también estaba involucrado en Greenridge.

—Ya lo sé. Pero Guy se ocuparía de su hijo. Para su hermano no había tantas garantías —dijo Rina—. Así que Mace iba a perder sus ingresos y su momento de gloria. Su mundo estaba a punto de venirse abajo, y culpó a Guy de todo. Creo que lo planeó todo para matar a Guy. Gilliam, Gil y los criados debieron de ser daños colaterales.

—Ummm... Yo no estoy tan seguro de eso —dijo Decker—. Creo que Mace esperó a un día en que Gilliam, Gil y Guy estuvieran reunidos para dar el golpe. Si Gilliam hubiera sobrevivido, habría heredado una gran parte de Kaffey Industries. Si ella moría, sus acciones serían para sus hijos. Si Gil moría, sus acciones irían a parar a manos de Grant. Grant no habría podido dirigir solo Kaffey Industries, en la costa este y la costa oeste. Además, Mace se llevaba muy bien con Grant. Seguramente, esperaba que su sobrino le pusiera al frente de la división del este, incluyendo Greenridge, y que Grant dirigiera el oeste, donde estaba la mayor parte del negocio.

Rina dijo:

—Bueno, y supongo que si Grant quedaba con vida, la gente se fijaría menos en Mace, porque el hijo lo heredaría todo.

—Sí. Al principio, no teníamos ni idea de en quién debíamos centrarnos. Si Mace hubiera sido el único en quedar en pie, él habría sido nuestro principal sospechoso.

El camarero se acercó a la mesa. Se llamaba Vlad, y era muy alto, con el pelo negro y los ojos azules, y una boca tan ancha como un cañón. Después de tomar nota de lo que iban a cenar, le rellenó a Decker la copa de vino.

—Invita la casa —dijo Vlad—. Además, la botella se está terminando.

—Me alegro de libraros de los posos.

—¿Y usted? —le preguntó Vlad a Rina.

—No, yo estoy bien con mi copa.

Cuando el camarero se marchó, Rina dijo:

—Tengo un par de preguntas sobre el caso.

—Si solo son un par de preguntas, lo tienes mucho más claro que yo.

—¿Crees que Mace estuvo dispuesto a que le pegaran un tiro con tal de desviar las sospechas?

—Creo que Mace ordenó que le dispararan, pero errando el tiro —respondió Decker—. Seguramente, el objetivo era Gil; los pistoleros querían terminar lo que habían empezado en el rancho.

—Entonces, ¿por qué os dispararon a Grant, a Cindy y a ti?

—Eso es un misterio. En mi opinión, que Grant siguiera con vida era la mejor opción para Mace —dijo, y reflexionó un poco sobre aquella pregunta. Después, dijo—: Desde el punto de vista profesional, con todos los Kaffey muertos o heridos, nosotros nos quedamos sin respuestas. No podíamos señalar a nadie. Empezamos a pensar que tal vez fuera otra clase de trabajo, un robo, por ejemplo.

—¿Y quién crees que te disparó?

—No lo sé. Ninguno de los matones lo ha admitido.

—¿Quién crees tú que te disparó?

—Alejandro Brand no pudo ser, porque ya lo habíamos detenido. Joe Pine y Julio Davis estaban en México, seguramente, y Martín Cruces es de los que delegan. Eso nos deja a Gordo Cruz, Esteban Cruz y Miguel Mendoza. Yo diría que fue Esteban, porque parece el más listo.

—Esteban Cruz no confesó nunca que hubiera hecho nada.

—Sí, fue el único lo bastante inteligente como para pedir un abogado. Los demás dijeron que estaba allí, pero no tenemos pruebas concluyentes contra él. Un par de fibras y un cabello que pudiera ser suyo. Pero eso no es una huella digital, ni un rastro de ADN. Irá a la cárcel, pero, seguramente, no lo condenarán a cadena perpetua sin posibilidad de libertad condicional. Eso es una pena; es el que parece más listo, repito, y nadie quiere a alguien listo y malo suelto por ahí.

—Aunque, según Joe Pine, Esteban la pifió con Harriman.

—Puede que sí, o puede que no.

—Y también la pifió al no matar a Gil Kaffey la primera vez.

—No, ese fue Joe Pine. Se le acabaron las balas.

—¡Qué fiasco!

—Puede que nunca sepamos todo lo que ocurrió, pero tenemos lo suficiente como para meterlos entre rejas.

Rina le dio un sorbito a su vino.

—Mace debió de volverse loco de odio para matar así a su familia. Podría haber encontrado otro proyecto. Quizá no fuera como Greenridge, pero podría haber encontrado otra cosa. Y estaba ganando dinero. No creo que Guy fuera a excluirlo completamente del negocio.

—No sabemos lo que estaba pensando Guy.

—Nadie oyó a Guy decir que iba a despedir a Mace.

—Nadie oyó a Guy decir que iba a cancelar el proyecto de Greenridge. Sin embargo, casi todo el mundo sabía que era un hecho, sobre todo, cuando arreció la crisis.

—Eso es cierto.

El camarero les sirvió la comida.

—¿Más vino? —preguntó.

—Si tomo un poco más, me iré flotando a casa —dijo Decker.

—¿Y qué tiene de malo eso?

—Tengo que conducir.

—Pues dele las llaves a su mujer.

—No tengo permitido sentarme al volante de su Porsche —respondió ella.

—Eso no es verdad —protestó Decker—. Bueno, un poco sí.

Rina sonrió.

—No pasa nada. Lo considero mi guapísimo chófer.

Vlad se echó a reír.

—¿Y usted? ¿Otra copa?

—Claro, dale otra —dijo Decker.

—Ahora sí que no voy a poder conducir.

—Esa es la idea —dijo Decker.

Rina le dio un suave codazo.

—Pues me tomo otra copa.

Después de que Vlad le sirviera el vino, dijo:

—¿Desean algo más?

—Nada —dijo Rina—. Todo tiene un aspecto fantástico.

Vlad se marchó, y Rina tomó unos cuantos bocados de cordero.

—Está delicioso. ¿Quieres un poco?

—No lo voy a rechazar. ¿Quieres tú un poco de filete?

—Solo un trocito.

—¿Ves? Por eso tú sigues delgada y yo estoy engordando. Me como la mitad de tu cordero y tú te tomas un pedacito de mi filete.

—Tú pesas cuarenta kilos más que yo. Yo no debería comer tanto como tú —dijo ella, y tomó una patata frita—. ¿Quieres una?

—Jezabel —dijo Decker, pero cayó en la tentación y se comió un par de ellas—. ¿Quieres saber cuál pienso que fue el golpe final para Mace?

Rina se inclinó hacia delante.

—Dímelo.

Decker se echó a reír.

—Eres mi mejor fan.

—Me interesa.

—Bueno, pues esto es lo que creo: Mace habría podido superar el fracaso de Greenridge. Como tú has dicho, era poco probable que lo echaran. Tal vez lo hubieran relegado, sí, pero de todos modos habría ganado dinero y podría haber iniciado otro proyecto. Para mí, lo que realmente enfurecía a Mace era el rancho.

—Pero... Guy tenía ese rancho desde hacía mucho tiempo.

—Sí, es verdad. Pero era un gasto tremendo. Si Guy hubiera vendido el rancho, incluso en la peor época, habría ganado muchos millones, y parte de ese dinero podía haber ido a Greenridge.

—Pero no lo suficiente como para cubrir todo el proyecto.

—Pero sí, quizá, lo suficiente como para mantenerlo a flote hasta que la situación mejorara. Creo que Mace habría podido soportar el cierre del proyecto. Creo que Mace podía soportar que Guy tuviera ese rancho. Sin embargo, creo que Mace se volvió completamente loco cuando Guy y Gil empezaron a hacer planes para construir unas bodegas en la finca. Su hermano no solo no iba a darle el dinero para Greenridge, sino que estaba pensando en gastarse millones de dólares en un capricho.

—Interesante —le dijo Rina.

—Creo que Mace no podía soportar que se cancelara el proyecto Greenridge por falta de financiación cuando iban a invertirse millones de dólares en un negocio que, seguramente, iba a ser deficitario.

—No todas las bodegas pierden dinero —dijo Rina, y señaló a su alrededor—. Mira esta, por ejemplo.

—Voy a matizar. Las bodegas pequeñas casi nunca ganan dinero. Tienes que saber lo que haces.

—Eso es cierto —dijo Rina, y le dio otro sorbo a su copa de vino—. En realidad, me gusta esa teoría.

Decker se animó.

—Gracias.

Rina alzó la copa.

—Bueno, por ti y por un trabajo bien hecho. Te mereces una buena comida, y te prometo que no voy a conducir tu Porsche.

—Puedes conducir mi Porsche. Pero no después de haberte tomado dos copas de vino.

Rina soltó una risita.

—Seguramente, eso es buena idea. Salud.

Decker sonrió y tocó la copa de Rina con la suya.

—Salud.

La transformación era mágica. Lo que antes era tierra dura y árida se había convertido en un manto verde hasta donde alcanzaba la mirada. Había miles de filas de viñas. Las casas de los guardias y el corral de los caballos habían sido reemplazados por una nueva nave industrial que contenía cientos de barricas de roble y acero, depósitos de fermentación, varios laboratorios para los enólogos y una sala de catas. Cuando la bodega estuviera en marcha, se convertiría en una de las grandes atracciones de la zona.

El sol estaba intentando abrirse paso entre la bruma habitual de la primavera de Los Ángeles. Estaba nublado, pero el aire estaba limpio. Decker respiró profundamente, y dejó escapar el aire poco a poco. Un terreno estéril convertido en tierras de labranza fértiles y verdes.

El sueño de Guy.

—Es increíble —dijo Decker, subiéndose la cremallera de la chaqueta—. Gracias por la invitación.

—Hace tiempo que debería haberlos llamado —dijo Gil Kaffey—, pero quería que fuera justo ahora.

Caminaron sobre la tierra cultivada, entre las filas de viñas. Gil y Grant Kaffey, Antoine Resseur, Decker, y el hombre bien vestido que iba a su derecha, agarrado a su brazo. Podía permitirse comprar ropa cara, con los veinte mil dólares de la recompensa en la cuenta del banco. Harriman no podía ver el dinero, pero seguro que podía olerlo.

—Uvas cabernet a la izquierda y chardonnay a la derecha —le dijo a Gil.

Gil sonrió.

—Qué olfato. ¿Son sus papilas gustativas tan sensibles como su nariz?

—Hágame una prueba, y podremos saberlo con certeza.

—Va a pasar mucho tiempo antes de que pueda usar mis propias uvas. He estado hablando con algunas denominaciones de origen del norte. Creo que sería inteligente empezar modestamente con uvas de alta calidad y, después, usar poco a poco esa experiencia con mis cosechas.

—¿Cuánto tiempo cree que tardará? —preguntó Harriman.

—Por lo menos, un par de años más —dijo Gil—. Mientras, tengo muchas cosas que hacer. La gente me pregunta si no echo de menos el negocio… si no me arrepiento de haberle vendido mis acciones a Grant. Yo les digo que no echo de menos nada.

Grant dijo:

—Bueno, pues nosotros sí te echamos de menos a ti.

—Pues no se diría, por tus beneficios.

—Eso es porque hemos tenido que despedir a más de quinientas personas y cerrar el negocio de la costa este. Cuando racionalizas una cosa, tus beneficios aumentan.

—Papá debería haberlo hecho hace mucho tiempo —dijo Gil.

—Papá debería haber hecho esto hace mucho tiempo —dijo Grant, y señaló los viñedos con el brazo extendido, como si fuera Moisés abriendo el mar Rojo.

Gil exhaló un suspiro.

—Era un hombre imposible. Tenía que controlar todos los aspectos de la empresa. Podía castrarte con unas pocas palabras, o con una sola. El tío Mace merece pudrirse en la cárcel, merece pudrirse en el infierno. Pero hay una diminuta parte de mí que lo entiende.

—Te estoy oyendo, hermano —dijo Grant.

—Papá era una fuerza de la naturaleza —prosiguió Gil—. Pero también era un visionario.

Resseur le dio unas palmaditas en la mano a su novio.

—Voy a ocuparme de la comida, Gil. Me muero de hambre.

—Sí, vamos todos —dijo Gil.

428

—No, no —respondió Antoine—. Tú quédate aquí, y yo os avisaré cuando esté todo listo —dijo, y le dio un beso en la mejilla a Gil antes de irse—. Que lo paséis bien.

Los hombres siguieron caminando otro minuto más antes de que Decker dijera:

—¿A cuánta gente tiene empleada aquí?

—Para los campos, a Paco Albáñez y a su familia —dijo Gil—. Cuando las viñas empiecen a madurar, traeré a los expertos.

—Parece razonable.

—Ya sabe que también mantuve en su puesto a Rondo Martin, a Ana Méndez y a Riley Karns, aunque vendiéramos los caballos.

Grant sonrió.

—Es mejor mantenerlos en sus puestos de trabajo que enfrentarse a las demandas.

Gil se echó a reír.

—Paco sabe lo que hace —dijo. Nadie comentó nada—. Muchas gracias a los dos por todo lo que hicieron.

—No tiene que darme las gracias —dijo Decker—. Yo solo hice mi trabajo. Si quiere darle las gracias a Brett, eso es otra cosa.

—No, en realidad, no —dijo Harriman—. Yo no tendría trabajo si la gente no testificara. De todos modos… —añadió, riéndose—. Si lo hubiera sabido, tal vez no habría sido tan buen ciudadano.

—Les agradecemos mucho lo que hicieron —insistió Grant—. Mi hermano y yo.

Por un momento, hubo una pausa en la que solo se oyeron los pájaros. Gil rompió el silencio.

—Cuando la bodega esté en funcionamiento, por favor, vuelvan de nuevo. Haré que la visita merezca la pena regalándoles un par de docenas de botellas.

—Así es mi hermano —dijo Grant—. Regalando los beneficios.

—Estaré contento si alcanzo el umbral de rentabilidad —dijo Gil, y respiró profundamente—. Aunque no podría ser más feliz de lo que soy ahora. Ojalá papá y mamá estuvieran aquí para compartir este sueño.

Grant tomó a su hermano del brazo, y el grupo se encaminó hacia la casa. Decker, con Harriman; Grant, con Gil.

En la Biblia estaban Caín y Abel. Sin embargo, también estaban Moisés y Aarón, dos hermanos que se respetaron y se quisieron hasta el día en que murió Aarón. Decker pensó que, seguramente, Gil y Grant estaban entre los dos extremos. Hacía solo un año que Gil le había confesado a Grant, entre lágrimas, que se había escapado con Antoine Resseur porque no confiaba en nadie de su familia, ni siquiera en su hermano. Grant se había quedado conmocionado y se había puesto furioso, pero, al final, los dos se habían reconciliado, y estaban más unidos que nunca.

La suma de un hermano y otro hermano no siempre equivalía a la hermandad. Sin embargo, pensó Decker, cuando eso sucedía, era verdaderamente estupendo.